L'AVEUGLEMENT

Du même auteur

Le Dieu manchot
Albin Michel/A. M. Métailié, 1987
Éditions du Seuil, « Points » n° P174

L'Année de la mort de Ricardo Reis
Éditions du Seuil, 1988
et « Points » n° P574

Le Radeau de pierre
Éditions du Seuil, 1990

Quasi Objets
Salvy, 1990

Histoire du siège de Lisbonne
Éditions du Seuil, 1992

L'Évangile selon Jésus-Christ
Éditions du Seuil, 1993

JOSÉ SARAMAGO

PRIX NOBEL DE LITTÉRATURE

L'AVEUGLEMENT

roman

TRADUIT DU PORTUGAIS
PAR GENEVIÈVE LEIBRICH

OUVRAGE TRADUIT AVEC LE SOUTIEN
DE LA COMMUNAUTÉ EUROPÉENNE

ÉDITIONS DU SEUIL
27, rue Jacob, Paris VIᵉ

Titre original : *Ensaio sobre a Cegueira*
Éditeur original : Editorial Caminho, Lisbonne, 1995
© José Saramago et Editorial Caminho SA, Lisbonne, 1995
ISBN original : 972-21-1021-7

ISBN 2-02-028952-0

© Éditions du Seuil, février 1997, pour la traduction française

A Pilar
A ma fille Violante

Si tu peux regarder, vois.
Si tu peux voir, observe.
Livre des conseils

Le disque jaune s'illumina. Deux voitures devant accélérèrent avant que le feu rouge ne s'éclaire. La silhouette de l'homme vert apparut au passage clouté. Les passants qui attendaient commencèrent à traverser la rue en marchant sur les bandes blanches peintes sur la couche noire d'asphalte, il n'y a rien qui ressemble moins à un zèbre, pourtant on l'appelle passage zébré. Les automobilistes, impatients, le pied sur la pédale d'embrayage, maintenaient leur véhicule en état de tension, avançant, reculant, tels des chevaux nerveux qui sentent la cravache venir dans l'air. Les piétons étaient passés, mais le feu annonçant la voie libre pour les voitures se fera encore attendre pendant quelques secondes et d'aucuns affirment que ce retard, en apparence insignifiant, si on le multiplie par les milliers de feux de circulation qui existent dans la ville et, pour chacun, par les changements successifs des trois couleurs, est une des causes majeures d'engorgement de la circulation automobile ou, pour utiliser le terme courant, d'embouteillage.

Le feu vert s'alluma enfin, les voitures s'élancèrent brusquement, mais il devint vite apparent que toutes ne s'étaient pas élancées également. La première voiture de la file du milieu est arrêtée, elle doit avoir un problème mécanique quelconque, l'accélérateur qui a lâché, le levier de changement de vitesse qui s'est coincé, ou bien une défaillance du système hydraulique, un blocage des freins, une interruption du circuit électrique, à moins qu'il ne s'agisse simplement d'une panne d'essence, ce ne serait pas la première fois que cela arriverait. Les nouveaux piétons en train de s'assembler sur les trottoirs voient le conducteur de l'auto immobilisée gesticuler derrière le pare-brise pendant que les voitures derrière klaxonnent frénétiquement. Plusieurs conducteurs sont déjà sortis de leur véhicule, prêts à pousser la voiture en panne là où elle ne gênera pas la circulation, ils frappent furieusement contre les vitres fermées, l'homme à l'intérieur tourne la tête vers eux, d'un côté, puis de l'autre, on le voit crier quelque chose et aux mouvements de sa bouche on comprend qu'il répète un mot, non, pas un mot mais trois, c'est bien cela, comme on l'apprendra quand quelqu'un aura enfin réussi à ouvrir une portière, Je suis aveugle.

On ne le dirait pas. A première vue, à un simple coup d'œil, seule possibilité pour l'instant, les yeux de l'homme paraissent sains, l'iris a un aspect net, lumineux, la sclérotique est blanche, compacte comme de la porcelaine. Les paupières largement ouvertes, la peau crispée du visage, les sourcils soudain froncés, tout cela, chacun peut l'observer, est l'effet destructeur de l'angoisse. Ce qui était visible disparut dans un mouvement rapide derrière les poings fermés de l'homme, comme s'il voulait retenir à l'intérieur de son cerveau la dernière image captée, celle de la lumière rouge et ronde d'un feu de circulation. Je suis aveugle, je suis aveugle, répétait-il avec désespoir pendant qu'on l'aidait à sortir de la voiture, et les larmes qui jaillissaient rendirent plus brillants les yeux qu'il prétendait morts. Ça passera, vous verrez que ça passera, c'est parfois une question de nerfs, dit une femme. Le feu avait changé de couleur, des passants curieux s'approchaient du groupe et les conducteurs des voitures derrière, qui ne savaient pas ce qui se passait, protestaient contre ce qu'ils croyaient être un vulgaire accident de la circulation, phare cassé, garde-boue cabossé, rien qui justifiât pareille pagaille, Appelez la police, criaient-ils, ôtez de là ce tacot. L'aveugle implorait, De grâce, que quelqu'un me ramène chez moi. La femme qui avait parlé de nerfs fut d'avis qu'il fallait appeler une ambulance, transporter le malheureux à l'hôpital, mais l'aveugle refusa, il n'en demandait pas tant, il souhaitait seulement qu'on le conduisît jusqu'à la porte de l'immeuble où il habitait, C'est tout près d'ici, vous me rendriez un fier service. Et la voiture, demanda une voix. Une autre voix répondit, La clef est dessus, on va la garer sur le trottoir. Ce n'est pas nécessaire, intervint une troisième voix, je m'occuperai de la voiture et je ramènerai ce monsieur chez lui. L'on entendit des murmures d'approbation. L'aveugle sentit qu'on le prenait par le bras, Venez, venez avec moi, disait la même voix. On l'aida à s'asseoir sur le siège à côté du conducteur, on lui attacha la ceinture de sécurité, Je ne vois pas, je ne vois pas, murmurait-il en pleurant, Dites-moi où vous habitez, demanda l'autre. Des visages voraces, gourmands de nouveauté, étaient collés aux vitres de la voiture. L'aveugle éleva les mains devant ses yeux, les déplaça, Rien, c'est comme si j'étais en plein brouillard, comme si j'étais tombé dans une mer de lait, Mais la cécité n'est pas comme ça, dit l'autre, on dit que la cécité est noire, Eh bien moi je vois tout blanc, Si ça se trouve la femme avait raison, c'est peut-être bien une question de nerfs et les nerfs sont une chose diabolique, C'est un malheur, je le sais, un malheur, Dites-moi où vous habitez, s'il vous plaît, et au même moment on entendit le moteur se mettre en marche. Balbutiant, comme si l'absence de vue lui avait affaibli la mémoire, l'aveugle donna une adresse, puis dit, Je ne sais comment vous remercier, et l'autre répondit, Allons, il n'y a pas de quoi, aujourd'hui c'est mon tour, demain ce sera le vôtre, nul ne sait de quoi demain sera fait, Vous avez raison, qui m'aurait dit ce matin, quand je suis sorti de chez moi, que pareille calamité m'arriverait. Il s'étonna que le véhicule fût toujours immobilisé, Pourquoi n'avançons-nous pas, demanda-t-il, Le feu est au rouge, répondit l'autre, Ah, fit l'aveugle, et il recommença à pleurer. Désormais, il ne saurait plus quand le feu était au rouge.

Comme l'avait dit l'aveugle, son immeuble était tout près. Mais les trottoirs étaient tous encombrés de voitures. Ils ne trouvèrent pas où garer l'automobile et durent donc aller chercher une place dans une des rues transversales. Là, la portière du siège à côté du conducteur allait se trouver à peine à une vingtaine de centimètres du mur à cause de l'étroitesse du trottoir et pour ne pas devoir se transporter péniblement d'un siège à l'autre, avec le levier de changement de vitesse et le volant en travers de son chemin, l'aveugle dut sortir en premier. Désemparé, au milieu de la rue, sentant le sol se dérober sous ses pieds, il essaya de lutter contre l'angoisse qui lui nouait la gorge. Il agitait nerveusement les mains devant son visage, comme s'il nageait dans ce qu'il avait appelé une mer de lait, mais déjà sa bouche s'ouvrait pour lancer un appel au secours et au dernier moment la main de l'autre lui toucha légèrement le bras, Calmez-vous, je vais vous conduire. Ils se mirent en route très lentement, l'aveugle avait peur de tomber et traînait les pieds mais cela le faisait trébucher sur les irrégularités de la chaussée, Patience, nous sommes presque arrivés, murmurait l'homme, et un peu plus loin il demanda, Y a-t-il chez vous quelqu'un qui puisse s'occuper de vous, et l'aveugle répondit, Je ne sais pas, ma femme n'est sans doute pas encore rentrée de son travail, il a fallu que ceci m'arrive aujourd'hui que je suis sorti plus tôt, Vous verrez que ça ne sera rien, je n'ai jamais entendu dire que quiconque soit devenu aveugle comme ça, subitement, Et moi qui me vantais de ne pas porter de lunettes, je n'en ai jamais eu besoin, Alors, vous voyez bien. Ils étaient arrivés devant la porte de l'immeuble, deux femmes du voisinage regardaient la scène avec curiosité, Tiens, voilà un voisin qu'on conduit en le tenant par le bras, mais aucune n'eut l'idée de demander, Il vous est entré quelque chose dans les yeux, l'idée ne leur traversa pas l'esprit, et il ne pourra donc pas leur répondre, Oui, il m'est entré une mer de lait. Dans l'immeuble l'aveugle dit, Merci beaucoup, veuillez excuser le dérangement que je vous ai causé, maintenant je me débrouillerai, Allons, voyons, je monte avec vous, je ne me sentirais pas tranquille si je vous abandonnais ici. Ils entrèrent laborieusement dans l'ascenseur exigu, A quel étage habitez-vous, Au troisième, vous ne pouvez imaginer combien je vous suis reconnaissant, Ne me remerciez pas, aujourd'hui c'est mon tour, Oui, vous avez raison, demain ce sera le mien. L'ascenseur s'arrêta, ils sortirent sur le palier, Voulez-vous que je vous aide à ouvrir la porte, Merci, je crois que ça je peux le faire. Il tira de sa poche un petit trousseau de clés, les tâta l'une après l'autre le long de la dentelure et dit, Ça doit être celle-ci, et palpant la serrure avec le bout des doigts de la main gauche il essaya d'ouvrir la porte, Ça n'est pas celle-ci, Laissez-moi voir, je vais vous aider. La porte s'ouvrit à la troisième tentative. Alors l'aveugle lança vers le fond du couloir, Tu es là. Personne ne répondit, et lui, C'est bien ce que je disais, elle n'est pas encore rentrée. Mains tendues vers lui, il s'engagea à tâtons dans le couloir, puis se retourna avec précaution, orientant le visage dans la direction où il pensait que l'autre se trouvait, Comment puis-je vous remercier, dit-il, Je n'ai fait que mon devoir, déclara le bon Samaritain, ne me remerciez pas, et il ajouta, Voulez-vous que je vous aide à vous installer, que je vous tienne compagnie en attendant l'arrivée de votre femme. Ce zèle parut soudain suspect à l'aveugle, il n'allait évidemment pas laisser entrer chez lui un inconnu qui pourrait fort bien, en cet instant précis, être en train de préparer la façon dont il allait neutraliser, ligoter et bâillonner le malheureux aveugle sans défense, pour faire ensuite main basse sur tous les objets de valeur qu'il découvrirait. Ce n'est pas nécessaire, ne vous donnez pas cette peine, dit-il, je me débrouillerai, et il répéta en refermant lentement la porte, Ce n'est pas nécessaire.

Il soupira de soulagement en entendant le bruit de l'ascenseur qui descendait. D'un geste machinal, sans se souvenir de son état, il écarta le couvercle du judas de la porte et regarda dehors. C'était comme s'il y avait eu un mur blanc de l'autre côté. Il sentait le contact de la sphère métallique contre son arcade sourcilière, ses cils frôlaient la minuscule lentille mais il ne pouvait pas les voir, l'insondable blancheur recouvrait tout. Il savait qu'il était chez lui, il reconnaissait l'appartement à son odeur, à son atmosphère, à son silence, il distinguait les meubles et les objets rien qu'à les toucher, à passer légèrement les doigts sur eux, mais c'était aussi comme si déjà tout cela se diluait dans une espèce d'étrange dimension, sans direction ni référence, sans nord ni sud, sans bas ni haut. Comme tout le monde probablement, il avait parfois joué dans son adolescence au jeu de Et si j'étais aveugle, et après avoir fermé les yeux pendant cinq minutes il était arrivé à la conclusion que la cécité, indéniablement un terrible malheur, pourrait néanmoins être relativement supportable si la victime de semblable coup du sort conservait un souvenir suffisant non seulement des couleurs, mais aussi des formes et des plans, des surfaces et des contours, à supposer bien entendu que ladite cécité ne soit pas de naissance. Il en était même arrivé à penser que l'obscurité dans laquelle vivaient les aveugles n'était finalement qu'une simple absence de lumière et que ce que l'on appelle cécité était quelque chose qui recouvrait simplement l'apparence des êtres et des objets, les laissant intacts derrière leur voile noir. Maintenant, au contraire, voici qu'il se trouvait plongé dans une blancheur si lumineuse et si totale qu'elle dévorait plutôt qu'elle n'absorbait les couleurs et aussi les objets et les êtres, les rendant ainsi doublement invisibles.

Comme il se dirigeait vers la salle de séjour, malgré la lenteur prudente de ses pas, en glissant une main hésitante le long du mur il fit tomber par terre un vase de fleurs auquel il ne s'attendait pas. Il avait oublié sa présence, ou alors sa femme l'avait mis là en partant travailler, avec l'intention de le placer ensuite dans un endroit approprié. Il se baissa pour évaluer la gravité de l'accident. L'eau s'était répandue sur le parquet ciré. Il voulut ramasser les fleurs mais ne pensa pas au verre brisé, un long éclat très fin se planta dans un doigt et il se remit à pleurer de douleur et d'abandon comme un enfant, aveuglé de blancheur au milieu d'un appartement qui commençait à s'assombrir dans l'après-midi finissant. Sans lâcher les fleurs, sentant le sang couler, il se contorsionna pour sortir son mouchoir de sa poche et en entortilla tant bien que mal son doigt. Puis à tâtons, trébuchant, contournant les meubles, marchant précautionneusement pour ne pas se prendre les pieds dans les tapis, il atteignit le canapé où sa femme et lui regardaient la télévision. Il s'assit, posa les fleurs sur ses genoux et désentortilla soigneusement le mouchoir. Il fut troublé par le sang, poisseux au toucher, et pensa que c'était parce qu'il ne pouvait pas le voir. Son sang était devenu une viscosité dépourvue de couleur, d'une certaine façon étranger à lui et pourtant lui appartenant, mais comme une menace de lui-même contre lui-même. Tout doucement, avec de légères palpations de sa bonne main, il chercha le mince éclat de verre tranchant comme une minuscule épée et, formant une pince avec les ongles du pouce et de l'index, il réussit à l'extraire tout entier. Il entortilla de nouveau le doigt blessé dans le mouchoir, le serrant fortement pour étancher le sang, et fourbu, épuisé, il s'appuya contre le dossier du canapé. Une minute plus tard, en raison de l'un de ces

16

fréquents renoncements du corps qui choisit certains moments d'angoisse ou de désespoir pour abdiquer alors que s'il se laissait gouverner exclusivement par la logique tous ses sens devraient être tendus et en éveil, il fut pris d'une espèce d'abattement, davantage somnolence que sommeil authentique mais aussi pesant que celui-ci. Il rêva immédiatement qu'il jouait au jeu de Et si j'étais aveugle, il rêvait qu'il ouvrait et fermait les yeux de nombreuses fois et que chaque fois, comme s'il revenait de voyage, il retrouvait, l'attendant, solides et inchangées, toutes les formes et toutes les couleurs, le monde tel qu'il le connaissait. Sous cette certitude rassurante il sentait néanmoins percer un doute sourd, il s'agissait peut-être d'un rêve trompeur dont il lui faudrait s'éveiller tôt ou tard, sans savoir quelle réalité l'attendait. Ensuite, si ce mot peut s'appliquer à un abattement qui ne dura que quelques secondes, déjà dans cet état de demi-sommeil qui prédispose à l'éveil, il pensa sérieusement qu'il n'était pas bien de se maintenir dans une telle indécision, je me réveille, je ne me réveille pas, je me réveille, je ne me réveille pas, il arrive toujours un moment où la seule solution c'est d'oser, Qu'est-ce que je fais ici, avec ces fleurs sur les genoux et les yeux fermés, on dirait que j'ai peur de les ouvrir, Qu'est-ce que tu fais là, en train de dormir, avec ces fleurs sur les genoux, lui demandait sa femme.

Elle n'avait pas attendu la réponse. Ostensiblement, elle s'était mise à ramasser les débris du vase et à éponger le parquet tout en marmonnant avec une irritation qu'elle ne cherchait pas à dissimuler, Tu aurais pu le faire toi, au lieu de t'allonger là pour dormir, comme si cela ne te concernait pas. Il ne dit mot et protégea ses yeux derrière ses paupières closes. Subitement une pensée l'agita, Et si j'ouvre les yeux et que je vois, se dit-il, pris d'un espoir anxieux. Sa femme s'approcha, remarqua le mouchoir taché de sang, sa mauvaise humeur se dissipa aussitôt, Pauvre petit, comment cela t'est-il arrivé, demanda-t-elle d'un air compatissant en défaisant le bandage improvisé. Alors il désira de toutes ses forces pouvoir voir sa femme agenouillée à ses pieds, là, telle qu'il savait qu'elle était, puis, certain qu'il ne la verrait pas, il ouvrit les yeux, Tu es enfin réveillé, mon grand dormeur, dit-elle avec un sourire. Un silence se fit et il dit, Je suis

aveugle, je ne te vois pas. Sa femme le gronda, Arrête tes plaisan-
teries stupides, il y a des choses avec lesquelles il ne faut pas plaisanter, J'aimerais bien que ça soit une plaisanterie mais c'est vrai,
je suis vraiment aveugle, je ne vois rien, Je t'en supplie, ne m'ef-
fraie pas, regarde-moi, ici, je suis ici, la lumière est allumée, Je
sais bien que tu es ici, je t'entends, je te touche, j'imagine que tu
auras allumé la lumière, mais je suis aveugle. Elle se mit à pleurer, se cramponna à lui, Ce n'est pas vrai, dis-moi que ce n'est
pas vrai. Les fleurs avaient glissé par terre, sur le mouchoir taché,
le sang avait recommencé à goutter du doigt blessé, et lui, comme
s'il avait voulu dire avec d'autres mots De deux maux le moindre,
murmura, Je vois tout blanc, et il eut un sourire triste. Sa femme
s'assit à côté de lui, l'étreignit très fort, lui embrassa avec soin le
front, le visage, les yeux avec une grande douceur, Tu verras que
ça va passer, tu n'étais pas malade, personne ne devient aveugle
comme ça, d'un instant à l'autre, Peut-être, Raconte-moi ce qui
est arrivé, qu'as-tu senti, quand, où, non, pas encore, attends,
nous devons d'abord parler à un médecin des yeux, en connais-tu
un, Je n'en connais pas, ni toi ni moi ne portons de lunettes, Et si
je te conduisais à l'hôpital, Il n'y a sûrement pas de service d'urgence pour des yeux qui ne voient pas, Tu as raison, le mieux
c'est d'aller directement chez un médecin qui ait un cabinet tout
près d'ici, je vais regarder dans l'annuaire. Elle se leva, demanda,
Tu remarques une différence, Aucune, dit-il, Fais bien attention,
je vais éteindre la lumière, tu me diras, voilà, c'est fait, Rien,
Rien quoi, Rien, je continue à voir la même blancheur, pour moi
c'est comme s'il n'y avait pas de nuit.

Il entendait sa femme feuilleter rapidement l'annuaire téléphonique, reniflant pour retenir ses larmes, soupirant, disant enfin,
Celui-ci fera l'affaire, j'espère qu'il pourra nous recevoir. Elle
composa le numéro, demanda si c'était bien le cabinet de consultation, si le docteur était là, si elle pouvait lui parler, Non, non, le
docteur ne me connaît pas, c'est pour une urgence, oui, s'il vous
plaît, je comprends, alors je vais vous le dire mais je vous prierai
de le transmettre au docteur, il se trouve que mon mari est devenu
subitement aveugle, oui, oui, c'est comme je vous le dis, subitement, non, il n'est pas un patient du docteur, mon mari ne porte

pas de lunettes, il n'en a jamais porté, oui, il avait une très bonne vue, comme moi, moi aussi je vois bien, ah, merci beaucoup, j'attends, j'attends, oui, docteur, oui, subitement, il dit qu'il voit tout blanc, je ne sais pas comment c'est arrivé, je n'ai même pas eu le temps de le lui demander, je viens de rentrer à la maison et je l'ai trouvé dans cet état, vous voulez que je le lui demande, ah, je vous remercie infiniment, docteur, nous arrivons immédiatement, immédiatement. L'aveugle se leva, Attends, lui dit sa femme, laisse-moi d'abord soigner ton doigt, elle disparut quelques instants, revint avec un flacon d'eau oxygénée, un autre de mercurochrome, du coton, une boîte de tricostéril. Pendant qu'elle le pansait, elle lui demanda, Où as-tu laissé la voiture, et soudain, Mais dans l'état où tu es, tu n'as pas pu conduire, ou bien étais-tu déjà à la maison quand, Non, ça s'est produit dans la rue, quand j'étais arrêté à un feu rouge, quelqu'un a eu l'amabilité de me ramener, la voiture est restée dans la rue à côté, Bon, alors descendons, tu attendras à la porte pendant que j'irai la chercher, où as-tu mis les clés, Je ne sais pas, il ne me les a pas rendues, Qui ça, il, L'homme qui m'a ramené à la maison, c'était un homme, Il a dû les poser par là, je vais voir, Inutile de chercher, il n'est pas entré, Mais les clés doivent être quelque part, Il a dû oublier, il les aura emportées sans s'en rendre compte, Il ne nous manquait vraiment plus que ça, Prends les tiennes, on verra après, Bon, allons-y, donne-moi la main. L'aveugle dit, Si je dois rester comme ça, je mettrai fin à mes jours, S'il te plaît, ne dis pas de sottises, en fait de malheur, ce qui est arrivé nous suffit largement, C'est moi qui suis devenu aveugle, pas toi, tu ne peux pas savoir ce que c'est, Le médecin te guérira, tu verras, Je verrai.

Ils sortirent. En bas, dans le vestibule, la femme alluma la lumière et lui susurra à l'oreille, Attends-moi ici, si un voisin se montre, parle-lui avec naturel, dis que tu m'attends, à te regarder personne ne pensera que tu ne vois pas, ça nous évitera de révéler d'ores et déjà ce qui ne regarde que nous, Oui, mais ne tarde pas. La femme sortit en courant. Nul voisin n'entra ou ne sortit. L'aveugle savait par expérience que l'escalier ne serait éclairé qu'aussi longtemps qu'il entendrait le mécanisme de la minuterie, il appuya donc sur le bouton chaque fois que le silence se faisait.

La lumière, cette lumière-là, pour lui était devenue un bruit. Il ne comprenait pas pourquoi sa femme tardait tant, la rue était à côté, à quatre-vingts ou cent mètres, Si nous tardons trop, le médecin sera parti, pensa-t-il. Il ne put éviter de faire un geste machinal, lever le poignet gauche et baisser les yeux pour regarder l'heure. Il serra les lèvres comme si une douleur soudaine le transperçait et il remercia le sort de ce qu'un voisin ne fût pas apparu à cet instant, car au premier mot qu'il lui eût adressé il eût fondu en larmes. Une voiture s'arrêta dans la rue, Pas trop tôt, pensa-t-il, mais le bruit du moteur l'étonna, C'est un diesel, c'est un taxi, se dit-il, et il appuya de nouveau sur le bouton de la lumière. Sa femme entrait, nerveuse, bouleversée, Ton petit saint de protecteur, cette bonne âme, nous a pris notre voiture, Ce n'est pas possible, tu n'as pas dû bien voir, Bien sûr que j'ai bien vu, je vois bien moi, ces derniers mots lui sortirent involontairement de la bouche, Tu m'as dit que la voiture était dans la rue à côté, se corrigea-t-elle, et elle n'y est pas, ou alors vous l'avez laissée dans une autre rue, Non, non, c'est bien dans celle-là, j'en suis sûr, Eh bien, elle a disparu, Dans ce cas, les clés, Il a profité de ton égarement, de ton désarroi, pour nous voler, Et moi qui ne l'ai pas laissé entrer chez nous par peur, or s'il m'avait tenu compagnie jusqu'à ton retour il n'aurait pas pu voler la voiture, Allons-y, un taxi nous attend, je te jure que je donnerais volontiers une année de ma vie pour que ce filou devienne lui aussi aveugle, Ne parle pas si fort, Et pour qu'on lui vole tout ce qu'il possède, Il reviendra peut-être, Ah oui, demain il frappera à notre porte pour dire qu'il a fait ça par distraction, pour s'excuser, pour prendre de tes nouvelles.

Ils gardèrent le silence jusqu'au cabinet de consultation. Elle s'efforçait de ne pas penser au vol de la voiture, elle serrait affectueusement les mains de son mari entre les siennes, tandis que lui, tête baissée pour que le chauffeur ne puisse pas apercevoir ses yeux dans le rétroviseur, n'arrêtait pas de se demander comment un aussi grand malheur avait pu lui arriver à lui, Pourquoi à moi. Les bruits de la circulation parvenaient à ses oreilles, un ou deux tons plus haut quand le taxi s'arrêtait, cela arrive parfois, on dort encore et déjà les sons extérieurs traversent le voile d'inconscience dans lequel on est encore enveloppé comme d'un drap blanc. Comme d'un drap blanc. Il secoua la tête avec un soupir, sa femme lui toucha doucement la joue, une façon de lui dire, Sois tranquille, je suis là, et il inclina la tête sur son épaule, sans se soucier de ce que penserait le chauffeur, Si tu étais moi, tu ne pourrais plus conduire, se dit-il infantilement, et sans se rendre compte de l'absurdité de cette pensée il se félicita d'être encore capable de formuler un raisonnement logique au milieu de son désespoir. En sortant du taxi, aidé discrètement par sa femme, il semblait calme, mais en entrant dans le cabinet de consultation où bientôt il connaîtrait son sort il lui demanda dans un murmure tremblant, Comment serai-je en sortant d'ici, et il secoua la tête comme quelqu'un qui n'a plus d'espoir.

La femme informa la réceptionniste qu'elle était la personne qui avait téléphoné une demi-heure plus tôt au sujet de son mari et celle-ci les fit entrer dans une petite salle où d'autres patients attendaient. Il y avait un vieillard avec un bandeau noir sur un œil, un garçonnet apparemment louchon en compagnie d'une femme qui devait être sa mère, une jeune fille avec des lunettes teintées, deux autres personnes sans signes distinctifs visibles, mais pas le moindre aveugle, les aveugles ne fréquentent pas les ophtalmologues. La femme guida son mari vers un siège libre et comme il n'y en avait pas d'autre elle resta debout à côté de lui, Il va falloir attendre, lui murmura-t-elle à l'oreille. Il comprit la raison, il avait entendu les voix des personnes qui étaient là, mais maintenant une autre préoccupation le tourmentait, il pensait que plus le médecin tarderait à l'examiner, plus sa cécité deviendrait profonde et donc incurable, sans remède. Il s'agita sur sa chaise, inquiet, il allait faire part de ses appréhensions à sa femme quand la porte s'ouvrit, et la réceptionniste dit, Veuillez entrer, s'il vous plaît, et s'adressant aux autres patients, C'est sur l'ordre du docteur, il s'agit d'une urgence. La mère du louchon protesta en disant que le droit est le droit, qu'elle était la première et attendait depuis plus d'une heure. Les autres malades l'appuyèrent à voix basse, mais aucun, pas même elle, ne jugea prudent d'insister, le médecin en éprouverait peut-être du ressentiment et leur ferait payer ensuite leur impertinence en les obligeant à attendre encore plus longtemps, le cas s'est déjà vu. Le vieillard au bandeau sur l'œil se montra magnanime, Laissez-le, le pauvre, il est bien plus mal en point que n'importe qui parmi nous. L'aveugle ne l'entendit pas, ils entraient dans le cabinet du médecin et la femme disait, Je vous remercie beaucoup de votre bonté, docteur, mon mari, et elle s'interrompit, à vrai dire elle ne savait pas ce qui s'était véritablement passé, elle savait juste que son mari était aveugle et qu'on leur avait volé leur voiture. Le médecin dit, Asseyez-vous, je vous prie, il aida lui-même le patient à s'installer, puis, lui touchant la main, il lui parla directement, Racontez-moi donc ce qui vous est arrivé. L'aveugle expliqua que, étant dans sa voiture et attendant que le feu change, subitement il n'avait plus rien vu, des gens s'étaient précipités à son secours, une femme d'un certain âge, en tout cas à en juger d'après sa voix, avait dit que c'était peut-être une question de nerfs, puis un homme l'avait raccompagné chez lui car il n'aurait pas pu rentrer seul, Je vois tout blanc, docteur. Il ne mentionna pas le vol de l'automobile.

Le médecin lui demanda, Cela ne vous était jamais arrivé avant, je veux dire la même chose que maintenant, ou quelque chose d'analogue, Jamais, docteur, Et vous me dites que c'est arrivé subitement, Oui, docteur, Comme une lumière qui s'éteint, Plutôt comme une lumière qui s'allume, Ces derniers jours, vous aviez senti une différence dans votre vue, Non, docteur, Y a-t-il ou y a-t-il eu des cas de cécité dans votre famille, Chez les parents que je connais ou dont j'ai entendu parler, aucun, Souffrez-vous de diabète, Non, docteur, De syphilis, Non, docteur, D'hypertension artérielle ou intracrânienne, Pour l'intracrânienne je ne sais pas, pour l'autre je sais que je n'en souffre pas car dans mon entreprise on nous fait passer des visites médicales, Vous êtes-vous heurté violemment la tête, aujourd'hui ou hier, Non, docteur, Quel âge avez-vous, Trente-huit ans, Bon, nous allons examiner vos yeux. L'aveugle les écarquilla tout grands, comme pour faciliter l'examen, mais le médecin le prit par le bras et l'installa derrière un appareil dans lequel quelqu'un doué d'un peu d'imagination eût pu voir un confessionnal d'un nouveau modèle, où les yeux eussent remplacé les paroles et où le confesseur eût regardé directement dans l'âme du pécheur, Appuyez le menton ici, recommanda-t-il, et gardez les yeux ouverts, ne bougez pas. La femme s'approcha de son mari, lui mit la main sur l'épaule, dit, Tu verras que tout s'arrangera. Le médecin éleva et abaissa le système binoculaire de son côté, fit tourner des vis à pas très fin et commença l'examen. Il ne découvrit rien dans la cornée, rien dans la sclérotique, rien dans l'iris, rien dans la rétine, rien dans le cristallin, rien dans la tache jaune, rien dans le nerf optique, rien nulle part. Il s'écarta de l'appareil, se frotta les yeux, puis recommença l'examen depuis le début, sans mot dire, et quand il eut de nouveau fini son visage avait une expression perplexe, Je ne lui trouve aucune lésion, ses yeux sont parfaits. Sa femme joignit les mains dans un geste joyeux et s'exclama, Je te l'avais bien dit, je t'avais dit que tout s'arrangerait. Sans lui prêter attention, l'aveugle demanda, Je peux retirer le menton, docteur, Bien sûr, excusez-moi, Si mes yeux sont parfaits, comme vous dites, pourquoi suis-je donc devenu aveugle, Pour l'instant je ne peux pas vous le dire, nous devrons faire faire des examens plus approfondis, des analyses, une échographie, un encéphalogramme, Vous pensez que ça a quelque chose à voir avec le cerveau, C'est une possibilité, mais je ne le crois pas, En attendant, vous dites que vous n'avez rien découvert de mauvais dans mes yeux, docteur, C'est vrai, Je ne comprends pas, Ce que je veux dire c'est que si vous êtes effectivement aveugle, votre cécité est pour l'instant inexplicable, Vous doutez que je sois aveugle, Pas du tout, le problème réside dans la rareté du cas, personnellement je n'ai jamais rien rencontré de tel dans toute ma vie de médecin et j'irai même jusqu'à dire dans toute l'histoire de l'ophtalmologie, Vous croyez que je peux guérir, En principe oui, puisque je ne découvre aucune lésion d'aucun type, ni aucune malformation congénitale, ma réponse devrait être affirmative, Mais de toute évidence elle ne l'est pas, Par simple prudence, simplement parce que je ne veux pas donner un espoir qui s'avérerait infondé par la suite, Je comprends, Bon, Et je devrai suivre un traitement, prendre des médicaments, Pour le moment je ne vous prescrirai rien, ce serait le faire à l'aveuglette, Voilà une expression appropriée, fit remarquer l'aveugle. Le médecin fit celui qui n'avait pas entendu, il s'éloigna du tabouret à vis sur lequel il s'était assis pour l'examen, et restant debout il inscrivit sur un formulaire de prescription les examens et analyses qu'il jugeait nécessaires. Il remit la feuille à la femme, Voici, madame, revenez avec votre mari quand vous aurez les résultats, et si entre-temps il se produit une modification dans son état, téléphonez-moi, La consultation, docteur, Vous la paierez à la réceptionniste. Il les raccompagna à la porte, bredouilla une phrase de réconfort, du genre, Nous verrons, nous verrons, il ne faut pas désespérer, et quand il fut de nouveau seul il alla dans la petite salle de bains contiguë et se regarda dans la glace pendant une longue minute, Qu'est-ce que ça peut bien être, murmura-t-il. Puis il retourna dans son cabinet, appela la réceptionniste, Faites entrer le suivant.

Cette nuit-là, l'aveugle rêva qu'il était aveugle.

En s'offrant à aider l'aveugle, l'homme qui vola la voiture après n'avait aucune mauvaise intention sur le moment, bien au contraire, il n'avait fait qu'obéir à ces sentiments de générosité et d'altruisme qui sont, comme chacun sait, deux des meilleurs traits du genre humain, que l'on peut trouver même chez des criminels bien plus endurcis que celui-ci, simple petit voleur d'automobiles sans espoir de promotion dans sa carrière et exploité par les véritables patrons de ce négoce qui eux en revanche profitent de la détresse des pauvres. En fin de compte, ce compte-ci ou un autre, la différence entre aider un aveugle pour le voler ensuite et s'occuper d'un vieillard gâteux et bredouilleur en lorgnant son héritage n'est pas si grande. Ce fut seulement lorsqu'il s'approcha de la maison de l'aveugle que l'idée lui vint à l'esprit le plus naturellement du monde, exactement, pourrait-on dire, comme s'il avait décidé d'acheter un billet de loterie uniquement parce qu'il avait aperçu le vendeur de billets et non parce qu'il avait eu une prémonition, il l'avait acheté pour voir ce que cela donnerait, résigné d'avance à ce dont l'inconstante fortune le gratifierait, un petit rien ou alors rien du tout, d'aucuns diraient qu'il avait agi en fonction d'un réflexe conditionné de sa personnalité. Les sceptiques sur la nature humaine, qui sont nombreux et obstinés, soutiennent que, s'il est vrai que l'occasion ne fait pas toujours le larron, il n'est pas moins vrai qu'elle l'aide beaucoup. Quant à nous, qu'il nous soit permis de penser que si l'aveugle avait accepté la deuxième offre du finalement vrai faux Samaritain en ce dernier instant où la bonté aurait pu encore prévaloir, nous nous référons à l'offre de lui tenir compagnie en attendant l'arrivée de sa femme, l'effet de la responsabilité morale résultant de la confiance ainsi octroyée eût peut-être inhibé la tentation criminelle et fait affleurer la luminosité et la noblesse que l'on peut toujours trouver même dans les âmes les plus égarées. Pour conclure sur une note plébéienne, comme ne se lasse pas de nous l'enseigner le proverbe ancien, en fuyant le loup l'aveugle a rencontré la louve.

La conscience morale, offensée par tant d'inconscients et abjurée par bien d'autres, est une chose qui existe et qui a toujours existé, elle n'est pas une invention des philosophes du quaternaire à un moment où l'âme était encore une simple ébauche confuse. Avec le passage du temps, sans compter les activités de la vie en commun et les permutations génétiques, nous avons fini par introduire la conscience dans la couleur de notre sang et dans le sel de nos larmes et, comme si cela était encore trop peu, nous avons fait de nos yeux des sortes de miroirs tournés vers le dedans, avec pour conséquence, très souvent, qu'ils montrent sans réserve ce que nous nous efforçons de nier avec la bouche. Vient s'ajouter à ce phénomène général la circonstance particulière que, chez les esprits simples, le remords causé par le mal commis se confond fréquemment avec des peurs ancestrales de toute nature, d'où il résulte que le châtiment du délinquant finit par être deux fois le châtiment mérité, sans la moindre volée de coups de bâton ou de pierres. Il ne sera donc pas possible dans le cas qui nous occupe de déterminer la part des peurs et celle de la conscience bourrelée de remords qui commencèrent à tourmenter le voleur dès qu'il eut mis la voiture en marche. L'on ne saurait être rassuré, évidemment, à l'idée de s'asseoir à la place d'une personne qui tenait de ses deux mains ce même volant au moment où elle est devenue aveugle, qui regardait à travers ce pare-brise et qui soudain n'a plus rien vu, point n'est besoin d'être doué de beaucoup d'imagination pour que de telles pensées réveillent la bête immonde et rampante de la peur, et la voici déjà qui relève la tête. Mais c'était aussi le remords, expression exacerbée de la conscience, ainsi qu'il fut dit précédemment, ou, pour la décrire de façon suggestive, d'une conscience munie de dents pour mordre, qui plaçait devant ses yeux l'image désemparée de l'aveugle au moment où il refermait la porte, Ce n'est pas nécessaire, ce n'est pas nécessaire, avait dit le malheureux, désormais dans l'incapacité de faire le moindre pas sans aide.

Le voleur fit doublement attention à bien conduire pour empêcher que des pensées aussi effrayantes n'absorbent entièrement son esprit, sachant qu'il ne pouvait se permettre la moindre petite faute, la moindre petite distraction. La police rôdait dans le quartier, il suffisait qu'un policier lui ordonnât de s'arrêter, S'il vous plaît, carte grise et permis de conduire, et ce serait de nouveau la prison, la dureté de la vie. Il s'attachait à obéir aux feux de circulation, à ne jamais avancer au rouge, à respecter l'orange, à attendre patiemment le vert. A un certain moment il s'aperçut que sa façon de scruter les feux tournait à l'obsession. Il se mit alors à régler la vitesse de la voiture de façon à avoir toujours devant lui un feu vert, même si pour cela il devait l'augmenter ou au contraire la diminuer jusqu'à agacer les conducteurs derrière lui. Enfin, déboussolé, tendu à l'extrême, il finit par s'engager dans une rue transversale secondaire qu'il savait sans feux et il gara la voiture presque les yeux fermés tant il était bon conducteur. Il se sentait au bord de la crise de nerfs, et c'est dans ces termes mêmes qu'il avait pensé, Je vais avoir une crise de nerfs ici même. Il étouffait dans la voiture. Il descendit les vitres des deux côtés, mais l'air du dehors ne rafraîchit pas l'atmosphère à l'intérieur. Qu'est-ce que je fais, se demanda-t-il. Le hangar où il aurait dû amener l'automobile était loin, dans une bourgade en dehors de la ville, vu son état d'esprit il n'arriverait jamais jusque-là. Un flic va me pincer ou j'aurai un accident, ce qui est encore pire, murmura-t-il. Il pensa alors que le mieux serait de sortir un instant de la voiture et de s'aérer la cervelle, Ça m'aidera peut-être à chasser mes idées noires, ce n'est pas parce que ce type est devenu aveugle que la même chose doit m'arriver, ça ne s'attrape pas comme la grippe, je vais faire le tour du pâté de maisons et ça me passera. Il sortit, cela ne valait pas la peine de fermer la voiture, il serait vite de retour, et il s'éloigna. Il n'avait pas fait trente pas qu'il devint aveugle.

Dans le cabinet de consultation, le dernier patient à être reçu fut le vieillard de bonne humeur, l'homme qui avait prononcé des paroles si aimables à propos du pauvre diable devenu subitement aveugle. Sa visite avait pour seul but de fixer la date de l'opération de la cataracte apparue sur l'unique œil qui lui restait, le bandeau noir cachait une absence, il n'avait rien à voir avec l'infirmité actuelle, Ce sont les fléaux de l'âge, lui avait dit le médecin quelque temps auparavant, quand elle sera mûre nous l'enlèverons, après vous ne reconnaîtrez pas le monde dans lequel vous viviez. Quand le vieillard au bandeau noir sortit et que l'infirmière dit qu'il n'y avait plus de patient dans la salle d'attente, le médecin prit la fiche de l'homme devenu aveugle, la lut une fois, la lut deux fois, réfléchit pendant quelques minutes et enfin téléphona à un confrère avec qui il eut la conversation suivante, Figure-toi que j'ai eu aujourd'hui un cas des plus bizarres, un homme qui a perdu complètement la vue subitement, l'examen n'a révélé ni lésion perceptible ni indices de malformations de naissance, il dit qu'il voit tout blanc, une espèce de blancheur laiteuse, épaisse, qui se colle à ses yeux, j'essaie d'exprimer du mieux que je peux la description qu'il m'a faite, oui, bien sûr que c'est subjectif, non, l'homme est jeune, trente-huit ans, as-tu connaissance de cas analogues, as-tu lu ou entendu parler de quelque chose de ce genre, oui, c'était bien mon impression, pour l'instant je ne vois guère de solution, pour gagner du temps je l'ai envoyé se faire faire des analyses, oui, nous pourrons l'examiner ensemble un de ces prochains jours, après le dîner je vais jeter un coup d'œil dans mes livres, revoir la bibliographie, je trouverai peut-être une piste, oui, je sais bien, l'agnosie, la cécité psychique, c'est une possibilité, mais alors il s'agirait du premier cas avec ces caractéristiques, car il n'y a pas de doute que l'homme est vraiment aveugle, l'agnosie, on le sait, est l'incapacité de reconnaître ce qu'on voit, oui, j'ai aussi pensé à ça, au fait qu'il s'agit peut-être d'une amaurose, mais souviens-toi que j'ai commencé par te dire que cette cécité est blanche, précisément le contraire de l'amaurose qui est un obscurcissement total, sauf s'il existe aussi une amaurose blanche, un obscurcissement blanc pour ainsi dire, oui, je sais, ça ne s'est jamais vu, d'accord, je lui téléphonerai demain, je lui dirai que nous voulons l'examiner tous les deux. La conversation terminée, le médecin s'adossa à sa chaise, resta ainsi plusieurs minutes, puis se leva, ôta sa blouse avec des gestes fatigués, lents. Il alla se laver les mains dans la salle de bains, mais cette fois il ne demanda pas métaphysiquement au miroir, Qu'est-ce que cela peut bien être, il avait retrouvé l'esprit scientifique, le fait qu'agnosie et amaurose fussent identifiées et définies avec précision dans les livres et dans la pratique ne signifiait pas que des variantes ne pouvaient pas se produire, des mutations, si tant est que ce soit le mot approprié, et ce jour paraissait être arrivé. Il y a mille raisons pour que le cerveau se ferme, il suffisait d'une visite tardive trouvant son propre seuil inaccessible. L'ophtalmologue avait des goûts littéraires et savait placer une citation avec à-propos.

Le soir, après le dîner, il dit à sa femme, J'ai eu un cas étrange à ma consultation, il pourrait s'agir d'une variante de la cécité psychique ou d'une amaurose, mais il ne semble pas que pareil cas se soit jamais produit, Quelles sont ces maladies, l'amaurose et l'autre, demanda sa femme. Le médecin chercha une explication accessible à un entendement normal qui satisfît la curiosité de sa femme, puis il alla prendre sur l'étagère les ouvrages traitant de cette spécialité, les uns anciens, du temps de la faculté, d'autres récents, certains publiés tout dernièrement, qu'il n'avait pas eu encore le temps de compulser. Il parcourut les tables des matières, puis se mit à lire méthodiquement tout ce qu'il trouvait sur l'agnosie et l'amaurose, avec l'impression inconfortable d'être un intrus dans un domaine qui n'était pas le sien, le mystérieux territoire de la neurochirurgie, à propos duquel il n'avait que de faibles lumières. Tard dans la nuit, il écarta les ouvrages qu'il avait consultés, frotta ses yeux fatigués et s'appuya au dossier de son siège. En cet instant l'alternative lui semblait parfaitement claire. S'il s'agissait d'un cas d'agnosie, le patient aurait vu ce qu'il avait toujours vu, c'est-à-dire qu'il n'aurait eu aucune diminution de son acuité visuelle, simplement son cerveau serait devenu incapable de reconnaître une chaise là où il y avait une chaise, bref il aurait continué à réagir correctement aux stimuli lumineux acheminés par le nerf optique, mais, pour utiliser des termes ordinaires, à la portée des personnes peu informées, il aurait perdu la capacité de savoir qu'il savait et, qui plus est, la capacité de le dire. Quant à l'amaurose, là aucun doute n'était possible. Pour qu'il s'agît effectivement de cette affection, le patient aurait dû voir tout noir, sauf que l'emploi du mot voir est contestable dès lors qu'il s'agit de ténèbres absolues. L'aveugle avait affirmé catégoriquement qu'il voyait, même réserve à propos de l'emploi de ce verbe, une couleur blanche uniforme, dense, comme s'il était plongé les yeux ouverts dans une mer de lait. Une amaurose blanche, outre qu'étymologiquement elle serait une contradiction, constituerait aussi une impossibilité neurologique, puisque le cerveau, qui ne pourrait alors percevoir les images, les formes et les couleurs de la réalité, ne pourrait pas non plus, pour ainsi dire, couvrir de blanc, d'un blanc uni, comme une peinture blanche sans tonalité, les couleurs, les formes et les images que cette même réalité présenterait à une vue normale, bien qu'il soit toujours très problématique de parler de façon vraiment appropriée de vue normale. Parfaitement conscient de se trouver dans une situation apparemment sans issue, le médecin secoua la tête avec découragement et regarda autour de lui. Sa femme s'était retirée, il se souvenait vaguement qu'elle s'était approchée un instant et lui avait donné un baiser sur les cheveux, Je vais me coucher, avait-elle probablement dit, et maintenant l'appartement était silencieux, les livres étaient éparpillés sur la table, Que se passe-t-il, pensa-t-il, et soudain il eut peur, comme si d'un instant à l'autre lui-même allait devenir aveugle et qu'il le sût déjà. Il retint sa respiration et attendit. Rien n'arriva. Cela arriva une minute plus tard, quand il rassemblait les livres pour les ranger sur l'étagère. D'abord il s'aperçut qu'il avait cessé de voir ses mains, puis il sut qu'il était aveugle.

Le mal dont souffrait la jeune fille aux lunettes teintées n'était pas grave, elle avait juste une conjonctivite des plus simples que le topique en doses légères prescrit par le médecin guérirait en quelques jours. Et vous le savez sûrement déjà, pendant ce temps-là, n'ôtez vos lunettes que pour dormir, lui avait-il dit. La plaisanterie était loin d'être nouvelle, on peut même supposer que les ophtalmologues se la transmettaient de génération en génération, mais l'effet se répétait chaque fois, le médecin souriait en la disant, le patient souriait en l'entendant, et en l'occurrence cela valait la peine car la jeune fille avait de jolies dents et savait les montrer. Par misanthropie naturelle ou pour avoir connu trop de déceptions dans la vie, un sceptique ordinaire qui eût connu les détails de la vie de cette femme eût insinué que la beauté du sourire n'était que rouerie professionnelle, affirmation méchante et gratuite, car il, le sourire, était déjà pareil au temps pas très lointain où la femme était une demoiselle, mot tombé en désuétude, à un moment où l'avenir était une lettre cachetée et où la curiosité de l'ouvrir n'était pas encore née. En simplifiant donc, l'on pourrait inclure cette femme dans la catégorie dite des prostituées, mais la complexité de la trame des relations sociales, tant diurnes que nocturnes, tant verticales qu'horizontales, de l'époque ici décrite invite à mettre un frein à la tendance aux jugements péremptoires et définitifs, défaut dont nous ne parviendrons peut-être jamais à nous débarrasser en raison de notre suffisance excessive. Bien que la nature éminemment nébuleuse de Junon soit évidente, il n'est pas tout à fait licite de s'obstiner à confondre avec une déesse grecque ce qui n'est que vulgaire masse de gouttes d'eau en suspension dans l'atmosphère. Sans doute cette femme va-t-elle au lit contre de l'argent, ce qui permettrait vraisemblablement de la classer sans autre considération dans la catégorie des prostituées de fait, mais comme il est avéré qu'elle ne le fait que quand elle le veut et avec qui elle le veut, il est probable que cette différence de droit doive déterminer à titre de précaution son exclusion de la corporation, entendue au sens d'un ensemble. Elle a, comme toute personne normale, une profession et aussi, comme toute personne normale, elle profite de ses heures de loisir pour octroyer quelques joies à son corps et satisfaire adéquatement à ses besoins, particuliers et généraux. Si l'on ne veut pas la réduire à une définition primaire, ce qu'il faudra finalement dire d'elle, sur le plan général, c'est qu'elle vit comme bon lui semble et qu'en plus elle en tire tout le plaisir qu'elle peut.

La nuit était tombée quand elle sortit du cabinet de consultation. Elle n'ôta pas ses lunettes car l'éclairage des rues l'incommodait, en particulier celui des annonces publicitaires. Elle entra dans une pharmacie acheter le médicament prescrit par le médecin, décida de faire la sourde oreille quand l'employé qui la servait déclara qu'il était bien injuste que certains yeux fussent cachés par des verres sombres, observation impertinente en soi, un pharmacien, on n'a pas idée, et qui de surcroît contrariait sa conviction que des lunettes teintées lui conféraient un air de mystère capiteux, susceptible de déclencher l'intérêt des hommes qui passaient et même de leur donner envie de rétribuer ce mystère, n'était le fait qu'aujourd'hui elle était attendue par quelqu'un, un rendez-vous dont elle avait des raisons d'espérer des bonnes choses, sur le plan des satisfactions matérielles et aussi dans d'autres domaines. Elle connaissait l'homme qu'elle s'apprêtait à rejoindre, il n'avait pas soulevé d'objection quand elle l'avait prévenu qu'elle ne pourrait pas enlever ses lunettes, ordre que le médecin n'avait d'ailleurs pas encore donné, et le caractère inusité de la situation la fit rire. En sortant de la pharmacie, la jeune fille fit signe à un taxi et lui donna le nom d'un hôtel. Appuyée contre la banquette, elle savourait déjà, pour autant que ce terme soit approprié, les différentes et multiples sensations de la jouissance sensuelle, depuis le premier et savant effleurement des lèvres, depuis la première caresse intime jusqu'aux explosions successives d'un orgasme qui la laisserait épuisée et heureuse, comme crucifiée, pardonnez la comparaison, sur une éblouissante et vertigineuse girandole. Nous avons donc de bonnes raisons pour conclure que la jeune fille aux lunettes teintées, si son partenaire a su remplir convenablement son devoir, du point de vue du temps et aussi de la technique, paie toujours d'avance et le double de ce qu'elle encaisse ensuite. Perdue dans ces pensées, sans doute parce qu'elle venait de payer une consultation, elle se demanda si le moment n'était pas venu d'augmenter dès aujourd'hui ce qu'elle appelait par un badin euphémisme son juste niveau de rémunération.

Elle fit arrêter le taxi un pâté de maisons avant, se mêla aux passants qui allaient dans la même direction, se laissant en quelque sorte porter par eux, anonyme et sans vice observable. Elle entra dans l'hôtel d'un air naturel, traversa le vestibule et se dirigea vers le bar. En avance de quelques minutes, elle devait donc attendre, car l'heure du rendez-vous avait été fixée avec précision. Elle commanda un rafraîchissement qu'elle but tranquillement, sans regarder quiconque, elle ne voulait pas être prise pour une vulgaire chasseuse d'hommes. Un peu plus tard, telle une touriste qui monte dans sa chambre pour se reposer après avoir passé l'après-midi dans les musées, elle se dirigea vers l'ascenseur. La vertu, personne ne l'ignore plus, rencontre toujours des écueils sur le très dur chemin de la perfection, mais le péché et le vice sont si choyés par la fortune qu'à peine arrivée devant l'ascenseur les portes s'ouvrirent. Il en sortit un couple âgé, elle entra, appuya sur le bouton du troisième étage, le numéro de la chambre qu'elle cherchait était le trois cent douze, c'est ici, elle frappa discrète-ment à la porte, dix minutes plus tard elle était nue, quinze minutes plus tard elle gémissait, dix-huit minutes plus tard elle susurrait des mots d'amour sans plus avoir besoin de feindre, vingt minutes plus tard elle commençait à perdre la tête, vingt et une minutes plus tard elle sentit son corps s'anéantir de plaisir, vingt-deux minutes plus tard elle cria, Maintenant, maintenant, et quand elle reprit conscience, épuisée et heureuse, elle dit, Je vois encore tout blanc.

Un policier ramena le voleur d'automobiles chez lui. Le circonspect et compatissant agent de la force publique ne pouvait imaginer qu'il conduisait par le bras un délinquant endurci, non pour l'empêcher de s'échapper comme cela aurait été le cas en une autre occasion, mais simplement pour éviter que le pauvre homme ne trébuche et ne tombe. En revanche, il nous est très facile d'imaginer la frayeur de la femme du voleur quand, ouvrant la porte, elle se trouva nez à nez avec un agent de police en uniforme qui, lui sembla-t-il, conduisait un prisonnier accablé à qui, à en juger par sa triste mine, il devait être arrivé quelque chose de pire qu'avoir été arrêté. Un instant, la femme pensa que son homme avait été pris en flagrant délit et que le policier venait perquisitionner chez eux, idée finalement assez rassurante, pour paradoxal que cela paraisse, puisque son mari volait uniquement des voitures, objets qui ne peuvent être dissimulés sous un lit, vu leurs dimensions. Le doute ne dura guère car l'agent déclara, Ce monsieur est aveugle, occupez-vous de lui, et la femme, qui aurait dû être soulagée puisque finalement le policier faisait simplement office d'accompagnateur, saisit toute l'étendue du malheur qui s'abattait sur sa maison quand son mari pleurant à chaudes larmes lui tomba dans les bras en annonçant ce que nous savons déjà.

La jeune fille aux lunettes teintées fut elle aussi raccompagnée chez ses parents par un agent de police, mais les circonstances piquantes dans lesquelles la cécité s'était déclarée dans son cas, une femme nue poussant des cris dans un hôtel, ameutant les pensionnaires, pendant que l'homme qui était avec elle tentait de s'esquiver après avoir enfilé tant bien que mal son pantalon, tempéraient un peu le tragique évident de la situation. L'aveugle, penaude et honteuse, sentiments en tout point compatibles malgré les grommellements des tartufes et des pères-la-pudeur avec les exercices amoureux mercenaires auxquels elle se livrait, après les cris lancinants qu'elle s'était mise à pousser en comprenant que la perte de la vue n'était pas une conséquence nouvelle et imprévisible du plaisir, osa à peine pleurer et se lamenter quand, habillée à la va-comme-je-te-pousse, elle fut chassée de l'hôtel fort discourtoisement et quasiment à coups de bourrade. L'agent, sur un ton qui eût été sarcastique s'il n'avait pas été simplement grossier, voulut savoir, après lui avoir demandé où elle habitait, si elle avait assez d'argent pour se payer un taxi, L'État ne paie pas dans ce genre de cas, avertit-il, procédé qui, soit dit en passant, ne manque pas d'une certaine logique, dans la mesure où ces personnes font partie de celles qui ne paient pas d'impôt sur leurs revenus immoraux. Elle fit un signe de tête affirmatif, mais étant aveugle, vous imaginez un peu, elle pensa que l'agent n'avait peut-être pas vu son geste et elle murmura, Oui, j'en ai, et en son for intérieur ajouta, Il vaudrait mieux que je n'en aie pas, paroles qui nous sembleront hors de propos mais qui, si nous prenons en considération les circonvolutions de l'esprit humain où les chemins courts et rectilignes n'existent pas, finiront par nous sembler parfaitement limpides, car la jeune fille voulait dire qu'elle avait été punie à cause de sa mauvaise conduite, de son immoralité, voilà tout. Elle avait dit à sa mère qu'elle ne rentrerait pas dîner à la maison or finalement elle arriverait à temps, même avant son père.

La situation fut différente pour l'ophtalmologue, non seulement parce qu'il était chez lui quand la cécité l'attaqua, mais aussi parce que, étant médecin, il n'allait pas s'abandonner pieds et poings liés au désespoir à l'instar des gens qui ne prennent conscience de leur corps que lorsqu'il leur fait mal. Même dans une telle situation, alors que l'anxiété le tenaillait et qu'il avait devant lui une nuit d'angoisse, il fut capable de se souvenir de ce qu'Homère avait écrit dans l'Iliade, poème de mort et de souffrance avant tout, Un médecin vaut à lui seul plusieurs hommes, déclaration que nous ne devons pas entendre comme étant une expression directement quantitative mais bien plutôt qualitative, ainsi que le médecin ne tardera pas à le vérifier. Il eut le courage de se coucher sans réveiller sa femme, pas même quand celle-ci, murmurant à moitié endormie, remua dans le lit pour se rapprocher de lui. Après être resté éveillé pendant de longues heures, il s'endormit pour un bref laps de temps, par pur épuisement. Il aurait voulu que la nuit ne finît pas pour ne pas avoir à annoncer, lui dont le métier était de guérir les infirmités des yeux d'autrui, Je suis aveugle, mais en même temps il aurait voulu que la lumière du jour arrivât vite, et cette pensée lui vint dans ces mots mêmes, La lumière du jour, sachant qu'il ne la verrait pas. Un ophtalmologue aveugle n'avait guère d'utilité, assurément, mais il avait le devoir d'informer les autorités sanitaires, de les avertir que le phénomène pourrait se transformer en catastrophe nationale, en un type de cécité inconnue jusqu'à présent, ni plus ni moins, qui semblait être hautement contagieuse et qui se manifestait apparemment sans qu'existassent préalablement des activités pathologiques de nature inflammatoire, infectieuse ou dégénérative, comme il avait pu le vérifier chez l'aveugle venu le consulter ou comme dans son cas à lui, une légère myopie, un léger astigmatisme, le tout si léger qu'il avait décidé de ne pas utiliser de verres correcteurs pour l'instant. Des yeux qui avaient cessé de voir, des yeux totalement aveugles et pourtant en parfait état, sans la moindre lésion, récente ou ancienne, acquise ou d'origine. Il se rappela l'examen minutieux qu'il avait fait subir à l'aveugle, la façon dont les différentes parties de l'œil visibles à l'ophtalmoscope présentaient un aspect sain, sans signe d'altérations morbides, situation très rare pour un homme de trente-huit ans, et même pour un homme plus jeune. Cet homme ne devrait pas être aveugle, pensa-t-il, oubliant un instant que lui aussi était aveugle, tant l'être humain est capable d'abnégation, et cela n'est pas nouveau, rappelons-nous ce qu'a dit Homère, même s'il semble l'avoir fait avec des mots différents.

Il fit semblant de dormir quand sa femme se leva. Il sentit le baiser qu'elle posa très doucement sur son front, comme si elle ne voulait pas le tirer de ce qu'elle croyait être un sommeil profond, pensant peut-être, Le pauvre s'est couché tard pour étudier le cas extraordinaire de ce bonhomme aveugle. Resté seul, comme s'il était lentement étouffé par un nuage lourd qui pesait sur sa poitrine et pénétrait dans ses narines, l'aveuglant par l'intérieur, le médecin émit un gémissement bref, laissa deux larmes, Elles doivent être blanches, pensa-t-il, lui noyer les yeux et couler le long de ses tempes, de part et d'autre de son visage, il comprenait à présent la peur de ses patients quand ceux-ci lui disaient, Docteur, j'ai l'impression de perdre la vue. Des petits bruits domestiques parvenaient jusqu'à la chambre, sa femme ne tarderait pas à venir voir s'il dormait toujours, ce serait bientôt l'heure de partir pour l'hôpital. Il se leva prudemment, chercha sa robe de chambre à tâtons et l'enfila, entra dans la salle de bains, urina. Puis il se tourna vers l'endroit où il savait que se trouvait le miroir, mais cette fois il ne demanda pas, Qu'est-ce que cela peut bien être, il ne dit pas, Il y a mille raisons pour qu'un cerveau humain se ferme, il tendit seulement les mains jusqu'à toucher le verre, il savait que son image était là et le regardait, l'image le voyait, lui ne voyait pas l'image. Il entendit sa femme entrer dans la chambre, Ah, tu es levé, dit-elle, et il répondit, Oui, je suis levé. Puis il la sentit à côté de lui, Bonjour, mon amour, ils se saluaient encore avec des mots affectueux après tant d'années de mariage, alors il dit, comme si tous deux jouaient une pièce de théâtre et que c'était son tour de proférer sa réplique, Je ne crois pas qu'il sera très bon, j'ai quelque chose dans l'œil. Elle prêta attention seulement à la dernière partie de la phrase, Fais-moi voir, dit-elle, et elle examina ses yeux avec attention, Je ne vois rien, de toute évidence elle s'était trompée de réplique, cette phrase ne faisait pas partie de son rôle, c'est lui qui aurait dû la prononcer, mais il s'exprima plus simplement, de la façon suivante, Je ne vois pas, et il ajouta, Je suppose que j'ai été contaminé par le malade d'hier.

Au fil du temps et de l'intimité, les femmes de médecin finissent par avoir des notions de médecine, et celle-ci, proche en tout point de son mari, avait suffisamment de lumières pour savoir que la cécité ne se propage pas par contagion comme une épidémie, une personne qui n'est pas aveugle ne le devient pas simplement parce qu'elle a regardé un aveugle, la cécité est une affaire privée entre la personne et les yeux qu'elle a reçus à la naissance. En tout état de cause, un médecin a l'obligation de savoir ce qu'il dit, les facultés de médecine existent pour cela, et si ce médecin-ci se déclare aveugle et reconnaît ouvertement qu'il a été contaminé, qui est cette femme pour en douter, malgré tous les rudiments de médecine qu'elle possède. Il est donc compréhensible que, face à la preuve irréfutable, la pauvre dame finisse par réagir comme n'importe quelle vulgaire épouse, nous en connaissons déjà deux, qui sont suspendues au cou de leur mari et qui présentent toutes les marques naturelles de l'affliction, Qu'allons-nous faire maintenant, demandait-elle au milieu de ses larmes, Avertir de toute urgence les autorités sanitaires, le ministère, s'il s'agit vraiment d'une épidémie il faudra prendre des dispositions, Mais on n'a jamais vu d'épidémie de cécité, rétorqua sa femme en se cramponnant à ce dernier espoir, On n'a jamais vu non plus d'aveugle sans raison apparente, or en ce moment il y en a au moins deux. Il venait à peine de prononcer ce dernier mot que son visage s'altéra. Il repoussa sa femme presque avec violence et recula lui-même. Éloigne-toi, ne t'approche pas de moi, je pourrais te contaminer, puis se frappant la tête de ses deux poings fermés, Quel imbécile, quel imbécile, quel médecin crétin je fais, comment n'y ai-je pas pensé plus tôt, toute une nuit ensemble, j'aurais dû rester dans mon bureau et fermer la porte, et même ainsi, S'il te plaît, ne parle pas comme ça, ce qui doit être sera, allez, viens, je vais te préparer ton petit déjeuner, Laisse-moi, laisse-moi, Je ne te laisserai pas, cria la femme, que veux-tu donc faire, te promener dans l'appartement en trébuchant, en te cognant contre les meubles pendant que tu chercheras le téléphone, sans yeux pour trouver dans l'annuaire les numéros dont tu as besoin, pendant que moi j'assisterai tranquillement au spectacle, enfermée dans une cloche de cristal pour éviter la contagion. Elle l'agrippa fermement par le bras et dit, Allons, mon chéri.

Il était encore tôt quand le médecin eut fini de prendre, et nous pouvons imaginer avec quel plaisir, la tasse de café et la tranche de pain grillé que sa femme s'était obstinée à lui préparer, trop tôt pour qu'il pût trouver dans leur bureau les personnes qu'il devait avertir. La logique et l'efficacité exigeaient que sa relation des événements fût faite directement et le plus vite possible à un haut fonctionnaire du ministère de la Santé, mais il ne tarda pas à changer d'idée quand il comprit que se présenter simplement comme étant un médecin en possession d'une information importante et urgente ne suffirait pas à convaincre le fonctionnaire de niveau moyen avec qui, enfin, après maintes supplications, la téléphoniste condescendrait à le mettre en contact. L'homme tint à savoir de quoi il retournait avant de le connecter à son supérieur immédiat, et il était évident qu'un médecin ayant le moindre sens de ses responsabilités n'allait pas annoncer tout de go l'apparition d'une épidémie de cécité au premier subalterne venu, la panique serait instantanée. Le fonctionnaire disait, Vous me dites que vous êtes médecin, monsieur, si vous voulez que je vous dise que je vous crois, je vous dirai que je vous crois, mais j'ai des ordres, ou bien vous me dites de quoi il s'agit, ou bien nous mettons fin à cette conversation, C'est une affaire confidentielle, Les affaires confidentielles ne se traitent pas par téléphone, vous feriez mieux de venir personnellement, Je ne peux pas sortir de chez moi, Vous êtes malade, Oui, je suis malade, dit l'aveugle après une hésitation, Dans ce cas, vous devriez appeler un médecin, un médecin authentique, rétorqua le fonctionnaire et, enchanté par son propre esprit, il raccrocha.

Cette insolence fit au médecin l'effet d'une gifle. Il lui fallut plusieurs minutes pour retrouver assez de sérénité pour faire part à sa femme de la grossièreté avec laquelle il avait été traité. Puis, comme s'il découvrait quelque chose qu'il aurait dû savoir depuis longtemps, il murmura avec tristesse, Nous sommes pétris de cette pâte-là, moitié indifférence, moitié malveillance. Il allait demander d'un ton dubitatif, Et maintenant, quand il comprit qu'il avait perdu du temps, que la seule façon de faire parvenir de façon sûre l'information là où il le fallait serait de parler au directeur clinique de son propre service hospitalier, de médecin à médecin, sans passer par le truchement de bureaucrates, et lui se chargerait ensuite de mettre en branle le maudit engrenage officiel. La femme composa le numéro de l'hôpital qu'elle connaissait par cœur. Le médecin déclina son identité quand on lui répondit, puis dit rapidement, Bien, je vous remercie, sans doute la téléphoniste avait-elle demandé, Comment allez-vous, docteur, c'est ce qu'on répond quand on ne veut pas avouer qu'on va mal, on dit, Bien, même si on est à l'article de la mort, c'est ce que le vulgaire appelle faire contre mauvaise fortune bon cœur, phénomène de conversion viscérale observé uniquement chez l'espèce humaine. Quand le directeur décrocha le téléphone, Eh bien, que se passe-t-il, le médecin lui demanda s'il était seul, s'il n'y avait personne auprès de lui susceptible de l'entendre, il n'avait rien à craindre de la téléphoniste car elle avait mieux à faire qu'écouter des conversations sur des ophtalmopathies, elle ne s'intéressait qu'à la gynécologie. Le récit du médecin fut bref mais exhaustif, sans détours, sans mots superflus, sans redondances, et présenté avec une sécheresse clinique qui surprit le directeur, vu les circonstances, Mais vraiment vous êtes aveugle, demanda-t-il, Totalement aveugle, En tout cas il pourrait s'agir d'une coïncidence, il n'y a peut-être pas eu de contagion à proprement parler, D'accord, la contagion n'est pas prouvée, mais nous ne sommes pas devenus aveugles tous les deux, chacun chez soi, sans nous être vus, l'homme s'est présenté déjà aveugle à ma consultation et quelques heures plus tard je suis devenu aveugle, Comment pourrons-nous retrouver cet homme, J'ai son nom et son adresse dans mon cabinet, Je vais envoyer quelqu'un là-bas immédiatement, Un médecin, Oui, un confrère, évidemment, Ne pensez-vous pas que nous devrions informer le ministère de ce qui se passe, Cela me semble prématuré pour l'instant, pensez à l'alarme publique que pareille nouvelle déclencherait, que diable, la cécité ne s'attrape pas, La mort non plus ne s'attrape pas, pourtant nous mourons tous, Bon, restez chez vous pendant que je m'occupe de cette affaire, puis j'enverrai quelqu'un vous chercher car j'aimerais vous examiner, Souvenez-vous que je suis aveugle pour avoir examiné un aveugle, Il n'y a aucune certitude à cela, Il y a au moins une forte présomption de cause à effet, Sans doute, mais il est encore trop tôt pour tirer des conclusions, deux cas isolés n'ont pas de signification statistique, Sauf si tout à coup nous sommes plus de deux cas, Je comprends votre état d'esprit, mais nous devons nous garder d'un pessimisme qui

pourrait s'avérer infondé, Merci, Je vous téléphonerai plus tard,
Au revoir.

Une demi-heure plus tard, le médecin venait de finir de se raser
maladroitement avec l'aide de sa femme, le téléphone sonna.
C'était de nouveau le directeur clinique, mais sa voix était altérée,
Il y a ici un jeune garçon qui est devenu subitement aveugle lui
aussi, il voit tout blanc, sa mère dit qu'elle est allée hier avec son
fils dans votre cabinet de consultation, Je suppose que le petit
souffre d'un strabisme divergent à l'œil gauche, Oui, Cela ne fait
aucun doute, c'est bien lui, Je commence à être préoccupé, la situation est vraiment grave, Le ministère, Oui, c'est vrai, je vais télé-
phoner immédiatement à la direction de l'hôpital. Trois heures plus
tard, alors que le médecin et sa femme déjeunaient en silence, lui
tâtant avec sa fourchette les petits morceaux de viande qu'elle
lui avait coupés, le téléphone sonna de nouveau. La femme alla
répondre, revint aussitôt, C'est pour toi, c'est le ministère. Elle
l'aida à se mettre debout, le guida jusqu'au bureau et lui donna le
téléphone. La conversation fut rapide. Le ministère voulait
connaître l'identité des patients qu'il avait reçus la veille dans son
cabinet, le médecin répondit que la fiche clinique de chacun contenait tous les éléments d'identification, nom, âge, état civil, profession, adresse, et déclara pour finir qu'il était prêt à accompagner la
personne ou les personnes qui viendraient le chercher. A l'autre
bout du fil, le ton fut tranchant, Ce n'est pas nécessaire. Le téléphone changea de main, une autre voix en sortit, Bonjour, c'est le
ministre lui-même, au nom du gouvernement je tiens à vous remercier de votre diligence, je suis certain que grâce à votre promptitude nous allons être en mesure de circonscrire et de maîtriser la
situation, en attendant je vous demanderai d'avoir l'obligeance de
rester chez vous. Ces derniers mots furent prononcés d'un ton
apparemment courtois, mais il ne faisait aucun doute qu'il s'agissait d'un ordre. Le médecin répondit, Oui, monsieur le ministre,
mais la communication avait déjà été coupée.

Quelques minutes plus tard, de nouveau le téléphone. C'était le
directeur clinique, qui bredouillait avec nervosité, J'apprends à
l'instant même que la police a eu connaissance de deux cas de
cécité subite, Parmi les policiers, Non, un homme et une femme,

lui était dans la rue et criait qu'il était aveugle et elle se trouvait dans un hôtel au moment où elle est devenue aveugle, une histoire de coucherie, semble-t-il, Il faudrait vérifier si ce ne sont pas aussi des patients à moi, connaissez-vous leur nom, On ne me l'a pas dit, Le ministère est déjà entré en contact avec moi, on ira à mon cabinet chercher les fiches, Quelle situation compliquée, A qui le dites-vous. Le médecin lâcha le combiné, porta les mains à ses yeux, les y laissa comme s'il voulait défendre ses yeux de maux pires encore, puis s'exclama d'une voix sourde, Je suis si fatigué, Dors un peu, je vais te guider jusqu'au lit, lui dit sa femme, Ça n'est pas la peine, je ne pourrais pas dormir, d'ailleurs le jour n'est pas fini, il va sûrement encore arriver quelque chose. Il était presque six heures du soir quand le téléphone sonna pour la dernière fois. Le médecin était assis à proximité, il souleva le combiné, Oui, Oui, c'est moi, dit-il, il écouta attentivement ce que son correspondant lui disait et se borna à faire un léger signe de tête avant de raccrocher. Qui était-ce, lui demanda sa femme, Le ministère, une ambulance viendra me chercher dans une demi-heure, Tu t'attendais à ça, Oui, plus ou moins, Où vontils t'emmener, Je ne sais pas, à l'hôpital je suppose, Je vais te sortir une valise, te préparer du linge, un costume, Ce n'est pas un voyage, Nous ne savons pas ce que c'est. Elle le conduisit avec ménagement jusqu'à la chambre à coucher, le fit s'asseoir sur le lit, Reste tranquillement ici, je m'occupe de tout. Il l'entendit se déplacer d'un côté et de l'autre, ouvrir et fermer des tiroirs et des armoires, sortir des vêtements et les ranger aussitôt dans la valise posée par terre, mais il ne pouvait pas voir qu'en plus de ses vêtements à lui il y avait dans la valise plusieurs jupes et corsages, deux pantalons, une robe, des chaussures qui ne pouvaient être que de femme. Il pensa vaguement qu'il n'aurait pas besoin d'autant de vêtements mais il se tut, ce n'était pas le moment de parler de futilités. On entendit un claquement de serrures, puis la femme dit, Voilà, l'ambulance peut venir. Elle plaça la valise à côté de la porte qui donnait sur l'escalier, refusant l'aide de son mari qui disait, Laisse-moi t'aider, ça je peux le faire, je ne suis pas totalement invalide. Puis ils allèrent s'asseoir sur un canapé dans la salle de séjour et attendirent. Ils se tenaient par la main, l'homme dit, Je ne sais pas combien de temps nous serons séparés, et elle répondit, Ne te fais pas de mauvais sang.

Ils attendirent presque une heure. Quand la sonnette retentit, elle se leva pour aller ouvrir mais il n'y avait personne sur le palier. Elle se dirigea vers l'interphone et répondit, Très bien, il descend. Elle retourna auprès de son mari et lui dit, On t'attend en bas, ils ont reçu expressément l'ordre de ne pas monter, On dirait vraiment que le ministère a peur, Allons-y. Ils prirent l'ascenseur pour descendre, elle aida son mari à franchir les dernières marches et à entrer dans l'ambulance, puis elle revint vers l'escalier chercher la valise, la souleva toute seule et la poussa à l'intérieur. Elle monta enfin dans l'ambulance et s'assit à côté de son mari. Le chauffeur de l'ambulance protesta, Je peux seulement emmener le monsieur, ce sont les ordres que j'ai reçus, vous devez sortir, madame. La femme répondit calmement, Vous devez aussi m'emmener, je suis devenue aveugle à l'instant même.

L'idée était sortie de la cervelle du ministre lui-même. Quel que fût l'angle sous lequel on l'examinait, il s'agissait d'une bonne idée, sinon d'une idée parfaite, tant du point de vue des aspects purement sanitaires de la situation que de celui de ses conséquences sociales et de ses implications politiques. Aussi longtemps que les causes ne seraient pas éclaircies ou plutôt, pour employer un langage adéquat, l'étiologie du mal blanc, car c'est ainsi qu'avait été désignée la malsonnante cécité par un assesseur inspiré et débordant d'imagination, aussi longtemps qu'on ne lui aurait pas trouvé traitement et cure, et peut-être même un vaccin qui prévienne l'apparition de futurs cas, toutes les personnes devenues aveugles, ainsi que celles qui avaient été en contact physique ou en proximité directe avec elles, seraient rassemblées et isolées de façon à éviter d'ultérieures contagions, qui, si elles se produisaient, se multiplieraient plus ou moins selon ce qu'il est convenu d'appeler en mathématique une progression géométrique. Quod erat demonstrandum, conclut le ministre. En paroles à la portée de l'entendement de chacun, il s'agissait de mettre en quarantaine toutes ces personnes, selon l'ancienne pratique héritée des temps du choléra et de la fièvre jaune, à une époque où les bateaux contaminés ou simplement soupçonnés d'avoir été infectés devaient rester au large pendant quarante jours, En attendant la suite des événements. Ces mots mêmes, En attendant la suite des événements, intentionnels par le ton mais sibyllins en raison de leur imprécision, furent prononcés par le ministre, qui précisa sa pensée plus tard, Je voulais dire qu'il pourrait aussi bien s'agir de quarante jours que de quarante semaines, ou de quarante mois, ou de quarante ans, ce qu'il faut c'est que ces gens ne sortent pas de là, Il reste maintenant à décider où nous allons les parquer, monsieur le ministre, dit le président de la commission de logistique et de sécurité, créée en toute hâte et chargée du transport, de l'isolement et du ravitaillement des patients, De quelles possibilités disposons-nous dans l'immédiat, s'enquit le ministre, Nous disposons d'un asile d'aliénés vide et désaffecté en attendant qu'on lui trouve une autre destination, d'installations militaires qui ne servent plus à rien à la suite de la récente restructuration de l'armée, d'une foire industrielle dont l'aménagement est quasiment achevé et aussi, je n'ai pas réussi à me faire expliquer pourquoi, d'un hypermarché en liquidation, A votre avis, lequel de ces locaux conviendrait le mieux à nos besoins, La caserne offre les meilleures conditions de sécurité, Naturellement, Elle présente toutefois un inconvénient, elle est trop grande, la surveillance des internés serait difficile et dispendieuse, Je vois, Quant à l'hypermarché, il faudrait probablement s'attendre à divers empêchements d'ordre juridique, à des aspects légaux à prendre en considération, Et la foire, La foire, monsieur le ministre, je crois préférable de ne pas y songer, Pourquoi, L'industrie serait sûrement contre, des millions ont été investis dans cette foire, Dans ce cas, il reste l'asile d'aliénés, Oui, monsieur le ministre, l'asile d'aliénés, Eh bien, va pour l'asile, D'ailleurs il présente les meilleures conditions sous tous les rapports car, outre le fait qu'il est muré sur tout son pourtour, il a aussi l'avantage de se composer de deux ailes, une que nous destinerons aux aveugles proprement dits et l'autre aux suspects, en plus du corps de bâtiment qui servira pour ainsi dire de no man's land, par où transiteront ceux qui sont devenus aveugles pour aller rejoindre ceux qui sont déjà aveugles, J'entrevois un problème, Lequel, monsieur le ministre, Nous allons être obligés d'y installer du personnel pour orienter les transferts or je ne crois pas que nous puissions compter sur des volontaires, Je ne pense pas que cela sera nécessaire, monsieur le ministre, Expliquez-vous, Au cas où l'une des personnes soupçonnées de contamination deviendrait aveugle, comme cela arrivera tôt ou tard naturellement, vous pouvez être sûr, monsieur le ministre, que les autres, ceux qui conserveront encore la vue, la flanqueront dehors sur-le-champ, Vous avez raison, Tout comme elles refuseront l'entrée à un aveugle qui s'aviserait de vouloir changer de local, Bien raisonné, Merci, monsieur le ministre, pouvons-nous donc mettre nos plans à exécution, Oui, vous avez carte blanche.

La commission agit avec promptitude et efficacité. Avant la tombée de la nuit, tous les aveugles dont on avait connaissance avaient été rassemblés, ainsi qu'un certain nombre de contaminés présumés, du moins ceux qu'il avait été possible d'identifier et de localiser en une opération éclair de ratissage menée principalement dans les milieux familiaux et professionnels des personnes atteintes de perte de la vue. Le médecin et sa femme furent les premiers à être transportés dans l'asile d'aliénés. Des soldats montaient la garde. Le portail fut ouvert juste assez pour les laisser passer et aussitôt refermé. Une grosse corde allait du portail à la porte principale du bâtiment et servait de main courante, Déplacez-vous un peu plus à droite, vous trouverez une corde, saisissez-la et avancez tout droit, toujours tout droit, jusqu'aux marches, il y en a six, avertit un sergent. A l'intérieur du bâtiment, la corde se divisait en deux, une partie bifurquait vers la gauche, l'autre vers la droite, le sergent avait crié, Attention, votre côté à vous est le droit. Tout en traînant la valise, la femme guidait son mari vers le dortoir qui se trouvait le plus près de l'entrée. Il était tout en longueur, comme une infirmerie du temps jadis, avec deux rangées de lits peints en gris mais dont la peinture avait commencé à s'écailler il y a longtemps. Les couvre-lits, les draps et les couvertures étaient de la même couleur grise. La femme conduisit son mari au fond du dortoir, le fit asseoir sur un des lits et lui dit, Ne sors pas d'ici, je vais aller voir de quoi tout ça a l'air. Il y avait d'autres dortoirs, de longs corridors étroits, des pièces qui avaient dû être des cabinets de médecins, des lieux d'aisance immondes, une cuisine qui n'avait pas encore perdu son odeur de mauvaise nourriture, un grand réfectoire avec des tables recouvertes de plaques de zinc, trois cellules matelassées jusqu'à une hauteur de deux mètres et tapissées de liège au-dessus. Derrière le bâtiment il y avait une clôture à l'abandon et des arbres mal soignés, dont les troncs semblaient avoir été écorchés.

L'on voyait partout des débris. La femme du médecin entra à l'intérieur. Elle découvrit des camisoles de force dans une armoire à moitié ouverte. Quand elle rejoignit son mari, elle lui demanda, Imagines-tu où on nous a amenés, Non, elle allait ajouter, Dans un hospice de fous, mais il l'interrompit, Tu n'es pas aveugle, je ne puis consentir à ce que tu restes ici, Oui, tu as raison, je ne suis pas aveugle, Je vais demander qu'on te ramène à la maison, dire que tu les as trompés pour rester avec moi, Cela ne vaut pas la peine, d'ici ils ne peuvent pas t'entendre, et même s'ils t'entendaient ils ne t'écouteraient pas, Mais tu vois, Je vois pour l'instant, mais il est à peu près certain que je deviendrai aveugle moi aussi un de ces jours, ou dans une minute, Va-t'en, je t'en prie, N'insiste pas, d'ailleurs je parie que les soldats ne me laisseraient même pas mettre un pied sur les marches, Je ne peux pas te forcer, Non, mon amour, tu ne peux pas, je reste ici pour t'aider, et aussi les autres qui viendront, mais ne leur dis pas que je vois, Quels autres, Tu ne crois tout de même pas que nous serons les seuls, C'est de la folie, Forcément, nous sommes dans un hospice de fous.

Les autres aveugles arrivèrent tous ensemble. Ils avaient été ramassés chez eux, les uns après les autres, l'homme de l'automobile fut le premier de tous, le voleur qui l'avait volé, la jeune fille aux lunettes teintées, le petit garçon louchon, non, pas lui, lui on avait été le chercher à l'hôpital où sa mère l'avait emmené. Sa mère n'était pas avec lui, elle n'avait pas eu l'astuce de la femme du médecin, déclarer qu'elle était aveugle sans l'être, c'est une créature simple, incapable de mentir, fût-ce pour son bien. Ils entrèrent dans le dortoir en se bousculant et en palpant l'air, ici il n'y avait pas de corde pour les guider, ils devraient apprendre à leurs dépens, en souffrant, le garçon pleurait, réclamait sa mère, la jeune fille aux lunettes teintées s'efforçait de le tranquilliser, Elle va venir, elle va venir, disait-elle, et avec ses lunettes elle pouvait aussi bien être aveugle que ne pas l'être, les autres remuaient les yeux d'un côté et de l'autre et ne voyaient rien, tandis qu'elle, avec ses lunettes, juste parce qu'elle disait, Elle va venir, elle va venir, c'était comme si la mère désespérée était véritablement sur le point de surgir à la porte. La femme du médecin approcha la bouche de l'oreille de son mari et susurra, Quatre personnes sont entrées, une femme, deux hommes et un gamin, Les hommes, quel aspect ont-ils, demanda le médecin à voix basse. Elle les décrivit, et lui, Celui-là je ne le connais pas, l'autre, d'après son portrait, m'a tout l'air d'être l'aveugle qui est venu dans mon cabinet, Le petit garçon louche, et la femme porte des lunettes teintées, elle semble jolie, Tous deux sont venus me consulter. A cause du bruit qu'ils faisaient en cherchant un endroit où ils se sentiraient en sécurité, les aveugles n'entendirent pas cet échange de paroles, ils pensaient sans doute qu'il n'y avait pas d'autres personnes comme eux ici et ils n'avaient pas perdu la vue depuis assez longtemps pour avoir affiné leur sens de l'ouïe au-dessus du niveau normal. Enfin, comme s'ils étaient arrivés à la conclusion qu'un tiens vaut mieux que deux tu l'auras, ils s'assirent chacun sur le lit contre lequel ils avaient pour ainsi dire trébuché, les deux hommes à côté l'un de l'autre, mais ils ne le savaient pas. La jeune fille continuait à consoler le petit garçon à voix basse, Ne pleure pas, tu verras que ta maman ne tardera pas à venir. Un silence se fit ensuite, alors la femme du médecin dit de façon à être entendue au fond du dortoir où se trouvait la porte, Ici, il y a déjà deux personnes, combien êtes-vous. La voix inattendue fit sursauter les nouveaux venus, mais les deux hommes continuèrent à garder le silence, c'est la jeune fille qui répondit, Je crois que nous sommes quatre, il y a ce jeune garçon et moi, Qui d'autre encore, pourquoi les autres ne parlent-ils pas, demanda la femme du médecin, Il y a moi, murmura une voix d'homme, comme si prononcer ces mots lui coûtait, Et moi, marmonna à son tour d'un ton contrarié une autre voix d'homme. La femme du médecin se dit, Ces deux-là se comportent comme s'ils avaient peur que l'un ne reconnaisse l'autre. Elle les voyait crispés, tendus, le cou en avant comme s'ils flairaient quelque chose, mais, curieusement, leur expression était semblable, un mélange de menace et de peur, pourtant la peur de l'un n'était pas identique à la peur de l'autre, et les menaces non plus. Que peut-il bien y avoir entre eux, se demanda-t-elle.

A cet instant, une voix forte et sèche se fit entendre, la voix de quelqu'un qui avait l'habitude de donner des ordres. Elle venait d'un haut-parleur fixé au-dessus de la porte par où ils étaient entrés. Le mot Attention fut prononcé trois fois, puis la voix commença, Le gouvernement regrette d'avoir été forcé d'exercer énergiquement ce qu'il estime être son droit et son devoir, qui est de protéger la population par tous les moyens possibles dans la crise que nous traversons et qui se manifeste apparemment sous la forme d'une apparition épidémique de cécité, provisoirement désignée sous le terme de mal blanc, et il souhaite pouvoir compter sur le civisme et la collaboration de tous les citoyens pour endiguer la propagation de la contagion, à supposer qu'il s'agisse bien de contagion et que nous ne nous trouvions pas simplement face à une série de coïncidences pour le moment inexplicables. La décision de réunir dans un même lieu les personnes affectées, et dans un lieu proche mais séparé les personnes qui ont eu avec celles-ci un contact quelconque, a été prise après mûre réflexion. Le gouvernement est parfaitement conscient de ses responsabilités et il espère que ceux à qui ce message s'adresse assumeront aussi en citoyens disciplinés les responsabilités qui leur incombent et considéreront que l'isolement où ils se trouvent actuellement représente un acte de solidarité vis-à-vis du reste de la communauté nationale, au-delà de toutes considérations personnelles. Cela dit, nous vous invitons à prêter attention aux instructions suivantes, premièrement, les lumières devront toujours rester allumées, toute tentative de manipulation des interrupteurs sera inutile, ils ne fonctionnent pas, deuxièmement, abandonner l'édifice sans autorisation sera synonyme de mort immédiate, troisièmement, dans chaque dortoir il y a un téléphone qui pourra être utilisé uniquement pour demander à l'extérieur le remplacement des produits d'hygiène et de nettoyage, quatrièmement, les internés laveront leurs effets à la main, cinquièmement, il est recommandé d'élire des responsables de dortoir, ceci est une recommandation, pas un ordre, les internés s'organiseront du mieux qu'ils l'entendront, dès lors qu'ils respecteront les règles ci-dessus énoncées et celles que nous énonçons ci-dessous, sixièmement, des caisses de nourriture seront déposées trois fois par jour à la porte d'entrée, à droite et à gauche, et sont destinées respectivement aux patients et aux suspects de contamination, septièmement, tous les restes devront être incinérés, étant considérés comme restes, outre les reliefs de nourriture, les caisses, les assiettes et les couverts, fabriqués de matériaux combustibles, huitièmement, l'incinération devra s'effectuer dans les cours intérieures de l'édifice ou à proximité de la clôture, neuvièmement, les internés seront tenus pour responsables de toute conséquence négative découlant de ladite incinération, dixièmement, en cas d'incendie, fortuit ou intentionnel, les pompiers n'interviendront pas, onzièmement, les internés ne devront pas compter non plus sur la moindre intervention de l'extérieur au cas où des maladies se déclareraient parmi eux, ainsi que dans l'éventualité de désordre ou d'agression, douzièmement, en cas de mort, quelle qu'en soit la cause, les internés enterreront le cadavre près de la clôture sans formalités, treizièmement, la communication entre l'aile des patients et l'aile des suspects de contamination se fera par le corps central du bâtiment, celui par où ils sont entrés, quatorzièmement, les suspects de contamination qui deviendraient aveugles se transporteront immédiatement dans l'aile de ceux qui sont déjà aveugles, quinzièmement, cette annonce sera répétée tous les jours, à cette même heure, pour mettre au courant les nouveaux venus. Le gouvernement et la nation espèrent que chacun accomplira son devoir. Bonne nuit.

Dans le premier silence qui s'ensuivit, l'on entendit la voix claire du garçonnet, Je veux ma mère, mais ces paroles furent articulées sans expression, à la façon d'un mécanisme répétitif automatique qui aurait laissé précédemment en suspens une phrase et qui la déclencherait tout à coup hors de propos. Le médecin dit, Les ordres que nous venons d'entendre ne laissent subsister aucun doute, nous sommes isolés, et plus isolés probablement que quiconque ne l'a jamais été et sans espoir de pouvoir sortir d'ici avant qu'un remède à cette maladie ne soit découvert, Je connais votre voix, dit la jeune fille aux lunettes teintées, Je suis médecin, médecin ophtalmologue, Vous êtes le médecin que j'ai consulté hier, c'est sa voix, Oui, et vous, qui êtes-vous, J'avais une conjonctivite, je suppose que je l'ai encore, mais maintenant que je suis aveugle ça n'a plus tellement d'importance, Et ce petit qui est avec vous, Ce n'est pas le mien, je n'ai pas d'enfant, J'ai examiné hier un jeune garçon qui louchait, c'était toi, demanda le médecin, Oui, c'était moi, monsieur, la réponse du garçon était empreinte d'un ton de dépit, comme s'il n'aimait pas qu'on mentionnât son défaut physique, et il avait raison, car ce défaut, celui-là comme bien d'autres, rien qu'à en parler, d'à peine perceptible devient plus qu'évident. Y a-t-il encore quelqu'un d'autre que je connaisse, demanda de nouveau le médecin, l'homme qui est venu hier à mon cabinet accompagné de son épouse est-il ici, l'homme qui est devenu subitement aveugle au volant de son automobile, C'est moi, répondit le premier aveugle, Il y a encore une autre personne, qu'elle veuille bien dire qui elle est, nous allons être obligés de vivre ensemble pendant nous ne savons pas combien de temps, il est donc indispensable que nous fassions connaissance. Le voleur de voitures grommela entre ses dents, Oui, oui, pensant que cela suffirait pour confirmer sa présence, mais le médecin insista, Vous avez la voix d'une personne relativement jeune, vous n'êtes pas le patient âgé qui souffrait de cataracte, Non, docteur, ce n'est pas moi, Comment êtes-vous devenu aveugle, Dans la rue, Et quoi d'autre, Rien d'autre, j'étais dans la rue et je suis devenu aveugle. Le médecin allait lui demander si sa cécité était blanche elle aussi mais il se tut, à quoi bon, à quoi cela les avancerait-il, quelle que fût la réponse, cécité blanche ou cécité noire, aucun d'eux ne sortirait d'ici. Il tendit une main hésitante vers sa femme et rencontra la sienne à mi-chemin. Elle déposa un baiser sur sa joue, personne d'autre ne pouvait voir ce front flétri, cette bouche molle, ces yeux morts, comme de verre, effrayants car ils semblaient voir et ne voyaient pas, Mon tour aussi viendra, pensa-t-elle, quand, peut-être tout de suite, sans que j'aie le temps d'aller au bout de ce que je suis en train de me dire, à n'importe quel moment, comme eux, ou peut-être me réveillerai-je aveugle, je deviendrai aveugle en fermant les yeux pour dormir, croyant m'être tout juste endormie.

Elle regarda les quatre aveugles assis sur les lits, avec à leurs pieds le maigre bagage qu'ils avaient pu emporter, le garçonnet avec son cartable d'écolier, les autres avec des petites valises, comme pour un week-end. La jeune fille aux lunettes teintées bavardait à voix basse avec le gamin, et dans la rangée de l'autre côté, l'un près de l'autre, séparés seulement par un lit vide, sans le savoir, le premier aveugle et le voleur de voitures se faisaient face. Le médecin dit, Nous avons tous entendu les ordres, nous savons que personne ne viendra nous aider quoi qu'il arrive, il serait donc bon de commencer déjà à nous organiser car ce dortoir ne tardera pas à se remplir, celui-ci et les autres, Comment savez-vous qu'il y a d'autres dortoirs, demanda la jeune fille, Avant de nous installer dans celui-ci nous avons un peu repéré les lieux, celui-ci est plus près de la porte d'entrée, expliqua la femme du médecin en serrant le bras de son mari pour lui recommander d'être prudent. La jeune fille dit, Le mieux serait de nommer le docteur responsable, après tout il est médecin, A quoi sert un médecin sans yeux et sans remèdes, Un médecin a de l'autorité. La femme du médecin sourit, Je trouve que tu devrais accepter, si les autres sont d'accord, bien entendu, Je ne pense pas que ce soit une bonne idée, Pourquoi, Pour l'instant nous ne sommes que six ici, mais demain nous serons sûrement plus nombreux, tous les jours des gens arriveront, ce serait parier sur l'impossible que d'escompter que tous seront disposés à accepter une autorité qu'ils n'auront pas choisie et qui, en plus, n'aura rien à leur donner en échange de leur acquiescement, et cela à supposer aussi qu'ils reconnaissent une autorité et une règle, Alors, ça sera difficile de vivre ici, Nous aurons beaucoup de chance si c'est seulement difficile. La jeune fille aux lunettes teintées dit, Ma proposition partait d'une bonne intention, mais le docteur a effectivement raison, chacun tirera la couverture à soi.

Ébranlé par ces paroles ou incapable de contenir plus longtemps sa fureur, un des hommes se mit brusquement debout, C'est ce type qui est coupable de notre malheur, si j'avais des yeux je le tuerais à l'instant même, vociféra-t-il en indiquant l'endroit où il croyait que se trouvait l'autre. L'erreur de direction n'était pas grande, mais le geste dramatique eut un effet comique car le doigt accusateur désignait une table de chevet innocente. Calmez-vous, dit le médecin, dans une épidémie il n'y a pas de coupables, tout le monde est victime, Si je ne m'étais pas montré serviable, comme je l'ai été, si je ne l'avais pas aidé à rentrer chez lui, j'aurais encore mes précieux yeux, Qui êtes-vous, demanda le médecin, mais l'accusateur ne répondit pas, il semblait regretter d'avoir parlé. L'on entendit alors la voix d'un autre homme, Il m'a ramené chez moi, c'est vrai, mais après il a profité de mon état pour me voler ma voiture, C'est faux, je n'ai rien volé, Si, monsieur, vous m'avez volé, Si quelqu'un vous a piqué votre bagnole, ce n'est pas moi, comme récompense pour ma bonne action je suis devenu aveugle, et d'ailleurs où sont les témoins, j'aimerais bien les voir, Les disputes ne mènent à rien, dit la femme du médecin, la voiture est là-bas dehors, vous êtes tous les deux ici dedans et vous feriez mieux de faire la paix, souvenez-vous que nous allons devoir vivre ensemble, Moi j'en connais un qui ne vivra pas avec lui, dit le premier aveugle, vous ferez ce que vous voudrez, mais moi je vais m'installer dans un autre dortoir, je ne vais pas rester à côté d'un filou comme ce type qui a été capable de voler un aveugle, il se plaint d'être devenu aveugle à cause de moi, heureusement qu'il a perdu la vue, au moins il y a encore une justice en ce bas monde. Il saisit sa valise et traînant les pieds pour ne pas trébucher, tâtonnant avec sa main libre, il se dirigea vers la travée qui séparait les deux rangées de grabats, Où sont les dortoirs, demanda-t-il, mais il n'entendit pas la réponse, si réponse il y eut, car il sentit soudain un méli-mélo de bras et de jambes s'abattre sur lui, c'était le voleur de voitures qui exécutait tant bien que mal sa menace de se venger de l'auteur de ses maux. Qui dessous, qui dessus, ils roulèrent dans l'espace étroit, se cognant contre les pieds des lits pendant que, de nouveau effrayé, le garçon louchon recommençait à pleurer et à réclamer sa mère. La femme du médecin attrapa son mari par un bras, sachant qu'elle ne pourrait pas mettre fin à la bagarre toute seule, et elle le conduisit dans la travée où, pantelants, les lutteurs furieux se colletaient. Elle guida les mains de son mari, elle-même se chargea de l'aveugle le plus à sa portée, et ils eurent beaucoup de mal à les séparer. Vous vous conduisez stupidement, les tança le médecin, si vous avez envie de transformer ce séjour en enfer, continuez comme ça, vous êtes sur la bonne voie, mais souvenez-vous que nous sommes livrés à nous-mêmes, aucun secours ne viendra de l'extérieur, vous avez entendu ce qui a été dit, Il m'a volé mon auto, geignit le premier aveugle, plus moulu et roué de coups que l'autre, Laissez tomber, qu'est-ce que ça peut faire maintenant, dit la femme du médecin, vous ne pouviez déjà plus vous en servir quand on vous l'a volée, Oui, c'est vrai, mais c'était ma voiture, et ce voleur l'a emmenée je ne sais où, Très probablement, dit le médecin, votre voiture se trouve à l'endroit où cet homme est devenu aveugle, Vous êtes un homme intelligent, docteur, ça ne fait pas un pli, dit le voleur. Le premier aveugle fit un mouvement comme pour se libérer des mains qui le retenaient, mais sans forcer, comme s'il avait compris que l'indignation, fût-elle justifiée, ne lui restituerait pas sa voiture et que sa voiture ne lui restituerait pas ses yeux. Mais le voleur se fit menaçant, Si tu crois que tu vas t'en sortir comme ça, tu te trompes lourdement, je t'ai volé ta voiture, oui, c'est moi qui te l'ai volée, mais toi tu m'as volé la vue, va savoir qui de nous deux est le pire voleur, Arrêtez, protesta le médecin, ici nous sommes tous aveugles et nous ne nous plaignons pas et nous n'accusons personne, Moi, le mal des autres, je m'en accommode fort bien, répondit le voleur d'un ton méprisant, Si vous voulez aller dans un autre dortoir, dit le médecin au premier aveugle, ma femme pourra vous guider, elle s'oriente mieux que moi, J'ai changé d'idée, je préfère rester ici. Le voleur se moqua de lui, Vous avez peur d'être seul, voilà tout, des fois qu'un ogre de ma connaissance vous tomberait sur le paletot, Ça suffit, s'écria le médecin avec impatience, Hé, ho, petit docteur, gronda le voleur, dites-vous bien qu'ici nous sommes tous égaux, vous n'allez pas me donner d'ordre, Je ne vous donne pas d'ordre, je vous dis seulement de laisser cet homme en paix, D'accord, d'accord, mais il ne faut pas me chercher des poux dans la tête, la moutarde me monte vite au nez et je deviens méchant comme un âne rouge, je peux être bon garçon comme tout le monde mais je suis un ennemi qui ne fait pas de cadeaux. Avec des gestes et des mouvements agressifs, le voleur chercha le lit sur lequel il s'était assis précédemment, poussa sa valise dessous, puis annonça, Je me couche, à son ton c'était comme s'il avait dit, Tournez-vous, je me déshabille. La jeune fille aux lunettes teintées dit au garçonnet louchon, Toi aussi, tu vas aller au lit, tu te coucheras de ce côté-ci, et si tu as besoin de quelque chose pendant la nuit appelle-moi, J'ai envie de faire pipi, dit le gamin. En l'entendant, tous ressentirent une envie soudaine et urgente d'uriner et ils pensèrent, avec ces mots ou d'autres, Reste à savoir comment on va faire, le premier aveugle tâtonna sous son lit pour voir s'il n'y avait pas un pot de chambre, tout en espérant ne pas en trouver car il aurait eu honte d'uriner en présence d'autres personnes, elles ne pouvaient pas le voir, c'était vrai, mais le bruit de l'urine est indiscret, impossible à déguiser, les hommes, eux au moins, peuvent user d'un stratagème qui n'est pas à la portée des femmes, en cela ils ont plus de chance. Le voleur s'était assis sur son lit et disait, Merde, où que c'est qu'on pisse dans cette baraque, Surveillez votre langage, il y a un enfant ici, protesta la jeune fille aux lunettes teintées, Eh bien oui, ma cocotte, mais ou bien tu dégottes un endroit, ou bien ton bébé pissera bientôt dans sa culotte. La femme du médecin dit, Je vais essayer de trouver les cabinets, il m'a semblé sentir une odeur, là-bas, Je vous accompagne, dit la jeune fille aux lunettes teintées en prenant le garçonnet par la main, Je pense qu'il vaut mieux que nous y allions tous ensemble, déclara le médecin, comme ça nous connaîtrons le chemin pour quand nous en aurons besoin, Toi, je t'ai percé à jour, pensa le voleur de voitures, mais il n'osa pas le dire à haute voix, tu ne veux pas que ta chère petite femme m'emmène pisser chaque fois que l'envie m'en prendra. Cette pensée, à cause de son sous-entendu implicite, provoqua chez lui une petite érection qui le surprit, comme si la cécité devait avoir pour conséquence la perte ou la diminution de l'appétit sexuel, Bon, se dit-il, finalement je n'ai pas tout perdu, et parmi les morts et les blessés il y aura bien quelqu'un qui en réchappera, et s'abstrayant de la conversation il lâcha la bride à son imagination. On ne lui en laissa pas le temps, le médecin disait, Nous allons nous mettre à la queue leu leu, ma femme marchera devant, chacun placera la main sur l'épaule de la personne devant lui, comme ça nous ne risquerons pas de nous perdre. Le premier aveugle dit, Moi je ne vais pas avec ce type-là, il se référait évidemment à celui qui l'avait volé.

Qu'ils se cherchassent ou qu'ils voulussent s'éviter, ils avaient beaucoup de mal à se mouvoir dans l'étroite travée, d'autant plus que la femme du médecin devait elle aussi se déplacer comme si elle était aveugle. La file se mit enfin en place, derrière la femme du médecin il y avait la jeune fille aux lunettes teintées qui tenait le garçonnet louchon par la main, puis le voleur, en caleçon et tricot de corps, puis le médecin, et en queue, pour l'instant à l'abri des agressions, le premier aveugle. Ils avançaient très lentement, comme s'ils ne se fiaient pas à celle qui les guidait, tâtant l'air avec leur main libre, cherchant au passage l'appui de quelque chose de solide, un mur, l'embrasure d'une porte. Placé derrière la jeune fille aux lunettes teintées, le voleur, excité par le parfum qui s'exhalait d'elle et par le souvenir de son érection récente, décida de se servir plus utilement de ses mains, il caressa la nuque de la jeune fille sous les cheveux avec une main et de l'autre il lui palpa directement le sein, sans faire de manières. Elle se secoua pour échapper à cette impudence, mais l'homme la tenait solidement. Alors la jeune fille envoya violemment sa jambe en arrière dans un mouvement de ruade. Le talon de sa chaussure, fin comme un stylet, se planta dans le gras de la cuisse nue du voleur qui lança un hurlement de surprise et de douleur. Que se passe-t-il, demanda la femme du médecin en regardant derrière elle, J'ai trébuché, répondit la jeune fille aux lunettes teintées, j'ai dû faire mal à la personne qui me suit. Le sang jaillissait entre les doigts du voleur qui, gémissant et pestant, essayait d'évaluer les conséquences de la ruade, Je suis blessé, cette nana ne voit pas où elle met les pieds, Et vous, vous ne voyez pas où vous mettez les mains, répondit sèchement la jeune fille. La femme du médecin comprit ce qui s'était passé, elle sourit tout d'abord mais s'aperçut vite que la plaie avait vilaine allure, le sang coulait le long de la jambe du pauvre diable, or ils n'avaient ni eau oxygénée, ni mercurochrome, ni pansements, ni bandages, ni désinfectant, rien. La file s'était désagrégée, le médecin demandait, Où êtes-vous blessé, Ici, Où ici, A la jambe, vous ne voyez donc pas, la nana m'a transpercé avec son talon, J'ai trébuché, ce n'est pas de ma faute, répéta la jeune fille, mais aussitôt, exaspérée, elle explosa, Ce salaud m'a pelotée, il s'imagine que je suis quoi. La femme du médecin intervint, Maintenant il faut laver la blessure et la bander, Et où est-ce qu'il y a de l'eau, demanda le voleur, Dans la cuisine, il y a de l'eau dans la cuisine, mais nous n'avons pas besoin d'y aller tous, mon mari et moi y conduirons ce monsieur, les autres n'auront qu'à nous attendre ici, nous ne serons pas longs, J'ai envie de faire pipi, dit le garçon, Retiens-toi un petit instant, nous serons vite de retour. La femme du médecin savait qu'elle devait tourner à droite puis à gauche, puis prendre un long couloir qui formait un angle droit, la cuisine se trouvait tout au bout. Après quelques minutes elle fit semblant de s'être trompée, s'arrêta, retourna en arrière, puis s'exclama, Ah, ça y est, je me souviens, et ensuite ils allèrent directement à la cuisine, il ne fallait pas perdre davantage de temps, la blessure saignait abondamment. Au début, l'eau qui coula était sale, ils durent attendre qu'elle devienne claire. Elle était tiède, croupie, comme si elle avait pourri à l'intérieur des tuyaux, mais le blessé la reçut avec un soupir de soulagement. La plaie avait un vilain aspect, Et maintenant comment allons-nous lui bander la jambe, demanda la femme du médecin. Il y avait des chiffons sales sous une table qui avaient dû servir de serpillières, mais c'eût été une grave imprudence de s'en servir comme bandage, Ici, apparemment, il n'y a rien, dit-elle en feignant de chercher, Mais je ne peux pas rester dans cet état, docteur, le sang n'arrête pas de couler, je vous en supplie, aidez-moi et excusez-moi si tout à l'heure j'ai été mal élevé avec vous, se lamentait le voleur, Nous sommes précisément en train de vous aider, dit le médecin, puis, Enlevez votre tricot, c'est le seul moyen. Le blessé grommela qu'il en avait besoin, mais il l'ôta. La femme du médecin en fit rapidement un rouleau dont elle entoura la cuisse, elle le serra avec force et réussit à faire un nœud grossier avec les pointes formées par les bretelles et le bas du vêtement. Ce n'était pas des mouvements qu'un aveugle pût exécuter facilement, mais elle ne voulut pas perdre de temps à feindre davantage, avoir fait semblant de se perdre suffisait amplement. Le voleur trouva la situation anormale, en bonne logique c'était le médecin, même s'il n'était qu'ophtalmologue, qui aurait dû placer le bandage, mais la consolation de se savoir soigné se superposa aux doutes, de toute façon vagues, qui l'espace d'un instant avaient effleuré sa conscience. Ils retournèrent tous les trois à l'endroit où se trouvaient les autres, le voleur en boitillant, et la femme du médecin vit immédiatement que le garçonnet louchon n'avait pas pu se retenir et avait uriné dans sa culotte. Ni le premier aveugle ni la jeune fille aux lunettes teintées ne s'en étaient aperçu. Une flaque d'urine s'étendait aux pieds du garçon, l'ourlet du pantalon gouttait encore. Mais la femme du médecin dit comme si de rien n'était, Allons chercher ces cabinets. Les aveugles agitèrent les bras devant leur visage en se cherchant mutuellement, mais pas la jeune fille aux lunettes teintées qui déclara d'emblée qu'elle ne voulait pas marcher devant l'effronté qui l'avait pelotée, et la file se reconstitua enfin, le voleur et le premier aveugle ayant permuté et placé le médecin entre eux. Le voleur boitait plus nettement, il traînait la jambe. Le tourniquet l'incommodait et la blessure palpitait si fort que c'était comme si son cœur avait changé de place et se trouvait maintenant au fond de la plaie. La jeune fille aux lunettes teintées conduisait de nouveau le petit garçon par la main, mais il se mettait le plus possible sur le côté, de peur que quelqu'un ne découvrît son laisser-aller, comme le médecin qui renifla, Ça sent l'urine ici, et sa femme jugea bon de confirmer son impression, Oui, c'est vrai, il y a une odeur. Elle ne pouvait pas dire que l'odeur venait des cabinets car ils en étaient encore loin, et, devant se comporter en aveugle, elle ne pouvait pas non plus révéler que l'odeur venait du pantalon mouillé du gamin.

Tous furent d'accord, les femmes comme les hommes, quand ils arrivèrent aux cabinets, pour que le gamin soit le premier à se soulager, mais les hommes finirent par entrer tous ensemble, sans distinction d'urgence ou d'âge, dans l'urinoir qui était collectif, dans un endroit comme celui-ci c'était inévitable, les cabinets d'aisance étaient eux aussi collectifs. Les femmes restèrent à la porte, on dit qu'elles se retiennent plus facilement, mais tout a ses limites, au bout d'un moment la femme du médecin dit, Il y a peut-être d'autres cabinets, mais la jeune fille aux lunettes teintées déclara, Je peux attendre, Moi aussi, rétorqua l'autre, et il y eut un silence, puis elles commencèrent à parler, Comment êtes-vous devenue aveugle, Comme tout le monde, tout à coup j'ai cessé de voir, Vous étiez chez vous, Non, Alors ça s'est passé quand vous êtes sortie du cabinet de mon mari, Plus ou moins, Qu'est-ce à dire, Que ça ne s'est pas passé tout de suite après, Vous avez senti une douleur,

Non, je n'ai pas senti de douleur, quand j'ai ouvert les yeux j'étais aveugle, Pas moi, Pas moi quoi, Je n'avais pas les yeux fermés, je suis devenue aveugle au moment où mon mari est entré dans l'ambulance, Il a de la chance, Qui ça, Votre mari, comme ça vous pouvez être ensemble, Oui, là aussi j'ai eu de la chance, C'est sûr, Et vous, vous êtes mariée, Non, je ne suis pas mariée, et je pense que désormais plus personne ne se mariera, Mais cette cécité est si anormale, si étrangère à toutes les données de la science, qu'elle ne pourra pas durer toujours, Et si nous devions rester ainsi pour tout le reste de notre vie, Nous, Tout le monde, Ce serait horrible, un monde fait entièrement d'aveugles, Je ne veux même pas l'imaginer.

Le garçonnet louchon fut le premier à sortir du cabinet, il n'aurait même pas eu besoin d'entrer. Il avait roulé son pantalon à mi-jambes et enlevé ses chaussettes. Il dit, Je suis revenu, et la main de la jeune fille aux lunettes teintées se déplaça aussitôt dans la direction de la voix, elle n'atteignit pas son but la première fois ni la deuxième, elle rencontra la main hésitante du gamin la troisième fois. Peu après le médecin apparut, puis le premier aveugle, l'un d'eux demanda, Où êtes-vous, la femme du médecin tenait déjà son mari par le bras, l'autre bras fut touché et pris par la jeune fille aux lunettes teintées. Pendant quelques secondes, le premier aveugle n'eut personne à qui s'accrocher, puis quelqu'un lui posa la main sur l'épaule. Sommes-nous tous là, demanda la femme du médecin, L'homme à la jambe blessée est encore dedans, il avait un autre besoin à satisfaire, répondit son mari. Alors la jeune fille aux lunettes teintées dit, Il y a peut-être d'autres cabinets, ça commence à presser, excusez-moi, Nous allons chercher, dit la femme du médecin, et elles s'éloignèrent en se tenant par la main. Elles revinrent dix minutes plus tard, elles avaient découvert un cabinet de consultation équipé d'une salle d'eau. Le voleur était sorti des W.-C., il se plaignait d'avoir froid et mal à la jambe. Ils reconstituèrent la file dans le même ordre qu'à l'aller, et avec moins de difficulté que précédemment et aucun accident ils retournèrent au dortoir. Habilement, sans en avoir l'air, la femme du médecin les aida à retrouver leur lit. Encore à l'extérieur du dortoir, comme s'il s'agissait de quelque chose d'évident déjà pour tous, elle rappela que la manière la plus facile pour chacun de retrouver sa place, c'était de compter les lits à partir de l'entrée. Les nôtres, dit-elle, sont les derniers du côté droit, le dix-neuf et le vingt. Le voleur fut le premier à s'avancer dans la travée. Il était presque nu, il avait des frissons, il voulait soulager sa jambe douloureuse, raisons suffisantes pour qu'on lui cédât le pas. Il allait de lit en lit, palpant le sol à la recherche de sa valise, et quand il la reconnut il s'exclama, C'est ici, et ajouta, Quatorze, De quel côté, demanda la femme du médecin, Gauche, répondit-il, de nouveau vaguement surpris, comme si elle eût dû le savoir sans avoir à le demander. Puis ce fut le tour du premier aveugle. Il savait que son lit était le deuxième à partir de celui du voleur, du même côté. Il n'avait plus peur de dormir près de lui, avec une jambe en si piètre état, à en juger d'après ses plaintes et ses soupirs, l'homme pourrait à peine remuer. Il déclara en arrivant, Seize, gauche, et se coucha tout habillé. Alors la jeune fille aux lunettes teintées demanda à voix basse, Aidez-nous à nous installer près de ces messieurs, de l'autre côté, en face, là nous serons bien. Tous quatre avancèrent ensemble et s'installèrent rapidement. Quelques minutes plus tard le garçonnet louchon dit, J'ai faim, et la jeune fille aux lunettes teintées murmura, Nous mangerons demain, maintenant tu vas dormir. Puis elle ouvrit sa mallette, chercha le petit flacon qu'elle avait acheté à la pharmacie. Elle ôta ses lunettes, pencha la tête en arrière et, les yeux grands ouverts, une main guidant l'autre, elle versa quelques gouttes de collyre. Les gouttes ne tombèrent pas toutes dans les yeux, mais à force d'être si bien soignée la conjonctivite ne tardera pas à guérir.

Il faut que j'ouvre les yeux, pensa la femme du médecin. A travers ses paupières fermées, quand elle s'était réveillée à plusieurs reprises pendant la nuit, elle avait perçu la clarté pâle des ampoules qui éclairaient à peine le dortoir, mais maintenant il lui semblait observer une différence, une autre présence lumineuse, qui était peut-être l'effet des premières lueurs de l'aube ou peut-être déjà la mer de lait qui inondait ses yeux. Elle se dit qu'elle allait compter jusqu'à dix et qu'à la fin de cet exercice elle entrouvrirait les paupières, deux fois elle dit cela, deux fois elle compta, deux fois elle n'ouvrit pas les paupières. Elle entendait la respiration profonde de son mari dans le lit à côté, des ronflements, Comment va la jambe de cet homme, se demanda-t-elle, mais elle savait qu'en cet instant il ne s'agissait pas d'une pitié véritable, elle voulait feindre une autre préoccupation, elle voulait ne pas avoir à ouvrir les yeux. Ils s'ouvrirent l'instant d'après, tout simplement, et non parce qu'elle en avait ainsi décidé. La lumière terne et bleutée de l'aube entrait par les fenêtres qui commençaient au milieu du mur et s'arrêtaient à une vingtaine de centimètres du plafond. Je ne suis pas aveugle, murmura-t-elle, et aussitôt alarmée elle se souleva sur son lit, la jeune fille aux lunettes teintées qui occupait le grabat en face d'elle aurait pu l'entendre. Elle dormait. Dans le lit à côté, rangé contre le mur, le jeune garçon dormait lui aussi, Elle a fait comme moi, pensa la femme du médecin, elle lui a cédé l'endroit le plus protégé, nous serions de bien faibles murailles, une simple pierre au milieu du chemin, sans autre espoir que de faire trébucher l'ennemi dessus, l'ennemi, quel ennemi, ici personne ne viendra nous

61

attaquer, nous aurions pu voler et assassiner là-dehors, personne ne viendrait nous arrêter, jamais l'homme qui a volé la voiture n'a été aussi assuré de sa liberté, nous sommes si loin du monde que nous ne tarderons pas à ne plus savoir qui nous sommes, nous ne penserons même pas à nous dire mutuellement comment nous nous appelons, et à quoi bon, à quoi nous serviraient nos noms, les chiens ne se connaissent pas, ou s'ils se font connaître ce n'est pas au nom qui leur a été donné mais à l'odeur qu'ils identifient les autres chiens et s'en font identifier, ici nous sommes comme une autre race de chiens, nous nous reconnaissons à nos aboiements, à nos paroles, le reste, traits du visage, couleur des yeux, de la peau, des cheveux, ne compte pas, c'est comme si cela n'existait pas, moi je vois encore, mais jusqu'à quand. La lumière changea légèrement, ce ne pouvait être la nuit qui revenait, ce devait être le ciel qui se couvrait de nuages, retardant le matin. Un gémissement provint du lit du voleur, Si sa blessure s'est infectée, pensa la femme du médecin, nous n'avons rien avec quoi la soigner, aucun recours, et dans ces conditions le plus petit accident peut se transformer en tragédie, c'est probablement ce qu'ils attendent, que nous mourions tous ici, les uns après les autres, morte la bête, mort le venin. La femme du médecin se leva de son lit, se pencha sur son mari, elle allait le réveiller mais n'eut pas le courage de l'arracher à son sommeil et de découvrir qu'il était toujours aveugle. Pieds nus, à pas de loup, elle se dirigea vers le lit du voleur. Il avait les yeux ouverts et fixes. Comment vous sentez-vous, murmura la femme du médecin. Le voleur tourna la tête dans la direction de la voix et dit, Mal, ma jambe me fait très mal, la femme fut sur le point de dire, Laissez-moi voir, mais elle se retint à temps, quelle imprudence, ce fut lui qui oublia qu'il n'y avait là que des aveugles et qui agit sans réfléchir, comme il l'eût fait quelques heures encore auparavant, là-dehors, si un médecin lui avait dit, Montrez-moi ça, et il souleva la couverture. Même dans cette pénombre, une personne ayant encore l'usage de ses yeux pouvait voir le matelas imbibé de sang, le trou noir de la plaie avec ses bords enflés. Le bandage s'était défait. La femme du médecin abaissa soigneusement la couverture, puis, d'un geste léger et rapide, elle passa la main sur le front de l'homme. La peau était sèche et brûlante. De nouveau la lumière changea, les nuages s'étaient éloignés. La femme du médecin revint à son lit mais ne se recoucha pas. Elle regardait son mari qui murmurait en rêve, la silhouette des autres sous les couvertures grises, les murs sales, les lits vides qui attendaient, et elle désira sereinement être aveugle, elle aussi, traverser l'épiderme visible des choses et accéder à leur cœur, à leur fulgurante et irrémédiable cécité.

Soudain, venue de l'extérieur du dortoir, probablement du vestibule qui séparait les deux ailes avant du bâtiment, une clameur de voix violentes se fit entendre, Dehors, dehors, Sortez, Disparaissez, Vous ne pouvez pas rester ici, Vous devez obéir aux ordres. Le tumulte grandit, diminua, une porte claqua avec fracas, maintenant on n'entendait plus que quelques sanglots d'angoisse, le bruit reconnaissable de quelqu'un qui vient de trébucher. Dans le dortoir, tous étaient réveillés. Tous avaient la tête tournée vers l'entrée, ils n'avaient pas besoin de voir pour savoir que ceux qui allaient entrer étaient aveugles. La femme du médecin se leva, elle aiderait les nouveaux venus, leur dirait un mot aimable, les guiderait jusqu'aux lits, les avertirait, Rappelez-vous bien, ce lit-ci est le sept du côté gauche, celui-là le quatre du côté droit, ne vous trompez pas, oui, ici nous sommes six, nous sommes arrivés hier, oui, nous étions les premiers, nos noms, qu'importent les noms, un homme qui a volé, je crois, un autre qui a été volé, une jeune fille mystérieuse avec des lunettes teintées qui se met du collyre dans les yeux pour soigner sa conjonctivite, comment est-ce que je sais que ses lunettes sont teintées puisque je suis aveugle, eh bien, c'est parce que mon mari est ophtalmologue et qu'elle est allée le consulter, oui, lui aussi est ici, tout le monde a été atteint, ah, c'est vrai, il y a encore le petit garçon qui louche. Elle ne bougea pas, elle se contenta de dire à son mari, Ils arrivent. Le médecin sortit de son lit, sa femme l'aida à enfiler son pantalon, cela n'avait pas d'importance, personne ne pouvait voir, à ce moment précis les aveugles commencèrent à entrer, ils étaient cinq, trois hommes et deux femmes. Haussant la voix, le médecin dit, Gardez votre calme, ne vous bousculez pas, ici nous sommes six personnes, combien êtes-vous, il y a de la place pour tous. Ils ne savaient pas combien ils étaient, certes ils s'étaient touchés, parfois heurtés pendant qu'ils étaient chassés de l'aile gauche vers celle-ci, mais ils ne savaient pas combien ils étaient. Et ils n'avaient pas de bagages. Quand ils s'étaient réveillés aveugles dans leur dortoir et qu'ils avaient commencé à se lamenter, les autres les avaient flanqués dehors sans le moindre ménagement, sans même leur donner au moins le temps de dire au revoir à un parent ou à un ami qui était avec eux. La femme du médecin dit, Le mieux serait qu'ils se comptent et que chacun décline son identité. Immobiles, les aveugles hésitaient, mais il fallait bien que quelqu'un commence, deux hommes parlèrent simultanément, cela se passe toujours ainsi, tous deux se turent, et un troisième commença, Un, il s'interrompit puis parut sur le point de dire son nom mais déclara, Je suis agent de police, et la femme du médecin pensa, Il ne dit pas comment il s'appelle, lui aussi doit savoir qu'ici ça n'a pas d'importance. Déjà un autre homme se présentait, Deux, et il suivit l'exemple du premier, Je suis chauffeur de taxi. Le troisième homme dit, Trois, je suis aide-pharmacien, puis une femme, Quatre, je suis femme de chambre dans un hôtel, et la dernière, Cinq, je suis secrétaire dans un bureau. C'est ma femme, ma femme, cria le premier aveugle, où es-tu, dis-moi où tu es, Ici, je suis ici, disait-elle en pleurant et en s'avançant toute tremblante dans la travée, les yeux écarquillés, les mains luttant contre la mer de lait qui s'y engouffrait. Il s'avança vers elle avec plus d'assurance, Où es-tu, où es-tu, murmurait-il maintenant comme s'il priait. Une main rencontra une autre main, l'instant d'après ils s'étreignaient, ne formaient plus qu'un seul corps, les baisers cherchaient les baisers et se perdaient parfois dans l'air car ils ne savaient pas où étaient les joues, les yeux, la bouche. La femme du médecin se cramponna à son mari en sanglotant comme si elle venait de le retrouver, elle aussi, mais elle disait, Quel malheur que le nôtre, quelle fatalité. Alors on entendit la voix du petit garçon louchon qui demandait, Et ma mère, elle est ici aussi. Assise sur le lit du gamin, la jeune fille aux lunettes teintées murmura, Elle viendra, ne t'en fais pas, elle viendra elle aussi.

Ici, la vraie maison de chacun est l'endroit où il dort, il ne faudra donc pas s'étonner que le premier souci des nouveaux venus ait été de se choisir un lit, exactement comme ils avaient fait dans l'autre dortoir, quand ils avaient encore des yeux pour voir. Dans le cas de la femme du premier aveugle aucune hésitation n'était possible, sa place appropriée et naturelle était à côté de son mari, dans le lit dix-sept, ce qui laissait le dix-huit libre, comme un espace vide qui la séparerait de la jeune fille aux lunettes teintées. L'on ne sera pas non plus surpris d'apprendre qu'ils cherchaient tous à être le plus près possible les uns des autres, rapprochés par de nombreuses affinités, dont certaines nous sont déjà connues, d'autres se révéleront sans tarder, par exemple ce fut l'aide-pharmacien qui vendit le collyre à la jeune fille aux lunettes teintées, le premier aveugle se rendit chez le médecin dans le taxi du chauffeur, l'homme qui dit être agent de police trouva le voleur aveugle en train de pleurer comme un enfant perdu, et quant à la femme de chambre, elle fut la première personne à entrer dans la pièce quand la jeune fille aux lunettes teintées se mit à pousser des cris. Il est néanmoins certain que ces affinités ne deviendront pas toutes explicites ni du domaine public, soit faute d'une occasion appropriée, soit que personne n'imaginât l'existence de ces affinités, soit pour une simple question de sensibilité et de tact. La femme de chambre ne songera même pas que la femme qu'elle a vue nue est ici, l'on sait que l'aide-pharmacien a servi d'autres clients qui portaient des lunettes teintées et qui ont acheté du collyre, personne ne commettra l'imprudence de dénoncer au policier la présence d'un type qui a volé une automobile, le chauffeur sera prêt à jurer que ces derniers jours il n'a transporté aucun aveugle dans son taxi. Naturellement, le premier aveugle a déjà confié à sa femme dans un chuchotement que l'un des internés est le gredin qui leur a chipé leur voiture, Tu imagines la coïncidence, mais comme entre-temps il avait appris que le pauvre diable était au plus mal à cause de sa blessure à la jambe, il eut la générosité de dire, Ça lui suffit comme châtiment. Et elle, à cause de sa grande tristesse d'être aveugle et de sa grande joie d'avoir retrouvé son mari, joie et tristesse peuvent se mêler, contrairement à l'eau et à l'huile, elle ne se souvint pas que deux jours plus tôt elle avait dit qu'elle donnerait un an de sa vie pour que le coquin, comme elle l'avait appelé, devienne aveugle. Et si une dernière ombre de ressentiment troublait encore son esprit, elle se dissipa à coup sûr quand le blessé gémit pitoyablement, Docteur, s'il vous plaît, aidez-moi. Se laissant guider par sa femme, le médecin touchait délicatement les bords de la plaie, il ne pouvait rien faire d'autre, il ne valait même pas la peine de la laver, l'infection pouvait avoir pour origine aussi bien l'estocade féroce d'un talon de chaussure qui avait été en contact avec le sol des rues et de l'hospice de fous que des agents pathogènes probablement présents dans l'eau croupie, à moitié morte, sortie de canalisations vétustes et en mauvais état. La jeune fille aux lunettes teintées, qui s'était levée en entendant un gémissement, s'approcha doucement, comptant les lits. Elle se pencha en avant, tendit une main qui frôla le visage de la femme du médecin, puis ayant atteint sans savoir comment la main brûlante du blessé elle dit avec tristesse, Je vous demande pardon, c'est entièrement de ma faute, je n'aurais pas dû faire ce que j'ai fait, Ne vous faites pas de souci, répondit l'homme, ce sont des choses qui arrivent dans la vie, moi non plus je n'aurais pas dû faire ce que j'ai fait.

Couvrant presque ces derniers mots, la voix âpre du haut-parleur retentit, Attention, attention, vous êtes informés que de la nourriture a été déposée à l'entrée, ainsi que des produits d'hygiène et de propreté, les aveugles seront les premiers à aller les prendre, l'aile des contaminés sera avertie, le moment venu, attention, attention, de la nourriture a été déposée à l'entrée, les aveugles sortiront les premiers, les aveugles en premier. Abruti par la fièvre, le blessé ne saisit pas tous les mots, il crut qu'on leur donnait l'ordre de sortir, que leur réclusion était terminée, et il fit un mouvement pour se lever, mais la femme du médecin le retint, Où allez-vous, Vous n'avez pas entendu, demanda-t-il, ils ont dit que les aveugles devaient sortir, Oui, mais c'est pour aller chercher la nourriture. Le blessé fit un Ah de découragement et sentit de nouveau la douleur lui tarauder les chairs. Le médecin déclara, Restez ici, j'irai, Je t'accompagne, lui dit sa femme. Ils étaient sur le point de sortir du dortoir quand un de ceux qui étaient venus de l'autre aile demanda, Qui est cet homme, la réponse vint du premier aveugle, C'est un médecin, un médecin des yeux, Ça c'est une des meilleures que j'ai entendues de ma vie, dit le chauffeur de taxi, il fallait que le sort nous envoie le seul médecin qui ne nous servira à rien, Le sort nous a aussi envoyé un chauffeur qui ne nous conduira nulle part, répondit d'un ton sarcastique la jeune fille aux lunettes teintées.

La caisse de nourriture était dans le vestibule. Le médecin dit à sa femme, Guide-moi jusqu'à la porte d'entrée, Pourquoi, Je vais leur signaler qu'il y a parmi nous une personne avec une infection grave et que nous sommes sans médicaments, Rappelle-toi l'avertissement, Oui, mais peut-être que devant un cas concret, J'en doute, Moi aussi, mais notre devoir est d'essayer. Dehors, sur le perron, la lumière du jour étourdit la femme, mais pas parce qu'elle était trop vive, des nuages sombres traversaient le ciel, il allait peut-être pleuvoir, J'ai vite perdu l'habitude de la clarté, se dit-elle. Au même instant un soldat leur criait depuis le portail, Halte-là, retournez en arrière, j'ai ordre de tirer, puis du même ton, en braquant son arme, Sergent, il y a des mecs qui veulent sortir, Nous ne voulons pas sortir, dit le médecin, En effet, je ne vous conseille pas de vouloir sortir, dit le sergent en approchant et en demandant derrière les grilles du portail, Que se passe-t-il, Un blessé à la jambe présente une infection déclarée, nous avons besoin de toute urgence d'antibiotiques et d'autres médicaments, Mes ordres sont très clairs, personne ne sort et seule de la nourriture entre, Si l'infection s'aggrave, ce qui est plus que probable, elle pourra vite devenir fatale, Ça n'est pas mon affaire, Alors, entrez en contact avec vos supérieurs, Écoutez-moi bien, l'aveugle, en fait de contact, je vais vous dire une chose, moi, ou bien vous retournez illico avec cette femme là d'où vous êtes venus, ou bien je tire sur vous, Allons-nous-en, dit la femme, il n'y a rien à faire, ce n'est pas leur faute, ils crèvent de peur et obéissent aux ordres, Je refuse de croire que ce genre de chose puisse se produire, c'est contre toutes les règles humanitaires, Tu ferais mieux d'y croire, tu ne t'es jamais trouvé face à une vérité aussi évidente, Vous êtes encore là, cria le sergent, je vais compter jusqu'à trois, si à trois vous n'avez pas disparu de ma vue, vous pouvez être sûrs que vous ne réussirez pas à entrer, uun, deeeux, trooois, ça y est, ce furent paroles bénies, et aux soldats, Pas même si c'était mon frère, il n'expliqua pas à quoi il faisait allusion, si c'était à l'homme venu réclamer des médicaments ou à l'autre, l'homme à la jambe infectée. A l'intérieur, le blessé demanda si on allait laisser entrer ses remèdes, Comment savez-vous que je suis allé demander des remèdes, dit le médecin, Ça m'a paru évident, vous êtes médecin, Je regrette beaucoup, Ça veut dire qu'il n'y en aura pas, Oui, Ah bon.

La nourriture avait été calculée bien chichement pour cinq personnes. Il y avait des bouteilles de lait et des biscuits, mais celui qui avait mesuré les rations avait oublié les verres, il n'y avait pas non plus d'assiettes ni de couverts, tout cela viendrait sans doute avec la nourriture du déjeuner. La femme du médecin alla donner à boire au blessé mais celui-ci vomit. Le chauffeur déclara qu'il n'aimait pas le lait, demanda s'il n'y avait pas de café. Certains se recouchèrent après avoir mangé, le premier aveugle emmena sa femme faire une reconnaissance des lieux, ils furent les seuls à sortir du dortoir. L'aide-pharmacien demanda à parler au docteur, il voulait savoir s'il s'était formé une opinion sur leur maladie, Je ne crois pas qu'on puisse l'appeler à proprement parler une maladie, commença par préciser le médecin, puis, simplifiant beaucoup, il résuma ce qu'il avait lu dans les manuels avant de devenir aveugle. Quelques lits plus loin, le chauffeur écoutait avec attention, et quand le médecin eut terminé son exposé il dit, Je parie que ce qui s'est passé c'est que les canaux qui vont des yeux au cerveau se sont bouchés, Quel imbécile, grommela l'aide-pharmacien avec indignation, Qui sait, le médecin sourit involontairement, en fait les yeux ne sont rien de plus que des lentilles, des objectifs, c'est le cerveau qui voit réellement, exactement comme l'image qui apparaît sur la pellicule, et si les canaux sont bouchés, comme a dit ce monsieur, C'est comme un carburateur, si l'essence n'arrive pas, le moteur ne fonctionne pas et la voiture n'avance pas, Rien de plus simple, comme vous voyez, dit le médecin à l'aide-pharmacien. Et vous croyez que nous allons rester ici pendant combien de temps, docteur, demanda la femme de chambre, Au moins aussi longtemps que nous ne verrons pas, Et ça sera pendant combien de temps, Franchement, je ne pense pas que quiconque le sache, Et c'est une chose passagère ou ça va durer toujours, Je donnerais cher pour le savoir. La femme de chambre soupira et dit au bout d'un moment, Moi aussi j'aimerais savoir ce qui est arrivé à cette fille, Quelle fille, demanda l'aide-pharmacien, Celle de l'hôtel, elle m'a fait une de ces impressions, nue comme un ver, au milieu de la chambre, avec juste ses lunettes teintées, et elle criait qu'elle était aveugle, c'est sûrement elle qui m'a filé sa cécité. La femme du médecin vit la jeune fille retirer doucement ses lunettes en déguisant son mouvement et les mettre sous l'oreiller en demandant au garçonnet louchon, Tu veux un autre biscuit. Pour la première fois depuis qu'elle était entrée là, la femme du médecin eut l'impression d'observer au microscope le comportement d'êtres qui ne pouvaient pas soupçonner sa présence et soudain cela lui parut indigne, obscène. Je n'ai pas le droit de regarder les autres s'ils ne peuvent pas me regarder, pensa-t-elle. La jeune fille se versait quelques gouttes de collyre d'une main tremblante. Ainsi, elle pourrait toujours dire que ce qui lui coulait des yeux n'était pas des larmes.

Quelques heures plus tard, quand le haut-parleur annonça qu'ils pouvaient aller prendre la nourriture du déjeuner, le premier aveugle et le chauffeur de taxi se portèrent volontaires pour une mission où, en fait, les yeux n'étaient pas indispensables, le toucher suffisait. Les caisses étaient loin de la porte qui reliait le vestibule au corridor, ils durent marcher à quatre pattes pour les trouver, balayant le sol devant eux avec un bras tendu pendant que l'autre servait de troisième patte, et ils n'eurent pas de difficulté à retourner dans le dortoir parce que la femme du médecin avait eu l'idée, qu'elle prit soin de justifier en alléguant sa propre expérience, de déchirer une couverture en bandes pour en faire une sorte de corde, dont un bout serait attaché en permanence à la poignée extérieure de la porte du dortoir, pendant que l'autre serait noué à la cheville de la personne qui irait chercher la nourriture. Les deux hommes sortirent, il y avait des assiettes et des couverts, mais les victuailles continuaient à être pour cinq, le sergent qui commandait le piquet de garde ne savait probablement pas qu'il y avait six aveugles de plus, car derrière le portail, même si on était attentif à ce qui se passait de l'autre côté de la porte principale, dans la pénombre du vestibule on ne voyait les gens passer d'une aile à l'autre que par pur hasard. Le chauffeur s'offrit à aller réclamer la nourriture qui manquait et il partit seul, il ne voulut pas de compagnie, Nous ne sommes pas cinq, nous sommes onze, cria-t-il aux soldats, et ce fut le même sergent qui répondit de loin, Ne vous en faites pas, vous serez encore bien plus nombreux, son ton avait dû paraître goguenard au chauffeur, à en juger d'après ce qu'il dit en rentrant dans le dortoir, Il avait l'air de se payer ma tête. Ils partagèrent la nourriture, cinq rations divisées en dix, dans la mesure où le blessé ne voulait toujours pas manger, il réclamait seulement de l'eau, qu'on lui mouille la bouche, pour l'amour du ciel. Sa peau était brûlante. Comme il ne pouvait pas supporter longtemps le contact et le poids de la couverture sur sa blessure, de temps en temps il découvrait sa jambe, mais l'air froid du dortoir l'obligeait vite à se couvrir de nouveau, et il passait tout son temps à ces manèges. Il gémissait à intervalles réguliers, avec une sorte de râle suffoqué, comme si la douleur, constante, opaque, avait soudain augmenté avant qu'il ne puisse se l'approprier et la maintenir à un niveau supportable.

Trois autres aveugles entrèrent vers le milieu de l'après-midi, expulsés de l'autre aile. Il y avait parmi eux la réceptionniste du cabinet de consultation que la femme du médecin reconnut aussitôt, et les autres, ainsi en avait décidé le destin, étaient l'homme que la jeune fille aux lunettes teintées avait rejoint à l'hôtel et le policier grossier qui l'avait ramenée chez elle. Ils eurent tout juste le temps de trouver un lit et de s'y asseoir au hasard, la réceptionniste pleurait désespérément, les deux hommes se taisaient, comme s'ils n'avaient pas encore compris ce qui leur était arrivé. Une confusion de cris venus de la rue éclata soudain, des ordres donnés en hurlant, un vacarme désordonné. Les aveugles du dortoir tournèrent tous la tête vers la porte, attendant. Ils ne voyaient pas, mais ils savaient ce qui allait se passer pendant les prochaines minutes. Assise sur le lit à côté de son mari, la femme du médecin dit à voix basse, C'était inévitable, l'enfer promis va commencer. Il lui serra la main et murmura, Ne t'éloigne pas, dorénavant tu ne pourras rien faire. Les cris avaient diminué, l'on entendait maintenant des bruits confus dans le vestibule, c'étaient les aveugles qui se cognaient en troupeau les uns aux autres, qui se pressaient dans l'embrasure des portes, certains s'égarèrent et aboutirent dans d'autres dortoirs, mais la majorité, se bousculant, agglutinée en grappes ou se propulsant individuellement, agitant les mains avec angoisse comme s'ils se noyaient, entra dans le dortoir en tourbillon, comme poussée de l'extérieur par un rouleau compresseur. Plusieurs tombèrent et furent piétinés. Comprimés dans la travée étroite, les aveugles débordaient peu à peu dans les espaces entre les grabats, et là, tels des bateaux qui arrivent enfin à bon port au milieu de la tempête, ils prirent possession de leur mouillage personnel, un lit, et ils protestaient, s'exclamant qu'il n'y avait plus de place pour personne, les retardataires n'avaient qu'à aller chercher ailleurs. Du fond de la salle le médecin cria qu'il y avait d'autres dortoirs, mais les quelques personnes qui n'avaient pas de lit craignaient de se perdre dans le labyrinthe qu'elles imaginaient, salles, corridors, portes fermées, escaliers qui se révéleraient seulement au dernier moment. Elles finirent par se rendre compte qu'elles ne pouvaient pas rester là et, cherchant à grand-peine la porte par où elles étaient entrées, elles s'aventurèrent dans l'inconnu. Comme à la recherche du dernier refuge encore sûr, les aveugles du deuxième groupe de cinq personnes avaient pu occuper les lits restés vides entre eux et le premier groupe. Seul le blessé resta à l'écart, sans protection, dans le lit quatorze, côté gauche.

Un quart d'heure après, à l'exception de quelques pleurs, de quelques plaintes, de quelques bruits discrets de rangement, le calme, sinon la tranquillité, revint dans le dortoir. Tous les lits étaient maintenant occupés. L'après-midi tirait à sa fin, les lampes blafardes semblaient gagner en force. La voix sèche du haut-parleur retentit. Comme annoncé le premier jour, les instructions sur le fonctionnement des dortoirs et les règles que les internés devaient respecter étaient répétées, Le gouvernement regrette d'avoir été forcé d'exercer énergiquement ce qu'il estime être son droit et son devoir, qui est de protéger la population par tous les moyens possibles, dans la crise que nous traversons, etc., etc. Quand la voix se tut, un chœur de protestations indignées s'éleva, Nous sommes enfermés, Nous allons tous mourir ici, Ils n'ont pas

71

le droit, Où sont les médecins qu'on nous a promis, Première nouvelle, Les autorités avaient promis des médecins, une aide, peut-
être même la guérison totale. Le médecin ne dit pas que, s'ils
avaient besoin d'un médecin, il était à leur disposition. Il ne le
dirait plus jamais. Un médecin ne se sert pas seulement de ses
mains, un médecin soigne avec des médicaments, des drogues, des
composés chimiques, des combinaisons entre ceci et cela, et ici il
n'y avait pas l'ombre de ces substances, ni le moindre espoir de se
les procurer. Il n'avait même pas d'yeux pour remarquer une
pâleur, pour observer une rougeur de la circulation périphérique,
ou la coloration des muqueuses et des pigments, que de fois, sans
nécessiter d'examens plus minutieux, ces signes extérieurs équi-
valaient à une histoire clinique complète, permettant un diagnostic
approprié, Cette fois tu n'en réchapperas pas. Comme les lits voisins étaient tous occupés, la femme du médecin ne pouvait plus
raconter à son mari ce qui se passait, mais il sentait l'atmosphère
lourde, tendue, frôlant presque le conflit âpre, qui s'était instaurée
depuis l'arrivée des derniers aveugles. Même l'air du dortoir semblait être devenu plus dense, chargé d'odeurs épaisses et lentes,
traversé de subits courants nauséabonds, Qu'est-ce que ça donnera
dans une semaine, se demanda-t-il, et il s'effraya à l'idée que dans
une semaine ils seraient encore enfermés dans ce lieu, A supposer
qu'il n'y ait pas de difficultés d'approvisionnement, et rien n'est
moins sûr, je doute que là-dehors on sache à tout moment combien
de personnes nous sommes ici, sans parler des problèmes d'hygiène, et je ne pense pas à comment nous pourrons nous laver, sans
aucune aide, alors que nous sommes des aveugles récents, je ne
me demande pas non plus si les douches fonctionneront et pendant combien de temps, je parle du reste, des restes, qu'un seul
cabinet se bouche, un seul, et tout se transformera en cloaque. Il se
frotta le visage avec les mains et sentit la rudesse de sa barbe de
trois jours. Ça vaut mieux comme ça, j'espère qu'ils n'auront pas
la mauvaise idée de nous envoyer des lames ou des ciseaux. Il avait
dans sa valise tout ce qu'il fallait pour se raser, mais il savait que
ce serait une erreur de le faire, Et où, où, pas ici dans le dortoir, au
milieu de tous ces gens, ma femme pourrait me raser c'est vrai,
mais les autres ne tarderaient pas à s'en apercevoir et s'étonne-

raient que quelqu'un soit capable de rendre ce genre de services, et dans les douches, la pagaille, mon Dieu, comme nos yeux nous manquent, voir, voir, ne serait-ce que quelques ombres vagues, être devant une glace, regarder une tache sombre et diffuse et pouvoir dire, C'est mon visage, ce qui est lumineux n'est pas de mon domaine.

Les protestations cessèrent peu à peu, une personne venue d'un autre dortoir demanda si nous avions des restes de nourriture, le chauffeur de taxi répondit, Pas une seule miette, et l'aide-pharmacien, pour faire preuve de bonne volonté, tempéra ce refus péremptoire, Peut-être que la nourriture viendra. Elle ne vint pas. La nuit tomba complètement. Du dehors, ni nourriture, ni discours. On entendit des cris dans le dortoir à côté, puis ce fut le silence, si quelqu'un pleurait il le faisait tout bas, les pleurs ne traversaient pas les murs. La femme du médecin alla voir comment se portait le malade. C'est moi, dit-elle, et elle souleva doucement la couverture. La jambe avait un aspect effrayant, enflée également partout depuis la cuisse, et la plaie, un cercle noir avec des taches violacées, sanguinolentes, s'était beaucoup agrandie, comme si la chair avait été repoussée de l'intérieur. Il s'en exhalait une odeur à la fois fétide et douceâtre. Comment vous sentez-vous, demanda la femme du médecin, Merci d'être venue me voir, Dites-moi comment vous vous sentez, Mal, Vous souffrez, Oui et non, Expliquez-vous mieux, Je souffre, mais c'est comme si ma jambe ne m'appartenait pas, comme si elle était séparée de mon corps, j'ai du mal à expliquer ça, c'est une impression bizarre, c'est comme si j'étais couché ici et que je voyais ma jambe me faire mal, C'est à cause de la fièvre, Sans doute, Maintenant essayez de dormir. La femme du médecin posa la main sur sa tête, elle allait se retirer, mais elle n'eut même pas le temps de lui souhaiter une bonne nuit, le malade lui agrippa le bras et l'attira à lui, la forçant à approcher son visage, Je sais que vous voyez, dit-il tout bas. Surprise, la femme du médecin sursauta et murmura, Vous vous trompez, où êtes-vous allé chercher cette idée, je vois autant que tous ceux qui sont ici, N'essayez pas de me tromper, je sais que vous voyez, mais soyez tranquille, je ne le dirai à personne, Dormez, dormez, Vous n'avez pas confiance en

73

moi, Si, Vous ne vous fiez pas à la parole d'un filou, Je vous ai dit que je vous faisais confiance, Alors pourquoi ne me dites-vous pas la vérité, Nous en reparlerons demain, maintenant dormez, Oui, demain, si je tiens jusque-là, Il ne faut pas envisager le pire, Je l'envisage, à moins que ce ne soit la fièvre qui l'envisage pour moi. La femme du médecin retourna auprès de son mari et murmura à son oreille, La plaie a un aspect horrible, c'est peut-être la gangrène, Ça ne me paraît guère probable au bout de si peu de temps, En tout cas, il va très mal, Et nous ici, dit le médecin intentionnellement à haute voix, il ne suffit pas que nous soyons aveugles, c'est comme si nous étions pieds et poings liés. Du lit quatorze, côté gauche, le malade répondit, Moi, personne ne me liera les pieds et les poings, docteur.

Les heures passèrent, les aveugles s'endormirent l'un après l'autre. Certains s'étaient cachés la tête sous leur couverture, comme s'ils voulaient que l'obscurité, une obscurité authentique, noire, éteignît définitivement les soleils ternis qu'étaient devenus leurs yeux. Les trois ampoules qui pendaient du haut plafond, hors d'atteinte, déversaient sur les grabats une lumière sale, jaunâtre, incapable d'engendrer des ombres. Quarante personnes dormaient ou essayaient désespérément de s'endormir, certaines soupiraient et murmuraient en rêve, peut-être voyaient-elles en rêve ce dont elles rêvaient, peut-être disaient-elles, Si cela est un rêve, je ne veux pas me réveiller. Leurs montres étaient toutes arrêtées, ils avaient oublié de les remonter ou avaient trouvé que cela n'en valait pas la peine, seule la montre de la femme du médecin continuait à donner l'heure. Il était trois heures du matin passées. Très lentement, s'appuyant sur ses coudes, le voleur de voitures souleva le torse. Il ne sentait plus sa jambe, seule la douleur était présente, le reste ne lui appartenait plus. L'articulation du genou était raide. Il fit rouler son corps du côté de la jambe saine qu'il laissa pendre hors du lit, puis, joignant les mains sous sa cuisse, il essaya de déplacer la jambe blessée dans le même sens. Comme une meute de loups réveillés subitement, les douleurs s'égaillèrent en tous sens pour revenir bientôt au cratère lugubre où elles s'alimentaient. S'aidant de ses mains, il traîna peu à peu son corps sur le matelas en direction de la travée.

Quand il atteignit les barreaux du lit, il dut reprendre haleine. Il respirait avec peine, comme s'il souffrait d'asthme, sa tête oscillait sur ses épaules, il avait du mal à la tenir droite. Au bout de quelques minutes, sa respiration se fit plus régulière et il commença à se lever lentement en prenant appui sur sa bonne jambe. Il savait que l'autre ne lui servirait à rien et qu'il devrait la traîner derrière lui. Il sentit un vertige, un tremblement irrépressible parcourut son corps, le froid et la fièvre lui firent claquer des dents. Se retenant au fer des lits, passant de l'un à l'autre telle une navette, il avança entre les dormeurs. Il traînait sa jambe blessée comme un sac. Personne ne remarqua sa présence, personne ne lui demanda, Où allez-vous à pareille heure, si quelqu'un l'avait fait il aurait su comment répondre, Je vais pisser, aurait-il dit, ce qu'il ne voulait pas c'était que la femme du médecin l'appelle, il ne pourrait pas la tromper, elle, ni lui mentir, il devrait lui dire l'idée qu'il avait dans la tête, Je ne peux pas continuer à pourrir ici, votre mari a fait ce qu'il a pu, je le reconnais, mais quand je devais voler une voiture je ne demandais pas à quelqu'un d'autre de la voler pour moi, maintenant c'est la même chose, c'est moi qui dois aller là-bas, quand ils me verront dans cet état, ils comprendront immédiatement que je vais mal, ils me mettront dans une ambulance et me conduiront dans un hôpital, il y a sûrement des hôpitaux rien que pour les aveugles, un aveugle de plus ne fera pas une grande différence, après ils soigneront ma jambe, ils me guériront, j'ai entendu dire que c'est ce qu'on fait pour les condamnés à mort, s'ils ont une appendicite on les opère et on les tue seulement après, pour qu'ils meurent en bonne santé, moi, après, s'ils le veulent, ils pourront me ramener ici, ça m'est égal. Il avança plus loin, serrant les dents pour ne pas gémir, mais il ne put retenir un sanglot de douleur quand, arrivé au bout de la rangée, il perdit l'équilibre. Il s'était trompé dans le décompte des lits, il s'attendait à ce qu'il y en ait un de plus, or c'était le vide. Tombé par terre, il ne bougea pas tant qu'il n'eut pas la certitude que le bruit de sa chute n'avait réveillé personne. Puis il pensa que cette position convenait parfaitement à un aveugle, s'il avançait à quatre pattes il trouverait son chemin plus facilement. Il rampa ainsi jusqu'au vestibule, où il s'arrêta pour réfléchir à la procédure à suivre, valait-il mieux appeler de la porte ou s'approcher de la grille, profitant de la corde qui avait servi de main courante et qui était sûrement encore là. Il savait très bien que s'il appelait de là pour demander de l'aide on lui ordonnerait immédiatement de retourner en arrière, mais l'idée d'avoir pour seul secours une corde lâche et oscillante après ce qu'il avait souffert malgré l'appui solide des lits le remplit de doutes. Quelques minutes plus tard il crut avoir trouvé la solution, Je m'avancerai à quatre pattes, pensa-t-il, je me mettrai sous la corde, de temps en temps je lèverai la main pour voir si je suis toujours dans le bon chemin, c'est comme pour voler une voiture, on finit toujours par trouver un moyen. Soudain, sans qu'il s'y attende, sa conscience se réveilla et lui reprocha âprement d'avoir été capable de voler l'automobile d'un pauvre aveugle, Si je suis maintenant dans cet état, raisonna-t-il, ce n'est pas pour lui avoir volé sa voiture mais pour l'avoir raccompagné chez lui, ça a été ma grande erreur. Sa conscience n'était pas faite pour les débats casuistiques, ses raisons étaient simples et claires, Un aveugle est sacré, on ne vole pas un aveugle, Techniquement parlant, je ne l'ai pas volé, il n'avait pas sa voiture dans sa poche et je n'ai pas braqué un pistolet sur son visage, se défendit l'accusé, Assez de sophismes, grommela sa conscience, va où tu dois aller.

L'air froid de l'aube lui rafraîchit le visage. Comme on respire bien dehors, pensa-t-il. Il lui sembla que sa jambe lui faisait beaucoup moins mal, mais cela ne le surprit pas, cela lui était arrivé plusieurs fois. Il était sur le perron, dehors, il ne tarderait pas à atteindre les marches, C'est ça qui sera le plus compliqué, pensa-t-il, descendre la tête en avant. Il leva le bras pour s'assurer que la corde était bien là, et il avança. Comme il l'avait prévu, il n'était pas facile de passer d'une marche à l'autre, surtout à cause de sa jambe qui ne l'aidait pas, et il en eut la preuve aussitôt, quand, au milieu de l'escalier, comme une de ses mains avait glissé sur une marche, son corps s'abattit entièrement d'un côté et fut entraîné par le poids mort de sa maudite jambe. Les douleurs revinrent instantanément, accompagnées de scies, de forets, de marteaux, il ne sut pas comment il réussit à ne pas crier. Il resta étendu à plat ventre de longues minutes, le visage contre le sol. Un vent rapide, à ras de terre, le fit grelotter. Il ne portait que sa chemise et son caleçon. La blessure était entièrement en contact avec la terre et il pensa, Elle va s'infecter, c'était une idée stupide, il ne lui vint pas à l'esprit qu'il la traînait ainsi depuis le dortoir, Bon, ça n'a pas d'importance, ils me soigneront avant qu'elle ne s'infecte, pensa-t-il ensuite pour se tranquilliser, et il se plaça sur le côté pour mieux atteindre la corde. Il ne la trouva pas immédiatement. Il avait oublié qu'il était en position perpendiculaire par rapport à elle quand il avait dégringolé dans l'escalier, mais l'instinct le poussa à rester là où il était. Puis la raison le poussa à s'asseoir et à se déplacer lentement jusqu'à toucher la première marche avec les reins, et ce fut avec un sentiment exultant de victoire qu'il sentit la rudesse de la corde dans sa main levée. Ce fut probablement aussi ce sentiment qui lui fit découvrir immédiatement après la façon de se déplacer sans que sa plaie frôlât le sol, de tourner le dos au portail, et se servant de ses bras en guise de béquilles, comme faisaient jadis les culs-de-jatte, de déplacer son corps assis avec des petits mouvements. Vers l'arrière, bien entendu, car, dans ce cas comme dans d'autres, tirer était plus facile que pousser. De la sorte, la jambe ne souffrait pas autant et de plus il était aidé par la légère déclivité du terrain qui s'abaissait en direction de la sortie. Quant à la corde, il ne risquait pas de la perdre, elle lui touchait presque la tête. Il se demandait s'il avait encore beaucoup de chemin à parcourir avant d'arriver au portail, avancer à reculons en se déplaçant d'à peine une dizaine de centimètres n'était pas la même chose que marcher sur ses deux pieds. Oubliant un instant qu'il était aveugle, il tourna la tête comme pour s'assurer de ce qui lui restait à parcourir et il trouva devant lui la même blancheur insondable. Était-ce la nuit, était-ce le jour, se demanda-t-il, bon, s'il faisait jour, on m'aurait déjà aperçu, d'autre part on ne nous a servi que le petit déjeuner, et c'était il y a longtemps. Il s'étonnait de l'esprit logique qu'il se découvrait, de la rapidité et de la justesse de ses raisonnements, il se trouvait différent, un autre homme, et sans cette maudite jambe il aurait été prêt à jurer qu'il ne s'était jamais senti aussi bien de toute sa vie. Son dos heurta la partie inférieure, blindée, du portail. Il était arrivé. Postée dans sa guérite pour se protéger du froid, la sentinelle avait l'impression d'avoir entendu des bruits légers qu'elle n'avait pas réussi à identifier, de toute façon elle ne pensait pas que cela pût venir de l'intérieur, ç'avait dû être le bruissement bref des arbres, une branche qui frôlait la grille à cause du vent. Un autre bruit parvint soudain à ses oreilles, mais celui-ci était différent, un coup, un heurt, pour être plus précis, et ce ne pouvait être l'effet du vent. Nerveux, le soldat sortit de sa guérite en armant son fusil automatique et il regarda le portail. Il ne vit rien. Pourtant, le bruit, plus fort, se répéta, maintenant c'était comme un bruit d'ongles raclant une surface rugueuse. La tôle du portail, pensa-t-il. Il fit un pas vers la tente de campagne où dormait le sergent mais il fut retenu par la pensée que s'il donnait une fausse alarme il recevrait un fameux savon, les sergents n'aiment pas être réveillés, même quand il y a une bonne raison. Il regarda de nouveau le portail et attendit, tendu. Très lentement, dans l'intervalle entre deux barres métalliques, comme un fantôme, un visage blanc apparut. Le visage d'un aveugle. Le sang du soldat se glaça de peur et cette peur lui fit braquer son arme et tirer une rafale à bout portant.

Le fracas saccadé des détonations fit surgir presque immédiatement des tentes les soldats à demi vêtus qui composaient le piquet chargé de la garde de l'hospice et des personnes à l'intérieur. Le sergent prenait le commandement, Qu'est-ce que c'est que ça, bon sang, Un aveugle, un aveugle, balbutia le soldat, Où ça, Là-bas, et il désigna le portail du canon de son arme, Je ne vois rien, Il était là, je l'ai vu. Les soldats avaient fini de s'équiper et attendaient en ligne, fusil à la main. Allumez le projecteur, ordonna le sergent. Un des soldats grimpa sur la plate-forme du véhicule. Quelques secondes plus tard, une lumière éblouissante éclaira le portail et la façade de l'édifice. Il n'y a personne, crétin, dit le sergent, et il allait proférer une autre amabilité militaire du même acabit quand sous la lumière violente il vit s'étendre une flaque noire sous le portail. Tu l'as bel et bien descendu, dit-il. Puis, se souvenant des ordres stricts qu'il avait reçus, il cria, Reculez, ça s'attrape. Les soldats reculèrent, effrayés, mais continuèrent à regarder la flaque qui se répandait lentement dans les interstices entre les petites pierres du trottoir. Tu crois que le gars

est mort, demanda le sergent, Sûr et certain, il s'est chopé la
rafale en pleine figure, répondit le soldat, content tout à coup de
la démonstration évidente de la précision de son tir. Au même
moment un autre soldat cria nerveusement, Sergent, sergent,
regardez là-bas. Sur le perron, debout, illuminé par la lumière
blanche du projecteur, on apercevait un groupe d'aveugles, plus
d'une dizaine, N'avancez pas, brailla le sergent, si vous faites un
pas, je vous descends tous. Aux fenêtres des immeubles en face,
plusieurs personnes réveillées par les coups de fusil regardaient
avec effroi à travers les vitres. Alors le sergent cria, Que quatre
d'entre vous viennent chercher le corps. Comme ils ne pouvaient
ni se voir, ni se compter, les aveugles qui s'avancèrent furent au
nombre de six, J'ai dit quatre hommes, hurla hystériquement le
sergent. Les aveugles se touchèrent, deux d'entre eux restèrent en
arrière. Les autres commencèrent à avancer le long de la corde.

Il faudrait voir s'il n'y a pas par là une pelle ou une bêche, quelque chose qui puisse servir à creuser, dit le médecin. C'était le matin, ils avaient ramené péniblement le cadavre près de la clôture intérieure, l'avaient déposé par terre, au milieu des ordures et des feuilles mortes des arbres. Maintenant il fallait l'enterrer. Seule la femme du médecin savait dans quel état était le mort, visage et crâne fracassés par la décharge, trois perforations de balle dans le cou et dans la région du sternum. Elle savait aussi que dans tout le bâtiment il n'y avait rien avec quoi creuser une tombe. Elle avait parcouru toute la zone qui leur avait été attribuée et elle avait trouvé seulement une barre de fer. Cela aiderait, mais ce n'était pas suffisant. Et derrière les fenêtres fermées du corridor le long de l'aile réservée aux suspects de contamination qui étaient plus basses de ce côté de la clôture, elle avait entrevu les visages terrorisés de personnes qui attendaient leur heure, le moment inéluctable où elles devraient dire aux autres, Je suis aveugle, et où, si elles tentaient de cacher ce qui leur était arrivé, un geste erroné les dénoncerait, un mouvement de tête à la recherche d'une ombre, un trébuchement injustifié chez quelqu'un qui a des yeux. Le médecin savait tout cela lui aussi, la phrase qu'il avait lancée faisait partie de la feinte convenue par tous les deux, et désormais la femme pourrait dire, Et si nous demandions aux soldats de nous jeter une pelle, Bonne idée, essayons, et tous acquiescèrent, oui, c'était une bonne idée, seule la jeune fille aux lunettes teintées ne dit mot sur cette question de bêche ou de pelle, pour l'instant ses seules paroles étaient des larmes et des lamentations, C'est ma faute, pleurait-elle, et c'était la vérité, impossible de le nier, mais il était vrai aussi, si cela pouvait lui servir de consolation, que si avant chaque acte nous nous mettions à y réfléchir sérieusement, à en prévoir toutes les conséquences, d'abord les conséquences immédiates, puis les conséquences probables, puis les conséquences éventuelles, puis les conséquences imaginables, nous n'arriverions jamais à bouger de l'endroit où la première pensée nous aurait cloués sur place. Les bons et les mauvais résultats de nos paroles et de nos œuvres se répartissent, sans doute de façon relativement uniforme et équilibrée, tout au long des jours futurs, y compris les plus lointains où nous ne serons plus là pour pouvoir le vérifier, pour nous féliciter ou nous excuser, d'ailleurs d'aucuns prétendent que c'est précisément ça l'immortalité dont on parle tant, Peut-être bien, mais cet homme est mort et il faut l'enterrer. Le médecin et sa femme s'en furent donc parlementer et, inconsolable, la jeune fille aux lunettes teintées dit qu'elle les accompagnerait. Par douleur de conscience. A peine parurent-ils sur le seuil de la porte qu'un soldat leur cria, Halte-là, et comme s'il craignait que cette sommation verbale, pourtant énergique, ne fût point respectée, il tira en l'air. Effrayés, ils reculèrent vers le refuge ombreux du vestibule, derrière les planches épaisses de la porte ouverte. Puis la femme du médecin s'avança seule, de sa place elle pouvait observer les mouvements du soldat et en cas de besoin se mettre vite à l'abri, Nous n'avons rien pour enterrer le mort, dit-elle, il nous faudrait une pelle. Au portail, mais à l'opposé de l'endroit où l'aveugle était tombé, un autre militaire apparut. C'était un sergent, mais pas celui d'avant, Qu'est-ce que vous voulez, cria-t-il, Nous avons besoin d'une pelle ou d'une bêche, Il n'y en a pas, allez-vous-en, Nous devons enterrer le corps, Ne l'enterrez pas, laissez-le pourrir par là, Si nous le laissons pourrir il contaminera l'air, Qu'il le contamine donc et grand bien vous en fasse, L'air n'est pas immobile, il est tantôt ici tantôt là. La pertinence de l'argument plongea le militaire dans la réflexion. Il remplaçait l'autre sergent, devenu aveugle, qui avait été immédiatement transféré là où étaient regroupés les malades appartenant à l'armée de terre. Inutile de préciser que l'armée de l'air et la marine disposaient aussi respectivement de leurs propres installations, mais d'une taille et d'une importance moindres, car les effectifs de ces armes étaient plus réduits. La femme a raison, reconnut le sergent, dans ce genre de cas il est sûr et certain qu'on n'est jamais assez prudent. Deux soldats munis de masque à gaz avaient déjà versé à titre préventif sur le sang deux grosses bonbonnes d'ammoniac dont les dernières vapeurs faisaient encore larmoyer le personnel militaire et lui picotaient les muqueuses de la gorge et du nez. Le sergent déclara enfin, Je vais voir ce que je peux faire, Et la nourriture, dit la femme du médecin qui profita de l'occasion pour le rappeler à l'ordre, La nourriture n'est pas encore arrivée, Rien que dans notre aile nous sommes déjà plus de cinquante, nous avons faim, ce que vous nous envoyez ne couvre pas nos besoins, Le problème de la nourriture n'est pas du ressort de l'armée, Il faut pourtant que quelqu'un s'occupe de la question, le gouvernement s'est engagé à nous nourrir, Retournez à l'intérieur, je ne veux voir personne près de cette porte, La bêche, cria une dernière fois la femme du médecin, mais le sergent était déjà loin. La matinée était à demi écoulée quand on entendit le haut-parleur dans le dortoir, Attention, attention, les internés se réjouirent, croyant que la nourriture était arrivée, mais non, il s'agissait de la bêche, Venez la chercher, mais pas en groupe, une seule personne, J'y vais, j'ai déjà parlé aux soldats tout à l'heure, dit la femme du médecin. Dès qu'elle sortit sur le perron elle aperçut la bêche. Vu la distance à laquelle se trouvait l'outil, plus près du portail que de l'escalier, et sa position, il avait dû être jeté de l'extérieur, Je ne dois pas oublier que je suis aveugle, pensa la femme du médecin, Où est-elle, demanda-t-elle, Descends l'escalier, je te guiderai, répondit le sergent, très bien, maintenant avance dans la même direction, comme ça, comme ça, stop, tourne-toi un peu vers la droite, non, vers la gauche, moins, moins que ça, maintenant tout droit, si tu ne zigzagues pas tu tomberas dessus directement, chaud, brûlant, merde, je t'ai dit de ne pas zigzaguer, froid, froid, ça se réchauffe de nouveau, chaud, de plus en plus chaud, ça y est, maintenant fais demi-tour, je vais de nouveau te guider, je ne veux pas que tu restes là à tourner comme une bourrique autour d'une noria et que tu finisses par me débouler près du portail, Ne te fais donc pas tant de bile, pensa-t-elle, j'irai d'ici jusqu'à la porte en ligne droite, finalement qu'est-ce que ça peut faire, même si tu me soupçonnes de ne pas être aveugle, je m'en moque, tu n'iras pas me chercher là-dedans. Elle mit la bêche sur son épaule, tel un terrassier qui s'en va au travail, et s'avança vers la porte sans dévier d'un seul pas, Sergent, vous avez vu ça, s'exclama un des soldats, on dirait presque qu'elle a des yeux, Les aveugles apprennent vite à se repérer, décréta le sergent d'un ton convaincu.

Creuser une fosse fut un exercice pénible. La terre était dure, aplatie, avec des racines tout près de la surface. Le chauffeur de taxi, les deux agents de police et le premier aveugle se relayèrent pour creuser. Face à la mort l'on s'attend à ce que les rancœurs perdent de leur force et de leur venin, il est vrai que l'on dit que les vieilles haines ne s'usent pas et on en trouve d'abondantes preuves dans la littérature et dans la vie, mais ici, au fond, à vrai dire, il ne s'agissait pas de haine, et encore moins de vieille haine, car quel poids a le vol d'une automobile à côté du mort qui l'a volée, surtout vu le piteux état dans lequel il se trouve, car il n'est pas nécessaire d'avoir des yeux pour savoir que ce visage n'a plus de nez ni de bouche. Ils ne purent pas creuser plus profondément que trois empans. Si le mort avait été corpulent, son ventre serait resté dehors, mais le voleur était maigre, un vrai sac d'os, surtout après le jeûne de ces derniers jours, la fosse en aurait logé deux comme lui. Il n'y eut pas de prières. On pourrait lui planter une croix, dit la jeune fille aux lunettes teintées, mue par le remords, mais personne ici ne savait ce que le défunt avait pensé de son vivant de ces histoires de Dieu et de religion, le mieux était de se taire, aucune autre procédure n'est justifiée devant la mort, sans compter que fabriquer une croix est beaucoup moins facile qu'on ne croit, et combien de temps durerait-elle, avec tous ces aveugles qui ne voient pas où ils mettent les pieds. Ils retournèrent dans le dortoir. Dans les endroits plus fréquentés, à condition que ce ne soit pas à ciel ouvert comme près de la clôture, on ne se perd pas, et si on étend le bras devant soi et si on remue ses doigts comme des antennes d'insecte on arrive partout, il est même probable que les aveugles les plus doués réussiront vite à développer ce qu'on appelle la vision frontale. La femme du médecin, par exemple, c'est extraordinaire comme elle parvient à se déplacer et à s'orienter dans ce véritable casse-tête de salles, de recoins, de corridors, comme elle sait prendre un angle à l'endroit exact, comme elle s'arrête devant une porte et l'ouvre sans hésitation, comme elle n'a pas besoin de compter les lits pour aboutir au sien. Maintenant elle est assise sur le lit de son mari, elle bavarde avec lui à voix basse comme d'habitude, on voit que ce sont des personnes bien élevées, elles ont toujours quelque chose à se dire, pas comme l'autre couple formé par le premier aveugle et sa femme, après les effusions émouvantes des retrouvailles ils ne se sont presque plus adressé la parole, probablement que chez eux la tristesse présente l'a emporté sur l'amour d'avant, avec le temps ils s'habitueront. Le garçonnet louchon, lui, ne se lasse pas de répéter qu'il a faim, bien que la jeune fille aux lunettes teintées se soit pratiquement retiré la nourriture de la bouche pour la lui donner. Cela fait plusieurs heures que le gamin ne réclame plus sa mère, mais elle lui manquera sûrement de nouveau dès qu'il aura mangé, dès que son corps se sentira délivré de la violence égoïste qui résulte de la nécessité simple mais impérieuse de rester en vie. A cause de ce qui s'était passé à l'aube, ou pour des raisons étrangères à notre volonté, les caisses contenant le repas du matin n'avaient pas été apportées. Maintenant l'heure du déjeuner approche, il est presque une heure à la montre que la femme du médecin vient de consulter en cachette, et personne ne s'étonnera donc que l'impatience des sucs gastriques eût poussé un certain nombre d'aveugles, de cette aile-ci comme de l'autre, à aller attendre l'arrivée de la nourriture dans le vestibule, et cela pour deux excellentes raisons, une raison publique avancée par certains, selon laquelle on gagnerait ainsi du temps, et la raison secrète d'autres, car, comme chacun sait, qui arrive le premier est mieux servi. Les aveugles qui guettent le bruit du portail extérieur au moment de son ouverture et les pas des soldats qui apporteront les caisses bénies ne seront pas moins de dix. Pour leur part, craignant une cécité subite susceptible de résulter de la proximité immédiate des aveugles postés dans le vestibule, les contaminés de l'aile gauche n'osèrent pas sortir, mais certains épient par la fente de la porte, impatients de voir leur tour arriver. Le temps passa. Fatigués d'attendre, des aveugles s'étaient assis par terre, plus tard deux ou trois d'entre eux retournèrent dans les dortoirs. Peu après, l'on entendit le grincement caractéristique du portail. Excités, se bousculant mutuellement, les aveugles se dirigèrent vers l'endroit où, à en juger d'après les bruits à l'extérieur, ils croyaient que se trouvait la porte, mais, pris soudain d'une inquiétude vague qu'ils n'auraient pas le temps de définir ni d'expliquer, ils s'arrêtèrent et reculèrent en désordre, pendant qu'on commençait déjà à entendre distinctement les pas des soldats qui apportaient la nourriture et de l'escorte en armes qui les accompagnait.

Encore sous l'impression produite par les événements tragiques de la nuit, les soldats qui transportaient les caisses avaient décidé de ne pas les déposer près des portes menant aux ailes, comme ils l'avaient fait avant, plus ou moins, mais de les laisser dans le vestibule, et adieu, à vous de jouer, Que les mecs là-dedans se débrouillent, avaient-ils dit. L'éblouissement provoqué par la forte lumière à l'extérieur et la brusque transition à la pénombre du vestibule les empêchèrent tout d'abord de voir le groupe d'aveugles. Ils les aperçurent aussitôt après. Poussant des hurlements de terreur, ils lâchèrent les caisses par terre et se précipitèrent comme des fous vers la porte. Les deux soldats de l'escorte qui attendaient sur le perron réagirent de manière exemplaire face au danger. Dominant une peur légitime, Dieu sait comment et pourquoi, ils s'avancèrent jusqu'au seuil de la porte et vidèrent leurs chargeurs. Les aveugles se mirent à tomber les uns sur les autres et pendant qu'ils tombaient ils recevaient encore dans le corps des balles qui étaient un pur gaspillage de munitions, tout se passa incroyablement lentement, un corps, un autre corps, on avait l'impression qu'ils n'en finissaient plus de tomber, comme parfois au cinéma et à la télévision. Si nous arrivons à temps pour entendre un des deux soldats rendre compte des balles qu'il a tirées, nous l'entendrons jurer sur le drapeau qu'il a procédé en état de légitime défense et aussi de surcroît pour défendre ses camarades désarmés envoyés en mission humanitaire, lesquels s'étaient vus soudain menacés par un groupe d'aveugles qui avait la supériorité numérique. Ils reculèrent en une bousculade folle vers le portail, couverts par les fusils que les autres soldats du piquet braquaient d'une main tremblante entre les barreaux, comme si les aveugles qui avaient survécu s'apprêtaient à effectuer une sortie vengeresse. Livide de frayeur, un des soldats qui avaient tiré disait, Moi, je ne rentre plus là-dedans, même si on doit me tuer, et effectivement il n'y rentra plus. Brusquement, ce même jour, vers la fin de l'après-midi, il fut un aveugle de plus parmi les aveugles, il fut sauvé par sa qualité de soldat, sinon il serait resté ici, à tenir compagnie aux aveugles civils, collègues de ceux qu'il avait abattus à coups de fusil, et Dieu sait ce que ces derniers lui auraient fait. Le sergent dit, Le mieux serait encore de les laisser mourir de faim, morte la bête, mort le venin. Nous savons que les soldats qui ont dit et pensé cela ici ne sont pas rares, heureusement qu'un reste précieux d'humanité poussa celui-ci à dire, A partir de maintenant nous laisserons les caisses à mi-chemin, les aveugles n'auront qu'à venir les chercher, nous les aurons à l'œil et, au moindre mouvement suspect, nous ferons feu. Il se dirigea vers le poste de commandement, brancha le micro et, assemblant les mots du mieux qu'il put, recourant au souvenir de phrases semblables entendues en des occasions plus ou moins analogues, il dit, L'armée regrette d'avoir été obligée de réprimer par les armes un mouvement séditieux responsable de la création d'une situation de risque imminent, dont elle n'est responsable ni directement ni indirectement, et elle avertit les internés qu'à partir d'aujourd'hui ils iront chercher leur nourriture en dehors du bâtiment, étant d'ores et déjà entendu qu'ils subiront les conséquences d'éventuelles tentatives de modification de l'ordre, comme c'est arrivé à l'instant et la nuit passée. Il fit une pause, ne sachant plus très bien comment finir, les mots lui échappaient, il y en avait sûrement qui étaient appropriés, il se borna à répéter, Ce n'est pas notre faute, ce n'est pas notre faute.

A l'intérieur du bâtiment, le fracas des coups de feu répercutés de façon assourdissante dans l'espace restreint du vestibule avait fait naître la terreur. Dans les premiers moments, l'on crut que les soldats allaient faire irruption dans les dortoirs en balayant à coups de rafale tout ce qui se présenterait devant eux, le gouvernement avait changé d'idée, il avait opté en faveur d'une liquidation physique en masse, certains se cachèrent sous les lits, d'autres, par pur effroi, ne bougèrent pas, d'aucuns avaient peut-être pensé que cela valait mieux ainsi, plutôt que d'être en mauvaise santé mieux valait ne pas avoir de santé du tout, s'il faut à tout prix mourir, que cela soit rapidement. Les contaminés furent les premiers à réagir. Ils avaient commencé par fuir quand la fusillade avait éclaté, puis le silence les encouragea à revenir et ils s'approchèrent à nouveau de la porte qui donnait accès au vestibule. Ils virent les corps amoncelés, le sang qui s'étendait lentement et sinueusement sur le sol dallé, comme s'il était doué de vie, et les caisses de nourriture. La faim les poussa dehors, où se trouvait la nourriture convoitée, même si elle était destinée aux aveugles et qu'elle allait être emportée par ceux-ci sans tarder, conformément au règlement, mais au diable le règlement maintenant, personne ne nous voit, un tiens vaut mieux que deux tu l'auras, les anciens de tous les temps et de tous les lieux l'ont dit et les anciens n'étaient pas des nigauds. Toutefois, la faim ne fut capable de les faire avancer que de trois pas, la raison s'interposa et les avertit que le danger guettait les imprudents dans ces corps sans vie, dans ce sang surtout, Dieu sait quelles vapeurs, quelles émanations, quels miasmes vénéneux se dégageaient déjà de la chair ravagée des aveugles. Ils sont morts, ils ne peuvent rien nous faire, dit une personne dans l'intention de se rassurer elle-même et de rassurer les autres, mais elle s'en trouva plus mal pour l'avoir dit, il était vrai que les aveugles étaient morts, qu'ils ne pouvaient plus bouger, regardez, ils ne bougent pas, ils ne respirent pas, mais qui nous dit que cette cécité blanche n'est pas justement un mal de l'esprit, et si c'est bien le cas, si cette hypothèse est vraie, jamais l'esprit de ces aveugles n'aura été aussi en liberté qu'à présent, en dehors de leur corps, et donc plus libre de faire ce qu'il veut, surtout le mal qui, comme chacun sait, a toujours été très facile à pratiquer. Mais les caisses de nourriture, exposées comme elles l'étaient, attiraient irrésistiblement les yeux, car les raisons de l'estomac sont si fortes qu'elles ne prêtent attention à rien, même quand c'est pour son bien. Un liquide blanc s'écoulait de l'une des caisses et s'approchait lentement de la nappe de sang, c'était de toute évidence du lait, la couleur ne trompe pas. Plus courageux, ou plus fatalistes, la distinction n'est pas toujours facile à faire, deux des contaminés avancèrent, ils touchaient déjà presque la première caisse de leurs mains avides quand plusieurs aveugles apparurent dans l'embrasure de la porte qui menait à l'autre aile. L'imagination est si puissante, et dans des circonstances aussi funestes que celles-ci il semble qu'elle soit toute-puissante, que pour les deux contaminés partis en reconnaissance ce fut soudain comme si les morts s'étaient levés du sol, aussi aveugles qu'avant, assurément, mais bien plus nuisibles car sûrement animés par l'esprit de la vengeance. Ils reculèrent prudemment et silencieusement vers l'entrée de leur aile, peut-être les aveugles commenceraient-ils par s'occuper de leurs morts, comme le voulaient la charité et le respect, ou tout au moins laisseraient-ils là une caisse qu'ils n'auraient pas vue, même petite, à la vérité les contaminés n'étaient pas très nombreux, peut-être que la meilleure solution serait de leur demander, S'il vous plaît, par pitié, laissez-nous au moins une petite caisse, car on n'apportera peut-être pas d'autre nourriture aujourd'hui, après ce qui est arrivé. Les aveugles se déplaçaient comme les aveugles qu'ils étaient, à tâtons, en trébuchant, en traînant les pieds, toutefois ils surent répartir les tâches efficacement, comme s'ils étaient organisés, certains, patinant dans le sang visqueux et le lait, se mirent aussitôt à enlever et à transporter les cadavres vers la clôture, d'autres s'occupèrent des caisses, l'une après l'autre, les huit caisses larguées par les soldats. Parmi les aveugles, il y avait une femme qui donnait l'impression d'être partout en même temps, aidant à charger, se comportant comme si elle guidait les hommes, tâche évidemment impossible pour une aveugle, et par hasard ou intentionnellement plus d'une fois elle tourna la tête vers l'aile des contaminés, comme si elle les voyait ou sentait leur présence. En peu de temps le vestibule fut vide, sans autre trace que la grande tache de sang et une autre, petite, blanche, qui la touchait, celle du lait renversé, et en plus, seulement les empreintes croisées des pieds, traces rouges ou simplement humides. Les contaminés fermèrent la porte avec résignation et se mirent en quête de miettes, tellement découragés que l'un d'eux faillit dire, et cela montre toute l'étendue de leur désespoir, Si nous devons vraiment devenir aveugles, si c'est là notre destin, nous ferions mieux d'aller déjà là-bas, au moins nous aurions de quoi manger, Peut-être que les soldats vont nous apporter notre part, dit quelqu'un, Vous avez fait votre service militaire, demanda un autre, Non, C'est bien ce que je pensais.

Comme les morts appartenaient au premier et au deuxième dortoir, les occupants de ces deux dortoirs se réunirent pour décider s'ils mangeaient d'abord et enterraient les cadavres après, ou inversement. Personne ne semblait curieux de savoir qui était mort. Cinq d'entre eux s'étaient installés dans le deuxième dortoir, on ignore s'ils se connaissaient d'avant et, dans le cas contraire, s'ils avaient eu le temps et l'envie de faire connaissance et de s'épancher. La femme du médecin ne se souvenait pas d'avoir vu ces cinq aveugles à leur arrivée. Les quatre autres, en revanche, elle les connaissait, ils avaient pour ainsi dire dormi avec elle sous le même toit, encore que de l'un d'eux elle n'en sût pas davantage, et comment eût-elle pu savoir autre chose, un homme qui se respecte ne parle pas d'affaires intimes à la première personne venue, comme de s'être trouvé dans une chambre d'hôtel en train de faire l'amour avec une jeune fille qui portait des lunettes teintées, laquelle, à son tour, si c'est bien de cette jeune fille ici qu'il s'agit, n'imagine même pas qu'elle a été et est toujours tout près de l'homme qui lui a fait voir tout en blanc. Le chauffeur de taxi et les deux agents de police étaient les autres morts, trois hommes robustes, tout à fait capables de prendre soin de leur propre personne et dont la profession consistait, encore que de façon différente, à prendre soin d'autrui, et les voilà fauchés cruellement dans la force de l'âge, en attendant qu'on s'occupe de leur sort. Ils devront attendre que les survivants aient fini de manger, non pas à cause de l'habituel égoïsme des vivants, mais parce que quelqu'un a fait remarquer avec beaucoup de bon sens qu'enterrer neuf corps dans une terre aussi dure et avec une seule bêche était un travail qui durerait au moins jusqu'à l'heure du dîner. Et comme il ne serait pas admissible que les volontaires dotés de bons sentiments triment pendant que les autres se remplissaient la panse, on décida de laisser les morts pour plus tard. La nourriture se présentait sous forme de portions individuelles, elle était donc facile à distribuer, Voilà pour toi, voilà pour toi, jusqu'à ce qu'il ne reste plus rien. Mais l'impatience anxieuse de plusieurs aveugles mal informés vint compliquer ce qui eût été commode dans des circonstances normales, même si un jugement serein et indépendant nous conseille de reconnaître que les excès qui se produisirent eurent une certaine raison d'être, il suffira de rappeler, par exemple, qu'on ne pouvait pas savoir au départ si la nourriture suffirait pour tous. Assurément, chacun comprendra qu'il n'est pas facile de compter des aveugles ni de partager des rations sans yeux pour voir les aveugles et les rations. En outre, certains occupants du deuxième dortoir, avec une malhonnêteté plus que répréhensible, essayèrent de faire croire qu'ils étaient plus nombreux qu'ils ne l'étaient en réalité. Comme toujours, c'était sa fonction, la femme du médecin les tira d'affaire. Quelques mots dits au moment opportun permirent de résoudre des difficultés qu'un discours prolixe n'aurait fait qu'aggraver. Mal intentionnés et mal élevés furent aussi ceux qui non seulement tentèrent mais réussirent à se faire servir deux rations. La femme du médecin s'aperçut de cette conduite condamnable mais jugea prudent de ne pas dénoncer cet abus. Elle refusait d'imaginer les conséquences de la révélation de ce qu'elle n'était pas aveugle, le moins qui puisse lui arriver serait de se voir transformée en servante de tous et le plus d'être transformée en esclave de quelques-uns. L'idée, avancée au début, de désigner un responsable pour chaque dortoir pourrait, on ne sait jamais, aider à résoudre ces difficultés et d'autres malheureusement encore pires, à condition toutefois que l'autorité dudit responsable, nul doute fragile, nul doute précaire, nul doute remise en question à chaque instant, s'exerçât clairement pour le bien de tous et fût reconnue pour telle par la majorité. Si nous n'y parvenons pas, pensa-t-elle, nous finirons par nous entre-tuer ici. Elle se promit de parler de ce sujet épineux à son mari et continua à partager les rations.

Les uns par indolence, les autres parce qu'ils avaient l'estomac délicat, toujours est-il qu'après avoir mangé personne n'eut envie d'aller exercer la profession de fossoyeur. Quand le médecin, car pour lui c'était plus une obligation professionnelle que pour les autres, dit, mal à l'aise, Allons donc enterrer ces malheureux, pas un seul volontaire ne se présenta. Étendus sur leur lit, tout ce que voulaient les aveugles c'était de pouvoir mener à bon terme leur brève digestion, certains s'endormirent immédiatement et cela n'avait rien d'étonnant après les frayeurs et les secousses qu'ils avaient subies, leur corps, bien que chichement alimenté, s'abandonnait à l'amollissement de la chimie digestive. Plus tard, près du crépuscule, quand les lampes blafardes semblèrent gagner quelque force du fait de la diminution graduelle de la lumière naturelle, montrant en même temps par leur faiblesse qu'elles ne servaient pas à grand-chose, le médecin, accompagné de sa femme, convainquit deux hommes de sa chambrée d'aller avec lui jusqu'à la clôture, ne serait-ce, dit-il, que pour procéder à une évaluation du travail à faire et séparer les corps déjà rigides, puisqu'il avait été décidé que chaque dortoir enterrerait ses propres morts. L'avantage dont jouissaient ces aveugles était ce qui pourrait s'appeler l'illusion de la lumière. En vérité, peu leur importait que ce fût le jour ou la nuit, le crépuscule du matin ou le crépuscule du soir, le silence de l'aube ou la rumeur de l'heure méridienne, les aveugles étaient toujours entourés d'une blancheur resplendissante, comme le soleil dans le brouillard. Pour eux, la cécité ne consistait pas à vivre banalement enveloppés de ténèbres mais à l'intérieur d'une gloire lumineuse. Quand le médecin commit l'erreur de dire qu'ils allaient séparer les corps, le premier aveugle, qui était parmi ceux qui avaient accepté de l'aider, voulut qu'on lui expliquât comment ils pourraient les reconnaître, question logique pour un aveugle et qui plongea le médecin dans l'embarras. Cette fois, sa femme pensa qu'elle ne devait pas voler à son secours, ce serait se dénoncer elle-même. Le médecin se tira avec élégance de ce mauvais pas grâce à la méthode radicale de l'aveu, c'est-à-dire en reconnaissant son erreur et en souriant de lui-même, On est tellement habitué à avoir des yeux, dit-il, qu'on croit pouvoir encore les utiliser même quand ils ne servent plus à rien, en fait on sait tout juste qu'il y a là quatre des nôtres, le chauffeur de taxi, les deux policiers et un autre homme qui était aussi avec nous, par conséquent la solution sera de prendre quatre corps au hasard et de les enterrer convenablement, comme ça nous aurons fait notre devoir. Le premier aveugle acquiesça, son camarade aussi, et de nouveau, se relayant, ils se mirent à creuser des fosses. A cause de leur cécité, ces auxiliaires ne sauront jamais que, sans exception, les cadavres enterrés furent précisément ceux dont ils venaient de parler sur un ton dubitatif, inutile de dire que ce qui sembla l'œuvre du hasard fut celle de la main du médecin, guidée par la main de sa femme qui attrapait une jambe ou un bras, et lui se bornait à dire, Ce corps-ci. Quand deux corps furent enterrés, trois hommes prêts à aider vinrent enfin du dortoir, ils ne seraient probablement pas venus si quelqu'un leur avait dit qu'il faisait déjà nuit noire. Sur le plan psychologique, il faut bien reconnaître que, même si l'on est aveugle, il y a une grande différence entre creuser des sépultures à la lumière du jour et après le coucher du soleil. Au moment où ils entraient dans le dortoir, ruisselants de sueur, couverts de terre, sentant encore dans leurs narines la première odeur douceâtre de la corruption, la voix dans le haut-parleur répétait les instructions connues. Il n'y eut aucune référence à ce qui s'était passé, il ne fut pas question de coups de fusil ni de tués à bout portant. Des avertissements tels qu'Abandonner l'édifice sans autorisation sera synonyme de mort immédiate, ou Les internés enterreront le cadavre près de la clôture sans formalités, revêtaient maintenant tout leur sens grâce à la dure expérience de la vie, maîtresse suprême de toutes les disciplines, tandis que la voix qui promettait des caisses de nourriture trois fois par jour se transformait en sarcasme grotesque ou en une ironie encore plus difficile à supporter. Quand la voix se tut, le médecin, qui commençait à connaître la maison dans tous ses recoins, alla seul à la porte de l'autre dortoir pour déclarer, Nos morts sont enterrés, Si vous en avez enterré certains, vous auriez pu aussi bien enterrer les autres, répondit une voix d'homme à l'intérieur, Il a été décidé que chaque dortoir enterrerait ses morts, nous en avons pris quatre et nous les avons enterrés, Ça va, nous nous occuperons demain de ceux d'ici, dit une autre voix masculine, puis sur un autre ton elle demanda, Il n'est pas venu d'autre nourriture, Non, répondit le médecin, Mais le haut-parleur a parlé de trois fois par jour, Je doute qu'ils respectent leur promesse dans tous les cas, Alors, il faudra rationner la nourriture qui sera apportée, dit une voix de femme, Ça me semble une bonne idée, si vous voulez nous en reparlerons demain,

D'accord, dit la femme. Le médecin allait se retirer quand il entendit la voix de l'homme qui avait parlé le premier, Il faudrait savoir qui commande ici. Il s'interrompit en attendant que quelqu'un réponde, la même voix féminine le fit, Si nous ne nous organisons pas sérieusement, c'est la faim et la peur qui commanderont, il est déjà assez honteux comme ça que nous ne soyons pas allés enterrer les morts avec eux, Pourquoi est-ce que vous n'allez pas les enterrer vous-même, puisque vous êtes si maligne et si sentencieuse, Je ne peux pas le faire toute seule, mais je suis prête à aider, Ce n'est pas la peine de discuter, intervint la deuxième voix d'homme, nous nous occuperons de ça demain matin. Le médecin soupira, la cohabitation allait être difficile. Il se dirigeait vers le dortoir quand il ressentit un fort besoin d'aller à la selle. De là où il se trouvait, il n'était pas sûr de pouvoir retrouver les latrines, mais il décida de s'aventurer. Il espérait que quelqu'un aurait au moins eu l'idée d'apporter là-bas le papier hygiénique qui était dans les caisses de nourriture. Il se trompa de chemin deux fois, angoissé, car le besoin se faisait de plus en plus pressant, et ce fut seulement au dernier stade de l'urgence qu'il put enfin baisser culotte et s'accroupir au-dessus de la cuvette à la turque. La puanteur était asphyxiante. Il lui semblait avoir marché sur une pâte molle, les excréments d'un aveugle qui avait mal visé ou qui ne s'était pas soucié de trouver le trou avant de se soulager. Il s'efforça d'imaginer l'état des lieux, pour lui tout était blanc, lumineux, resplendissant, de même que les murs et le sol qu'il ne pouvait pas voir, et il conclut absurdement que dans cet endroit lumière et blancheur sentaient mauvais. L'horreur nous rendra fous, pensa-t-il. Ensuite il voulut se torcher, mais il n'y avait pas de papier. Il tâta le mur derrière lui où devaient se trouver les supports pour les rouleaux ou les clous sur lesquels on aurait enfilé des bouts de papier quelconque, faute de mieux. Rien. Il se sentit malheureux, on ne peut plus misérable, jambes arquées, retenant son pantalon pour l'empêcher de frôler le sol immonde, aveugle, aveugle, aveugle, et incapable de se dominer il se mit à pleurer silencieusement. Il fit quelques pas en tâtonnant et heurta le mur d'en face. Il étendit un bras, puis l'autre, et découvrit enfin une porte. Il entendit les pas traînants d'une personne elle aussi probablement à la recherche des cabinets et qui trébuchait, Où est cette merde, murmurait-elle d'une voix neutre, comme si au fond peu lui importait de le savoir. Elle passa à une trentaine de centimètres de lui sans s'apercevoir de la présence d'une autre personne, mais cela n'avait pas d'importance, la situation ne devint pas indécente, elle aurait pu l'être, un homme dans pareille posture, déculotté, mais au dernier moment, mu par un déconcertant sentiment de pudeur, le médecin avait remonté son pantalon. Puis il le baissa quand il se crut seul, mais pas suffisamment vite, il s'était souillé, il le savait, il était sale comme il ne l'avait jamais été de sa vie. Il y a bien des façons de devenir un animal, pensa-t-il, celle-ci n'est que la première de toutes. Mais il ne pouvait pas trop se plaindre, il avait quelqu'un que le nettoyer ne dérangeait pas.

Couchés sur leur lit, les aveugles attendaient que le sommeil ait pitié de leur tristesse. Discrètement, comme si les autres pouvaient voir ce spectacle lamentable, la femme du médecin avait aidé son mari à se nettoyer du mieux possible. Il régnait maintenant un silence douloureux d'hôpital, quand les malades dorment et souffrent dans leur sommeil. Assise, lucide, la femme du médecin regardait les lits, les silhouettes sombres, la pâleur fixe d'un visage, un bras qui remuait en rêvant. Elle se demandait si elle deviendrait un jour aveugle comme eux et pour quelles raisons inexplicables elle avait été épargnée jusqu'à présent. Elle porta les mains à son visage d'un geste fatigué pour écarter ses cheveux et pensa, Nous allons tous sentir mauvais. Au même instant elle entendit des soupirs, des geignements, des petits cris d'abord étouffés, des sons qui ressemblaient à des mots, qui devaient être des mots, mais dont le sens se perdait dans le crescendo qui les transformait en cris, en grognements, et enfin en râles. Quelqu'un protesta au fond du dortoir, Des porcs, ce sont des porcs. Ce n'étaient pas des porcs mais simplement un homme aveugle et une femme aveugle qui ne connaîtraient probablement que cela l'un de l'autre.

Un estomac qui fonctionne à vide se réveille tôt. Plusieurs aveugles ouvrirent les yeux alors que le matin était encore loin, et dans leur cas ce ne fut pas tellement à cause de la faim mais parce que leur horloge biologique, comme on l'appelle souvent, était déjà en train de se dérégler, ils crurent qu'il faisait grand jour et se dirent, J'ai trop dormi, mais comprirent vite que non, leurs camarades ronflaient toujours, l'équivoque n'était pas possible. Or les livres nous enseignent, et davantage encore l'expérience vécue, que qui se lève tôt par plaisir, ou qui a dû le faire par nécessité, tolère mal que d'autres continuent à dormir à poings fermés en sa présence, et c'est doublement vrai dans le cas qui nous occupe car il y a une grande différence entre un aveugle qui dort et un aveugle à qui il n'a servi à rien d'avoir ouvert les yeux. Ces fines observations de nature psychologiste, apparemment sans raison face à la dimension extraordinaire du cataclysme que ce récit s'attache à décrire, ont pour seul objet d'expliquer pourquoi tous les aveugles étaient réveillés si tôt, certains, comme il fut dit au début, furent secoués de l'intérieur par un estomac exigeant, mais d'autres furent arrachés au sommeil par l'impatience nerveuse des matineux qui ne se gênèrent pas pour faire plus de bruit que le strictement inévitable et tolérable dans des concentrations humaines de casernes et de chambrées. Ici il n'y a pas que des personnes discrètes et bien élevées, certains sont des malappris qui se soulagent matinalement de leurs glaires et de leurs flatulences sans se soucier de leurs voisins, et, comme cela se répète tout le long du jour, l'atmosphère devient de plus en plus lourde, et il n'y a rien à faire, la porte est la seule ouverture, les fenêtres sont si hautes qu'il est impossible de les atteindre. Couchée à côté de son mari, le plus près possible l'un de l'autre à cause de l'étroitesse du lit, mais aussi par plaisir, et ils avaient eu beaucoup de mal à observer le décorum au milieu de la nuit et à ne pas faire comme ceux que quelqu'un avait traités de porcs, la femme du médecin regarda sa montre. Celle-ci marquait deux heures vingt-trois minutes. Elle la regarda plus attentivement et constata que l'aiguille des secondes ne bougeait pas. Elle avait oublié de remonter cette maudite montre, ou plutôt c'était elle la maudite, La maudite c'est moi qui n'ai même pas été fichue d'accomplir un devoir aussi simple, au bout de juste trois jours d'isolement. Incapable de se dominer, elle fondit en sanglots convulsifs, comme si le pire des malheurs venait de lui arriver. Le médecin crut que sa femme était devenue aveugle, que ce qu'il craignait tant était arrivé, et il faillit demander étourdiment, Tu es devenue aveugle, mais juste avant cela il l'entendit murmurer, Ce n'est pas ça, ce n'est pas ça, puis dans un lent susurrement presque inaudible, la tête cachée sous la couverture, Je suis stupide, j'ai oublié de remonter ma montre, et elle continua à pleurer inconsolablement. La jeune fille aux lunettes teintées se leva de son lit de l'autre côté de la travée et, se laissant guider par les sanglots, elle s'approcha les bras tendus, Vous êtes malheureuse, vous avez besoin de quelque chose, demandait-elle tout en avançant, et elle toucha les corps étendus avec ses deux mains. La discrétion voulait qu'elle les retirât immédiatement, son cerveau lui en avait sûrement donné l'ordre mais ses mains n'obéirent pas, leur contact devint simplement plus subtil, un effleurement léger de l'épiderme sur la couverture grossière et tiède. Vous avez besoin de quelque chose, demanda de nouveau la jeune fille, et cette fois ses mains se retirèrent, s'élevèrent, se perdirent dans la blancheur stérile, dans le renoncement. Toujours sanglotant la femme du médecin sortit du lit et étreignit la jeune fille, Ce n'est rien, j'ai été prise tout à coup de tristesse, dit-elle, Si vous, qui êtes si forte, perdez courage, cela veut dire que nous sommes vraiment perdus, se lamenta la jeune fille. Plus calme, la femme du médecin pensait en la regardant bien en face, Sa conjonctivite a presque entièrement disparu, quel dommage de ne pouvoir le lui dire, cela lui ferait plaisir. Oui,

cela lui ferait probablement plaisir, un plaisir absurde, et pas tellement parce qu'elle était aveugle mais parce que tout le monde ici
l'était, à quoi sert d'avoir des yeux limpides et beaux, car elle a de
beaux yeux, s'il n'y a personne pour les voir. La femme du médecin dit, Nous avons tous nos moments de faiblesse, et c'est une
chance que d'être capables de pleurer, les pleurs sont souvent une
planche de salut, parfois si nous ne pleurions pas nous mourrions,
Il n'y a pas de salut pour nous, répéta la jeune fille aux lunettes
teintées, Qui sait, cette cécité n'est pas pareille aux autres, elle dis-
paraîtra peut-être comme elle est venue, Cela viendrait trop tard
pour ceux qui sont morts, Nous devons tous mourir, Mais nous ne
devrions pas être morts, moi j'ai tué quelqu'un, Ne vous accusez
pas, c'est la faute des circonstances, ici nous sommes tous coupables et innocents, les soldats qui nous gardent ont fait bien pire,
et même eux pourront invoquer la plus grande de toutes les
excuses, la peur, Qu'est-ce que cela pouvait bien faire que ce
pauvre bougre me pelote, il serait vivant à cette heure et mon corps
n'en serait ni plus ni moins atteint, N'y pensez plus, reposez-vous,
essayez de dormir. Elle la raccompagna jusqu'à son lit, Allez, cou-
chez-vous, Vous êtes très gentille, dit la jeune fille, puis, baissant
la voix, Je ne sais pas quoi faire, je vais avoir mes règles et je n'ai
pas apporté de serviettes hygiéniques, Ne vous en faites pas, j'en
ai. Les mains de la jeune fille aux lunettes teintées cherchèrent à
quoi se raccrocher, la femme du médecin les prit doucement dans
les siennes, Reposez-vous, reposez-vous. La jeune fille ferma les
yeux, demeura ainsi une minute, elle se serait peut-être endormie
sans l'altercation qui éclata soudain, quelqu'un était allé aux cabinets et au retour avait trouvé son lit occupé, ce n'était pas par mauvaise volonté, l'autre s'était levé dans le même but, les deux
hommes s'étaient croisés en chemin, aucun n'avait songé à dire,
bien entendu, Surtout veillez à ne pas vous tromper de lit quand
vous reviendrez. Debout, la femme du médecin regardait les deux
aveugles discuter, elle remarqua qu'ils ne gesticulaient pas, qu'ils
ne bougeaient presque pas le corps, ils avaient vite appris que
maintenant seules la voix et l'oreille étaient utiles, ils avaient des
bras, certes, ils pouvaient se quereller, se battre, en venir aux
mains, comme on dit, mais se tromper de lit n'exigeait pas autant,

si seulement toutes les erreurs dans la vie étaient comme celles-là, les deux hommes n'avaient qu'à se mettre d'accord, Mon lit est le deux, vous c'est le trois, que ça soit entendu une bonne fois pour toutes, Si nous n'étions pas aveugles, cette erreur ne se serait pas produite, Vous avez raison, tout le mal vient de ce que nous sommes aveugles. La femme du médecin dit à son mari, Le monde est tout entier ici.

Pas entièrement. La nourriture, par exemple, n'était pas ici et se faisait désirer. Des hommes des deux dortoirs étaient allés se poster dans le vestibule, en attendant que l'ordre retentisse dans le haut-parleur. Nerveux, impatients, ils battaient la semelle. Ils savaient qu'il leur faudrait aller jusqu'à la clôture extérieure pour prendre les caisses que les soldats, fidèles à leur promesse, laisseraient entre le portail et l'escalier, et ils craignaient un stratagème, une chausse-trape, Qui nous dit qu'ils ne vont pas se mettre à nous tirer dessus, Après ce qu'ils ont déjà fait, ils en sont bien capables, nous ne pouvons pas nous fier à eux, Moi, je ne sors pas dehors, Moi non plus, Il faudra bien que quelqu'un aille dehors si nous voulons manger, Je ne sais pas s'il vaut mieux mourir d'une balle ou mourir de faim à petit feu, J'irai, Moi aussi, Inutile d'y aller tous, Ça ne plaira peut-être pas aux soldats, Ils prendront peut-être peur, ils croiront que nous voulons nous enfuir, c'est peut-être pour ça qu'ils ont tué le type avec la plaie à la jambe, Il faudra bien que nous nous décidions, On ne saurait être trop prudent, rappelez-vous ce qui est arrivé hier, neuf morts sans aucune raison, Les soldats ont peur de nous, Et moi j'ai peur d'eux, J'aimerais bien savoir si eux aussi deviennent aveugles, Qui ça, eux, Les soldats, A mon avis, ils devraient même être les premiers. Tous se rallièrent à cette opinion sans se demander toutefois pourquoi, personne ne donna la bonne raison, Parce que, comme ça, ils ne pourront pas tirer. Le temps passait, passait, le haut-parleur continuait à se taire. Vous vous êtes occupés d'enterrer vos morts, demanda un aveugle du premier dortoir, histoire de dire quelque chose, Pas encore, Ils commencent à sentir, ils infectent tout, Eh bien qu'ils infectent et qu'ils sentent, en ce qui me concerne je n'ai pas l'intention de remuer le petit doigt tant que je n'aurai pas mangé, comme dit l'autre on mange d'abord et

on lave la casserole après, La coutume n'est pas celle-là, ton dicton est faux, d'habitude c'est après les enterrements qu'on mange
et qu'on boit, Avec moi c'est le contraire. Quelques minutes plus
tard un de ces aveugles dit, Je suis en train de réfléchir, A quoi
donc, Je me demande comment nous allons partager la nourriture,
Comme on l'a fait avant, nous savons combien nous sommes,
nous comptons les rations, chacun reçoit sa part, c'est la façon la
plus simple et la plus juste, Ça n'a rien donné, certains ont dû se
serrer la ceinture, Et il y en a eu aussi qui ont eu une double
ration, Le partage a été mal fait, Il sera toujours mal fait s'il n'y a
pas de courtoisie ni de discipline, Si seulement il y avait ici quelqu'un qui y voit un tout petit peu, Tu parles, il s'arrangerait pour
garder la meilleure part pour lui, Comme dit l'autre, au royaume
des aveugles les borgnes sont rois, Laisse donc ton autre en paix,
Cet autre-ci n'est pas le même que tout à l'heure, Ici même les
bigleux ne s'en sortiraient pas, A mon avis, le mieux serait de
partager la nourriture en parts égales par dortoir, ensuite chaque
dortoir se débrouillerait avec ce qu'il aurait reçu, Qui a dit ça,
Moi, Qui ça, moi, Moi, De quel dortoir êtes-vous, Du deuxième,
Je me disais bien aussi, voyez-moi ce grand finaud, comme il y a
moins de monde dans ce dortoir ça serait tout à votre avantage,
vous mangeriez plus que nous, avec notre chambrée au grand
complet, J'ai dit ça simplement parce que c'est plus facile,
L'autre aussi disait que qui divise et répartit, s'il ne garde pas la
meilleure part pour lui, ou bien est bête, ou bien ne sait pas partager, Merde, cessez de nous raconter ce que dit l'autre, les dictons
me donnent de l'urticaire, Nous devrions apporter toute la nourriture dans le réfectoire, chaque chambrée élirait trois personnes
pour faire le partage, avec six personnes qui compteraient il n'y
aurait plus de risque de tromperie ni de tricherie, Et comment
saurons-nous que les autres disent la vérité quand ils affirmeront
nous sommes tant de personnes dans notre chambrée, Nous avons
affaire à des gens honnêtes, Et ça aussi, c'est l'autre qui l'a dit,
Non, c'est moi qui le dis, Cher monsieur, ce que nous sommes
vraiment ici c'est des gens affamés.

Comme s'ils avaient attendu tout ce temps-là le mot de passe,
la réplique de théâtre, le sésame ouvre-toi, ils entendirent enfin la

voix du haut-parleur, Attention, attention, les internés sont autorisés à venir chercher la nourriture, mais attention, si quelqu'un s'approche de trop près du portail il recevra un premier avertissement verbal, au cas où il ne reculerait pas immédiatement le deuxième avertissement sera une balle. Les aveugles avancèrent lentement, certains, plus confiants, se dirigèrent tout droit vers l'endroit où ils pensaient que se trouvait la porte, les autres, moins sûrs de leur capacité naissante d'orientation, préférèrent se glisser le long du mur, comme ça ils ne pourraient pas s'égarer, en arrivant au coin ils n'auraient plus qu'à suivre le mur à angle droit et ils trouveraient la porte. Impérieuse, impatiente, la voix dans le haut-parleur renouvela l'appel. Le changement de ton, perceptible même pour quelqu'un qui n'aurait pas trop de raisons d'être méfiant, effraya les aveugles. L'un d'eux déclara, Je ne sors pas d'ici, ils veulent nous faire sortir d'ici pour ensuite nous tuer tous, Moi non plus je ne sors pas, dit un autre, Moi non plus, renchérit un troisième. Ils étaient immobiles, indécis, certains voulaient sortir, mais la peur s'emparait peu à peu de tous. La voix retentit une nouvelle fois, Si d'ici trois minutes personne ne se présente pour prendre les caisses de nourriture, elles seront retirées. La menace ne vainquit pas la peur, elle ne fit que la repousser vers les dernières cavernes de l'esprit où, tel un animal traqué, elle attendrait l'occasion d'attaquer. Craintifs, essayant de se cacher les uns derrière les autres, les aveugles s'avancèrent sur le perron de l'escalier. Ils ne pouvaient pas voir que les boîtes n'étaient pas près de la main courante où ils espéraient les trouver, ils ne pouvaient pas savoir que les soldats avaient refusé par peur de la contagion de s'approcher de la corde à laquelle se cramponnaient tous les aveugles dehors. Les caisses de nourriture étaient amoncelées plus ou moins là où la femme du médecin avait trouvé la bêche. Avancez, avancez, ordonna le sergent. De façon désordonnée, les aveugles essayaient de se mettre en file pour pouvoir avancer méthodiquement, mais le sergent leur cria, Les caisses ne sont pas là, lâchez la corde, lâchez-la, déplacez-vous vers la droite, votre droite à vous, votre droite à vous, imbéciles, pas besoin d'avoir des yeux pour savoir de quel côté est la main droite. L'indication fut donnée en temps opportun car certains aveugles à l'esprit rigoureux avaient compris l'ordre littéralement, si c'était à droite, logiquement ce devait être à droite de celui qui parlait, et ils essayaient donc de passer sous la corde pour aller chercher les caisses Dieu sait où. Dans des circonstances différentes, ce spectacle grotesque eût pu faire rire aux éclats l'observateur le plus grave, c'était à mourir de rire, certains aveugles avançaient à quatre pattes, le visage au ras du sol comme les porcs, bras devant eux pourfendant l'air, pendant que d'autres, craignant peut-être d'être engloutis par l'espace blanc loin de l'abri du toit, se cramponnaient désespérément à la corde en tendant l'oreille, dans l'attente des premières exclamations qui ponctueraient la découverte des caisses. Les soldats avaient envie de braquer leur arme et de fusiller délibérément, froidement, ces imbéciles qui se déplaçaient sous leurs yeux comme des crabes boiteux agitant des pinces estropiées à la recherche de la patte qui leur manquait. Ils savaient que ce matin le commandant du régiment avait dit dans la caserne que le problème des aveugles ne pourrait être résolu que par leur liquidation physique à tous, les aveugles actuels aussi bien que les futurs aveugles, sans considérations faussement humanitaires, avait-il dit textuellement, tout comme on coupe un membre gangrené pour sauver la vie d'un corps, La rage d'un chien mort, avait-il dit de façon imagée, est guérie par la nature. Certains soldats, moins sensibles aux beautés du langage figuré, eurent du mal à comprendre ce que la rage des chiens avait à voir avec les aveugles, mais la parole d'un commandant de régiment, toujours au sens figuré, vaut son pesant d'or, personne ne grimpe aussi haut l'échelle militaire sans avoir raison dans tout ce qu'il pense, dit et fait. Un aveugle avait enfin buté contre les caisses et criait en se collant contre elles, Elles sont ici, elles sont ici, si cet homme recouvre un jour la vue, il n'annoncera pas avec plus de joie la stupéfiante bonne nouvelle. Quelques secondes plus tard, les autres aveugles se bousculaient au-dessus des caisses dans un méli-mélo de bras et de jambes, tirant à hue et à dia, se disputant à qui mieux mieux, Celle-ci c'est moi qui l'emporte, Non c'est moi. Ceux qui étaient restés cramponnés à la corde étaient pris de nervosité et d'une autre peur, celle d'être exclus, à cause de leur paresse ou de leur couardise, du partage des victuailles, Ah vous n'avez pas voulu ramper par terre le cul en l'air au risque de vous choper une balle, eh bien jeûnez maintenant, rappelez-vous ce que dit l'autre, qui ne risque rien n'a rien. Aiguillonné par cette pensée décisive, l'un d'eux lâcha la corde et se dirigea vers le tumulte en agitant les bras en l'air, Moi, on ne me laissera pas de côté, mais soudain les voix se turent, on entendait seulement des bruits de traînement, des exclamations étouffées, un écheveau de sons éparpillés et confus qui venaient de toute part et de nulle part. Il s'arrêta, indécis, voulut retourner à la sécurité de la corde, mais le sens de l'orientation lui faisait défaut, il n'y a pas d'étoiles dans un ciel blanc, on entendait maintenant la voix du sergent ordonner aux aveugles portant les caisses de se diriger vers l'escalier, mais ses paroles n'avaient de sens que pour eux, car, pour arriver où l'on veut, tout dépend de l'endroit où l'on est. Il n'y avait plus d'aveugles cramponnés à la corde, il leur avait suffi de faire le chemin en sens inverse et ils attendaient maintenant sur le perron l'arrivée des autres. L'aveugle égaré n'osait pas bouger de sa place. Il poussa un grand cri d'angoisse, Aidez-moi, s'il vous plaît, il ne savait pas que les soldats le regardaient par le cran de mire de leur fusil, attendant qu'il franchisse la ligne invisible où l'on passait de vie à trépas. Alors le miraud, c'est pour aujourd'hui ou pour demain, demanda le sergent d'une voix légèrement nerveuse car il ne partageait pas l'opinion de son commandant, Qui me dit que demain ce malheur ne frappera pas à ma porte, quant aux soldats, comme chacun sait, on leur donne un ordre et ils tuent, on leur en donne un autre et ils meurent, Ne tirez que sur mon ordre, cria le sergent. A ces paroles, l'aveugle comprit tout le danger qu'il courait. Il se mit à genoux et implora, S'il vous plaît, aidez-moi, dites-moi où je dois me diriger, Viens, petit aveugle, viens, dit un soldat d'un ton faussement amical, l'aveugle se leva, fit trois pas, mais s'arrêta net de nouveau, le verbe lui parut suspect, viens n'est pas va, viens signifie que par ici, par ici très précisément, dans cette direction, tu arriveras là où on t'appelle, à la rencontre de la balle qui remplacera en toi une cécité par une autre. Ce fut l'initiative pour ainsi dire criminelle d'un soldat malintentionné que le sergent neutralisa immédiatement par deux braillements successifs, Halte, demi-tour, suivis d'un sévère rappel à l'ordre à l'adresse de l'indiscipliné qui était de toute évidence une de ces personnes à qui on ne peut mettre un fusil entre les mains. Encouragés par l'intervention bienveillante du sergent, les aveugles qui avaient atteint le perron de l'escalier organisèrent un grand tapage qui servit de pôle magnétique au désorienté visuel. Plus sûr de lui, il avança en ligne droite, Continuez, continuez, disait-il, cependant que les aveugles applaudissaient comme s'ils assistaient à un long sprint vibrant et courageux. Il fut reçu avec des accolades, les circonstances justifiaient pareil accueil, c'est dans l'adversité, l'adversité vécue et la prévisible, que l'on connaît ses amis.

La fraternisation ne dura pas longtemps. Profitant du tumulte, plusieurs aveugles s'étaient enfuis en emportant autant de caisses qu'ils le pouvaient, manière évidemment déloyale de prévenir d'hypothétiques injustices dans la distribution. Les personnes de bonne foi, et il y en a toujours quoi qu'on dise, protestèrent avec indignation que ce n'étaient pas des façons de faire, Si nous ne pouvons pas nous fier les uns aux autres, où allons-nous, demandaient les uns rhétoriquement encore que très raisonnablement, Ce qu'il faut à ces filous c'est une bonne rossée, disaient les autres d'un ton menaçant. Une fois tous rassemblés dans le vestibule, les aveugles convinrent que la manière la plus pratique de trouver une solution à la situation délicate ainsi créée consisterait à partager également entre les deux dortoirs les caisses restantes, heureusement en nombre pair, et à créer une commission paritaire d'enquête, dans le but de récupérer les caisses perdues, ou plutôt volées. Ils passèrent quelque temps à débattre, cela devenait une habitude, de l'avant et de l'après, c'est-à-dire de la question de savoir s'il fallait manger d'abord et enquêter ensuite, ou le contraire, l'opinion prédominante étant que le plus raisonnable, vu les nombreuses heures de jeûne déjà subies, serait de commencer par réconforter les estomacs et de procéder ensuite à l'enquête, Et n'oubliez pas que vous devez encore enterrer vos camarades, dit un aveugle de la première chambrée, Nous ne les avons pas encore tués que tu veux déjà que nous les enterrions, répondit un plaisantin du deuxième dortoir en jouant jovialement

103

avec les mots. Tous rirent. Mais on ne tarda pas à découvrir que les fripons n'étaient pas dans les dortoirs. Des aveugles étaient restés à la porte des deux chambrées, en attendant l'arrivée de la nourriture, et ils dirent qu'en effet ils avaient entendu passer dans les couloirs des gens qui semblaient très pressés mais que personne n'était entré dans les dortoirs, et encore moins avec des caisses de nourriture, ils pouvaient le jurer. Quelqu'un déclara que le moyen le plus sûr d'identifier les gredins serait que tous les présents occupent leur lit respectif, les lits vides seraient évidemment ceux des fripouilles, par conséquent il faudrait attendre qu'ils reviennent de là où ils s'étaient cachés pour se lécher les babines et leur tomber dessus, pour leur apprendre à respecter le principe sacro-saint de la propriété collective. L'application de cette proposition, au demeurant opportune et empreinte d'un sens profond de la justice, présentait toutefois le grave inconvénient d'ajourner à Dieu sait quand le petit déjeuner convoité et maintenant froid, Mangeons d'abord, dit un des aveugles, et la majorité se rallia à la proposition. Malheureusement, ils ne mangèrent que le peu de nourriture resté après le vol infâme. A cette heure, dans un endroit caché de cet édifice vétuste et décrépi, les filous s'empiffraient des rations doubles et triples d'un petit déjeuner qui s'était amélioré de façon inattendue et qui était composé de café au lait, froid en effet, de galettes et de pain avec de la margarine, pendant que les honnêtes gens devaient irrémédiablement se contenter de deux ou trois fois moins, et encore pas de tout. Dans la première aile, certains entendirent pendant qu'ils croquaient mélancoliquement leur pain sec le haut-parleur inviter les contaminés à aller chercher leur part de nourriture. Un des aveugles, sans doute influencé par l'atmosphère malsaine engendrée par le délit, eut une inspiration, Si nous allions les attendre dans le vestibule, ils auraient une sacrée frousse en nous apercevant et ils laisseraient peut-être tomber une ou deux caisses, mais le médecin dit que cela ne lui semblait pas bien, il serait injuste de punir des gens innocents. Quand tous eurent fini de manger, la femme du médecin et la jeune fille aux lunettes teintées portèrent les boîtes en carton dans le jardin, les récipients de lait et de café vides, les verres en carton, bref, tout ce qui n'était pas comestible,

Nous devons brûler les ordures, dit ensuite la femme du médecin, et en finir avec ces horribles essaims de mouches.

Assis chacun sur son lit, les aveugles attendirent le retour au bercail des brebis égarées, Des cornards, voilà ce qu'ils sont, dit une grosse voix, sans deviner qu'elle se faisait l'écho de la réminiscence pastorale d'un homme incapable de dire les choses différemment. Mais les vauriens ne se montraient pas, ils devaient se méfier, sans doute y avait-il parmi eux une personne aussi perspicace que l'aveugle ici qui avait eu l'idée de la rossée. Les minutes passaient, plusieurs aveugles s'étaient couchés, un s'était déjà endormi. Qu'est-ce que c'est que ça, messieurs, ici on ne fait que manger et dormir, Finalement, on n'est pas si mal que ça ici, A condition que la nourriture ne vienne pas à manquer, car on ne peut vivre sans elle, on se croirait à l'hôtel. Autrement, ce serait un vrai calvaire pour un aveugle dehors, en ville, oui, un vrai calvaire. Marcher dans les rues en trébuchant, avec tout le monde qui vous fuit, votre famille épouvantée qui a peur de s'approcher de vous, amour maternel, amour filial, des foutaises, si ça se trouve on me traiterait de la même façon qu'ici, on m'enfermerait dans une chambre et comme une grande faveur on déposerait une assiette devant ma porte. Si on regardait la situation avec sang-froid, sans les préjugés et les ressentiments qui obscurcissent toujours le raisonnement, il fallait bien reconnaître que les autorités avaient fait preuve de clairvoyance en décidant de rassembler tous les aveugles, chacun avec son semblable, en bonne règle de voisinage, comme les lépreux, il est indéniable que le médecin là-bas au fond du dortoir est dans le vrai quand il dit que nous devons nous organiser, il s'agit effectivement d'un problème d'organisation, d'abord la nourriture, puis l'organisation, toutes deux sont indispensables dans la vie, choisir un certain nombre de personnes disciplinées et sachant discipliner pour diriger tout ça, établir des règles consensuelles de cohabitation pour les choses simples, balayer, ranger, laver, question nettoyage nous ne pouvons pas nous plaindre, on nous a même donné du savon et des détergents, faire les lits, et surtout, point fondamental, ne pas perdre le respect de soi, éviter les conflits avec les militaires qui font leur devoir en nous surveillant, nous avons déjà assez de morts comme ça, demander s'il y a ici des gens qui connaissent des histoires pour les raconter à la veillée, des histoires, des fables, des anecdotes, peu importe, imaginez la chance que ce serait si quelqu'un connaissait la Bible par cœur, nous recommencerions tout depuis la création du monde, l'important c'est de s'écouter les uns les autres, dommage que nous n'ayons pas une radio, la musique est toujours une grande distraction, et nous pourrions suivre les nouvelles, par exemple, si on découvrait un remède à notre maladie, quelle joie ce serait ici.

Arriva alors ce qui devait arriver. L'on entendit des coups de feu dans la rue. Ils viennent nous tuer, cria quelqu'un, Du calme, dit le médecin, soyons logiques, s'ils voulaient nous tuer, ils tireraient ici, à l'intérieur, pas dehors. Le médecin avait raison, c'était le sergent qui avait donné l'ordre de tirer en l'air et non un soldat devenu soudain aveugle au moment où il avait le doigt sur la gâchette, il faut bien se rendre compte qu'il n'y avait pas d'autre moyen d'encadrer et de tenir en respect les aveugles qui sortaient en se bousculant des autocars, le ministère de la Santé avait averti le ministère de l'Armée, Nous allons vous expédier quatre autocars d'aveugles, Et ça en fait combien, Environ deux cents, Où est-ce qu'on va mettre tous ces gens, il y a trois dortoirs destinés aux aveugles dans l'aile droite, d'après nos renseignements la capacité totale est de cent vingt et ils sont déjà soixante ou soixante-dix là-dedans, moins une douzaine que nous avons dû tuer, La solution est simple, ils n'ont qu'à occuper tous les dortoirs, Mais alors les contaminés seront en contact direct avec les aveugles, Très probablement, tôt ou tard, eux aussi deviendront aveugles, d'ailleurs, vu la situation, j'imagine que nous sommes déjà tous contaminés, il n'y a sûrement pas une seule personne qui n'ait été vue par un aveugle, Si un aveugle ne voit pas, je me demande comment il peut transmettre le mal par la vue, Mon général, cette maladie doit être la plus logique du monde, l'œil qui est aveugle transmet sa cécité à l'œil qui voit, rien de plus simple, Il y a ici un colonel qui pense que la solution serait de tuer les aveugles au fur et à mesure qu'ils perdraient la vue, Le fait qu'ils soient morts au lieu d'être aveugles ne changerait pas grand-chose au tableau, Être aveugle ce n'est pas être mort, Oui, mais être mort c'est être aveugle, Bon, alors vous nous en envoyez deux cents environ, Oui, Et qu'allons-nous faire des chauffeurs d'autocar, On les interne eux aussi. Ce même jour, en fin d'après-midi, le ministère de l'Armée téléphona au ministère de la Santé, Vous connaissez la nouvelle, ce colonel dont je vous ai parlé est devenu aveugle, Que pense-t-il maintenant de son idée, Il y a déjà pensé, il s'est brûlé la cervelle, Il n'y a pas à dire, son attitude est cohérente, L'armée est toujours prête à donner l'exemple.

Le portail fut grand ouvert. Poussé par les habitudes de la caserne, le sergent fit former des colonnes de cinq, mais les aveugles ne réussissaient pas à respecter ce nombre, soit ils étaient trop nombreux, soit pas assez, ils finirent par s'entasser tous à l'entrée, en bons civils qu'ils étaient, sans aucun ordre, sans même songer à faire passer devant les femmes et les enfants, comme dans les autres naufrages. Il convient de préciser, avant que cela ne nous sorte de l'esprit, que tous les coups de feu n'avaient pas été tirés en l'air, un des chauffeurs d'autocar avait refusé d'aller avec les aveugles, protestant qu'il y voyait parfaitement, avec pour résultat, trois secondes plus tard, de donner raison au ministère de la Santé qui prétendait qu'être mort c'est être aveugle. Le sergent donna les ordres que nous connaissons déjà, Avancez tout droit, tout au bout il y a un escalier de six marches, j'ai dit six marches, quand vous arriverez là, montez lentement, si quelqu'un trébuche je refuse d'imaginer ce qui arrivera, il omit seulement de leur recommander de suivre la corde, mais cela se comprend car si les aveugles l'avaient utilisée ils n'en auraient jamais fini d'entrer, Attention, recommandait le sergent, plus tranquille maintenant que tous étaient déjà de l'autre côté du portail, il y a trois dortoirs à droite et trois à gauche, chaque dortoir a quarante lits, que les familles ne se séparent pas, évitez de vous bousculer, comptez-vous à l'entrée, demandez à ceux qui sont déjà à l'intérieur de vous aider, tout se passera bien, installez-vous calmement, bien calmement, la nourriture viendra après.

Il ne faudrait pas imaginer que des aveugles en aussi grand nombre sont comme des moutons qui vont à l'abattoir, bêlant comme à l'accoutumée, un peu serrés, il est vrai, mais ce fut toujours là leur façon de vivre, poil contre poil, haleine contre haleine, odeurs entremêlées. Certains pleurent, d'autres crient de peur ou de rage, d'autres encore vomissent des imprécations, l'un d'eux lança une menace terrible et inutile, Si un jour je vous attrape, il est à supposer qu'il se référait aux soldats, je vous arracherai les yeux. Les premiers à arriver à l'escalier durent inévitablement s'arrêter, il fallait tâter avec le pied la hauteur et la profondeur de la marche, la pression de ceux qui les suivaient fit tomber deux ou trois personnes devant, heureusement que ce ne fut pas plus grave que ça, juste quelques tibias écorchés, les conseils du sergent avaient été une vraie bénédiction. Une bonne partie d'entre eux se trouve déjà dans le vestibule, mais deux cents personnes ne prennent pas place aussi facilement, surtout des aveugles sans guide, et à cette circonstance déjà assez éprouvante en soi vient s'ajouter le fait que l'édifice est vétuste, peu fonctionnel dans ses aménagements, il ne suffit pas qu'un sergent qui connaît juste son métier dise, Il y a trois dortoirs de chaque côté, il faut encore voir comment tout ça se présente à l'intérieur, avec des embrasures de porte si étroites qu'on dirait plutôt des goulets, des corridors aussi insensés que les occupants de la bâtisse, ils commencent on ne sait pourquoi, finissent on ne sait où, et personne ne sait ce qu'ils veulent. Instinctivement, l'avant-garde des aveugles s'était divisée en deux colonnes qui se déplaçaient de part et d'autre le long des murs, à la recherche d'une porte par où entrer, méthode sûre, indéniablement, à supposer qu'il n'y ait pas de meubles en travers du chemin. Tôt ou tard, avec adresse et patience, les nouveaux pensionnaires finiront par s'installer, mais pas avant que ne se décide l'issue de la bataille qui vient d'éclater entre les premières lignes de la colonne de gauche et les contaminés qui vivent dans cette aile. Il fallait s'y attendre. Ce qui avait été décidé, il existait même un règlement élaboré à cet effet par le ministère de la Santé, c'était que cette aile serait réservée aux contaminés, et même s'il était vrai qu'on pouvait prévoir avec un très fort degré de probabilité que tous finiraient par devenir aveugles, il était non moins vrai, selon la logique la plus pure, que tant qu'ils ne seraient pas devenus aveugles on ne pourrait pas jurer qu'ils étaient effectivement destinés à le devenir. On est tranquillement assis chez soi, persuadé que, malgré les preuves contraires, au moins dans son propre cas on finira par s'en tirer, et soudain on voit s'avancer vers soi précisément une bande ululante de ces gens qu'on craint le plus. Au premier abord, les contaminés pensèrent qu'il s'agissait d'un groupe de personnes pareilles à eux, simplement plus nombreuses, mais l'erreur dura peu, ces gens étaient totalement aveugles, Vous ne pouvez pas entrer ici, cette aile nous est réservée, elle n'est pas pour les aveugles, vous devez aller de l'autre côté, crièrent ceux qui montaient la garde à la porte. Plusieurs aveugles tentèrent de faire demi-tour et de chercher une autre entrée, pour eux gauche ou droite était du pareil au même, mais la masse de ceux qui continuaient à affluer de l'extérieur les poussait inexorablement. Les contaminés défendaient leur porte à coups de pied, les aveugles répondaient comme ils pouvaient, ils ne voyaient pas leurs adversaires mais ils savaient d'où venaient les coups. Deux cents personnes ne pouvaient pas tenir dans le vestibule, ni même un nombre légèrement inférieur, et donc, très vite, la porte pourtant assez large qui menait à la clôture fut complètement bouchée, comme obstruée par un bouchon, impossible de reculer ou d'avancer, ceux qui étaient dedans, comprimés, écrasés, essayaient de se défendre en lançant des ruades, en donnant des coups de coude aux voisins qui les étouffaient, on entendait des cris, des enfants aveugles pleuraient, des femmes aveugles s'évanouissaient, pendant que les nombreuses personnes qui n'avaient pas réussi à entrer poussaient de plus en plus fort, terrorisées par les braillements des soldats qui ne comprenaient pas pourquoi ces imbéciles ne bougeaient pas. Il y eut un moment terrible lorsqu'il se produisit un violent reflux de gens qui se débattaient pour échapper à la cohue et au danger imminent d'écrasement, mettons-nous à la place des soldats qui voient soudain sortir brusquement un grand nombre de ceux qui étaient déjà entrés, ils imaginèrent aussitôt le pire, que les aveugles allaient ressortir, souvenons-nous qu'il y a eu des précédents, un véritable carnage aurait pu se produire. Heureusement, le sergent fut de nouveau à la hauteur de la situation, il tira lui-même en l'air avec son pistolet, simplement pour capter l'attention de tous, et il cria dans le haut-parleur, Du calme, que ceux qui sont sur l'escalier reculent un peu, espacez-vous, ne poussez pas, aidez-vous les uns les autres. C'était trop demander, à l'intérieur la lutte continuait, mais peu à peu le vestibule se dégagea grâce à un déplacement plus massif d'aveugles vers la porte de l'aile droite où ils étaient accueillis par des aveugles qui se chargèrent de les conduire vers le troisième dortoir, jusqu'à présent libre, et vers les lits encore vacants du deuxième dortoir. Il sembla un instant que la bataille allait finir en faveur des contaminés, pas tellement parce que ceux-ci étaient les plus forts ou voyaient mieux, mais parce que les aveugles, ayant compris que l'entrée de l'autre côté était dégagée, rompirent le contact, comme eût dit le sergent dans ses dissertations martiales sur la stratégie et la tactique élémentaires. La joie des défenseurs ne dura toutefois pas longtemps. Par la porte de l'aile droite on commença à entendre des voix annonçant qu'il n'y avait plus de place, que tous les dortoirs étaient pleins, il y eut même des aveugles qui refluèrent dans le vestibule, poussés par d'autres, au moment exact où le bouchon humain qui obstruait l'entrée principale s'était défait et où les nombreux aveugles qui se trouvaient encore à l'extérieur purent avancer et se réfugier sous le toit sous lequel ils allaient vivre à l'abri des menaces de la soldatesque. Le résultat de ces deux déplacements pratiquement simultanés fut que la bagarre à l'entrée de l'aile s'en trouva de nouveau attisée, de nouveau des coups, de nouveau des clameurs, et, comme si cela ne suffisait pas, des aveugles désemparés qui avaient découvert et forcé la porte du vestibule donnant directement accès à la clôture intérieure se mirent à crier qu'il y avait là des morts. Imaginez leur effroi. Ils reculèrent tant bien que mal. Il y a des morts ici, il y a des morts ici, répétaient-ils, comme s'ils devaient être les prochains à mourir, en une seconde le vestibule redevint le tourbillon furieux des pires moments, puis la masse humaine se déplaça dans une impulsion subite et désespérée vers l'aile gauche, emportant tout avec elle, vainquant la résistance des contaminés, dont beaucoup avaient cessé de l'être, alors que les autres couraient comme des fous, tentant encore d'échapper à la noire fatalité. Course vaine. L'un après l'autre, ils devinrent tous aveugles, les yeux soudain

110

noyés dans la hideuse marée blanche qui inondait les corridors, les dortoirs, l'espace tout entier. Dehors, dans le vestibule, près de la clôture, des aveugles désemparés se traînaient, les uns moulus de coups, les autres piétinés, c'étaient principalement les vieillards, les femmes et les enfants de toujours, des êtres en général encore sans défense ou déjà sans défense, c'est un miracle que le résultat de tout cela n'ait pas été davantage de morts à enterrer. Par terre, éparpillés, à côté de chaussures qui avaient perdu leur pied, il y a des sacs, des valises, des paniers, la dernière richesse de ces gens, perdue maintenant à tout jamais, la personne qui se présentera au bureau des objets trouvés dira que ce qu'elle emporte lui appartient.

Un vieillard avec un bandeau noir sur l'œil vint de la clôture. Lui aussi a perdu son bagage, ou bien il n'en a pas apporté. Il avait été le premier à trébucher sur les morts, mais il ne cria pas. Il resta avec eux, à leur côté, en attendant le retour de la paix et du silence. Il attendit une heure. Maintenant c'est son tour de se mettre en quête d'un abri. Lentement, bras tendus, il chercha son chemin. Il découvrit la porte du premier dortoir dans l'aile droite, entendit des voix qui venaient de l'intérieur, alors il demanda, Y aurait-il ici un lit pour moi.

L'arrivée d'un aussi grand nombre d'aveugles parut entraîner au moins un avantage. A bien réfléchir, deux avantages, le premier étant pour ainsi dire d'ordre psychologique puisque en réalité une chose est d'attendre à tout moment l'arrivée de nouveaux locataires, autre chose est de constater que le bâtiment est enfin plein, et que désormais il sera possible d'établir et de garder avec ses voisins des relations stables, durables, qui ne seront pas troublées, comme c'était le cas jusqu'ici, par les interruptions successives et l'interposition de nouveaux venus qui obligeaient à reconnecter continuellement les voies de communication. Le deuxième avantage, cette fois d'ordre pratique, direct et substantiel, fut que les autorités extérieures, civiles et militaires, comprirent qu'une chose était de fournir des vivres à deux ou trois douzaines de personnes plus ou moins tolérantes, plus ou moins enclines, vu leur nombre réduit, à se résigner à d'occasionnelles pénuries de nourriture ou à des retards dans sa livraison, autre chose était la responsabilité soudaine et complexe de sustenter deux cent quarante êtres humains de complexion, de provenance, de nature et d'humeur différentes. Deux cent quarante, notez bien, et c'est une façon de parler, car il y a au moins vingt aveugles qui n'ont pas réussi à trouver de grabat et qui dorment par terre. Quoi qu'il en soit, il faut bien reconnaître que ça n'est pas la même chose de donner à trente personnes ce qui devrait suffire à dix et de distribuer à deux cent soixante personnes les vivres destinés à deux cent quarante. La différence est presque imperceptible. Or ce fut la prise de conscience de cette responsabilité accrue et peut-être aussi, hypothèse nullement à négliger, la peur de voir exploser de nouvelles émeutes qui déterminèrent le changement d'attitude des autorités, lesquelles décidèrent d'envoyer la nourriture à l'heure voulue et dans les quantités requises. Évidemment, après l'empoignade, à tous égards déplorable, à laquelle nous avons dû assister, il n'était pas facile de loger tant d'aveugles sans qu'éclatent des conflits localisés, il suffira de penser à ces malheureux contaminés qui voyaient encore tout récemment et qui maintenant ne voient plus, à ces couples séparés et à ces enfants perdus, aux lamentations de ceux qui sont piétinés et bousculés, certains deux ou trois fois, à ceux qui cherchent leurs biens chéris et qui ne les trouvent pas, il faudrait être complètement insensible pour oublier les tribulations de ces pauvres gens comme si elles n'étaient rien. Pourtant, on ne saurait nier que l'annonce de l'arrivée du déjeuner fut un baume réconfortant pour tous. Et s'il est indéniable que la collecte de quantités de nourriture aussi grandes et sa distribution entre tant de bouches donnèrent lieu à de nouvelles altercations à cause de l'absence d'une organisation appropriée et d'une autorité capable d'imposer la discipline nécessaire, nous devons bien reconnaître que l'atmosphère a beaucoup changé, et pour le mieux, puisque dans tout l'ancien asile d'aliénés on entendait uniquement le bruit de deux cent soixante bouches occupées à mastiquer. Qui nettoiera ensuite tout ça, voilà une question qui demeure pour l'instant sans réponse, vers la fin de l'après-midi seulement le haut-parleur recommencera à réciter les règles de bonne conduite qui devront être observées pour le bien de tous et on verra alors dans quelle mesure les nouveaux venus les respecteront. C'est déjà beaucoup que les occupants du deuxième dortoir de l'aile droite se soient enfin décidés à enterrer leurs morts, nous voilà au moins délivrés de cette odeur, il nous sera plus facile de nous habituer à l'odeur des vivants, fût-elle fétide.

Quant au premier dortoir, peut-être parce qu'il était le plus ancien et donc en cours d'adaptation à l'état de cécité depuis plus longtemps, un quart d'heure après que ses occupants eurent fini de manger, on ne voyait plus un seul papier gras par terre, pas une seule assiette oubliée, pas un seul récipient qui gouttât. Tout avait été ramassé, les objets les plus petits glissés dans les plus grands, les plus sales fourrés dans les moins sales, comme l'exigeait la réglementation d'une hygiène rationnelle, partagée entre le souci d'une aussi grande efficacité que possible dans le ramassage des restes et des détritus et celui d'économiser les efforts nécessaires à l'accomplissement de ces tâches. La mentalité qui devra obligatoirement déterminer les comportements sociaux de ce type ne s'improvise pas et ne naît pas par génération spontanée. Dans le cas qui nous occupe, une influence décisive semble avoir été exercée par l'action pédagogique de l'aveugle au fond du dortoir, celle qui est mariée avec l'ophtalmologue, à force de se tuer à répéter, Si nous ne sommes pas capables de vivre entièrement comme des êtres humains, au moins faisons de notre mieux pour ne pas vivre entièrement comme des animaux, elle répéta si souvent ces paroles au fond simples et élémentaires que le reste de la chambrée finit par les transformer en maxime, en sentence, en doctrine, en règle de vie. Il est probable que c'est cet état d'esprit, propice à la compréhension des besoins et des circonstances, qui contribua, encore que de façon collatérale, à l'accueil bienveillant dont bénéficia le vieillard au bandeau noir quand il passa la tête par la porte et demanda, Y aurait-il ici un lit pour moi. Par un heureux hasard, assurément prometteur quant à ses conséquences futures, il y avait un lit, un seul, allez savoir comment il avait survécu pour ainsi dire à l'invasion, le voleur d'automobiles avait souffert dans ce lit d'indicibles douleurs et c'est peut-être pour cette raison qu'il lui était resté une aura de souffrance qui en avait éloigné les gens. Par décret du destin, mystère des arcanes, le morceau friand avait été réservé, et ce hasard n'est pas le premier, loin de là, il suffit de voir que ce dortoir a abrité tous les malades de la vue qui se trouvaient dans le cabinet de consultation quand le premier aveugle s'y est présenté et qu'on pensait que les choses n'iraient pas plus loin. Tout bas, comme à l'accoutumée, pour ne pas révéler le secret de sa présence là, la femme du médecin susurra à l'oreille de son mari, Il faisait peut-être aussi partie de tes patients, c'est un homme âgé, chauve, avec quelques poils blancs et un bandeau noir sur l'œil, tu m'as parlé de lui, je m'en souviens, Sur quel œil, L'œil gauche, Ça doit être lui. Le médecin s'avança dans la travée et dit en élevant un peu la voix, J'aimerais pouvoir toucher la personne qui nous a rejoints, je lui demande de bien vouloir venir dans ma direction, j'irai à sa rencontre. Ils se heurtèrent l'un l'autre à mi-chemin, des doigts rencontrèrent des doigts, comme deux fourmis qui se reconnaissent aux mouvements de leurs antennes, mais dans ce cas-ci il n'en sera pas ainsi. Le médecin demanda à pouvoir palper le visage du vieillard, il découvrit vite le bandeau, Il n'y a aucun doute, c'est le dernier patient qui manquait ici, celui au bandeau noir, s'exclama-t-il, Que voulez-vous dire, qui êtes-vous, demanda le vieillard, Je suis, ou plutôt j'étais votre ophtalmologue, rappelez-vous, nous avons fixé la date de votre opération de la cataracte, Comment m'avez-vous reconnu, A votre voix surtout, la voix est la vue de celui qui ne voit pas, Oui, la voix, moi aussi je reconnais la vôtre à présent, qui l'eût dit, docteur, maintenant vous n'avez plus besoin de m'opérer, S'il y a un remède à cette maladie-ci, nous en avons besoin tous les deux, Docteur, je me souviens que vous m'avez dit qu'une fois opéré je ne reconnaîtrais pas le monde dans lequel je vivais, nous savons aujourd'hui à quel point vous aviez raison, Quand êtes-vous devenu aveugle, Hier soir, Et on vous a déjà amené ici, Là-dehors, la peur est si grande qu'on commencera bientôt à tuer les gens dès qu'on s'apercevra qu'ils sont devenus aveugles, Ici on en a déjà liquidé dix, dit une voix d'homme, Je les ai trouvés, répondit avec simplicité le vieillard au bandeau noir, Ils venaient de l'autre dortoir, nous, nos morts, nous les avons enterrés immédiatement, ajouta la même voix, comme si elle terminait un rapport. La jeune fille aux lunettes teintées s'était approchée, Est-ce que vous vous souvenez de moi, je portais des lunettes teintées, Je me souviens très bien, malgré ma cataracte je me souviens que vous étiez très jolie, la jeune fille sourit, Merci, dit-elle, et elle retourna à sa place, d'où elle dit, Il y a aussi ici le petit garçon, Je veux ma mère, dit la voix du gamin, comme fatiguée par un pleur lointain et inutile, Et moi, je suis le premier à être devenu aveugle, dit le premier aveugle, je suis ici avec ma femme, Et moi je suis la réceptionniste du cabinet médical, dit la réceptionniste. La femme du médecin dit, Je suis la seule à ne pas m'être présentée, et elle dit qui elle était. Alors le vieillard annonça, comme pour remercier de l'accueil qu'il avait reçu, J'ai une radio, Une radio, s'écria la jeune fille aux lunettes teintées en battant des mains, de la musique, quelle joie, Oui, mais c'est une petite radio à piles et les piles ne sont pas éternelles, rappela le vieillard, Ne me dites pas que nous allons rester ici éternellement, dit le premier aveugle, Non, pas éternellement, l'éternité est toujours trop longue, Ça permettra d'écouter les informations, déclara le médecin, Et un peu de musique, insista la jeune fille aux lunettes teintées, Tout le monde n'aimera pas la même musique, mais tout le monde aura envie de savoir comment vont les choses là-dehors, il vaut mieux économiser la radio, C'est aussi mon avis, dit le vieillard au bandeau noir. Il sortit le petit appareil de la poche extérieure de sa veste et le fit fonctionner. Il chercha les stations émettrices, mais sa main encore mal assurée perdait facilement la longueur d'onde voulue, au début on entendit seulement des bruits intermittents, des fragments de musique et de paroles, sa main s'affermit enfin, la musique devint reconnaissable, Laissez ça juste un petit moment, implora la jeune fille aux lunettes teintées, les paroles gagnèrent en clarté, Ce ne sont pas les informations, dit la femme du médecin, puis, comme si l'idée venait de lui traverser l'esprit, Quelle heure peut-il bien être, demanda-t-elle, mais elle savait que personne ne pourrait lui répondre. L'aiguille de la syntonisation continuait à extraire des bruits de la petite boîte, puis elle se figea, c'était une chanson, une chanson sans importance, mais les aveugles s'approchèrent lentement, ils ne se bousculaient pas, ils s'arrêtaient sitôt qu'ils sentaient une présence devant eux et restaient là à écouter les yeux grands ouverts dans la direction de la voix qui chantait, certains pleuraient, comme probablement seuls les avcugles peuvent pleurer, leurs larmes coulaient simplement, comme d'une fontaine. La chanson arriva à sa fin, le présentateur dit, Attention, au troisième top il sera quatre heures. Une des aveugles demanda en riant, Du soir ou du matin, et ce fut comme si son rire lui faisait mal. La femme du médecin mit sa montre à l'heure en cachette et la remonta, il était quatre heures de l'après-midi, encore qu'à vrai dire une montre ne se soucie guère de cela, elle va de un à douze, tout le reste ce sont des idées d'humains. Qu'est-ce que c'est que ce petit bruit, demanda la jeune fille aux lunettes teintées, il m'a semblé, C'est moi, j'ai entendu dire à la radio qu'il était quatre heures et j'ai remonté ma montre, c'est un de ces mouvements automatiques qu'on fait souvent, s'empressa de dire la femme du médecin. Puis elle pensa qu'il ne valait pas la peine de courir ce genre de risque, il lui aurait suffi de regarder le poignet des aveugles arrivés ce jour-là, il devait bien y avoir une montre qui fonctionnait. Le vieillard au bandeau noir en avait une lui-même, comme elle s'en aperçut à ce moment-là, et la sienne était à l'heure. Alors le médecin demanda, Dites-nous donc comment se présente la situation dehors. Le vieillard au bandeau noir répondit, Volontiers, mais il faut d'abord que je m'assoie, je ne tiens plus debout. Cette fois, les aveugles s'installèrent du mieux qu'ils purent, à plusieurs, à trois ou à quatre par lit, et ils se turent, alors le vieillard au bandeau noir raconta ce qu'il savait, ce qu'il avait vu de ses propres yeux tant qu'il avait encore des yeux, ce qu'il avait entendu dire pendant les quelques jours qui s'étaient écoulés entre le début de l'épidémie et sa propre cécité.

Au début, pendant les premières vingt-quatre heures, si la nouvelle qui avait couru était vraie, il y avait eu des centaines de cas, tous pareils, tous se manifestant de la même façon, rapidité, instantanéité, absence déconcertante de lésions, blancheur resplendissante du champ visuel, aucune douleur avant, aucune douleur après. Le deuxième jour il y avait eu, dit-on, une certaine diminution du nombre de cas nouveaux, on était passé des centaines aux dizaines, et cela conduisit le gouvernement à annoncer promptement que, d'après les perspectives les plus raisonnables, la situation ne tarderait pas à être maîtrisée. A partir de ce moment-là, à l'exception de quelques commentaires isolés, inévitables, le récit du vieillard cessera d'être écouté attentivement et sera remplacé par une réorganisation de son discours en fonction du vocabulaire utilisé, dans le but d'évaluer l'information reçue. La raison de ce changement imprévu d'attitude est à chercher dans l'emploi du verbe maîtriser, passablement recherché, par le narrateur, qui faillit presque le disqualifier de sa fonction de narrateur complémentaire, important, certes, car sans lui nous n'aurions aucun moyen de savoir ce qui s'est passé dans le monde extérieur, de sa fonction de narrateur complémentaire, disions-nous, de ces événements extraordinaires, alors que chacun sait que la description d'un fait, quel qu'il soit, a tout à gagner de l'utilisation de termes rigoureux et appropriés. Pour revenir à notre affaire, le gouvernement rejeta donc l'hypothèse émise au début, selon laquelle le pays se trouverait en proie à une épidémie sans précédents connus, provoquée par un agent pathogène encore non identifié, d'un effet instantané, sans le moindre signe préalable d'incubation ou de latence. Il devait donc s'agir, d'après la nouvelle opinion scientifique et l'interprétation administrative subséquemment mise à jour, d'une concomitance fortuite et malheureuse entre des circonstances encore non vérifiées pour l'instant, mais dont l'évolution pathogène permettait d'ores et déjà d'observer les indices précurseurs d'un épuisement, était-il dit dans le communiqué du gouvernement qui entrevoyait l'imminence d'une très nette courbe de résorption d'après les données en son pouvoir. Un commentateur de télévision trouva la métaphore appropriée et compara l'épidémie, ou quel que soit le nom du phénomène, à une flèche lancée très haut dans les airs qui, ayant atteint l'apogée de son ascension, s'arrête un moment comme en suspens et commence aussitôt après l'inéluctable descente que la gravité s'efforcera d'accélérer avec le consentement de Dieu jusqu'à la disparition du terrible cauchemar qui nous tourmente, et avec cette invocation le commentateur revenait à la trivialité des échanges humains et à l'épidémie proprement dite. Une demi-douzaine de mots de ce genre était constamment utilisée par les grands moyens d'information qui finissaient toujours par former le vœu pieux que les infortunés aveugles retrouvent promptement leur vue perdue, et en attendant ils leur promettaient la solidarité de l'ensemble du corps social organisé, tant officiel que privé. Dans un passé lointain, des raisons et des métaphores analogues avaient été traduites par l'optimisme hardi des gens du commun en dictons comme celui-ci, Les jours se suivent et ne se ressemblent pas, ou dans une version plus littéraire, De même qu'aucun bonheur ne dure éternellement, de même malheur finit par cesser, maximes suprêmes de qui a eu le temps de tirer la leçon des revers de la vie et de la fortune, et qui, transplantées dans le pays des aveugles, devront se lire comme suit, Hier nous avons vu, aujourd'hui nous ne voyons pas, demain nous verrons, avec une légère intonation interrogative dans le dernier tiers de la phrase, comme si, à toutes fins utiles et au dernier moment, la prudence avait décidé d'ajouter la réticence d'un doute à la conclusion empreinte d'espoir.

Malheureusement, l'inanité de pareils vœux ne tarda pas à être démontrée, les espoirs du gouvernement et les prédictions de la communauté scientifique s'en allèrent tout bonnement en eau de boudin. La cécité s'étendait, non pas comme une marée subite qui eût tout inondé et tout emporté devant elle, mais comme l'infiltration insidieuse de mille et un ruisselets turbulents qui, après s'être attachés à imbiber lentement la terre, la noient soudain complètement. Devant l'alarme de la société sur le point de prendre le mors aux dents, les autorités organisèrent à la hâte des réunions médicales, constituées principalement d'ophtalmologues et de neurologues. A cause des inévitables délais d'organisation, il ne fut pas possible de convoquer le congrès préconisé par d'aucuns, mais en revanche il y eut de nombreux colloques, séminaires, tables rondes, les uns ouverts au public, les autres tenus à huis clos. L'effet conjugué de l'inutilité manifeste des débats et de certains cas de cécité subite en plein milieu des séances où l'orateur s'écriait, Je suis aveugle, je suis aveugle, mena les journaux, la radio et la télévision à cesser presque entièrement de rendre compte de ces initiatives, à l'exception du comportement discret et à tous égards louable de certains organes d'information qui, faisant leurs choux gras du sensationnalisme sous toutes ses formes, des heurs et des malheurs d'autrui, n'étaient pas prêts à manquer la moindre occasion de raconter en direct, avec tout le tragique exigé par la situation, la cécité subite, par exemple, d'un professeur d'ophtalmologie.

Le gouvernement lui-même donna la preuve de la détérioration progressive de l'état d'esprit général en changeant sa stratégie deux fois en une demi-douzaine de jours. Il avait d'abord cru possible de circonscrire le mal en enfermant les aveugles et les contaminés dans un certain nombre d'espaces bien délimités, comme l'hospice de fous où nous nous trouvons. Puis la multiplication inexorable des cas de cécité poussa des membres influents du gouvernement qui craignaient que l'initiative officielle ne suffît pas à

L'AVEUGLEMENT

la tâche, ce qui entraînerait de graves conséquences politiques, à prôner l'idée qu'il devrait incomber aux familles de garder les aveugles chez elles et de ne pas les laisser sortir dans la rue pour ne pas compliquer la circulation déjà bien assez difficile comme ça et ne pas offenser la sensibilité des personnes qui voyaient encore avec leurs yeux et qui, indifférentes aux avis plus ou moins rassurants, étaient convaincues que le mal blanc se propageait par contact visuel, comme le mauvais œil. Il n'était en effet pas légitime d'attendre une réaction différente de la part d'une personne qui, absorbée par ses pensées, tristes, neutres ou gaies, si tant est qu'il y eût encore des pensées gaies, voyait soudain se transformer l'expression du passant qui venait dans sa direction et se dessiner sur son visage tous les signes de la terreur la plus absolue, puis entendait le cri inévitable, Je suis aveugle, je suis aveugle. Il n'y avait pas de nerf qui résistât. Le pire était que les familles, surtout les moins nombreuses, devinrent rapidement des familles où tout le monde était aveugle et où il n'y avait donc plus personne pour guider les aveugles et s'occuper d'eux, et protéger d'eux la communauté des voisins doués d'une bonne vue, et il était évident que ces aveugles, pour bon père, bonne mère ou bon fils qu'ils fussent, ne pouvaient pas s'occuper les uns des autres, ou alors il leur serait arrivé la même chose qu'aux aveugles sur une peinture, qui marchaient tous ensemble, tombaient tous ensemble et mouraient tous ensemble.

Devant cette situation, le gouvernement n'eut pas le choix, il dut faire machine arrière à toute vitesse et élargir les critères établis en matière de lieux et d'espaces réquisitionnables, d'où l'utilisation immédiate et improvisée d'usines abandonnées, de temples sans culte, de pavillons sportifs et d'entrepôts vides, Il y a deux jours il était question de monter des campements de tentes de campagne, ajouta le vieillard au bandeau noir. Au début, tout à fait au début, plusieurs organisations caritatives avaient offert des volontaires pour prendre soin des aveugles, faire leur lit, nettoyer leurs cabinets, laver leur linge, préparer leurs repas, ces soins minimaux sans lesquels la vie devient vite insupportable, même pour ceux qui y voient. Les pauvres chéris devenaient aussitôt aveugles, mais au moins l'histoire immortaliserait la beauté du geste. Un de ces volontaires est-il venu ici, demanda le vieillard au bandeau noir, Non, répondit la femme du médecin, aucun n'est venu, Si ça se trouve c'était un faux bruit, Et la ville, et les transports, demanda le premier aveugle qui se souvenait de sa propre voiture et du chauffeur de taxi qui l'avait conduit au cabinet médical et qu'il avait aidé à enterrer, Les transports sont dans un état de chaos, répondit le vieillard au bandeau noir, et il passa aux détails des faits et des accidents. Quand pour la première fois un chauffeur d'autocar devint aveugle pendant qu'il conduisait et en pleine voie publique, les gens, en dépit des morts et des blessés causés par l'accident, n'y prêtèrent pas une grande attention pour la même raison, c'est-à-dire la force de l'habitude, qui poussa le responsable des relations publiques de l'entreprise de transport à déclarer sans plus que l'accident avait été occasionné par une défaillance humaine, certes regrettable, mais finalement aussi imprévisible qu'un infarctus mortel chez une personne qui n'aurait jamais eu d'incident cardiaque. Nos employés, expliqua le responsable, à l'instar de la mécanique et du système électrique de nos autocars, sont soumis périodiquement à des révisions d'une extrême rigueur, comme le confirme, en un rapport direct et clair entre les causes et les effets, le pourcentage très faible d'accidents, dans le calcul général, impliquant des véhicules de notre compagnie. L'explication prolixe parut dans les journaux, mais les gens avaient d'autres sujets de préoccupation qu'un simple accident d'autocar qui en définitive n'eût pas été plus grave si les freins s'étaient cassés. D'ailleurs, deux jours plus tard, telle fut bien la raison authentique d'un autre accident, mais le monde étant ainsi fait que la vérité doit souvent se masquer de mensonge pour arriver à ses fins, le bruit courut que le conducteur était devenu aveugle. Il n'y eut pas moyen de convaincre l'opinion publique de ce qui s'était vraiment passé et le résultat ne se fit pas attendre longtemps, les gens cessèrent aussitôt d'utiliser les autocars, déclarant préférer devenir aveugles eux-mêmes plutôt que de mourir à cause de la cécité d'autrui. Un troisième accident, immédiatement après, pour la même raison et impliquant un véhicule qui ne transportait pas de passagers, donna lieu à des commentaires comme celui-ci, à la saveur éminemment populaire, C'est pas moi qui irai m'enfourner là-dedans. Ceux qui parlaient ainsi n'imaginaient pas combien ils avaient raison. A cause de la cécité simultanée des deux pilotes, un avion de ligne ne tarda pas à s'écraser et à prendre feu en touchant terre, tous les passagers et tous les membres de l'équipage moururent, bien que cette fois la mécanique et les systèmes électroniques fussent en parfait état, comme le révélerait l'examen de la boîte noire, unique survivante. Une tragédie de cette envergure n'était pas à comparer avec un vulgaire accident d'autocar, mais la conséquence fut que ceux qui en avaient encore perdirent leurs dernières illusions et ensuite on n'entendit plus le moindre ronflement de moteur et nulle roue, grande ou petite, rapide ou lente, ne se remit plus jamais en branle. Les gens qui avaient naguère coutume de se plaindre des embarras croissants de la circulation, les piétons qui à première vue semblaient ne pas avoir de but précis parce que les automobiles, à l'arrêt ou en mouvement, leur coupaient constamment le chemin, les conducteurs qui, après avoir tourné mille fois avant de découvrir un espace où garer enfin leur voiture, se transformaient en piétons et se mettaient à protester pour les mêmes raisons que les piétons, après avoir pesté pour leurs raisons spécifiques d'automobilistes, tous maintenant auraient dû être satisfaits, sauf que, comme plus personne n'osait conduire un véhicule, même sur de très courtes distances, les autos, les camions, les motos, même les bicyclettes, si discrètes, étaient éparpillés chaotiquement dans toute la ville, abandonnés là où la peur l'avait emporté sur le sens de la propriété. Le symbole de cette grotesque évidence était une gruc à laquelle une automobile à moitié soulevée était suspendue par son essieu avant, et probablement que le premier à être frappé de cécité avait été le conducteur de la grue. Mauvaise pour tous, la situation était catastrophique pour les aveugles, car il leur était impossible de voir où ils allaient et où ils mettaient les pieds. L'on était pris de pitié à les voir se cogner, l'un après l'autre, aux voitures abandonnées, s'écorchant les tibias, certains tombaient et pleuraient, Quelqu'un pourrait-il m'aider à me relever, mais d'autres, rendus brutaux par le désespoir ou brutaux de naissance, proféraient des jurons et repoussaient la main secourable accourue pour les aider,

Laissez-moi en paix, votre tour viendra aussi, alors la personne charitable prenait peur, fuyait, se perdait dans l'épaisseur du brouillard blanc, soudain consciente du risque que sa bonté lui avait fait courir, pour devenir peut-être aveugle quelques mètres plus loin.

Voilà quelle est la situation là-bas dehors, conclut le vieillard au bandeau noir, et encore je ne suis pas au courant de tout, je parle seulement de ce que j'ai pu voir de mes propres yeux, et là il s'interrompit, fit une pause et se corrigea, Non, pas de mes yeux, car je n'en avais qu'un, or maintenant je n'ai même plus celui-là, ou plutôt j'en ai un mais il ne me sert à rien, Je ne vous ai jamais demandé pourquoi vous ne portiez pas un œil de verre plutôt qu'un bandeau, Et pourquoi voudrais-je d'un œil de verre, pouvez-vous me le dire, demanda le vieillard au bandeau noir, C'est l'usage, à cause de l'esthétique, et d'ailleurs c'est bien plus hygiénique, on l'enlève, on le lave et on le remet, comme un dentier, Oui, certes, mais dites-moi alors comment on ferait aujourd'hui si tous ceux qui sont maintenant aveugles avaient perdu, je veux dire physiquement perdu, les deux yeux, à quoi ça leur servirait-il d'avoir deux yeux de verre, Effectivement, ça ne leur servirait à rien, Si nous devenons tous aveugles, comme ça m'a tout l'air de devoir être le cas, à quoi bon l'esthétique, et quant à l'hygiène, docteur, vous aurez la bonté de me dire quelle sorte d'hygiène il peut bien y avoir ici, Probablement que les choses ne seront vraiment ce qu'elles sont que dans un monde d'aveugles, dit le médecin, Et les gens, demanda la jeune fille aux lunettes teintées, Les gens aussi, car il n'y aura personne pour les voir, J'ai une idée, dit le vieillard au bandeau noir, jouons à un jeu pour passer le temps, Comment peut-on jouer sans voir ce à quoi on joue, demanda la femme du premier aveugle, Ce n'est pas à proprement parler un jeu, il s'agira simplement de dire exactement ce que nous avons vu au moment où nous sommes devenus aveugles, Ça pourrait ne pas être convenable, fit remarquer quelqu'un, Celui qui ne veut pas jouer ne jouera pas, mais en aucun cas il ne faudra inventer, Donnez l'exemple, dit le médecin, Je vais le faire, monsieur, dit le vieillard au bandeau noir, je suis devenu aveugle au moment où je regardais mon œil aveugle, Que voulez-vous dire, C'est très simple, j'avais l'impression que l'intérieur de mon orbite vide était enflammé et j'ai retiré le bandeau pour vérifier, c'est à cet instant précis que je suis devenu aveugle, On dirait une parabole, dit une voix inconnue, l'œil qui se refuse à reconnaître sa propre absence, Moi, dit le médecin, j'avais consulté chez moi des traités d'ophtalmologie, précisément à cause de ce qui se passe actuellement, et la dernière chose que j'ai vue ce sont mes mains sur un livre, Ma dernière image fut différente, dit la femme du médecin, l'intérieur d'une ambulance quand j'aidais mon mari à entrer, J'ai déjà raconté mon cas au docteur, dit le premier aveugle, je m'étais arrêté à un feu rouge, des gens traversaient la rue, c'est alors que je suis devenu aveugle, ensuite l'homme qui est mort l'autre jour m'a ramené chez moi, je n'ai pas vu son visage, évidemment, Quant à moi, dit la femme du premier aveugle, la dernière chose que je me rappelle avoir vue fut mon mouchoir, j'étais chez moi en train de pleurer, j'ai porté mon mouchoir à mes yeux et à l'instant même je suis devenue aveugle, Moi, dit la réceptionniste du cabinet médical, je venais d'entrer dans l'ascenseur, j'ai tendu la main pour appuyer sur le bouton et soudain j'ai cessé de voir, vous imaginez mon angoisse, enfermée seule là-dedans, sans savoir si je devais monter ou descendre, je ne trouvais pas le bouton qui ouvrait la porte, Mon cas fut plus simple, dit l'aide-pharmacien, j'avais entendu dire que des gens étaient frappés de cécité, alors je me suis demandé comment ça serait si moi aussi je devenais aveugle, j'ai fermé les yeux pour voir et quand je les ai rouverts j'étais aveugle, On dirait une autre parabole, dit la voix inconnue, si tu veux être aveugle, aveugle tu seras. Ils se turent. Les autres aveugles étaient retournés vers leur lit, ce qui n'était pas une mince affaire, car s'il est vrai qu'ils connaissaient leur numéro de lit, ce n'était qu'en commençant à compter à partir d'un des deux extrêmes, de un à vingt ou de vingt à un, qu'ils pouvaient avoir la certitude d'arriver là où ils voulaient. Quand le murmure de l'énumération, monotone comme une litanie, s'éteignit, la jeune fille aux lunettes teintées raconta ce qui lui était arrivé, J'étais dans une chambre d'hôtel, un homme était sur moi, à ce point de son récit elle se tut, elle avait honte de dire ce qu'elle faisait là, de dire qu'elle avait vu tout blanc, mais le vieillard au bandeau noir demanda, Et vous avez vu tout blanc, Oui, répondit-elle, Peut-être que votre cécité n'est pas comme la nôtre, dit le vieillard au bandeau noir. Il ne restait plus que la femme de chambre, J'étais en train de faire un lit, une personne venait de devenir aveugle, j'ai soulevé et étendu le drap blanc devant moi, je l'ai rabattu comme il faut sur les côtés et pendant que je le lissais avec mes deux mains j'ai cessé de voir, je me souviens de comment je lissais le drap, très lentement, c'était le drap de dessous, conclut-elle, comme si cela avait une importance particulière. Chacun a-t-il raconté la dernière histoire du temps où il voyait, demanda le vieillard au bandeau noir, Je vais raconter la mienne, s'il n'y a personne d'autre, dit la voix inconnue, S'il y a quelqu'un d'autre, il parlera après, racontez donc, La dernière chose que j'ai vue était un tableau, Un tableau, répéta le vieillard au bandeau noir, et où était-il, J'étais allé au musée, c'était un champ de blé avec des corbeaux et des cyprès et un soleil qui donnait l'impression d'être fait de morceaux d'autres soleils, Ça m'a tout l'air d'avoir été peint par un Hollandais, Je crois que oui, mais il y avait aussi un chien qui s'enfonçait, le pauvre était déjà à demi enterré, Quant à celui-ci, il ne peut qu'avoir été peint par un Espagnol, personne avant lui n'avait peint un chien comme ça, personne après lui ne s'y est plus hasardé, Probablement, et il y avait une charrette chargée de foin et tirée par des chevaux qui traversaient une rivière, Avec une maison à gauche, Oui, Alors c'est d'un Anglais, Ça se pourrait, mais je ne crois pas, car il y avait aussi une femme avec un enfant dans les bras, Des femmes avec des enfants dans les bras, la peinture n'en manque pas, C'est vrai, je l'avais remarqué, Ce que je ne comprends pas c'est comment des peintures aussi différentes et des peintres aussi différents pouvaient se trouver sur un seul tableau, Et il y avait des hommes qui mangeaient, Il y a eu tant de déjeuners, de goûters et de dîners dans l'histoire de l'art qu'il est impossible à cette seule indication de savoir qui mangeait, Les hommes étaient au nombre de treize, Ah, alors c'est facile, continuez, Il y avait aussi une femme nue avec des cheveux blonds dans une coquille qui flottait sur la mer, et beaucoup de fleurs autour d'elle, Italien, bien entendu, Et une bataille, C'est comme pour les repas et les mères avec un enfant dans les bras, ça ne suffit pas pour savoir qui est le peintre, Avec des morts et des blessés, C'est naturel, tôt ou tard tous les enfants meurent, et les soldats aussi, Et un cheval épouvanté, Avec des yeux qui lui sortaient des orbites, Exactement, Les chevaux sont ainsi, et quels autres tableaux y avait-il encore dans votre tableau, Je n'ai pas eu le temps de le découvrir, je suis devenu aveugle précisément au moment où je regardais le cheval, La peur rend aveugle, dit la jeune fille aux lunettes teintées, Vous avez raison, nous étions déjà aveugles au moment où nous avons été frappés de cécité, la peur nous a aveuglés, la peur fera que nous continuerons à être aveugles, Qui est l'homme qui parle, demanda le médecin, Un aveugle, répondit la voix, un simple aveugle, c'est tout ce qu'il y a ici. Alors le vieillard au bandeau noir demanda, Combien faudra-t-il d'aveugles pour faire une cécité. Personne ne put lui répondre. La jeune fille aux lunettes teintées lui demanda de faire fonctionner sa radio, ce serait peut-être l'heure des informations. Les informations vinrent plus tard, en attendant ils écoutèrent un peu de musique. A un certain moment plusieurs aveugles apparurent à la porte du dortoir, l'un d'eux dit, Quel dommage que je n'aie pas apporté ma guitare. Les informations ne furent pas très réconfortantes, le bruit courait qu'un gouvernement d'unité et de salut national serait bientôt formé.

Au début, quand les aveugles ici se comptaient encore sur les doigts de la main, quand un échange de deux ou trois mots suffisait pour que des inconnus se transforment en compagnons d'infortune et qu'avec trois ou quatre mots de plus ils se pardonnent mutuellement toutes leurs fautes, dont certaines étaient très graves, et si le pardon n'était pas total il suffisait d'attendre patiemment quelques jours, nous avons vu le supplice ridicule que ces malheureux durent endurer chaque fois que leur corps exigeait le soulagement urgent de ce que nous avons l'habitude d'appeler un besoin naturel. Malgré tout, et tout en sachant qu'une éducation parfaite est extrêmement rare et que même les pudeurs les plus exquises ont leurs lacunes, il faut bien reconnaître que les premiers aveugles mis en quarantaine ici se montrèrent capables, plus ou moins consciemment, de porter avec dignité la croix de la nature éminemment scatologique de l'être humain. Mais maintenant que tous les grabats, au nombre de deux cent quarante, étaient occupés, sans compter les aveugles qui dormaient par terre, aucune imagination, aussi fertile et créatrice de comparaisons, d'images et de métaphores fût-elle, ne pourrait décrire comme il se doit l'amoncellement d'immondices qui s'entasse ici. Il ne s'agit pas seulement de l'état auquel arrivèrent rapidement les latrines, antres aussi fétides qu'en enfer les déversoirs d'âmes damnées, il s'agit aussi du manque de respect des uns ou de l'urgence subite des autres qui ont très vite transformé les couloirs et autres lieux de passage en cabinets d'aisance, lesquels d'occasionnels sont devenus habituels. Les négligents ou les talonnés par l'urgence pensaient, Ça n'a pas

127

d'importance, personne ne me voit, et ils n'allaient pas plus loin. Quand il devint impossible à tous égards d'arriver jusqu'aux latrines, les aveugles se mirent à utiliser la clôture pour y déposer toutes leurs excrétions et déjections corporelles. Les délicats par nature ou par éducation passaient toute la sainte journée à se retenir et attendaient comme ils pouvaient la tombée de la nuit, supposant qu'il faisait nuit quand un nombre maximal de gens dormait dans les chambrées, alors ils se mettaient en route, se cramponnant à leur ventre ou serrant les jambes, à la recherche de quelques dizaines de centimètres de sol propre, dans la mesure où il en restait encore dans un tapis ininterrompu d'excréments mille fois piétinés, et par-dessus le marché ils risquaient de se perdre dans l'espace infini de la clôture où les seuls points de repère étaient les rares arbres dont les troncs avaient pu survivre à la manie exploratrice des anciens aliénés et les petits tertres, déjà presque plats, qui recouvraient à peine les morts. Une fois par jour, toujours en fin d'après-midi, comme un réveil réglé sur la même heure, la voix dans le haut-parleur répétait les instructions et les interdictions familières, insistait sur les avantages d'une utilisation régulière des produits de nettoyage, rappelait l'existence d'un téléphone dans chaque dortoir pour commander les fournitures nécessaires, lorsque celles-ci viendraient à manquer, mais ce qui était vraiment nécessaire ici c'était le jet puissant d'une lance d'arrosage pour chasser toute la merde, puis une brigade de plombiers pour réparer les chasses d'eau et les faire fonctionner, puis de l'eau, de l'eau en abondance, pour entraîner vers les égouts ce qui devrait aller dans les égouts, et après, de grâce, des yeux, de simples yeux, une main capable de nous conduire et de nous guider, une voix qui me dise, Par ici. Ces aveugles, si nous ne leur portons pas secours, ne tarderont pas à se transformer en bêtes, et, pis encore, en bêtes aveugles. Ce n'est pas la voix inconnue qui a parlé des tableaux et des images du monde qui l'a dit, c'est la femme du médecin, avec d'autres mots, couchée au cœur de la nuit à côté de son mari, leurs deux têtes recouvertes par la même couverture, Il faut trouver un remède à cette horreur, je ne la supporte plus, je ne peux pas continuer à faire semblant de ne pas voir, Songe aux conséquences, car après les autres

essaieront sûrement de faire de toi une esclave, une bonne à tout
faire, tu devras t'occuper de tous et dans tous les domaines, ils
exigeront que tu leur donnes à manger, que tu les laves, que tu les
couches et que tu les lèves, que tu les conduises de-ci de-là, que
tu les mouches et que tu sèches leurs larmes, ils t'appelleront à
grands cris quand tu seras en train de dormir et ils t'insulteront si
tu tardes, Mais comment veux-tu que je continue à regarder ces
misères, à les avoir en permanence sous les yeux, sans rien faire
pour aider, Mais tu fais déjà beaucoup, Qu'est-ce que je fais donc,
puisque ma plus grande préoccupation consiste à éviter que quelqu'un ne s'aperçoive que je vois, Certains te haïront parce que tu
vois, ne va pas croire que la cécité nous a rendus meilleurs, Elle
ne nous a pas non plus rendus pires, Nous sommes sur la bonne
voie, tu n'as qu'à voir ce qui se passe quand vient le moment de
distribuer la nourriture, Justement, la personne qui verrait pourrait
se charger de partager les aliments entre tous ceux qui sont ici, le
faire avec équité, avec discernement, les protestations cesseraient,
cela mettrait fin à ces disputes qui me rendent folle, tu ne sais pas
ce que c'est que de voir deux aveugles se quereller, Se quereller a
toujours été, plus ou moins, une forme de cécité, C'est différent,
Tu feras ce qui te semblera le mieux mais n'oublie pas que nous
sommes des aveugles, de simples aveugles, des aveugles sans
rhétorique ni commisération, le monde charitable et pittoresque
des braves aveugles est terminé, maintenant c'est le royaume dur,
cruel et implacable des aveugles tout court, Si tu pouvais voir ce
que je suis obligée de voir, tu désirerais être aveugle, Je te crois,
mais je n'en ai pas besoin, je suis déjà aveugle, Pardonne-moi,
mon chéri, si tu savais, Je sais, je sais, j'ai passé ma vie à regarder
à l'intérieur des yeux des gens, c'est le seul endroit du corps où il
y a peut-être encore une âme, et si les yeux sont perdus, Demain
je leur dirai que je vois, Fasse le ciel que tu n'aies pas à t'en
repentir, Demain je le leur dirai, elle s'interrompit puis ajouta,
Si entre-temps je ne suis pas entrée moi aussi dans ce monde.

Ce ne fut pas encore pour cette fois. Quand elle se réveilla très
tôt le lendemain matin, comme à son habitude, ses yeux voyaient
aussi distinctement qu'avant. Tous les aveugles de la chambrée
dormaient. Elle réfléchit à la façon dont elle leur communique-

rait la nouvelle, devait-elle les convoquer tous pour la leur annoncer ou le ferait-elle discrètement, sans ostentation, ça serait peut-être préférable, elle leur dirait, par exemple, comme si elle ne voulait pas accorder trop d'importance à la chose, Vous imaginez un peu, qui eût cru que je conserverais la vue au milieu de tant de personnes aveugles, ou alors, et cela vaudrait peut-être mieux, elle ferait semblant d'avoir été réellement aveugle et d'avoir brusquement recouvré la vue, c'était même une façon de donner quelque espoir aux autres, Si elle s'est remise à voir, se diraient-ils, peut-être que ça nous arrivera à nous aussi, mais il se pourrait aussi qu'ils lui disent, Si c'est comme ça, partez, allez-vous-en, dans ce cas elle répondrait qu'elle ne pouvait pas s'en aller sans son mari, et puisque l'armée ne permettait à aucun aveugle de quitter la quarantaine ils seraient obligés d'accepter qu'elle restât. Des aveugles se retournaient sur leur grabat, ils se soulageaient de leurs gaz comme chaque matin, mais l'atmosphère n'en devint pas plus nauséabonde pour autant, le niveau de saturation était sans doute atteint. Il n'y avait pas que l'odeur fétide qui arrivait des latrines par bouffées, en exhalaisons qui donnaient envie de vomir, il y avait aussi les relents accumulés de deux cent cinquante personnes dont les corps macéraient dans leur propre sueur, et qui étaient vêtus de vêtements de plus en plus immondes car ils ne pouvaient ni n'auraient su se laver et qui dormaient dans des lits souvent souillés de déjections. A quoi auraient pu servir les savons, les lessives, les détergents abandonnés ici et là, puisque la plupart des douches étaient bouchées ou détachées des canalisations et que les orifices d'écoulement régurgitaient les eaux sales qui se répandaient en dehors de la zone des douches, imbibant les lames du parquet dans les couloirs, s'infiltrant dans les fissures des dalles. Dans quelle folie est-ce que j'envisage de me lancer, pensa alors la femme du médecin, prise de doute, même s'ils n'exigent pas que je les serve, et rien n'est moins sûr, moi-même je ne résisterai pas, je me mettrai à laver, à nettoyer, Dieu sait combien de temps mes forces tiendraient, ce n'est pas un travail pour une personne seule. Sa détermination, qui avant avait semblé si ferme, commençait à s'effriter, à se désagréger devant la réalité abjecte qui envahissait ses narines et offensait ses yeux, maintenant qu'était venu le moment de passer des paroles aux actes. Je suis lâche, murmura-t-elle avec exaspération, alors autant être aveugle, je ne serais pas la proie de velléités de missionnaire. Trois aveugles s'étaient levés, dont l'aide-pharmacien, ils allaient se poster dans le vestibule pour prendre possession de la quote-part qui revenait au premier dortoir. Impossible d'affirmer que la répartition fût faite à vue d'œil, à un emballage près, précisément faute d'yeux, c'était vraiment un crève-cœur que de voir les aveugles se tromper en comptant et recommencer depuis le début, quelqu'un d'un caractère plus soupçonneux voulait savoir exactement ce que les autres emportaient, ça finissait toujours par des disputes, des bousculades, une gifle envoyée inévitablement à l'aveuglette. Dans la chambrée, tous étaient maintenant réveillés, prêts à recevoir leur portion, forts de leur expérience ils avaient établi un mode de distribution assez commode, ils commençaient par apporter toute la nourriture au fond du dortoir où se trouvaient les lits du médecin et de sa femme et ceux de la jeune fille aux lunettes teintées et du petit garçon qui réclamait sa mère, et ils allaient la chercher là, deux par deux, en commençant par les lits les plus près de l'entrée, un à droite, un à gauche, deux à droite, deux à gauche, et ainsi de suite, sans bousculade ni prise de bec, cela prenait plus de temps, il est vrai, mais la tranquillité compensait l'attente. Les premiers, c'est-à-dire ceux qui avaient la nourriture sur place, à portée de main, étaient les derniers à se servir, à l'exception du garçonnet louchon, évidemment, qui finissait toujours de manger avant que la jeune fille aux lunettes teintées n'eût reçu sa ration, d'où il résultait qu'une partie de ce qui lui revenait finissait invariablement dans l'estomac du gamin. Les aveugles avaient tous la tête tournée vers la porte et attendaient d'entendre les pas de leurs compagnons, le bruit indécis, tout à fait particulier, de qui transporte un fardeau, toutefois ce ne fut pas ce son qu'ils entendirent soudain mais celui d'une course légère, pour autant que pareille prouesse pût être le fait de personnes qui ne voyaient pas où elles mettaient les pieds. Pourtant la seule chose qu'ils furent capables de dire quand les messagers haletants apparurent à la porte fut, Qu'est-ce qui s'est passé dehors pour que vous vous précipitiez

131

ainsi en courant, les trois aveugles voulaient tous entrer en même temps pour transmettre la nouvelle inattendue, Ils ont refusé de nous laisser emporter la nourriture, dit l'un d'eux, et les autres répétèrent, Ils ont refusé, Qui, les soldats, demanda une voix, Non, les aveugles, Quels aveugles, nous sommes tous aveugles ici, Nous ne savons pas qui c'est, dit l'aide-pharmacien, mais je pense qu'ils doivent être de ceux qui sont arrivés tous ensemble, parmi les derniers à venir, Et comment se fait-il qu'ils aient refusé de vous laisser emporter la nourriture, demanda le médecin, jusqu'ici il n'y a pas eu le moindre problème, Ils disent que c'est fini, qu'à partir d'aujourd'hui celui qui veut manger devra payer. Les protestations fusèrent de toutes parts dans le dortoir, Ce n'est pas possible, Nous prendre notre nourriture, Bande d'escrocs, Une honte, des aveugles contre des aveugles, de ma vie je n'aurais cru voir une chose pareille, Allons nous plaindre au sergent. Quelqu'un de plus décidé proposa qu'ils aillent ensemble réclamer leur dû, Ça ne sera pas facile, déclara l'aide-pharmacien, ils sont nombreux, j'ai eu l'impression qu'ils formaient un groupe, et le pire c'est qu'ils sont armés, Armés, et de quoi donc, Ils ont au moins des gourdins, j'ai encore mal au bras de la volée qu'ils m'ont flanquée, dit un autre, Nous allons tenter de résoudre ça à l'amiable, dit le médecin, j'irai avec vous parler à ces gens, il doit y avoir un malentendu, Oui, je pense comme vous, docteur, mais vu leurs façons, je doute beaucoup que vous réussissiez à les convaincre, Il faudra quand même aller les voir, nous ne pouvons pas rester comme ça, Je t'accompagne, dit la femme du médecin. Le petit groupe sortit du dortoir, moins celui qui avait mal au bras et qui estimait qu'il avait déjà fait son devoir, celui-ci resta et raconta aux autres l'aventure hasardeuse, la bouffe à deux pas et une muraille de corps pour la défendre, A coups de gourdin, insistait-il.

Avançant ensemble en une grappe compacte, ils se frayèrent un chemin entre les aveugles des autres chambrées. Quand ils arrivèrent dans le vestibule, la femme du médecin comprit aussitôt qu'aucune conversation diplomatique n'était possible et ne le serait probablement jamais. Au milieu du vestibule, un cercle d'aveugles armés de gourdins et de fers de lits pointés en avant comme des baïonnettes ou des lances entourait les caisses de nourriture et faisait front au désespoir des aveugles qui les assiégeaient et qui s'efforçaient maladroitement de pénétrer la ligne de défense, certains paraient les coups avec leurs bras levés, dans l'espoir de découvrir une ouverture, un volet mal fermé par inadvertance, d'autres se traînaient à quatre pattes jusqu'au moment où ils se cognaient aux jambes de leurs adversaires, lesquels les recevaient avec des fers pointus dans les reins et des coups de pied. Une rossée d'aveugles, comme on dit. Il ne manquait au tableau ni les protestations indignées ni les cris furieux, Nous voulons notre nourriture, Nous exigeons le droit au pain, Canailles, Tout ça c'est de la pure méchanceté, On croit rêver, un naïf ou un distrait alla même jusqu'à dire, Il faut appeler la police. Il y avait peut-être des policiers ici, la cécité, on le sait, ne se soucie ni des métiers ni des offices, mais un policier aveugle n'est pas la même chose qu'un aveugle policier, et quant aux deux policiers de notre connaissance, ceux-là sont morts et enterrés, encore qu'à grand-peine. Poussée par l'espoir absurde qu'une autorité quelconque viendrait dans l'hospice de fous rétablir la paix perdue, restaurer la justice, faire régner de nouveau le calme, une aveugle s'approcha aussi près que possible de la porte principale et cria en l'air, Au secours, on nous vole notre nourriture. Les soldats firent la sourde oreille, les ordres que le sergent avait reçus d'un capitaine en visite d'inspection étaient péremptoires et fort clairs, Tant mieux s'ils s'entre-tuent, ils seront moins nombreux. La femme s'égosillait comme les folles de jadis, elle aussi presque folle, mais de pure angoisse. Comprenant enfin l'inutilité de ses appels, elle se tut, se tourna vers l'intérieur en sanglotant et, incapable de se rendre compte de l'endroit où elle se dirigeait, elle reçut sur sa tête nue un coup de gourdin qui la terrassa. La femme du médecin voulut se précipiter pour la relever, mais la confusion était telle qu'elle ne put même pas faire deux pas. Les aveugles venus revendiquer leur nourriture commençaient déjà à reculer en déroute, ils avaient complètement perdu le sens de l'orientation et trébuchaient les uns sur les autres, tombaient, se relevaient, tombaient de nouveau, certains n'essayaient même pas de se relever, ils renonçaient et restaient prostrés par terre, épuisés, malheureux, tordus de douleurs, la figure sur les dalles. Terrorisée, la femme du médecin vit alors un des aveugles de la bande des brigands sortir un pistolet de sa poche et le brandir brusquement. Le coup de feu détacha du plafond une grande plaque de plâtre qui alla s'écraser sur des têtes innocentes qui n'en pouvaient mais et qui accrut encore la panique. L'aveugle cria, Du calme là-bas, tous, et pas un mot, si quelqu'un ose élever la voix je tire, tant pis pour vous, mais ne venez pas vous plaindre après. Les aveugles ne bougèrent pas. L'homme au pistolet poursuivit, Ce qui est dit est dit et sans appel, à partir d'aujourd'hui c'est nous qui gérerons la nourriture, vous êtes tous avertis, que personne ne s'avise d'aller la chercher dehors, nous mettrons des gardes à l'entrée, si vous essayez d'enfreindre les ordres vous en subirez les conséquences, à partir de maintenant la nourriture sera vendue, celui qui veut manger devra payer, Payer comment, demanda la femme du médecin, J'ai dit que je voulais le silence, hurla l'homme au pistolet en agitant son arme devant lui, Il faudra bien que quelqu'un parle, nous avons besoin de savoir comment nous devrons procéder, où nous irons chercher la nourriture, si nous irons tous ensemble ou un par un, Celle-là fait la maligne, dit l'un des aveugles du groupe, mais si tu lui tires dessus ça fera une bouche en moins, Si je la voyais, elle aurait déjà une balle dans le bide. Puis, s'adressant à tous, Retournez immédiatement dans vos dortoirs, et que ça saute, quand nous aurons apporté la nourriture à l'intérieur nous vous dirons ce que vous devrez faire, Et le paiement, reprit la femme du médecin, combien nous coûteront un café au lait et un biscuit, Cette nana nous cherche vraiment, dit la même voix, Laisse, je m'en occupe, dit l'autre, et changeant de ton, Chaque dortoir nommera deux responsables qui seront chargés de rassembler les objets de valeur, tous les objets de valeur, peu importe lesquels, argent, bijoux, bagues, bracelets, boucles d'oreilles, montres, tout ce que vous avez avec vous, et ils apporteront tout ça dans le troisième dortoir du côté gauche, là où nous sommes, et si vous voulez un conseil d'ami, ne vous avisez pas d'essayer de nous rouler, nous savons que certains d'entre vous vont cacher une partie de ce qu'ils ont de précieux mais, croyez-moi, ce serait une très mauvaise idée, si ce

L'AVEUGLEMENT

que vous nous remettez ne nous semble pas suffisant, eh bien,
c'est très simple, vous ne mangerez pas, vous vous amuserez à
mastiquer vos billets de banque et à croquer vos brillants. Un
aveugle du deuxième dortoir côté droit demanda, Et comment
fera-t-on, on donne tout en une seule fois ou on paie au fur et
à mesure de ce qu'on mangera, Apparemment, je me suis mal
exprimé, dit l'homme au pistolet en riant, vous payez d'abord et
vous mangez ensuite, et quant au reste, payer en fonction de ce
que vous mangerez exigerait une comptabilité très compliquée, le
mieux c'est de tout donner en une seule fois et nous verrons combien de nourriture vous mériterez, mais je vous préviens une fois
de plus, abstenez-vous de cacher quoi que ce soit car ça vous coû-
tera très cher, et pour que vous ne disiez pas que nous n'avons
pas procédé loyalement, dites-vous bien qu'après que vous nous
aurez remis ce que vous avez nous ferons une perquisition, et
gare à vous si nous découvrons la moindre piécette de monnaie,
et maintenant hors d'ici tout le monde, et vite. Il leva le bras et
tira encore une fois. Un autre morceau de plâtre tomba. Et toi, dit
l'homme au pistolet, je n'oublierai pas ta voix, Ni moi ton visage,
répondit la femme du médecin.
    Personne ne sembla remarquer combien il est absurde pour une
aveugle de dire qu'elle n'oubliera pas un visage qu'elle n'a pas
vu. Les aveugles avaient reculé aussi vite qu'ils le pouvaient, cherchant les portes, peu après les aveugles de la première chambrée
mettaient leurs compagnons au courant de la situation, D'après ce
que nous avons entendu, je ne crois pas que nous puissions faire
autre chose qu'obéir pour l'instant, dit le médecin, ils semblent
nombreux, et le pire c'est qu'ils ont des armes, Nous aussi nous
pourrions nous en procurer, dit l'aide-pharmacien, Oui, des
branches que nous arracherions aux arbres, s'il en reste encore
quelques-unes à hauteur de bras, des fers de lits que nous aurions
à peine la force de brandir, alors qu'eux disposent d'au moins une
arme à feu, Moi je ne donnerai pas ce qui m'appartient à ces fils de
putes aveugles, dit quelqu'un, Moi non plus, renchérit un autre,
Bon, ou bien nous donnons tous, ou bien personne ne donne, dit le
médecin, Nous n'avons pas le choix, dit sa femme, de plus, ici, la
règle devra être la même que celle qui nous est imposée de l'autre

135

côté, celui qui ne voudra pas payer ne paiera pas, c'est son droit, mais alors il ne mangera pas, car en aucun cas il ne pourra se nourrir aux dépens d'autrui, Nous donnerons tous et nous donnerons tout, dit le médecin, Et celui qui n'a rien à donner, demanda l'aide-pharmacien, Celui-là, en revanche, mangera de ce que les autres donneront, car comme a dit très justement quelqu'un, à chacun selon ses possibilités, à chacun selon ses besoins. Un silence se fit et le vieillard au bandeau noir demanda, Qui désignerons-nous comme responsable, Je choisis le docteur, dit la jeune fille aux lunettes teintées. Un vote ne fut pas nécessaire, toute la chambrée était d'accord. Nous devons être deux, rappela le médecin, y a-t-il un volontaire, demanda-t-il, Moi, si personne d'autre ne se présente, dit le premier aveugle, Très bien, commençons donc la collecte, il nous faudrait un sac, un fourre-tout, une petite valise, n'importe quoi fera l'affaire, Je peux vider ça, dit la femme du médecin, et de se mettre aussitôt à vider un fourre-tout où elle avait réuni des produits de beauté et diverses babioles à un moment où elle ne pouvait pas imaginer les conditions dans lesquelles elle serait obligée de vivre. Parmi les flacons, boîtes et tubes venus d'un autre monde, il y avait une paire de longs ciseaux avec des pointes fines. Elle ne se souvenait pas de les avoir mis dedans, mais les ciseaux étaient là. La femme du médecin leva la tête. Les aveugles attendaient, son mari était allé jusqu'au lit du premier aveugle et bavardait avec lui, la jeune fille aux lunettes teintées disait au garçonnet louchon que la nourriture ne tarderait plus, et par terre, poussée derrière une table de chevet, comme si la jeune fille aux lunettes teintées avait voulu dans un inutile et puéril geste de pudeur la cacher à la vue de qui ne voyait pas, il y avait une serviette hygiénique tachée de sang. La femme du médecin regardait les ciseaux et se demandait pourquoi elle les regardait ainsi, ainsi comment, ainsi, mais ne découvrait aucune raison, vraiment, quelle raison pourrait donc être enfouie dans une simple paire de longs ciseaux couchée dans des mains ouvertes, avec ses deux lames nickelées et ses pointes acérées et brillantes, Tu l'as trouvé, demanda son mari, Oui, répondit-elle, et elle tendit le bras qui tenait le fourre-tout vide pendant que l'autre bras allait se placer derrière le dos pour cacher les ciseaux, Que se passe-t-il, demanda le médecin, Rien, répondit la femme, comme elle aurait pu aussi bien répondre, Rien que tu puisses voir, ma voix a dû te surprendre, c'est tout. En compagnie du premier aveugle, le médecin s'avança de ce côté, prit le sac avec des mains hésitantes et dit, Préparez ce que vous avez en votre possession, nous allons commencer la collecte. La femme détacha sa montre, fit de même pour celle de son mari, retira ses boucles d'oreilles, une petite bague avec un rubis, la chaînette en or qu'elle portait au cou, son alliance, celle de son mari, qui ne furent pas difficiles à enlever, Nous avons les doigts plus fins, pensa-t-elle, elle mit tout ça dans le sac, puis l'argent qu'ils avaient apporté de chez eux, des billets de banque de différente valeur, quelques pièces de monnaie, Tout est là, dit-elle, Tu es sûre, demanda le médecin, cherche bien, C'est tout ce que nous avions comme objets de valeur. La jeune fille aux lunettes teintées avait déjà rassemblé ses biens, ils n'étaient pas très différents, il y avait seulement deux bracelets en plus et une alliance en moins. La femme du médecin attendit que son mari et le premier aveugle lui tournent le dos, que la jeune fille aux lunettes teintées se penche vers le garçonnet louchon, Fais comme si j'étais ta mère, disait-elle, je vais payer pour toi et pour moi, alors elle recula jusqu'au mur du fond. Il y avait là, comme le long des autres murs, de grands clous qui sortaient et qui avaient dû servir aux fous à suspendre Dieu sait quels trésors et fantaisies. Elle choisit le plus haut clou qu'elle pût atteindre et y suspendit les ciseaux. Puis elle s'assit sur son lit. Son mari et le premier aveugle se dirigeaient lentement vers la porte, s'arrêtaient pour collecter de part et d'autre ce que chacun avait à leur donner, certains protestaient, disant qu'ils étaient honteusement dépouillés, et c'était la vérité pure, d'autres se défaisaient de ce qu'ils possédaient avec une espèce d'indifférence, comme s'ils pensaient que finalement il n'y a rien au monde qui nous appartienne absolument, autre vérité non moins éclatante. Quand ils arrivèrent à la porte du dortoir, une fois la collecte achevée, le médecin demanda, Avons-nous tout donné, plusieurs voix résignées répondirent oui, d'autres gardèrent le silence, le moment venu nous saurons si c'était afin de ne pas mentir. La femme du médecin leva les yeux vers les ciseaux. Elle s'étonna de les voir si hauts, suspendus par un des anneaux, comme si ce n'était pas elle-

même qui les avait placés là, puis elle se dit en son for intérieur que
ç'avait été une excellente idée de les prendre avec elle, maintenant elle pourrait tailler la barbe de son homme et le rendre plus
présentable car, comme nous le savons, un homme ne peut absolument pas se raser normalement dans les conditions où nous
vivons. Quand elle regarda de nouveau en direction de la porte,
les deux hommes avaient disparu dans l'ombre du couloir, en route
vers le troisième dortoir côté gauche où ils avaient reçu l'ordre
d'aller payer la nourriture. Celle d'aujourd'hui, celle de demain
aussi, peut-être celle de toute la semaine, Et après, la question
n'avait pas de réponse, tout ce que nous possédions est dans
ce sac.

Contrairement à l'habitude, les couloirs étaient déserts, en
général il n'en était pas ainsi, quand on sortait des dortoirs on trébuchait, se cognait et tombait, les agressés pestaient, lançaient des
jurons grossiers, les agresseurs répondaient sur le même ton, mais
personne n'y prêtait attention, il faut bien se défouler de temps en
temps, surtout si l'on est aveugle. Devant eux il y avait un bruit
de pas et de voix, ce devait être les émissaires d'un autre dortoir
allant s'acquitter de la même obligation. Quelle situation, docteur,
comme s'il ne nous suffisait pas d'être aveugles, il a fallu en plus
que nous tombions entre les griffes d'aveugles voleurs, on dirait
vraiment que c'est là mon destin, d'abord ce fut le voleur de voitures, maintenant ce sont ces voleurs de nourriture, armés de pistolet par-dessus le marché, L'arme fait toute la différence, Oui,
mais les cartouches ne dureront pas toujours, Rien ne dure toujours, pourtant, dans ce cas-ci, il serait peut-être souhaitable
qu'elles durent, Pourquoi, Parce que si les cartouches manquent,
ce sera parce que quelqu'un les aura tirées, et nous avons déjà
assez de morts comme ça, Nous sommes dans une situation intenable, Elle est intenable depuis que nous sommes arrivés ici,
pourtant nous la supportons, Vous êtes optimiste, docteur, Je ne
suis pas optimiste, mais je ne peux rien imaginer de pire que ce
que nous vivons, Eh bien moi je crains fort qu'il n'y ait pas de
limite à la méchanceté, au mal, Vous avez peut-être raison, dit le
médecin, puis, comme s'il se parlait à lui-même, Il faudra bien que
quelque chose se passe ici, conclusion entachée d'une certaine

contradiction, car ou bien finalement il y a des situations pires que celle-ci, ou bien désormais les choses s'amélioreront, encore que cela ne semble pas devoir être le cas. Vu le chemin parcouru, vu les angles qu'ils avaient dépassés, ils ne devaient plus être très loin du troisième dortoir. Ni le médecin ni le premier aveugle n'étaient jamais venus ici, mais, logiquement, la construction des deux ailes devait obéir à une stricte symétrie, et si l'on connaissait bien l'aile droite on pouvait facilement s'orienter dans l'aile gauche et inversement, il suffisait de tourner à gauche dans une aile alors que dans l'autre il fallait tourner à droite. Ils entendirent des voix, il s'agissait sans doute de ceux qui les avaient précédés, Nous devrons attendre, dit le médecin à voix basse, Pourquoi, Ceux qui sont dans le dortoir voudront savoir exactement ce que les uns et les autres apportent, ils s'en moquent eux, ils ont déjà mangé, ils ne sont pas pressés, L'heure du déjeuner ne doit pas être très loin, Même si ces deux-là pouvaient voir, il ne leur servirait à rien de le savoir, ils n'ont même plus de montres. Un quart d'heure plus tard, à quelques minutes près, le troc s'acheva. Les deux hommes passèrent devant le médecin et le premier aveugle, à leur conversation on se rendait compte qu'ils revenaient avec de la nourriture, Attention, ne la laisse pas tomber, disait l'un, et l'autre murmurait, Je ne sais pas si ça suffira pour tout le monde, On se serrera la ceinture. Glissant la main le long du mur, suivi du premier aveugle, le médecin avança jusqu'à ce que ses doigts rencontrent le chambranle de la porte, Nous sommes du premier dortoir côté droit, annonça-t-il. Il allait faire un pas quand sa jambe heurta un obstacle. Il comprit que c'était un lit placé en travers qui faisait office de comptoir, Ils sont bien organisés, pensa-t-il, tout ça a été soigneusement préparé. Il entendit des voix, des pas, Combien peuvent-ils bien être, sa femme lui avait parlé d'une dizaine, mais il n'était pas à exclure qu'ils fussent plus nombreux, car tous n'étaient pas dans le vestibule au moment où ils étaient allés chercher la nourriture. L'homme au revolver était le chef, c'était sa voix goguenarde qui disait, On va voir maintenant les trésors que nous apporte le premier dortoir côté droit, puis, plus bas, à quelqu'un qui devait se trouver tout près, Prends note. Le médecin fut perplexe, qu'est-ce que ça veut dire, il a dit, Prends

139

note, il y a donc ici quelqu'un qui peut écrire, quelqu'un qui n'est pas aveugle, ça fait déjà deux cas, Nous devons être sur nos gardes, pensa-t-il, demain ce type peut s'approcher de nous sans que nous ne nous en rendions compte, la pensée du médecin n'était guère différente de celle du premier aveugle, Entre le pistolet et un espion nous sommes cuits, nous ne relèverons plus jamais la tête. L'aveugle à l'intérieur, le capitaine des voleurs, avait déjà ouvert le fourre-tout, sa main habile sortait les objets, l'argent, les palpait, les identifiait, sans doute distinguait-elle au toucher ce qui était en or et ce qui ne l'était pas, au toucher aussi la valeur des billets de banque et des pièces de monnaie, c'est facile quand on a de l'expérience, au bout de quelques minutes seulement l'oreille distraite du médecin commença à percevoir un bruit de picotage tout à fait particulier et qu'il identifia aussitôt, quelqu'un écrivait tout à côté en alphabet braille, appelé aussi écriture anaglyptique, l'on entendait le son à la fois sourd et net du poinçon qui perforait le papier épais et frappait contre la plaque métallique du plateau de dessous. Il y avait donc un aveugle normal au milieu des aveugles délinquants, un aveugle semblable à ceux à qui l'on donnait naguère le nom d'aveugle, sans doute avait-il été attrapé dans le filet avec les autres, le chasseur n'avait pas eu le temps de vérifier, Êtes-vous un aveugle moderne ou un ancien, expliquez-nous donc de quelle façon vous ne voyez pas. Quelle chance ont ces aveugles, le sort leur a envoyé un scribe qui par-dessus le marché pourra aussi leur servir de guide, car un aveugle avec une formation d'aveugle c'est tout autre chose, ça vaut son pesant d'or. L'inventaire continuait, à une ou deux reprises l'homme au pistolet demanda l'avis du comptable, Que penses-tu de ceci, et celui-ci interrompait son inventaire pour donner une opinion, Du toc, auquel cas l'homme au pistolet rétorquait, S'il y en a beaucoup comme ça ils jeûneront, ou bien, C'est du vrai, alors le commentaire était, Rien de tel qu'avoir affaire à des gens honnêtes. A la fin, trois caisses de nourriture furent posées sur le lit, Prenez ça, dit l'homme au pistolet. Le médecin les compta, Trois ne suffiront pas, nous en recevions quatre quand la nourriture était juste pour nous, au même instant il sentit le froid du canon du pistolet sur son cou, pour un aveugle il ne visait pas mal du tout. Je ferai retirer une caisse chaque fois que tu râleras, maintenant fiche le camp, prends celles-ci et remercie le ciel de pouvoir encore manger. Le médecin murmura, Ça va, saisit deux caisses, le premier aveugle se chargea de l'autre et, plus lentement maintenant car ils transportaient un fardeau, ils reparcoururent le chemin qui les mènerait au dortoir. Quand ils arrivèrent dans le vestibule apparemment désert, le médecin dit, Je n'aurai plus jamais une occasion pareille, Que voulez-vous dire, demanda le premier aveugle, Il a braqué son pistolet sur mon cou, j'aurais pu le lui arracher des mains, Ç'aurait été risqué, Pas autant qu'on pourrait le croire, moi je savais où était le pistolet, lui ne pouvait savoir où étaient mes mains, Tout de même, Je suis sûr qu'à ce moment-là il était le plus aveugle de nous deux, dommage que je n'y aie pas pensé, ou alors j'y ai pensé mais je n'en ai pas eu le courage, Et après, demanda le premier aveugle, Quoi, après, A supposer que vous ayez vraiment réussi à lui arracher son arme, je ne crois pas que vous seriez capable de l'utiliser, Si j'avais la certitude que cela nous permette de sortir de cette situation, oui, j'en serais capable, Mais vous n'en avez pas la certitude, Non, en effet, je ne l'ai pas, Alors il vaut mieux que les armes soient dans leur camp à eux, en tout cas aussi longtemps qu'ils ne s'en serviront pas pour nous attaquer, Menacer avec une arme c'est déjà attaquer, Si vous lui aviez enlevé son pistolet, la vraie guerre aurait déjà commencé et il est plus que probable que nous ne nous en serions jamais tirés, Vous avez raison, dit le médecin, je vais faire comme si j'avais pensé à tout ça, Souvenez-vous de ce que vous m'avez dit il y a peu, docteur, Que vous ai-je dit, Que quelque chose allait forcément se passer, Cette chose s'est passée et je n'en ai pas profité, Ce sera autre chose, pas ça.

Quand ils entrèrent dans le dortoir et qu'ils durent présenter le peu qu'ils avaient à mettre sur la table, d'aucuns trouvèrent que c'était de leur faute, parce qu'ils n'avaient pas protesté ni exigé davantage, après tout ils avaient été élus représentants de la collectivité pour ça. Alors le médecin expliqua ce qui s'était passé, parla de l'aveugle comptable, des façons insolentes de l'aveugle au pistolet, du pistolet aussi. Les mécontents baissèrent le ton et finirent par se rallier à l'idée que oui, parfaitement, la défense des intérêts de la chambrée était entre de bonnes mains. La nourriture fut enfin distribuée, quelqu'un ne manqua pas de faire remarquer aux impatients qu'un peu vaut toujours mieux que rien du tout, et que de plus, vu l'heure qu'il devait être, le déjeuner ne tarderait plus, Ce qui serait fâcheux, dit un autre, c'est qu'il nous arrive la même chose qu'à ce fameux cheval qui est mort quand il venait tout juste de se déshabituer de manger. Les autres eurent un pâle sourire et l'un d'eux dit, Ce ne serait pas une mauvaise idée, s'il est vraiment vrai que, quand il meurt, le cheval ne sait pas qu'il va mourir.

Le vieillard au bandeau noir avait considéré que la radio portative, tant à cause de sa fragilité structurelle qu'en raison des informations connues sur sa durée de vie utile, était exclue de la liste des objets de valeur à remettre en guise de paiement pour la nourriture, estimant que le fonctionnement de l'appareil dépendait premièrement de la présence des piles à l'intérieur et deuxièmement de la durée de leur fonctionnement. Au son rauque des voix qui sortaient encore de la petite boîte, il était évident qu'il n'y avait plus grand-chose à en attendre. Le vieillard au bandeau noir décida donc de ne plus renouveler les auditions générales, d'autant plus que les aveugles du troisième dortoir côté gauche pourraient fort bien débarquer ici avec un avis différent, non à cause de la valeur matérielle de l'appareil, pratiquement nulle à court terme, comme cela fut démontré, mais à cause de sa valeur d'utilisation immédiate, très grande sans le moindre doute, sans compter que là où il y avait un pistolet il y avait très probablement aussi des piles. Le vieillard au bandeau noir déclara que désormais il écouterait les informations sous la couverture de son lit, la tête bien cachée, et que s'il entendait une nouvelle intéressante il en ferait part aussitôt. La jeune fille aux lunettes teintées lui demanda quand même de lui laisser écouter de temps en temps un peu de musique, Juste pour ne pas en perdre le souvenir, se justifia-t-elle, mais il se montra inflexible, déclarant que ce qui importait c'était de savoir ce qui se passait au-dehors et que la personne qui avait des envies de musique n'avait qu'à l'entendre à l'intérieur de sa propre tête, la mémoire était faite pour ça. Le vieillard au bandeau noir avait raison, la musique de la radio

143

écorchait les tympans comme seul un mauvais souvenir peut le faire, et il la gardait donc au plus faible volume sonore possible, en attendant l'heure des informations. Il augmentait alors un peu le son et tendait l'oreille pour ne perdre aucune syllabe. Puis, avec ses propres mots, il résumait les nouvelles et les communiquait à ses voisins immédiats. Ainsi, lit après lit, faisaient-elles lentement le tour de la chambrée, dénaturées un peu plus à chaque passage d'un récepteur à un autre, l'importance de l'information étant ainsi amoindrie ou enflée en fonction du degré d'optimisme ou de pessimisme propre à chaque émetteur. Jusqu'au moment où les paroles se turent et où le vieillard au bandeau noir n'eut plus rien à dire. Et ce ne fut pas parce que la radio était tombée en panne ou parce que les piles étaient à plat, l'expérience de la vie et des vies a clairement démontré que personne ne gouverne le temps, cette petite machine semblait ne pas devoir durer longtemps, or finalement quelqu'un a dû se taire avant elle. Tout au long de ce premier jour passé sous la griffe des aveugles scélérats, le vieillard au bandeau noir avait passé son temps à écouter et à transmettre les nouvelles, réfutant de sa propre initiative la fausseté évidente des prophéties officielles optimistes, et maintenant que la nuit était très avancée, sortant enfin la tête des couvertures, il collait son oreille à l'enrouement en quoi la faible alimentation électrique de la radio transformait la voix du speaker, quand il entendit soudain celui-ci crier, Je suis aveugle, puis le choc d'un objet heurtant violemment le micro, une suite précipitée de bruits confus, d'exclamations, et soudain le silence. La seule station qu'il avait pu capter dans son appareil s'était tue. Longtemps encore le vieillard au bandeau noir avait gardé l'oreille collée à la boîte inerte comme s'il attendait le retour de la voix et la suite du journal parlé. Toutefois il devinait, il savait qu'elle ne se ferait plus entendre. Le mal blanc n'avait pas aveuglé que le speaker. Comme une traînée de poudre, il avait atteint rapidement et successivement tout le personnel de la station radio. Alors le vieillard au bandeau noir laissa tomber la radio par terre. Si les aveugles scélérats venaient ici en quête de bijoux dissimulés, ils trouveraient une confirmation de la raison, pour autant qu'elle leur fût venue à l'esprit, pour laquelle ils n'avaient pas inclus les radios portatives sur la liste des objets de valeur. Le vieillard au bandeau noir tira la couverture sur sa tête afin de pouvoir pleurer tout à son aise.

Peu à peu, le dortoir glissa dans un sommeil profond, sous la lumière jaunâtre et sale des faibles ampoules, les corps étaient réconfortés par les trois repas du jour, ce qui n'était arrivé que très rarement auparavant. Si ça continue comme ça, nous finirons une fois de plus par aboutir nécessairement à la conclusion que les pires maux renferment une part suffisante de bien qui permet de les endurer avec patience, ce qui, extrapolé à la situation présente, signifie que, contrairement aux premières prévisions inquiétantes, la concentration des aliments entre les mains d'une seule entité dispensatrice et distributrice avait finalement des aspects positifs, malgré les récriminations de certains idéalistes qui auraient préféré continuer à lutter pour la vie par leurs propres moyens, quitte à souffrir de la faim à cause de leur obstination. N'ayant plus à se soucier du lendemain, oubliant que celui qui paie d'avance finit toujours par être mal servi, la majorité des aveugles dormait à poings fermés dans tous les dortoirs. Les autres, las de chercher en vain un dénouement honorable aux vexations subies, s'endormirent aussi peu à peu en caressant l'espoir de jours meilleurs que ceux-ci, plus libres, sinon plus opulents. Dans le premier dortoir côté droit, la femme du médecin était la seule à ne pas dormir. Allongée sur son lit, elle réfléchissait à ce que son mari lui avait raconté, quand il avait cru un instant que parmi les aveugles voleurs il y avait quelqu'un qui voyait, quelqu'un dont ils pourraient faire un espion. Il était curieux qu'ils n'en eussent pas reparlé par la suite, comme si le médecin, ce que c'est que l'habitude tout de même, avait oublié que sa propre femme voyait toujours. Cette pensée lui était venue mais elle se tut, elle ne voulut pas prononcer les paroles évidentes, Ce que finalement il ne pourra pas faire, je pourrais le faire, moi, Quoi, demanderait le médecin, feignant de ne pas comprendre. Les yeux fixés sur les ciseaux suspendus au mur, la femme du médecin se demandait, A quoi ça me sert de voir. Ça lui avait servi à connaître l'horreur au-delà de ce qu'elle avait jamais pu imaginer, ça lui avait servi à souhaiter être aveugle, à rien d'autre. D'un mouvement prudent elle s'assit sur le lit. La jeune fille aux lunettes teintées et le garçonnet louchon dormaient devant elle. Elle remarqua que leurs deux lits étaient très proches, la jeune fille avait poussé le sien, sans doute pour être plus proche du gamin au cas où il aurait besoin de consolation, qu'on lui sèche des larmes versées pour sa mère perdue. Comment n'y ai-je pas pensé, se demanda-t-elle, j'aurais pu réunir nos deux lits, nous dormirions ensemble sans que j'aie constamment peur qu'il ne tombe du lit. Elle regarda son mari qui dormait d'un sommeil lourd, de pur épuisement. Elle ne s'était pas résolue à lui dire qu'elle avait avec elle des ciseaux, qu'un de ces jours elle lui taillerait la barbe, c'est un travail dont même un aveugle est capable, à condition de ne pas approcher les lames trop près de la peau. Elle s'était trouvé une bonne justification pour ne pas lui parler des ciseaux, Ensuite, tous les hommes seraient après moi, je ne ferais rien d'autre que tailler des barbes. Elle fit rouler son corps hors du lit, posa les pieds par terre, chercha ses souliers. Elle allait les enfiler quand elle s'arrêta, elle les regarda fixement puis secoua la tête et les posa de nouveau par terre sans bruit. Elle s'avança dans la travée entre les lits et se dirigea lentement vers la porte du dortoir. Ses pieds nus avaient senti la saleté poisseuse du sol, mais elle savait que dehors, dans les corridors, cela serait bien pire. Elle regardait d'un côté et de l'autre pour voir s'il n'y avait pas un aveugle éveillé, mais qu'il y en eût un ou plusieurs, ou même toute la chambrée, n'avait aucune importance, dès lors qu'elle ne faisait pas de bruit, et même si elle en faisait, car nous savons à quoi nous obligent les besoins de notre corps qui n'ont pas d'heure, bref, ce qu'elle ne voulait pas c'était que son mari se réveille et s'aperçoive de son absence suffisamment à temps pour lui demander, Où vas-tu, qui est probablement la question que les hommes posent le plus fréquemment à leur femme, l'autre question étant, Où étais-tu. Une des aveugles était assise sur son lit, le dos appuyé contre le chevet bas, son regard vide tourné vers le mur devant elle sans réussir à l'atteindre. La femme du médecin s'arrêta un instant, comme hésitant à toucher ce fil invisible qui flottait dans l'air, comme si un simple contact pouvait le détruire irrémédiablement. L'aveugle leva un bras, elle devait avoir perçu

146

une légère vibration de l'air, puis elle le laissa retomber avec indifférence, ça lui suffisait déjà comme ça de ne pouvoir dormir à cause des ronflements des voisins. La femme du médecin continua à avancer, de plus en plus vite à mesure qu'elle s'approchait de la porte. Avant de se diriger vers le vestibule, elle regarda le long du couloir qui menait aux autres dortoirs de ce côté, puis aux cabinets plus loin, et enfin à la cuisine et au réfectoire. Des aveugles étaient couchés contre les murs, ils n'avaient pas pu s'emparer d'un lit à leur arrivée, ou bien ils étaient restés en arrière pendant l'assaut, ou alors ils avaient manqué de forces pour disputer un lit et le conquérir de haute lutte. A dix mètres de là, un aveugle était couché sur une aveugle, pris en étau entre les jambes de la femme, ils menaient leur affaire le plus discrètement possible, c'étaient des discrets en public, mais point n'était besoin d'avoir l'ouïe très fine pour comprendre à quoi ils étaient occupés, surtout quand tous deux ne purent réprimer leurs soupirs et leurs gémissements, et ces mots inarticulés qui sont les signes que la fin de l'opération est proche. La femme du médecin s'arrêta pour les regarder, non par envie, elle avait son mari et le contentement qu'il lui donnait, mais à cause d'une impression d'une autre nature, pour laquelle elle ne trouvait pas de nom, il s'agissait peut-être d'un sentiment de sympathie, comme si elle s'apprêtait à leur dire, Ne faites pas attention à moi, je sais ce que c'est, continuez, peut-être d'un sentiment de compassion, Même si cet instant de jouissance suprême pouvait durer pour vous la vie entière, jamais les deux êtres que vous êtes ne parviendront à n'en former qu'un seul. Les deux aveugles se reposaient maintenant, séparés, l'un à côté de l'autre, mais ils se donnaient la main, ils étaient jeunes, c'étaient peut-être des amoureux qui étaient allés au cinéma et qui étaient devenus aveugles là-bas, ou bien un hasard miraculeux les avait réunis ici, mais alors comment s'étaient-ils reconnus, mais à leurs voix naturellement, ce n'est pas seulement la voix du sang qui n'a pas besoin d'yeux, l'amour qu'on dit être aveugle a aussi voix au chapitre. Toutefois, le plus probable était que tous deux avaient été attrapés en même temps, dans ce cas ces mains entrelacées ne datent pas d'aujourd'hui, elles sont entrelacées depuis le début.

La femme du médecin soupira, porta les mains à ses yeux, geste nécessaire parce qu'elle voyait mal, mais elle ne s'effraya pas, elle savait que ce n'étaient que des larmes. Puis elle poursuivit son chemin. Arrivée dans le vestibule, elle s'approcha de la porte qui donnait sur la clôture extérieure. Elle regarda dehors. Derrière le portail il y avait une lumière contre laquelle se détachait la silhouette noire d'un soldat. De l'autre côté de la rue, les immeubles étaient tous dans l'obscurité. Elle sortit sur le perron. Il n'y avait pas de danger. Même si le soldat apercevait sa silhouette, il ne tirerait, après un avis, que si elle descendait l'escalier et s'approchait de cette autre ligne invisible qui était pour lui la frontière de sa sécurité. Habituée désormais au bruit continuel du dortoir, la femme du médecin s'étonna du silence, un silence qui semblait occuper l'espace d'une absence, comme si l'humanité tout entière avait disparu, laissant seulement une lumière allumée et un soldat pour la garder, elle et une poignée d'hommes et de femmes qui ne pouvaient pas la voir. Elle s'assit par terre, le dos appuyé au chambranle de la porte, dans la même position que l'aveugle dans le dortoir, regardant devant elle comme celle-ci. La nuit était froide, le vent soufflait le long de la façade de l'édifice. Cela semblait incroyable qu'il y eût encore du vent sur terre et que la nuit fût noire, elle ne se faisait pas cette réflexion en pensant à elle mais aux aveugles pour qui le jour était éternel. Une autre silhouette se profila derrière la lumière, ce devait être la relève de la garde, Rien à signaler, disait sûrement le soldat qui ira dormir dans la tente pendant le restant de la nuit, ces deux-là n'imaginaient pas ce qui se passait derrière cette porte, le bruit des coups de feu n'était probablement pas parvenu au-dehors, un pistolet ordinaire ne fait pas beaucoup de vacarme. Une paire de ciseaux encore moins, pensa la femme du médecin. Elle ne se demanda pas inutilement d'où lui venait pareille pensée, elle fut tout juste surprise de sa lenteur, du temps qu'avait mis le premier mot à faire surface, du retard des autres, puis elle pensa que la pensée était déjà là précédemment, en un endroit indéterminé, et que seuls les mots lui manquaient, un peu comme un corps dans un lit qui chercherait le creux préparé pour lui par la simple idée de se coucher. Le soldat s'approcha du portail, bien qu'il soit à

contre-jour on voit qu'il regarde de ce côté, il a dû apercevoir la
silhouette immobile, pour l'instant il n'y a pas assez de lumière
pour voir que c'est simplement une femme assise par terre, bras
noués autour des jambes et menton appuyé sur les genoux, alors
le soldat braque le foyer d'une lanterne de ce côté-ci, maintenant
plus aucun doute n'est possible, une femme se lève avec un mouvement aussi lent que celui de sa pensée auparavant, mais cela le
soldat ne peut le savoir, il sait seulement qu'il a peur de cette
figure qui n'en finit plus de se lever, et il se demande un instant
s'il ne devrait pas donner l'alarme, l'instant d'après il décide
qu'il ne le fera pas, après tout c'est seulement une femme et elle
est loin, à toutes fins utiles il braque préventivement son arme sur
elle, mais pour ce faire il doit d'abord lâcher sa lanterne, au
même instant le foyer lumineux l'atteint en plein dans les yeux,
une impression d'éblouissement subsiste sur sa rétine telle une
brûlure subite. Quand il eut recouvré la vue, la femme avait disparu, maintenant cette sentinelle ne pourra pas dire à celle qui
viendra la relever, Rien à signaler.

A présent la femme du médecin est dans l'aile gauche, dans le
couloir qui la conduira au troisième dortoir. Ici aussi des aveugles
dorment à même le sol, ils sont plus nombreux que dans l'aile
droite. Elle marche sans faire de bruit, lentement, elle sent le sol
visqueux lui coller aux pieds. Elle regarde à l'intérieur des deux
premiers dortoirs et voit ce qu'elle s'attendait à voir, des formes
couchées sous des couvertures, un aveugle qui lui non plus n'arrive
pas à dormir et qui le dit avec une voix désespérée, elle entend les
ronflements entrecoupés de presque tous les dormeurs. Elle n'est
pas surprise par l'odeur que tout cela dégage. Il n'y en a pas
d'autre dans tout le bâtiment, c'est l'odeur de son propre corps,
des vêtements dont il est habillé. Après avoir tourné l'angle du
corridor qui donne accès au troisième dortoir, elle s'arrêta. Un
homme est à la porte, une autre sentinelle. Il tient un bâton de berger et fait de lents moulinets, d'un côté et de l'autre, pour inter-
cepter au passage toute personne qui voudrait approcher. Ici, aucun
aveugle ne dort par terre, le corridor est dégagé. L'aveugle à la
porte continue son va-et-vient uniforme, ça n'a pas l'air de le fati-
guer, pourtant au bout d'un moment il change son bâton de main et

recommence. La femme du médecin avança le long du mur de l'autre côté en s'efforçant de ne pas le frôler. L'arc que décrit le bâton n'arrive même pas au milieu du large corridor, l'on a presque envie de dire que cette sentinelle monte la garde avec une arme vide de tout projectile. La femme du médecin se trouve maintenant exactement en face de l'aveugle, elle peut voir le dortoir derrière lui. Les lits ne sont pas tous occupés. Combien peuvent-ils bien être, se demanda-t-elle. Elle avança encore un peu, presque à la limite de la portée du bâton, et s'arrêta là, l'aveugle avait tourné la tête dans sa direction, comme s'il avait perçu quelque anomalie, un soupir, un frémissement de l'air. L'homme était grand, avec de grandes mains. Il tendit d'abord devant lui le bras qui tenait le bâton, il balaya le vide devant lui avec des gestes rapides, puis il fit un pas bref, l'espace d'une seconde la femme du médecin avait eu peur qu'il ne la voie, qu'il ne cherche simplement de quel côté mieux l'attaquer, Ces yeux-là ne sont pas aveugles, pensa-t-elle, effrayée. Mais si, bien sûr qu'ils étaient aveugles, aussi aveugles que les yeux de tous ceux qui vivaient sous ce toit, entre ces murs, tous, tous, sauf elle. A voix basse, presque dans un murmure, l'homme demanda, Qui est là, il ne cria pas comme les vraies sentinelles, Qui va là, la réponse adéquate serait, Des gens de paix, et lui rétorquerait, Passez au large, mais les choses ne se déroulèrent pas ainsi, il se borna à secouer la tête comme s'il se répondait à lui-même, Quelle sottise, il n'y a sûrement personne ici, à cette heure-ci tout le monde dort. Tâtonnant avec sa main libre, il recula vers la porte et, rassuré par ses propres paroles, il laissa retomber ses bras. Il avait sommeil, cela faisait très longtemps qu'il attendait qu'un de ses camarades vînt le relever, mais pour ce faire il fallait que l'autre se réveillât lui-même, appelé par la voix intérieure du devoir, car ici il n'y avait pas de réveil ni aucun moyen d'en utiliser un. La femme du médecin s'approcha prudemment de l'autre jambage de la porte et regarda à l'intérieur. Le dortoir n'était pas plein. Elle compta rapidement, il lui sembla qu'ils devaient être dix-neuf ou vingt. Elle aperçut dans le fond des caisses de nourriture empilées, d'autres sur des lits inoccupés, Il fallait s'attendre à cela, pensa-t-elle, ils ne distribuent pas toute la nourriture qu'ils reçoivent. L'aveugle sembla de nouveau inquiet, mais il ne fit aucun mouvement pour chercher à savoir ce qu'il en était. Les minutes passaient. L'on entendit une toux violente, de fumeur, à l'intérieur. L'aveugle tourna la tête avec impatience, il pourrait enfin aller dormir. Aucun de ceux qui étaient couchés ne se leva. Alors, lentement, comme s'il avait peur d'être surpris en flagrant délit d'abandon de poste ou d'infraction simultanée de toutes les règles que les sentinelles sont censées respecter, l'aveugle s'assit au bord du lit qui obstruait l'entrée. Il dodelina de la tête pendant quelques instants, puis s'abandonna au fleuve du sommeil, probablement avait-il pensé avant de sombrer, Ça n'a pas d'importance, personne ne me voit. La femme du médecin compta de nouveau les dormeurs à l'intérieur, Ils sont vingt avec celui-là, au moins elle rapporterait de là une information exacte, son excursion nocturne n'aurait pas été inutile. Mais est-ce uniquement pour ça que je suis venue ici, se demanda-t-elle, et elle ne voulut pas aller quérir la réponse. L'aveugle dormait, la tête appuyée au chambranle de la porte, le bâton avait glissé sans bruit par terre, voilà un aveugle désarmé et sans colonnes à abattre. La femme du médecin s'efforça délibérément de penser que cet homme était un voleur de nourriture, qu'il dérobait aux autres ce qui leur appartenait en toute justice, qu'il retirait le pain de la bouche des enfants, pourtant elle ne parvenait pas à sentir de mépris, ni même une légère irritation, tout juste une étrange pitié devant ce corps affalé, cette tête renversée en arrière, ce cou étiré par de grosses veines. Elle frissonna de froid pour la première fois depuis qu'elle était sortie du dortoir, les dalles du sol étaient comme de la glace sous ses pieds, comme une brûlure, Pourvu que je n'aie pas attrapé la fièvre, pensa-t-elle. Non, c'était juste une fatigue infinie, une envie de se lover sur elle-même, les yeux, ah, surtout les yeux, de les tourner vers le dedans, plus, plus, plus encore, jusqu'à atteindre et observer l'intérieur de son propre cerveau, là où la différence entre voir et ne pas voir est invisible à l'œil nu. Lentement, encore plus lentement, se traînant, elle revint en arrière vers le lieu auquel elle appartenait, elle passa à côté d'aveugles qui avaient l'air de somnambules, elle aussi pour eux somnambule, et elle n'avait même pas besoin de faire semblant d'être aveugle. Les aveugles amoureux ne se tenaient plus par la main, ils dormaient couchés sur le flanc, recroquevillés pour

151

conserver la chaleur, elle dans le creux formé par son corps à lui, finalement, si, à mieux y regarder, ils se tenaient bien par la main, son bras à lui sur son corps à elle, leurs doigts entrelacés. Dans le dortoir, la femme aveugle qui ne parvenait pas à dormir était toujours assise sur son lit, en attendant que la fatigue de son corps finisse par vaincre la résistance opiniâtre de son esprit. Tous les autres semblaient dormir, certains la tête sous les couvertures, comme à la recherche d'une obscurité impossible. Sur la table de nuit de la jeune fille aux lunettes teintées, on voyait le petit flacon de collyre. Ses yeux étaient guéris mais elle ne le savait pas.

Si, sous le coup d'une illumination qui eût éclairé son esprit chancelant, l'aveugle chargé de comptabiliser les gains illicites du dortoir des scélérats avait décidé de déménager dans cette aile-ci avec ses tablettes pour écrire, son papier épais et son poinçon, il serait sûrement occupé maintenant à rédiger la chronique instructive et lamentable des privations et des innombrables autres souffrances de ses nouveaux compagnons spoliés. Il commencerait par dire que, de là où il venait, les usurpateurs avaient non seulement expulsé du dortoir les aveugles honnêtes afin de rester maîtres et seigneurs de tout l'espace mais qu'en outre ils avaient interdit aux occupants des deux autres dortoirs de l'aile gauche l'accès et l'utilisation des installations sanitaires, ainsi qu'on les appelle. Il ferait remarquer que le résultat immédiat de cet abus de pouvoir infâme était l'afflux de toutes ces âmes en peine vers les cabinets dans cette aile-ci, avec des conséquences faciles à imaginer pour qui n'a pas oublié l'état dans lequel tout cela se trouvait déjà avant. Il ferait observer qu'il est impossible de marcher le long de la clôture intérieure sans trébucher sur des aveugles en train d'y déverser leurs diarrhées ou de se contorsionner dans l'angoisse de ténesmes éminemment prometteurs mais qui s'en allaient en eau de boudin, et, étant un esprit observateur, il ne manquerait pas de faire état à ce propos de la contradiction manifeste entre le faible volume de la nourriture ingérée et l'important volume des matières excrétées, démontrant peut-être ainsi que la célèbre relation, si souvent mentionnée, entre causes et effets n'est pas toujours fiable, tout au moins d'un point de vue quantitatif. Il dirait aussi que tandis qu'à cette heure le dortoir des scélérats devait être bourré de caisses de nourriture, ici les malheureux en seraient bientôt réduits à ramasser les miettes sur le sol immonde. L'aveugle comptable n'oublierait pas de condamner, en sa double qualité de partie au procès et de chroniqueur, le procédé criminel des aveugles oppresseurs qui préfèrent laisser la nourriture se gâter plutôt que de la donner à qui en a un si grand besoin, car, s'il est vrai que certains de ces aliments peuvent durer plusieurs semaines sans perdre leur vertu, d'autres, en particulier les plats cuisinés, s'ils ne sont pas consommés immédiatement, s'aigrissent vite ou se couvrent de moisissure, devenant impropres à la consommation par des êtres humains, pour autant que ces êtres-ci soient encore humains. Changeant de sujet mais pas de thème, le chroniqueur écrirait avec beaucoup de douleur qu'ici les maladies n'affectent pas uniquement le tractus digestif à cause d'une ingestion insuffisante ou à cause d'une décomposition inadéquate des substances ingérées, car il n'y a pas que des personnes en bonne santé, bien qu'aveugles, qui soient venues ici, certaines, qui semblaient avoir de la santé à revendre, sont maintenant incapables comme les autres de se lever de leur pauvre grabat, terrassées par des grippes virulentes, entrées ici l'on ne sait comment. Et dans aucun des cinq dortoirs on ne trouve une aspirine susceptible de faire baisser la fièvre et de soulager le mal de tête, les quelques rares médicaments ont été vite épuisés et les trousses de toilette des dames fouillées jusqu'à la doublure. Par prudence, le chroniqueur renoncerait à dresser la liste des autres maux qui affligent la majorité des presque trois cents personnes placées dans une quarantaine aussi inhumaine, mais il ne saurait passer sous silence au moins deux cas de cancer assez avancé dont les autorités ne firent aucun cas quand elles se livrèrent à la chasse aux aveugles qu'elles amenèrent ici, allant jusqu'à dire qu'à sa naissance la loi est égale pour tous et que la démocratie est incompatible avec les traitements de faveur. La malchance voulut que parmi tant de personnes il n'y eût qu'un seul médecin, un ophtalmologue de surcroît, c'est-à-dire la spécialité la moins demandée ici. Arrivé à ce stade, las de décrire tant de misères et de douleurs, l'aveugle comptable laisserait tomber sur la table son poinçon métallique, il chercherait d'une main

154

tremblante le croûton de pain dur qu'il aurait mis de côté pendant
qu'il s'acquittait de son devoir de chroniqueur de la fin des temps
mais il ne le trouverait pas car un autre aveugle le lui aurait
dérobé, s'étant laissé guider par son odorat. Alors, reniant le geste
fraternel, l'élan plein d'abnégation qui l'avait poussé à venir au
secours de cette aile-ci, l'aveugle comptable décida que le mieux
serait de retourner dans le troisième dortoir côté gauche, s'il
en était encore temps, car au moins là-bas, même si son esprit
bouillait d'une honnête indignation contre les injustices des scélérats, il ne souffrirait pas de la faim.

Car c'est de cela qu'il s'agit, véritablement. Chaque fois que
les préposés au transport de la nourriture reviennent dans les dortoirs avec les maigres quantités qui leur sont remises, des protestations furieuses éclatent. Il y a toujours quelqu'un pour proposer
une action collective organisée, une manifestation de masse,
présentant comme argument décisif la force d'expansion des
nombres si souvent prouvée, sublimée dans l'affirmation dialec-
tique que les volontés en général difficilement additionnables
entre elles peuvent très bien, dans certaines circonstances, se multiplier entre elles jusqu'à l'infini. Toutefois, les esprits ne tar-
daient pas à se calmer, il suffisait qu'une personne plus prudente,
dans la simple intention objective de peser les avantages et les
risques de l'action proposée, rappelât aux enthousiastes les effets
mortels que les pistolets ont habituellement, Ceux qui iront
devant, disaient-ils, savent ce qui les attend, et quant à ceux qui
seront derrière, mieux vaut ne pas imaginer ce qui leur arrivera
dans le cas fort probable où nous prendrions peur au premier
coup de feu, ils mourront plus par écrasement que par balle.
Comme solution intermédiaire, il fut décidé dans une des chambrées, et cette décision fut communiquée aux autres, que la nourriture serait cherchée non par les habituels émissaires déjà
échaudés mais par un groupe plus nourri, expression mani-
festement impropre, constitué d'une dizaine ou d'une douzaine
de personnes qui s'efforceraient d'exprimer en chœur le mécon-
tentement de tous. L'on demanda des volontaires, mais, peut-être
à cause des avertissements connus des prudents, dans aucun dortoir les personnes qui se présentèrent pour la mission ne furent

très nombreuses. Grâce à Dieu, cette preuve évidente de faiblesse morale cessa d'avoir la moindre importance et même d'être un motif de honte lorsque le résultat de l'expédition organisée par le dortoir qui en avait eu l'idée fut connu, donnant ainsi raison à la prudence. Les huit courageux qui s'aventurèrent furent chassés incontinent à coups de gourdin et, s'il est vrai qu'une seule balle fut tirée, il n'en est pas moins vrai qu'elle ne fut pas tirée aussi haut que les premières, la preuve étant que les protestataires jurèrent ensuite qu'ils l'avaient entendue siffler tout près de leur tête. Nous saurons peut-être plus tard s'il y avait eu là une intention assassine, laissons pour l'heure au tireur le bénéfice du doute, mais peut-être ce coup de feu ne fut-il rien d'autre qu'un avertissement plus sérieux, ou alors le chef des scélérats se sera trompé sur la taille des manifestants, les imaginant plus petits, ou encore, mais c'est une supposition inquiétante, l'erreur aura été de les imaginer plus grands qu'ils ne l'étaient en réalité, auquel cas l'intention de tuer devra être inévitablement envisagée. Laissons pour l'instant ces questions mineures de côté et prenons en considération l'intérêt général, le seul qui compte, or le fait que les protestataires se fussent annoncés comme étant délégués du dortoir X fut authentiquement providentiel, même si c'est un simple hasard. Ainsi il fut le seul à jeûner pendant trois jours en guise de châtiment, et il eut beaucoup de chance, car il aurait pu se voir couper les vivres à tout jamais, comme il est juste que cela arrive à qui ose mordre la main qui le nourrit. Les occupants du dortoir insurgé n'eurent donc pas d'autre solution pendant ces trois jours que d'aller de porte en porte implorer l'aumône d'un croûton de pain, pour l'amour du ciel, agrémenté si possible de quelque accompagnement, ils ne moururent pas de faim, certes, mais ils se firent dûment chapitrer, Avec des idées comme ça vous pouvez toujours vous brosser, Si nous avions écouté vos bobards, dans quelle situation serions-nous à présent, mais le pire de tout fut de s'entendre dire, Prenez votre mal en patience, prenez votre mal en patience, mieux vaut encore une insulte. Et quand les trois jours de châtiment s'achevèrent et que l'on crut qu'un jour nouveau allait se lever, force fut de constater que la punition de l'infortuné dortoir où logeaient tous les quarante aveugles insurgés n'avait finalement pas pris fin, car la nourriture qui jusqu'alors avait à peine suffi pour vingt était devenue si chiche que dix personnes ne réussiraient même pas à assouvir leur faim. L'on peut donc imaginer la révolte, l'indignation et aussi, même si c'est douloureux à dire, mais les faits sont les faits, la peur des autres dortoirs, qui se voyaient déjà assaillis par les indigents et étaient écartelés entre les devoirs classiques de la solidarité humaine et le respect du vieux et non moins classique précepte selon lequel charité bien ordonnée commence par soi-même.

Les choses en étaient à ce point quand arriva un ordre des scélérats qui exigeaient encore de l'argent et d'autres objets de valeur, estimant que la nourriture fournie avait déjà dépassé la valeur du paiement initial, calculée au demeurant, disaient-ils, généreusement. Les dortoirs répondirent avec angoisse qu'il ne leur restait plus un sou vaillant en poche, que tous les biens collectés avaient été ponctuellement remis et que, argument vraiment ignominieux, toute décision tendant à ignorer délibérément les différences de valeur entre les différentes contributions ne serait pas entièrement équitable ou plutôt, pour parler simplement, qu'il ne serait pas bien que le juste payât pour le pécheur, et que par conséquent il ne fallait pas couper les vivres à ceux qui avaient probablement encore un solde en leur faveur. Aucun des dortoirs, évidemment, ne connaissait la valeur de ce qui avait été remis par les autres dortoirs, mais chacun jugeait qu'il avait des raisons pour continuer à manger quand les autres auraient épuisé leur crédit. Heureusement, ce qui permit aux conflits latents de mourir à leur naissance, les scélérats se montrèrent inflexibles, l'ordre devait être exécuté par tous, et, s'il y avait eu des différences dans l'évaluation, celles-ci demeuraient ensevelies dans le secret de la comptabilité de l'aveugle préposé aux écritures. Dans les dortoirs, la discussion fut enflammée et âpre, parfois même violente. D'aucuns soupçonnaient certains égoïstes malintentionnés d'avoir dissimulé une partie de leur richesse au moment de la collecte et donc d'avoir mangé aux dépens de ceux qui s'étaient honnêtement dépouillés de tous leurs biens au profit de la communauté. D'autres, récupérant pour leur usage personnel ce qui avait été jusque-là une argumentation collective, alléguaient que rien que ce qu'ils avaient donné devrait leur permettre de manger pendant de nombreux jours encore, au lieu de servir à sustenter des parasites. La menace, lancée au début par les aveugles scélérats, de venir perquisitionner dans les dortoirs et de punir les contrevenants finit par être mise à exécution à l'intérieur de chaque dortoir, bons aveugles contre mauvais aveugles, eux aussi scélérats. L'on ne débusqua pas de richesses fabuleuses, mais on découvrit tout de même plusieurs montres et plusieurs bagues, appartenant plutôt à des hommes qu'à des femmes. Quant aux châtiments de la justice interne, ils n'allèrent pas au-delà de quelques bourrades administrées au hasard, de quelques horions languissants et mal ciblés, l'on échangea surtout des insultes, des phrases sorties d'une ancienne rhétorique accusatoire, du genre, Tu serais capable de dépouiller ta propre mère, vous imaginez un peu, comme si pareille ignominie, et d'autres plus graves encore, avait dû attendre pour être perpétrée le jour où tous les humains deviendraient aveugles et où, pour avoir perdu la lumière de leurs yeux, ils perdraient aussi le phare du respect. Les aveugles scélérats reçurent le paiement avec des menaces de dures représailles qui, heureusement, ne furent pas mises à exécution par la suite, sans doute par oubli, pensa-t-on, alors qu'à la vérité les scélérats avaient déjà une autre idée en tête, comme on ne tardera pas à le savoir. S'ils avaient exécuté leurs menaces, d'autres injustices auraient aggravé la situation, peut-être avec des conséquences immédiates dramatiques, dans la mesure où, pour dissimuler le délit de rétention dont ils étaient accusés, deux dortoirs se présentèrent au nom des autres, imputant aux dortoirs innocents des fautes qu'ils n'avaient pas commises, un de ces dortoirs étant même tellement honnête qu'il avait tout remis dès le premier jour. Heureusement, pour ne pas se compliquer la tâche, l'aveugle comptable décida d'inscrire à part, sur une feuille de papier unique, les différentes contributions nouvelles, et cela tira tout le monde d'affaire, les innocents comme les coupables, car l'irrégularité fiscale lui aurait certainement sauté aux yeux s'il les avait inscrites sur des comptes différents.

Une semaine plus tard, les aveugles scélérats firent savoir qu'ils voulaient des femmes. Comme ça, tout simplement, Amenez-nous des femmes. Cette exigence inattendue, encore que pas entièrement insolite, suscita une indignation facile à imaginer, les émissaires abasourdis qui revinrent avec cet ordre retournèrent aussitôt là-bas pour annoncer que les dortoirs, les trois de droite et les deux de gauche, sans oublier les aveugles des deux sexes qui dormaient par terre, avaient décidé à l'unanimité de ne pas satisfaire à une exigence aussi dégradante, objectant qu'on ne pouvait faire fi à ce point de la dignité humaine, en l'occurrence la dignité féminine, et que si dans le dortoir numéro trois côté gauche il n'y avait pas de femme, la responsabilité, si responsabilité il y avait, ne pouvait leur en être imputée. La réponse fut courte et sèche, Pas de femme, pas de bouffe. Humiliés, les émissaires revinrent dans les dortoirs avec l'ordre suivant, Ou bien vous allez là-bas, ou bien on ne nous donnera pas à manger. Les femmes seules, sans partenaire, ou sans partenaire fixe, protestèrent immédiatement, elles n'étaient pas disposées à payer la nourriture des hommes des autres femmes avec ce qu'elles avaient entre les jambes, l'une d'elles eut même l'audace de dire, oubliant le respect qu'elle devait à son sexe, Je suis parfaitement maîtresse d'aller là-bas, mais ce que je gagnerai sera pour moi et si ça me chante je resterai vivre avec eux, comme ça j'aurai le coucher et le couvert assurés. Elle fit cette déclaration en ces termes dépourvus d'équivoque, mais ensuite elle ne passa pas aux actes, elle pensa à temps au mauvais quart d'heure qu'elle allait passer si elle devait endurer à elle seule la fureur érotique de vingt mâles déchaînés qui, vu le ton péremptoire de l'ordre, devaient être aveuglés par le rut. Toutefois, cette affirmation proférée à la légère dans le deuxième dortoir côté droit ne tomba pas dans l'oreille d'un sourd, car un des émissaires, avec un à-propos remarquable, en profita aussitôt pour proposer que des volontaires se présentent pour ce travail, alléguant que ce qui est fait de plein gré coûte généralement moins que ce qui est fait par obligation. Seules une dernière pudeur, une ultime prudence l'empêchèrent de conclure son appel en citant le proverbe connu, Qui court par plaisir ne se fatigue pas. Cela n'empêcha pas les protestations de fuser dès qu'il eut fini de parler, de tous côtés des furies bondirent, les hommes furent anéantis moralement, sans apitoiement ni compassion, traités de souteneurs, de proxénètes, de sangsues, de vampires, d'exploiteurs, de maquereaux, selon la culture,

le milieu social et le style personnel des femmes justement indignées. Certaines déclarèrent qu'elles regrettaient d'avoir cédé, par
pure générosité et pitié, aux sollicitations sexuelles de compagnons
d'infortune qui se montraient maintenant bien ingrats en voulant
les précipiter vers le pire des sorts. Les hommes tentèrent de se
justifier, disant que ce n'était pas tout à fait ça, qu'il ne fallait pas
dramatiser, que diable, que c'est à force de se parler que l'on se
comprend, qu'ils avaient dit ça simplement parce que l'habitude
veut qu'on demande des volontaires dans les situations difficiles et
dangereuses, comme c'est indéniablement le cas de celle-ci, Nous
courons tous, vous et nous, le risque de mourir de faim. Plusieurs
femmes se sentant ainsi rappelées à la raison se calmèrent, mais
une autre, dans une inspiration soudaine, jeta de l'huile sur le feu
en demandant ironiquement, Et que feriez-vous donc si au lieu de
demander des femmes ils avaient demandé des hommes, que
feriez-vous, racontez-nous donc un peu ça. Les femmes jubilèrent,
Racontez, racontez, criaient-elles en chœur, ravies d'avoir acculé
au mur les hommes, pris au piège de leur propre logique dont ils ne
pourraient s'échapper, elles voulaient voir maintenant jusqu'où
irait la cohérence masculine tant vantée, Ici il n'y a pas de pédés,
osa protester un homme, Ni de putes, rétorqua la femme qui avait
posé la question provocatrice, et même s'il y en avait, il se pourrait
qu'elles ne soient pas disposées à l'être ici pour vous. Embarras-
sés, les hommes battirent en retraite, conscients qu'il n'y avait
qu'une seule réponse susceptible de donner satisfaction aux
femelles vindicatives, S'ils demandaient des hommes, nous irions,
mais pas un n'eut le courage de prononcer ces brèves paroles
explicites et dépourvues d'inhibition, ils étaient si troublés qu'ils
ne s'avisèrent pas qu'ils ne couraient pas un grand risque en les
exprimant puisque ces enfants de salaud n'avaient pas envie de se
soulager avec des hommes mais avec des femmes.
    Or ce qu'aucun homme ne pensa il semble bien que les femmes
le pensèrent, car le silence qui s'installa peu à peu dans le dortoir
où ces affrontements avaient eu lieu n'a sûrement pas d'autre
explication, c'était comme si elles avaient compris que pour elles
la victoire dans la lutte verbale ne se distinguait pas de la défaite
qui viendrait inévitablement après, et le débat n'aura probable-

ment pas été différent dans les autres dortoirs, tant il est vrai que les raisons humaines se répètent et leur déraison aussi. Ici, ce fut une femme de cinquante ans qui avait sa vieille mère avec elle et aucun autre moyen de lui donner à manger qui eut le mot de la fin, J'irai, dit-elle, elle ne savait pas que ces mots étaient l'écho de ceux que la femme du médecin avait prononcés dans le premier dortoir, J'irai, dans cette chambrée-ci il n'y a pas beaucoup de femmes, voilà peut-être pourquoi les protestations ne furent pas aussi nombreuses ni aussi véhémentes, il y avait la jeune fille aux lunettes teintées, il y avait la femme du premier aveugle, il y avait la réceptionniste du cabinet médical, il y avait la femme de chambre de l'hôtel, il y avait une femme dont on ne connaît pas l'identité, il y avait la femme qui ne pouvait pas dormir, mais elle est si malheureuse, si pitoyable, que le mieux serait de la laisser en paix, les hommes n'ont pas à être les seuls à bénéficier de la solidarité des femmes. Le premier aveugle avait d'abord déclaré que sa femme ne se soumettrait pas à la honte de livrer son corps à des inconnus en échange de quoi que ce soit, qu'elle-même ne le voulait pas et que lui ne le permettrait pas, la dignité n'a pas de prix, on commence par céder sur de petites choses et on finit par perdre complètement le sens de la vie. Le médecin lui demanda alors quel sens il voyait à la vie dans la situation où tous se trouvaient ici, affamés, couverts de crasse jusqu'aux oreilles, rongés par les poux, dévorés par les punaises, piqués par les puces, Moi non plus je n'ai pas envie que ma femme aille là-bas, mais mes envies n'entrent pas en ligne de compte, elle a dit qu'elle était disposée à y aller, elle a pris cette décision de son plein gré, je sais que mon orgueil d'homme, ce que nous appelons orgueil d'homme, si tant est qu'après tant d'humiliations nous conservions encore quelque chose qui mérite ce nom, je sais que mon orgueil d'homme en souffrira, il en souffre déjà, je ne peux l'éviter, mais c'est probablement la seule solution, si nous voulons vivre, Chacun agit en fonction de sa propre morale, moi je pense comme ça et je n'ai pas l'intention de changer d'idée, rétorqua avec agressivité le premier aveugle. Alors la jeune fille aux lunettes teintées dit, Les autres ne savent pas combien il y a de femmes ici, vous pourrez donc garder la vôtre pour votre usage

161

exclusif, nous vous nourrirons, vous et elle, mais j'aimerais bien voir comment se sentira votre dignité après et quelle saveur vous trouverez au pain que nous vous rapporterons, La question n'est pas là, entreprit de répondre le premier aveugle, la question est, mais la phrase resta en l'air, à la vérité il ne savait pas quelle était la question, tout ce qu'il avait dit précédemment n'était qu'opinions dépareillées, des opinions appartenant à un autre monde, pas à celui-ci, en revanche ce qu'il devrait faire ce serait élever les mains vers le ciel et remercier le sort de pouvoir garder, pour ainsi dire, son honneur à la maison, au lieu de devoir subir la honte de se savoir nourri par les femmes des autres. Par la femme du médecin, pour être précis et exact, car pour les autres, à l'exception de la jeune fille aux lunettes teintées, célibataire et libre, dont nous connaissons tout de la vie dissipée, si elles avaient un mari, il ne se trouvait pas ici. Le silence qui suivit la phrase interrompue parut attendre que quelqu'un éclaircît définitivement la situation, voilà pourquoi la personne qui devait parler ne tarda pas à le faire et ce fut la femme du premier aveugle, laquelle dit sans que sa voix tremblât, Je suis comme les autres, je ferai ce qu'elles feront, Tu feras seulement ce que je t'ordonnerai, interrompit son mari, Laisse tomber tes attitudes autoritaires, elles ne te servent à rien ici, tu es aussi aveugle que moi, C'est indécent, Il dépend de toi de ne pas être indécent, à partir de maintenant tu ne mangeras plus, telle fut la réponse cruelle et inattendue d'une personne qui jusqu'ici s'était montrée docile et respectueuse de son mari. L'on entendit un brusque éclat de rire, c'était la femme de chambre de l'hôtel, Oh, il mangera, il mangera, que peut-il faire, le pauvre, et soudain le rire se changea en pleur, les paroles se transformèrent, Que pouvons-nous faire, dit-elle, c'était presque une question, une question à peine résignée, semblable à un hochement de tête découragé et pour laquelle il n'existait pas de réponse, c'était si vrai que la réceptionniste du cabinet médical se contenta de répéter, Que pouvons-nous faire. La femme du médecin leva les yeux vers les ciseaux suspendus au mur, à son expression l'on eût cru qu'elle leur posait la même question, sauf si ce qu'elle cherchait était une réponse à la question que les ciseaux lui renvoyaient, Que veux-tu faire de nous.

Toutefois, chaque chose arrivera en son temps, ce n'est pas pour s'être levé de bon matin que l'on meurt plus tôt. Les aveugles du troisième dortoir gauche sont des gens organisés, ils ont décidé de commencer par ce qui est le plus près d'eux, par les femmes des dortoirs de leur aile. La méthode du roulement, mot particulièrement approprié, présente tous les avantages et aucun inconvénient, tout d'abord parce qu'elle permettra de savoir à tout moment ce qui a été fait et ce qui reste à faire, c'est comme regarder une pendule et dire du jour qui passe, J'ai vécu d'ici à ici, il me reste tant de temps ou il m'en reste si peu, et ensuite parce que, lorsque le tour des dortoirs sera achevé, le retour au point de départ constituera une indéniable bouffée de nouveauté, surtout pour ceux dont la mémoire sensorielle est courte. Que se réjouissent donc les femmes des dortoirs de l'aile droite, moi je m'accommode fort bien des ennuis de mes voisines, paroles que nulle ne prononça mais que toutes pensèrent, car le premier être humain à être dépourvu de cette deuxième peau que nous appelons égoïsme n'a pas encore vu le jour, peau bien plus dure que la première qui, elle, saigne pour un oui pour un non. Il faut d'ailleurs dire que ces femmes se réjouissent doublement, car tels sont les mystères de l'âme humaine que la menace, de toute façon proche, de l'humiliation à laquelle elles vont être soumises réveilla et exacerba dans chaque dortoir des appétits sensuels que la routine de la cohabitation avait émoussés, c'était comme si les hommes imprimaient désespérément leur marque sur les femmes avant qu'on les leur enlève, c'était comme si les femmes voulaient remplir leur mémoire de sensations éprouvées volontairement pour mieux pouvoir se défendre de l'agression de celles qu'elles refuseraient si elles le pouvaient. L'on se demande inévitablement, en prenant l'exemple du premier dortoir côté droit, comment la question de la différence numérique entre les hommes et les femmes fut résolue, même si l'on soustrait les incapables du sexe masculin, et il y en a, ce doit être le cas du vieillard au bandeau noir, et d'autres, inconnus, vieux ou jeunes, qui pour une raison ou pour une autre n'ont rien dit ni rien fait qui intéresse ce récit. L'on a déjà dit que dans ce dortoir-ci il y a sept femmes, y compris l'aveugle insomniaque et celle dont on ne

163

connaît pas l'identité, et qu'il n'y a que deux couples normalement constitués, ce qui laisse une quantité déséquilibrée d'hommes,
le garçonnet louchon ne comptant pas encore. Peut-être que dans
les autres chambrées il y aura plus de femmes que d'hommes,
mais une règle non écrite, née ici de l'usage et devenue ensuite
loi, veut que toutes les questions soient résolues à l'intérieur des
dortoirs où elles se posent, à l'exemple de ce qu'enseignaient les
anciens dont nous ne nous lasserons jamais de louer la sagesse, Je
suis allée chez ma voisine, j'ai eu honte, je suis retournée chez
moi, je me suis débrouillée seule. Les femmes du premier dortoir
côté droit se débrouilleront donc pour satisfaire les besoins des
hommes qui vivent sous le même toit qu'elles, à l'exception de la
femme du médecin que personne n'osa solliciter, allez donc
savoir pourquoi, ni en paroles ni par le geste d'une main tendue.
La femme du premier aveugle, après le pas en avant qu'avait été
la réponse abrupte qu'elle donna à son mari, fit, encore que discrètement, ce que firent les autres, comme elle-même l'avait
annoncé. Il est pourtant des résistances contre lesquelles ni la raison ni le sentiment n'ont de prise, comme dans le cas de la jeune
fille aux lunettes teintées que l'aide-pharmacien, malgré les
innombrables arguments qu'il avança, malgré les supplications
qu'il multiplia, ne réussit pas à faire plier, expiant ainsi l'insolence dont il s'était rendu coupable au début. Cette même jeune
fille, comprenne les femmes qui pourra, la plus jolie des femmes
qui se trouvent ici, celle qui a le corps le mieux fait, la plus atti-
rante, celle que tous se mirent à désirer quand le bruit de sa
beauté se répandit, cette même jeune fille, une nuit, alla se glisser
de son propre gré dans le lit du vieillard au bandeau noir qui la
reçut comme pluie en été et qui fit ce qu'il put, passablement bien
pour son âge, démontrant ainsi une fois de plus que les appa-
rences sont trompeuses et que ce n'est pas à l'aspect du visage ni
à la prestesse du corps que l'on reconnaît la force du cœur. Dans
la chambrée, tous comprirent que la jeune fille aux lunettes teintées était allée s'offrir au vieillard au bandeau noir par pure charité, et des hommes à la nature sensible et rêveuse, qui avaient
joui d'elle précédemment, se mirent à fantasmer, à penser qu'il
ne devait pas y avoir de récompense plus exquise au monde pour

un homme qu'être étendu sur un lit, seul, imaginant des choses impossibles, et sentir une femme soulever tout doucement les couvertures et se glisser dessous, effleurant lentement de son corps son corps à lui, puis rester enfin immobile, en silence, attendant que l'ardeur de leurs deux sangs apaise le frissonnement soudain de la peau troublée. Et tout cela sans raison particulière, simplement parce qu'elle l'a voulu. Ce ne sont pas des bonnes fortunes qui se trouvent à chaque coin de rue, il faut parfois être vieux et porter un bandeau noir sur une orbite définitivement aveugle. Ou alors il vaut mieux ne pas tenter d'expliquer certaines choses, se borner simplement à relater ce qui est arrivé, ne pas interroger le tréfonds des êtres, comme la fois où la femme du médecin s'était levée de son lit pour aller border le garçonnet louchon qui s'était découvert. Elle ne s'était pas recouchée aussitôt. Adossée au mur du fond, dans l'espace étroit entre les deux rangées de grabats, elle regardait d'un air désespéré la porte à l'autre bout, celle par où ils étaient entrés un jour qui semblait déjà bien lointain et qui maintenant ne menait plus nulle part. Elle se tenait ainsi quand elle vit son mari se lever et se diriger vers le lit de la jeune fille aux lunettes teintées, les yeux fixes comme un somnambule. Elle ne fit pas un geste pour le retenir. Debout, immobile, elle le vit soulever les couvertures et se glisser à côté d'elle, elle vit la jeune fille se réveiller et le recevoir sans protester, elle vit les deux bouches se chercher et se trouver, puis ce qui devait arriver arriva, le plaisir de l'un, le plaisir de l'autre, le plaisir de tous deux, les murmures étouffés, elle dit, Oh, docteur, et ces mots auraient pu être ridicules et ils ne l'étaient pas, il dit, Excuse-moi, je ne sais pas ce qui m'a pris, en effet nous avions raison, comment aurions-nous pu, nous autres qui voyons seulement, savoir ce que lui-même ne sait pas. Couchés sur l'étroit grabat, ils ne pouvaient imaginer qu'ils étaient observés, soudain inquiet le médecin se demanda si sa femme dormait ou si elle rôdait dans les corridors comme toutes les nuits, il fit un mouvement pour retourner dans son lit, mais une voix dit, Ne te lève pas, et une main se posa sur sa poitrine avec la légèreté d'un oiseau, il allait parler, répéter peut-être qu'il ne savait pas ce qui lui avait pris, mais la voix dit, Si tu ne me dis rien je comprendrai mieux. La jeune fille aux lunettes teintées se mit à pleurer, Comme nous sommes malheureux, murmurait-elle, puis, Moi aussi j'en avais envie, moi aussi j'en avais envie, ce n'est pas la faute du docteur, Tais-toi, dit doucement la femme du médecin, taisons-nous tous, il est des moments où les paroles ne servent à rien, comme j'aimerais pouvoir pleurer moi aussi, dire tout avec des larmes, ne pas avoir besoin de parler pour être comprise. Elle s'assit au bord du lit, tendit le bras par-dessus les deux corps comme pour les réunir dans la même étreinte, et se penchant vers la jeune fille aux lunettes teintées elle murmura tout bas à son oreille, Je vois. La jeune fille demeura immobile, sereine, juste déconcertée de n'éprouver aucune surprise, comme si elle le savait depuis le premier jour et qu'elle n'avait pas voulu le dire à haute voix tout simplement parce que c'était un secret qui ne lui appartenait pas. Elle tourna un peu la tête et murmura à son tour dans l'oreille de la femme du médecin, Je le savais, je ne sais pas si j'en ai la certitude, mais je crois que je savais, C'est un secret, tu ne dois le dire à personne, Soyez tranquille, J'ai confiance en toi, Vous pouvez vous fier à moi, je préférerais mourir plutôt que de vous tromper, Tu dois me tutoyer, Non, je ne le peux pas. Elles se murmuraient à l'oreille, tantôt l'une, tantôt l'autre, des lèvres touchaient des cheveux, le lobe d'une oreille, c'était un dialogue sans importance, c'était un dialogue profond, pour autant que de tels contraires puissent se rejoindre, une petite conversation complice qui semblait ignorer l'homme couché entre elles mais qui l'enveloppait dans une logique étrangère au monde des idées et des réalités ordinaires. Puis la femme du médecin dit à son mari, Reste encore un instant, si tu veux, Non, je retourne à notre lit, Alors je vais t'aider. Elle se leva pour lui laisser la liberté de mouvement, contempla un instant leurs deux têtes aveugles, posées côte à côte sur l'oreiller crasseux, leur visage sale, leurs cheveux embroussaillés, seuls leurs yeux resplendissaient inutilement. Il se leva lentement, cherchant un appui, puis resta debout à côté du lit, immobile, indécis, comme si soudain il ne savait plus où il était, alors, comme elle l'avait toujours fait, elle lui prit le bras, mais maintenant ce geste avait un sens nouveau, jamais comme en cet instant il n'avait eu autant besoin d'être guidé, mais il ne le savait pas, seules les deux femmes le surent vraiment quand la femme du médecin toucha le visage de la jeune fille avec son autre main et que celle-ci la prit pour la porter impulsivement à ses lèvres. Le médecin eut l'impression d'entendre pleurer, un son presque inaudible, comme seules peuvent l'être des larmes qui glissent lentement jusqu'aux commissures des lèvres et disparaissent là pour recommencer le cycle éternel des inexplicables douleurs et joies humaines. La jeune fille aux lunettes teintées allait rester seule et c'était elle qu'il fallait consoler, voilà pourquoi la main de la femme du médecin mit tellement de temps à se détacher.

Le lendemain, à l'heure du dîner, si quelques misérables morceaux de pain sec et de viande moisie méritent ce nom, trois aveugles venus de l'autre aile se présentèrent à la porte du dortoir, Combien de femmes avez-vous ici, demanda l'un d'eux, Six, répondit la femme du médecin dans l'intention louable de laisser de côté l'aveugle insomniaque, mais celle-ci corrigea d'une voix étouffée, Nous sommes sept. Les aveugles rirent, Diable, dit l'un d'eux, alors ce soir vous allez devoir trimer dur, un autre suggéra, Il vaudrait peut-être mieux aller chercher des renforts dans le dortoir d'à côté, Pas la peine, dit le troisième aveugle qui était calé en arithmétique, pratiquement ça fait trois hommes par femme, elles résisteront. De nouveau, tous s'esclaffèrent, et celui qui avait demandé combien il y avait de femmes ordonna, Quand vous aurez fini, vous viendrez chez nous, et il ajouta, Si vous avez envie de manger demain et de donner à téter à vos hommes. Ils disaient ça dans tous les dortoirs, mais la blague continuait à les amuser comme le jour où ils l'avaient inventée. Ils se tordaient de rire, donnaient des ruades, frappaient leurs gros gourdins par terre, soudain l'un d'eux déclara, Si l'une de vous a ses règles, nous n'en voulons pas, Aucune n'a ses règles, dit sereinement la femme du médecin, Alors préparez-vous et ne lambinez pas, nous vous attendons. Ils tournèrent les talons et disparurent. Le dortoir fut plongé dans le silence. Une minute plus tard, la femme du premier aveugle dit, Je ne peux plus rien avaler, ce qu'elle tenait dans la main n'était presque rien et elle ne parvenait pas à le manger, Moi non plus, dit l'aveugle insomniaque, Moi non plus, dit celle dont on ne connaît pas l'identité, Moi j'ai déjà fini, dit la femme de chambre, Moi aussi, dit la réceptionniste du cabinet médical, Je vomirai à la figure du premier qui s'approchera de moi, dit la jeune fille aux lunettes teintées. Toutes étaient debout, tremblantes et résolues. Alors la femme du médecin dit, J'irai devant. Le premier aveugle se cacha la tête sous la couverture, comme si cela pouvait servir à quelque chose, puisqu'il était déjà aveugle, le médecin attira sa femme à lui et, sans parler, il lui donna un baiser rapide sur le front, que pouvait-il faire de plus, quant aux autres hommes cela ne devait leur faire ni chaud ni froid, ils n'avaient ni droits ni obligations de mari à l'égard de l'une quelconque de ces femmes, et donc personne ne pourra leur dire, Cocu complaisant est deux fois cocu. La jeune fille aux lunettes teintées alla se placer derrière la femme du médecin, suivie, dans l'ordre, par la femme de chambre, la réceptionniste du cabinet médical, la femme du premier aveugle, celle dont on ne connaît pas l'identité, et enfin l'aveugle insomniaque, file grotesque de femelles malodorantes, vêtues de loques immondes, on a du mal à croire que la force animale du sexe soit puissante au point d'aveugler l'odorat qui est le plus délicat des sens, il est même des théologiens qui affirment, peut-être pas exactement avec ces mêmes mots, que la plus grande difficulté à vivre raisonnablement en enfer vient de l'odeur qui y règne. Lentement, guidées par la femme du médecin, une main sur l'épaule de la précédente, les femmes se mirent en route. Elles étaient toutes pieds nus car elles ne voulaient pas perdre leurs chaussures au milieu des vicissitudes et des angoisses qu'elles allaient traverser. Quand elles arrivèrent dans le vestibule à l'entrée, la femme du médecin se dirigea vers la porte, elle voulait sans doute savoir si le monde extérieur existait encore. En sentant l'air frais, la femme de chambre dit d'une voix effrayée, Nous ne pouvons pas sortir, les soldats sont dehors, et l'aveugle insomniaque dit, Ça vaudrait mieux, en moins d'une minute nous serions mortes, toutes, Nous, demanda la réceptionniste du cabinet médical, Non, toutes, car c'est ça que nous devrions être, mortes, toutes les femmes qui sont ici, nous aurions au moins une excellente raison d'être aveugles. Jamais depuis son arrivée ici elle n'avait prononcé autant de paroles à la file. La femme du médecin dit, Allons-y, seule mourra qui doit mourir, la mort choisit sans prévenir. Elles franchirent la porte qui menait à l'aile gauche, elles s'engagèrent dans les longs corridors, les femmes des deux premiers dortoirs auraient pu leur parler de ce qui les attendait, si elles l'avaient voulu, mais elles étaient recroquevillées sur leur lit comme des bêtes rouées de coups, les hommes n'osaient pas les toucher, ils n'essayaient même pas de s'en approcher car elles se mettaient aussitôt à crier.

Tout au fond du dernier corridor, la femme du médecin aperçut un aveugle qui montait la garde comme d'habitude. Il avait dû entendre leurs pas traînants et il cria, Elles arrivent, elles arrivent. Des cris sortirent de l'intérieur, des hennissements, des éclats de rire. Quatre aveugles se dépêchèrent d'écarter le lit qui faisait office de barrière à l'entrée, Vite, les filles, entrez, entrez, nous sommes tous comme des boucs, vous allez vous régaler, disait l'un d'eux. Les aveugles les entourèrent, essayèrent de les peloter mais ils reculèrent en se bousculant quand le chef, celui qui détenait le pistolet, cria, C'est moi qui choisis d'abord, vous le savez. Les yeux de tous ces hommes cherchaient anxieusement les femmes, certains tendaient des mains avides, si au passage leurs mains touchaient une femme les yeux savaient enfin où regarder. Au milieu de la travée, entre les lits, les femmes étaient comme des soldats à la parade qui attendent d'être passés en revue. Le chef des aveugles s'approcha, pistolet à la main, aussi agile et leste que si ses yeux voyaient. Il attrapa de sa main libre l'aveugle insomniaque, qui était la première, il la palpa par-devant et par-derrière, les fesses, les nichons, l'entrecuisse. L'aveugle se mit à pousser des cris et il la repoussa, Tu ne vaux rien, putain. Il passa à la suivante, celle dont on ne connaît pas l'identité, qu'il palpait à deux mains après avoir glissé son pistolet dans la poche du pantalon, Oh, mais elle est pas mal du tout, celle-là, puis il s'attaqua à la femme du premier aveugle, puis à la réceptionniste du cabinet médical, puis à la femme de chambre, et s'exclama, Les gars, ces nanas sont fichtrement bien. Les aveugles hennirent, envoyèrent des ruades, Tringlons-les, il se fait tard, beuglèrent certains, Du calme, dit l'homme au pistolet, laissez-moi voir d'abord

comment sont les autres. Il palpa la jeune fille aux lunettes teintées et poussa un sifflement, Mince alors, on a touché le gros lot,
du bétail comme ça, on n'en avait pas encore vu. Excité, conti-
nuant à peloter la jeune fille, il passa à la femme du médecin, sif-
fla encore une fois, Celle-là est mûre, mais elle m'a tout l'air
d'être une femelle du tonnerre, elle aussi. Il attira les deux
femmes à lui et dit presque en bavant, Je prends ces deux-là, je
vous les refilerai une fois que je me les serai envoyées. Il les
traîna vers le fond du dortoir où s'entassaient des caisses de nourriture, des paquets, des boîtes de conserve, toute une dépense susceptible de ravitailler un régiment. Les femmes criaient toutes, on
entendait des coups, des gifles, des ordres, Taisez-vous, tas de
putes, ces grognasses sont toutes pareilles, faut toujours qu'elles
se mettent à beugler, Culbute-la hardiment, elle la bouclera,
Quand mon tour viendra, elles en redemanderont, vous verrez,
Grouille-toi donc un peu, je n'en peux plus. L'aveugle insomniaque glapissait désespérément sous un aveugle bedonnant, les
quatre autres femmes étaient entourées d'hommes qui se bousculaient comme des hyènes autour d'une carcasse, pantalon autour
des chevilles. La femme du médecin était debout à côté du lit vers
lequel elle avait été poussée, elle serrait les fers du lit de ses
mains crispées, elle vit l'aveugle au pistolet tirer sur la jupe de la
jeune fille aux lunettes teintées et la déchirer, descendre son slip
et, se guidant avec ses doigts, pointer son sexe vers le sexe de la
jeune fille, pousser et forcer, elle entendit les grognements et les
obscénités, la jeune fille aux lunettes teintées ne disait rien, elle
ouvrit juste la bouche pour vomir, la tête de côté, les yeux dans la
direction de l'autre femme, l'homme ne se rendit même pas
compte de ce qui se passait, l'odeur de vomi ne se remarque que
lorsque l'air et le reste n'ont pas la même odeur, l'homme se
secoua enfin des pieds à la tête, il fut parcouru de trois saccades
violentes comme s'il plantait trois étançons, il haleta comme un
cochon qui s'étouffe, il avait fini. La jeune fille aux lunettes teintées pleurait en silence. L'aveugle au pistolet retira son sexe
encore tout dégoulinant et dit à la femme du médecin d'une voix
chevrotante en tendant le bras vers elle, Ne sois pas jalouse, je
vais m'occuper de toi, puis haussant le ton, Hé, les gars, vous

pouvez venir chercher celle-là, mais traitez-la gentiment, car il se peut que j'aie encore besoin d'elle. Une demi-douzaine d'aveugles avancèrent dans la travée en se trémoussant, empoignèrent la jeune fille aux lunettes teintées qu'ils emmenèrent presque en la traînant, C'est moi d'abord, moi d'abord, disaient-ils tous. L'aveugle au pistolet s'était assis sur un lit, sexe flasque posé au bord du matelas, pantalon tire-bouchonnant autour de ses pieds. Agenouille-toi ici, entre mes jambes, dit-il. La femme du médecin s'agenouilla. Suce, dit-il, Non, dit-elle, Ou tu suces ou je te frappe, et pas de nourriture pour toi, dit-il, Tu n'as pas peur que je te l'arrache avec mes dents, demanda-t-elle, Tu peux toujours essayer, mes mains sont sur ton cou, je t'étranglerai avant que tu ne me fasses saigner, répondit-il. Puis il dit, Je reconnais ta voix, Et moi ton visage, Tu es aveugle, tu ne peux pas me voir, Non, je ne peux pas te voir, Alors pourquoi dis-tu que tu reconnais mon visage, Parce que cette voix ne peut avoir que ce visage, Suce, et cesse d'ergoter, Non, Ou tu suces, ou plus une miette de pain n'entrera dans ton dortoir, tu iras ensuite leur dire que s'ils ne mangent pas c'est parce que tu as refusé de me sucer, après tu reviendras me raconter ce qui est arrivé. La femme du médecin se pencha, avec le bout de deux doigts de sa main droite elle prit le sexe poisseux de l'homme et le souleva, sa main gauche s'appuya au sol, toucha le pantalon, tâtonna, sentit la dureté métallique et froide du pistolet, Je pourrais le tuer, pensa-t-elle. Elle ne le pouvait pas. Parce que le pantalon était enroulé autour des pieds, il était impossible d'atteindre la poche où se trouvait l'arme. Je ne peux pas le tuer maintenant, pensa-t-elle. Elle avança la tête, ouvrit la bouche, la ferma, ferma les yeux pour ne pas voir et commença à sucer.

Le jour se levait quand les aveugles scélérats laissèrent partir les femmes. L'aveugle insomniaque dut être portée à bras-le-corps par ses compagnes, qui avaient elles-mêmes du mal à se traîner. Pendant des heures elles étaient passées d'homme en homme, d'humiliation en humiliation, d'offense en offense, tout ce qu'il est possible de faire à une femme tout en la laissant encore en vie. Vous savez que le paiement se fait en nature, dites à vos chers hommes de venir chercher la soupe, avait dit avec dérision l'aveugle au pistolet au moment des adieux. Et il avait ajouté, goguenard, A bientôt, les filles, préparez-vous pour la prochaine séance. Les autres aveugles répétèrent plus ou moins en chœur, A bientôt, certains dirent les nanas, d'autres les putains, mais on notait la lassitude de leur libido dans la faible conviction des voix. Sourdes, aveugles, muettes, trébuchantes, avec juste assez de volonté pour ne pas lâcher la main de celle qui marchait devant, la main, pas l'épaule comme à l'aller, sûrement aucune n'aurait su répondre si on lui avait demandé, Pourquoi vous tenez-vous par la main, ça s'était fait comme ça, il est des gestes auxquels on ne peut pas toujours trouver une explication facile, parfois même il est impossible d'en trouver une difficile. Quand elles traversèrent le vestibule, la femme du médecin regarda dehors, les soldats étaient là, il y avait aussi une camionnette qui livrait sans doute la nourriture aux différents lieux de quarantaine. A cet instant précis, les jambes de l'aveugle insomniaque cédèrent littéralement, comme si elles avaient été fauchées d'un coup, son cœur aussi céda, il ne termina même pas la systole commencée, nous savons enfin pourquoi cette aveugle ne pouvait pas dormir, elle dormira maintenant, ne l'éveillons pas. Elle est morte, dit la femme du médecin, et sa voix n'avait aucune expression, comment se pouvait-il qu'une voix pareille, aussi morte que les paroles prononcées, fût sortie d'une bouche vivante. Elle souleva dans ses bras le corps soudain désarticulé, les jambes ensanglantées, le ventre exténué, les pauvres seins nus, marqués avec furie, les épaules mordues, C'est le portrait de mon corps, pensa-t-elle, le portrait du corps de toutes ces femmes ici, il n'y a qu'une seule différence entre ces insultes et nos douleurs, nous, pour l'instant, nous sommes encore vivantes. Où l'emmenons-nous, demanda la jeune fille aux lunettes teintées, Dans le dortoir, pour le moment, nous l'enterrerons plus tard, dit la femme du médecin.

Les hommes attendaient à la porte, il manquait juste le premier aveugle, qui s'était de nouveau caché la tête sous la couverture en entendant les femmes venir, et le garçonnet louchon, qui dormait. Sans la moindre hésitation, sans avoir besoin de compter les lits, la femme du médecin alla étendre l'aveugle insomniaque sur le grabat qui avait été le sien. Elle ne se soucia pas de l'éventuel étonnement des autres, finalement tous ici savaient qu'elle était l'aveugle qui connaissait le mieux tous les recoins de la maison. Elle est morte, répéta-t-elle, Comment cela est-il arrivé, demanda le médecin, mais sa femme ne lui répondit pas, sa question ne pouvait vouloir dire que, Comment est-elle morte, mais peut-être aussi, Qu'est-ce que vous avez donc fait là-bas, il n'y aurait de réponse à aucune des deux questions, elle est morte, tout simplement, peu importe de quoi, demander de quoi est morte une personne est stupide, avec le temps on oublie la cause, seuls restent ces mots, Elle est morte, et nous ne sommes plus les mêmes femmes que celles qui sont sorties d'ici, nous ne pouvons plus dire les paroles que celles-ci auraient dites, et, quant aux autres paroles, l'innommable existe, c'est là son nom et il est suffisant. Allez chercher la nourriture, dit la femme du médecin. Le hasard, la fatalité, le sort, le destin, peu importe le nom de ce qui a tant de noms, est fait de pure ironie, car autrement l'on ne comprendrait pas pourquoi ce furent précisément les maris de deux de ces femmes qui furent choisis pour représenter la chambrée et recevoir les denrées alimentaires à un moment où personne n'imaginait que le prix pût être celui qui venait d'être payé. Ç'aurait pu être d'autres hommes, célibataires, libres, sans honneur conjugal à défendre, mais il a fallu que ce fussent ceux-ci, maintenant ils ne voudront sûrement pas se couvrir de honte en tendant une main quémandeuse d'aumône à ces brutes scélérates qui violèrent leur femme. Le premier aveugle déclara, de l'air de quelqu'un qui a pris une décision ferme, Ira qui voudra, moi je n'irai pas, J'irai, dit le médecin, J'irai avec vous, dit le vieillard au bandeau noir, La nourriture n'est peut-être pas très copieuse, mais elle pèse lourd, J'ai encore la force de porter le pain que je mange, Ce qui pèse toujours le plus lourd c'est le pain des autres, Je n'ai pas le droit de me plaindre, le poids de la part des autres est ce qui paiera ma nourriture. Imaginons non pas le dialogue, déjà consigné, mais les hommes qui y ont participé et qui se font face comme s'ils pouvaient se voir, ce qui n'est même pas impossible en l'occurrence, il suffit que la mémoire fasse émerger de l'aveuglante blancheur du monde la bouche qui articule les paroles et après, comme un lent rayonnement à partir de ce centre, le reste du visage apparaîtra, le visage d'un vieil homme, celui d'un homme moins vieux, qu'on n'aille pas dire que quelqu'un qui est encore capable de voir de cette façon est aveugle. Quand ils s'éloignèrent pour aller toucher le salaire de la honte, comme avait dit le premier aveugle avec une indignation toute rhétorique, la femme du médecin dit aux autres femmes, Restez ici, je reviens immédiatement. Elle savait ce qu'elle voulait mais ne savait pas si elle le trouverait. Elle voulait un seau ou quelque chose qui en fît office, elle voulait le remplir d'eau, même fétide, même croupie, elle voulait laver l'aveugle insomniaque, la nettoyer de son sang à elle et de la morve d'autrui, la livrer purifiée à la terre, pour autant que cela ait encore un sens de parler de pureté du corps dans cette maison de fous où nous vivons, quant à la pureté de l'âme, nous savons que personne ne peut s'en approcher.

Des aveugles étaient couchés sur les longues tables du réfectoire. Un filet d'eau coulait d'un robinet mal fermé au-dessus d'un évier rempli de détritus. La femme du médecin regarda autour d'elle à la recherche d'un seau, d'un récipient, mais elle ne vit rien qui pût lui être utile. Un des aveugles s'étonna de sa présence et demanda, Qui va là. Elle ne répondit pas, sachant qu'elle ne serait pas bien reçue, que personne ne lui dirait, Tu veux de l'eau, eh bien prends-en, et si c'est pour laver une défunte, prends toute celle dont tu as besoin. Sur le sol, éparpillés, il y avait des sacs en plastique qui avaient contenu de la nourriture, certains étaient grands. Elle pensa qu'ils étaient sans doute troués, puis elle se dit qu'en en fourrant deux ou trois les uns dans les autres, il ne s'en échapperait que très peu d'eau. Elle agit rapidement, déjà les aveugles descendaient des tables et demandaient, Qui est là, plus alarmés encore quand ils entendirent le bruit de l'eau qui coulait ils avancèrent dans cette direction, la femme du médecin déplaça et poussa une table pour les empêcher d'approcher puis elle retourna à son sac, l'eau coulait lentement, désespérée elle força le robinet, alors, comme libérée d'une prison, l'eau jaillit avec violence, l'éclaboussa brutalement et la trempa des pieds à la tête. Les aveugles prirent peur et reculèrent, pensant qu'une canalisation avait éclaté, et ils furent confortés dans leur idée quand l'eau répandue leur inonda les pieds, ils ne pouvaient savoir qu'elle avait été versée par la personne inconnue qui était entrée, la femme avait compris que tant d'eau pèserait trop lourd. Elle tordit et enroula l'ouverture du sac, le jeta sur son épaule et sortit de là en courant comme elle put.

Quand le médecin et le vieillard au bandeau noir entrèrent dans le dortoir avec la nourriture, ils ne virent pas, comment eussent-ils pu les voir, sept femmes nues, l'aveugle insomniaque couchée sur le lit, plus propre qu'elle ne l'avait jamais été de toute sa vie, pendant qu'une autre femme lavait ses compagnes, l'une après l'autre, avant de se laver elle-même.

Les scélérats réapparurent quatre jours plus tard. Ils venaient appeler au paiement de l'impôt les femmes du deuxième dortoir, mais ils s'arrêtèrent un instant à la porte de la première chambrée pour demander si les femmes s'étaient remises des assauts érotiques de l'autre nuit, Une fameuse nuit, y a pas à dire, s'exclama l'un d'eux en se léchant les babines, et un autre confirma, Ces sept-là valent pour quatorze, il est vrai qu'une était pas formidable, mais dans cette pétaudière ça se remarquait presque pas, ils ont de la veine ces types, s'ils sont assez hommes pour elles, Vaudrait mieux qu'ils le soient pas, comme ça les femmes ça leur démangera plus. Du fond du dortoir la femme du médecin dit, Nous ne sommes plus sept, Une s'est taillée, demanda un homme du groupe en riant, Elle ne s'est pas taillée, elle est morte, Diable, eh bien alors vous devrez trimer plus dur la prochaine fois, La perte n'est pas grande, elle n'était pas formidable, dit la femme du médecin. Déconcertés, les messagers ne surent quoi répondre, ce qu'ils venaient d'entendre leur semblait indécent, l'un d'eux aura sans doute pensé que finalement les femmes sont toutes des salopes, quel manque de respect que de parler d'une pétasse dans ces termes, simplement parce qu'elle avait le nichon pendant et la fesse flasque. La femme du médecin les regardait, immobiles à l'entrée de la porte, indécis, se balançant comme des pantins mécaniques. Elle les reconnaissait, elle avait été violée par les trois. Enfin l'un d'eux frappa le sol de son bâton, Allons, on y va, dit-il. Le bruit des bâtons et les avertissements, Écartez-vous, écartez-vous, c'est nous, diminuèrent le long du corridor, puis il y eut un silence, un brouhaha confus, les femmes du deuxième dortoir recevaient l'ordre de se présenter après le dîner. De nouveau, les coups de bâton retentirent sur le sol, Écartez-vous, écartez-vous, les silhouettes des trois aveugles passèrent dans l'encadrement de la porte puis disparurent.

La femme du médecin, qui racontait auparavant une histoire au garçonnet louchon, leva le bras et retira les ciseaux de leur clou sans faire de bruit. Elle dit au gamin, Je te raconterai le reste de l'aventure plus tard. Personne dans le dortoir ne lui avait demandé pourquoi elle avait parlé de l'aveugle insomniaque avec tant de dédain. Quelques instants après, elle ôta ses chaussures et s'en fut dire à son mari, Je ne serai pas longue, je reviens tout de suite. Elle se dirigea vers la porte où elle s'arrêta et attendit. Dix minutes plus tard les femmes du deuxième dortoir apparurent dans le corridor. Elles étaient quinze. Quelques-unes pleuraient. Elles ne marchaient pas à la queue leu leu mais en groupe, reliées les unes aux autres par des bandes d'étoffe qui avaient tout l'air d'avoir été arrachées aux couvertures. Quand elles eurent fini de passer, la femme du médecin les suivit. Aucune ne s'aperçut qu'elles étaient accompagnées. Elles savaient ce qui les attendait, l'histoire des vexations n'était un secret pour personne et d'ailleurs ces vexations n'avaient rien de nouveau, le monde avait sûrement commencé comme ça. Ce qui les terrorisait plus que le viol, c'était l'orgie, la dégradation, l'attente de la nuit effroyable, quinze femmes culbutées sur des lits ou par terre, les hommes allant de l'une à l'autre, soufflant comme des porcs, Le pire de tout c'est si j'éprouve du plaisir, pensait une de ces femmes. Quand elles pénétrèrent dans le couloir qui menait au dortoir de destination, l'aveugle de faction donna l'alarme, Je les entends, les v'là qu'arrivent. Le lit qui servait de grille fut écarté rapidement, une à une les femmes entrèrent, Oh mais y en a plein, s'exclama l'aveugle comptable, qui entreprit de les compter avec enthousiasme, Onze, douze, treize, quatorze, quinze, quinze, y en a quinze. Il emboîta le pas à la dernière, déjà il glissait ses mains avides sous ses jupes, Celle-ci roucoule déjà, celle-ci est à moi, disait-il. On avait cessé de les passer en revue, de procéder à une évaluation préalable des qualités physiques des femelles. En effet, puisqu'elles étaient toutes condamnées à subir le même traitement, ce n'était pas la peine de perdre du temps ni de refroidir sa concupiscence à choisir des tailles et mesurer des bustes et des hanches. Déjà ils les traînaient vers les lits, déjà ils les déshabillaient brutalement, et on entendit aussitôt les pleurs habituels, les supplications, les implorations, mais les réponses ne variaient pas, quand réponse il y avait, Si tu veux manger, écarte les jambes. Et elles écartaient les jambes, certaines recevaient l'ordre de se servir de leur bouche, comme cette femme accroupie entre les genoux du chef des scélérats, et celle-là ne disait mot. La femme du médecin entra dans le dortoir, se glissa doucement entre les lits mais elle n'avait pas besoin d'être aussi discrète, personne ne l'aurait entendue même si elle était venue en sabots, et si quelqu'un l'avait touchée au milieu du branle-bas et s'était aperçu qu'il s'agissait d'une femme, le pire qui pourrait lui arriver ce serait de devoir se joindre aux autres, personne ne l'aurait remarquée, dans ce genre de situation la différence entre quinze ou seize n'est pas bien grande.

Le lit du chef des scélérats était toujours celui au fond du dortoir où s'amoncelaient les caisses de nourriture. Les grabats à côté du sien avaient été retirés, l'homme aimait avoir ses aises, ne pas devoir trébucher sur ses voisins. Le tuer serait simple. Pendant qu'elle avançait lentement le long de l'étroite travée, la femme du médecin observait les mouvements de celui qu'elle allait bientôt tuer, comment la jouissance lui faisait pencher la tête en arrière, comment il semblait déjà lui offrir son cou. La femme du médecin s'approcha doucement, contourna le lit et alla se placer derrière l'homme. La femme aveugle continuait sa besogne. La main leva lentement les ciseaux, les lames légèrement séparées pour qu'elles pénètrent comme deux poignards. A cet instant, le dernier, l'aveugle parut sentir une présence, mais l'orgasme l'avait arraché au monde des sensations ordinaires, il l'avait privé de ses réflexes, Tu ne jouiras pas, pensa la femme du médecin, et elle abaissa violemment le bras. Les ciseaux s'enfoncèrent avec violence dans la gorge de l'aveugle, ils tournèrent sur eux-mêmes, luttant contre les cartilages et les tissus membraneux, puis ils poursuivirent furieusement leur chemin jusqu'au moment où ils furent arrêtés par les vertèbres cervicales. Le cri s'entendit à peine, ç'eût pu être le grognement animal d'un homme en train d'éjaculer, comme c'était déjà le cas pour d'autres, et c'était peut-être bien ça, car pendant qu'un jet de sang lui inondait en plein le visage la femme recevait dans sa bouche une décharge convulsive de sperme. Ce fut le cri de la femme qui alarma les aveugles, ils avaient une grande expérience en matière de cris, mais celui-ci ne ressemblait pas aux autres. La femme criait, elle ne comprenait pas ce qui s'était passé mais elle criait, d'où venait donc ce sang, sans savoir comment elle avait probablement fait ce qu'elle avait envisagé de faire, lui arracher le pénis avec ses dents. Les aveugles abandonnaient les femmes, s'approchaient à tâtons, Qu'est-ce qui se passe, pourquoi cries-tu comme ça, demandaient-ils, mais une main s'était posée sur la bouche de la femme, une voix lui murmurait à l'oreille, Tais-toi, puis elle se sentit doucement tirée en arrière, Ne dis rien, c'était une voix de femme et cela la calma, pour autant que ce terme soit exact face à pareille angoisse. L'aveugle comptable venait en tête, il fut le premier à toucher le corps effondré en travers du lit, à le parcourir de ses mains, Il est mort, s'exclama-t-il au bout d'un moment. La tête pendait de l'autre côté du grabat, le sang jaillissait encore à gros bouillons, Il a été tué, dit-il. Les aveugles s'arrêtèrent, interdits, ils ne pouvaient croire ce qu'ils entendaient, Comment a-t-il été tué, qui l'a tué, Il a une entaille énorme à la gorge, ça doit être cette putain qui était avec lui, il faut que nous l'attrapions. Les aveugles se remirent en branle, mais plus lentement à présent, comme s'ils avaient peur de rencontrer la lame qui avait tué leur chef. Ils ne pouvaient voir l'aveugle comptable glisser précipitamment les mains dans les poches du mort, en sortir le pistolet et un petit sac en plastique avec une dizaine de cartouches. L'attention de tous fut subitement distraite par les cris des femmes, maintenant debout, prises de panique, qui voulaient sortir de là, mais certaines ne savaient plus où était la porte du dortoir et elles se dirigèrent du mauvais côté où elles se heurtèrent aux aveugles. Ceux-ci crurent qu'elles les attaquaient et la confusion des corps prit des allures de délire. Immobile au fond du dortoir, la femme du médecin attendait l'occasion de s'échapper. Elle maintenait l'aveugle d'une main ferme, de l'autre elle

179

brandissait les ciseaux, prête à asséner le premier coup si un homme s'approchait. Pour l'instant, l'espace dégagé au fond du dortoir était un avantage, mais elle ne pouvait s'attarder là, elle le savait. Des femmes avaient enfin trouvé la porte, d'autres se débattaient pour se délivrer des mains qui les retenaient, l'une d'elles essayait encore d'étrangler l'ennemi et d'ajouter un mort au mort. L'aveugle comptable cria aux siens d'un ton autoritaire, Du calme, du calme, nous allons nous occuper de cette affaire, et, afin de donner plus de conviction à son ordre, il tira en l'air. Le résultat fut le contraire de ce qu'il attendait. Surpris, comprenant que le pistolet était déjà dans d'autres mains et qu'ils allaient par conséquent avoir un nouveau chef, les hommes avaient cessé de lutter avec les femmes, ils avaient renoncé à essayer de les dominer, l'un d'eux avait même renoncé à tout car il avait été étranglé. La femme du médecin choisit cet instant pour avancer. Assénant des coups à droite et à gauche, elle se fraya un chemin. Maintenant c'étaient les hommes qui criaient, qui se bousculaient, qui grimpaient les uns sur les autres, si quelqu'un avait eu des yeux pour voir il se fût rendu compte que le premier tohu-bohu avait été un jeu d'enfants. La femme du médecin ne voulait pas tuer, elle voulait juste sortir le plus vite possible, et surtout ne laisser derrière elle aucune femme. Probablement que celui-ci ne survivra pas, pensa-t-elle en plantant les ciseaux dans une poitrine. On entendit un autre coup de feu, Partons d'ici, partons d'ici, disait la femme du médecin en poussant devant elle les femmes qu'elle rencontrait sur son chemin. Elle les aidait à se lever, répétant, Vite, vite. Maintenant c'était l'aveugle comptable qui criait au fond du dortoir, Attrapez-les, ne les laissez pas s'échapper, mais c'était trop tard, elles étaient déjà toutes dans le corridor, elles s'enfuyaient en titubant, à moitié nues, retenant leurs haillons comme elles pouvaient. Debout à l'entrée du dortoir, la femme du médecin cria avec furie, Souvenez-vous de ce que j'ai dit l'autre jour quand j'ai déclaré que je n'oublierai pas son visage, eh bien réfléchissez à ce que je vous dis maintenant, je n'oublierai pas non plus vos visages, Tu me le paieras, cria l'aveugle comptable d'une voix menaçante, toi et tes amies, et aussi les couillons d'hommes que vous avez là-bas, Tu ne sais pas qui je suis ni d'où je viens, Tu es du premier dortoir dans l'autre aile, dit l'un des hommes qui étaient allés chercher les femmes, et l'aveugle comptable renchérit, La voix ne trompe pas, il suffit que tu prononces un seul mot à côté de moi et tu es morte, L'autre aussi avait dit ça, et tu vois où il en est maintenant, Mais moi je ne suis pas un aveugle comme lui, comme vous, quand vous êtes devenus aveugles je connaissais déjà tout du monde, Tu ne sais rien de ma cécité, Tu n'es pas aveugle, tu ne me trompes pas, Je suis peut-être la plus aveugle de toutes, j'ai tué et s'il le faut je recommencerai, Avant cela tu mourras de faim, à partir d'aujourd'hui plus de nourriture, même si vous veniez toutes offrir sur un plateau les trois trous avec lesquels vous êtes nées, Pour chaque jour passé sans manger par votre faute, l'un de vous, ici, mourra, il suffira pour ça que vous mettiez le nez hors de cette porte, Tu n'y arriveras pas, Bien sûr que nous y arriverons, à partir d'aujourd'hui c'est nous qui irons chercher la nourriture, vous mangerez ce que vous avez ici, Fille de pute, Les filles de putes ne sont ni hommes ni femmes, elles sont des filles de putes, maintenant tu sais ce qu'elles valent, les filles de putes. Furieux, l'aveugle comptable tira en direction de la porte. La balle passa entre les têtes des hommes sans atteindre qui que ce soit et alla se ficher dans le mur du corridor. Tu ne m'as pas eue, dit la femme du médecin, et prends garde si tes munitions s'épuisent, il y en a d'autres ici qui ont autant envie d'être chef que toi.

Elle s'éloigna, fit encore quelques pas fermes, puis, presque sur le point de s'évanouir, elle avança le long du mur du corridor, soudain ses genoux ployèrent et elle tomba. Ses yeux se voilèrent, Je vais devenir aveugle, pensa-t-elle, mais elle comprit aussitôt que ce ne serait pas encore pour cette fois, c'étaient seulement des larmes qui lui brouillaient la vue, des larmes comme elle n'en avait jamais versé de sa vie, J'ai tué, dit-elle tout bas, j'ai voulu tuer et j'ai tué. Elle tourna la tête vers la porte du dortoir, si les hommes sortaient, elle serait incapable de se défendre. Le corridor était désert. Les femmes avaient disparu, encore effrayés par les coups de feu et bien plus encore par les cadavres dans leur camp les hommes n'osaient pas sortir. Peu à peu les forces lui revinrent. Les larmes continuaient à couler, mais lentement, sereinement, comme en présence de quelque chose d'irrémédiable. Elle se releva péniblement. Elle avait du sang sur les mains et les vêtements, et soudain son corps fourbu l'avertit qu'elle était vieille. Une vieille femme assassine, pensa-t-elle, mais elle savait que si c'était nécessaire elle recommencerait à tuer, Et quand donc est-il nécessaire de tuer, se demanda-t-elle en se dirigeant vers le vestibule, et elle se répondit à elle-même, Quand ce qui est encore vivant est mort. Elle secoua la tête et pensa, Qu'est-ce que ça veut dire tout cela, des mots, des mots, rien de plus. Elle poursuivit son chemin seule. Elle s'approcha de la porte qui menait à la clôture. Entre les grilles du portail elle distingua difficilement la silhouette du soldat qui montait la garde, Il y a encore des gens dehors, des gens qui voient. Un bruit de pas derrière elle la fit sursauter, C'est eux, pensa-t-elle, et elle se retourna rapidement, ciseaux au poing. C'était son mari. Au passage, les femmes du deuxième dortoir avaient raconté à grands cris ce qui s'était passé dans l'autre aile, disant qu'une femme avait tué le chef des scélérats à coups de couteau, qu'il y avait eu des coups de feu, le médecin ne demanda pas qui était la femme, ce ne pouvait être que la sienne, elle avait dit au garçonnet louchon qu'elle lui raconterait la suite de l'aventure plus tard, et maintenant dans quel état était-elle, morte probablement elle aussi, Je suis ici, dit-elle, et elle alla vers lui, l'étreignant sans remarquer qu'elle le souillait de sang, ou le remarquant, mais cela n'avait pas d'importance, jusqu'à aujourd'hui ils avaient tout partagé. Que s'est-il passé, demanda le médecin, le bruit court qu'un homme a été tué, Oui, c'est moi qui l'ai tué, Pourquoi, Quelqu'un devait le faire et il n'y avait personne d'autre, Et maintenant, Maintenant nous sommes libres, ils savent ce qui les attend s'ils essaient de nouveau de se servir de nous, Ça sera la lutte, la guerre, Les aveugles sont toujours en guerre, ils ont toujours été en guerre, Recommenceras-tu à tuer, S'il le faut, car je ne me libérerai plus de cette cécité-là, Et la nourriture, Nous irons la chercher nous, je doute qu'ils osent venir jusqu'ici, au moins pendant les prochains jours ils auront peur que la même chose ne leur arrive, que des ciseaux ne leur tailladent le cou, Nous n'avons pas su résister comme nous l'au-

rions dû quand ils sont venus avec leurs premières exigences,
C'est vrai, nous avons eu peur et la peur n'est pas toujours bonne
conseillère, mais allons-nous-en maintenant, pour plus de sûreté
il serait bon que nous barricadions la porte des dortoirs en entas-
sant des lits comme ils le font, et tant pis si certains d'entre nous
devront dormir par terre, plutôt ça que mourir de faim.

Les jours suivants ils se demandèrent si ce n'était pas ça qui
allait leur arriver. Au début, ils ne s'étonnèrent pas, ils étaient
habitués à avoir faim depuis le commencement, il y avait toujours
eu des à-coups dans l'approvisionnement, les aveugles scélérats
avaient raison quand ils disaient que les militaires avaient parfois
du retard mais ils pervertissaient cette raison en affirmant d'un
ton badin que la seule solution avait été d'imposer un rationnement et que c'étaient là les dures obligations de ceux qui gouver-
nent. Le troisième jour, quand il était devenu impossible de
dénicher dans les dortoirs un croûton ou une miette, la femme du
médecin s'approcha de la clôture avec quelques camarades et
demanda, Hé, vous là-bas, qu'est-ce que c'est que ce retard, que
se passe-t-il avec la nourriture, ça fait deux jours que nous ne
mangeons pas. Le sergent, un autre, pas celui d'avant, vint à la
grille déclarer que l'armée n'était pas responsable, l'armée ne
retirait le pain de la bouche de personne, l'honneur militaire ne le
permettrait jamais, s'il n'y avait pas de nourriture c'était parce
qu'il n'y en avait pas, Et n'avancez pas d'un seul pas, le premier
qui avance sait le sort qui l'attend, les ordres n'ont pas changé.
Ainsi apostrophés, ils retournèrent dans le bâtiment et se consul-
tèrent, Et maintenant, qu'allons-nous faire si on ne nous apporte
pas à manger, Peut-être qu'on nous apportera de la nourriture
demain, ou après-demain, Ou quand nous ne pourrons plus bouger, Nous devrions sortir, Nous n'arriverions même pas au portail, Si nous avions des yeux, Si nous avions des yeux on ne nous
aurait pas flanqués dans cet enfer, Je me demande comment est la
vie, dehors, Peut-être que ces types nous donneraient à manger si
nous allions le leur demander, après tout si la nourriture manque
pour nous, elle finira par manquer aussi pour eux, C'est exactement la raison pour laquelle ils ne nous donneront pas celle qu'ils
ont, Et avant qu'ils ne finissent celle qu'ils ont nous serons tous

morts de faim, Alors, que faire. Ils étaient assis par terre sous la
lumière jaunâtre de la seule ampoule dans le vestibule, formant
plus ou moins un cercle, le médecin et la femme du médecin, le
vieillard au bandeau noir, deux ou trois hommes et femmes de
chaque dortoir, de l'aile gauche comme de l'aile droite, et ce
monde d'aveugles étant ce qu'il est il arriva ce qui doit toujours
arriver, un des hommes dit, Tout ce que je sais c'est que nous ne
serions pas dans ce pétrin si leur chef n'avait pas été tué, quelle
importance ça avait-il que les femmes aillent là-bas deux fois par
mois donner ce que la nature leur a donné pour qu'elles le donnent, je me le demande bien. Certains trouvèrent la réminiscence
plaisante, d'autres déguisèrent leur rire, une voix de protestation
fut étouffée par des réclamations de son estomac, et le même
homme revint à la charge, J'aimerais bien savoir qui a fait le
coup. Les femmes présentes jurèrent que ce ne furent pas elles,
Nous devrions faire justice nous-mêmes et la châtier, Oui, mais il
faudrait savoir qui c'est, Nous dirions aux autres, voilà le type
que vous cherchez, maintenant donnez-nous à manger, A condition de savoir qui c'est. La femme du médecin baissa la tête et
pensa, Il a raison, si quelqu'un meurt de faim ici ce sera ma faute,
puis, donnant voix à la colère qu'elle sentait monter en elle et qui
s'opposait à cette acceptation de sa responsabilité, Mais qu'ils
soient donc les premiers à mourir pour que ma faute paie leur
faute. Puis, levant les yeux, elle pensa, Et si je leur disais maintenant que c'est moi qui ai tué, me livreraient-ils sachant qu'ils me
livrent à une mort certaine. Sous l'effet de la faim, ou parce que
cette pensée l'attira soudain comme un abîme, sa tête fut balayée
par une sorte d'étourdissement, son corps se pencha en avant, sa
bouche s'ouvrit pour parler, mais au même instant quelqu'un la
retint et lui serra le bras, elle regarda, c'était le vieillard au bandeau noir qui déclara, Je tuerais de mes propres mains celui qui se
dénoncerait, Pourquoi, demanda-t-on à la ronde, Parce que si la
honte a encore un sens dans cet enfer où nous avons été plongés
et que nous avons transformé en enfer de l'enfer, c'est grâce à
cette personne qui a eu le courage d'aller tuer la hyène dans sa
tanière, Je veux bien, mais ce n'est pas la honte qui remplira notre
assiette, Qui que tu sois, tu as raison, il y a toujours eu des gens

pour se remplir la panse avec le manque de vergogne, mais nous qui n'avons plus rien, sauf cette ultime dignité que nous ne méritons pas, à moins de nous montrer encore capables de lutter pour ce qui nous appartient de droit, Que veux-tu dire par là, Qu'ayant commencé par envoyer là-bas les femmes et avoir mangé à leurs dépens comme de vulgaires petits maquereaux de banlieue, le moment est venu d'y envoyer les hommes, s'il y en a encore ici, Explique-toi, mais d'abord dis-nous d'où tu es, Du premier dortoir côté droit, Parle, C'est très simple, allons chercher la nourriture nous-mêmes, Ils ont des armes, Que l'on sache, ils ont seulement un pistolet et les cartouches ne dureront pas toujours, Avec les cartouches qu'ils ont, plusieurs d'entre nous mourront, D'autres sont morts pour moins, Je ne suis pas prêt à perdre la vie pour que les autres restent ici à profiter, Seras-tu prêt aussi à ne pas manger si quelqu'un perd la vie pour que tu manges, demanda le vieillard au bandeau noir d'un ton sarcastique, et l'autre ne répondit pas.

Une femme qui avait écouté en se cachant apparut à la porte qui menait aux dortoirs de l'aile droite. C'était celle qui avait reçu le jet de sang sur le visage, celle dans la bouche de qui le mort avait éjaculé, celle à l'oreille de qui la femme du médecin avait dit, Tais-toi, et maintenant la femme du médecin pense, De là où je suis, assise au milieu de ces hommes, je ne peux pas te dire, tais-toi, ne me dénonce pas, mais tu reconnais certainement ma voix, il est impossible que tu l'aies oubliée, ma main s'est posée sur ta bouche, ton corps s'est appuyé à mon corps, et je t'ai dit, tais-toi, le moment est venu maintenant de savoir véritablement qui j'ai sauvé, de savoir qui tu es, voilà pourquoi je vais parler, parler à haute et intelligible voix pour que tu puisses m'accuser, si tel est ton destin et si tel est mon destin, Ce ne seront pas seulement les hommes qui iront là-bas, les femmes aussi iront, nous retournerons sur les lieux de notre humiliation afin que rien n'en subsiste, afin que nous puissions nous en libérer, tout comme nous avons recraché ce qu'on nous a lancé dans la bouche. Puis elle attendit, jusqu'à ce que la femme déclare, Où tu iras, j'irai, telles furent ses paroles. Le vieillard au bandeau noir sourit, on eût dit un sourire heureux et peut-être l'était-il, ce n'est pas le

moment de le lui demander, il est plus intéressant d'observer l'expression d'étonnement des autres aveugles, comme si quelque
chose était passé au-dessus de leur tête, un oiseau, un nuage, une
première lueur timide. Le médecin prit la main de sa femme et
demanda, Y a-t-il encore quelqu'un ici qui tienne à découvrir qui
a tué cet homme, ou bien sommes-nous d'accord que c'est notre
main à tous qui l'a égorgé, ou, plus précisément, la main de chacun d'entre nous. Personne ne répondit. La femme du médecin
dit, Accordons-leur encore un délai, attendons jusqu'à demain, si
les soldats n'apportent pas à manger, alors nous avancerons. Ils
se levèrent, se séparèrent, qui vers l'aile droite, qui vers l'aile
gauche, imprudemment ils n'avaient pas pensé qu'un aveugle du
dortoir des scélérats aurait pu les entendre, heureusement le
diable ne guette pas toujours derrière la porte, dicton qui vient
fort à propos. Le haut-parleur, lui, se déclencha hors de propos,
ces derniers temps il parlait certains jours, les autres jours il était
muet, mais il parlait toujours à la même heure, comme il l'avait
promis, il y avait sûrement dans le système de transmission une
horloge qui mettait en branle la bande enregistrée au moment
voulu, nous ne saurons jamais pour quelle raison elle était parfois
tombée en panne, ce sont des questions qui relèvent du monde
extérieur, mais qui sont tout de même importantes puisque le
résultat fut un cafouillage du calendrier, de ce qu'on appelle
le décompte des jours, que certains aveugles qui ne se fiaient pas
à leur mémoire, maniaques par nature ou amoureux de l'ordre, ce
qui est une forme bénigne de manie, avaient tenté de respecter
scrupuleusement en faisant des petits nœuds sur une ficelle,
comme s'ils eussent tenu un journal. Aujourd'hui c'était le tour
de l'heure à être hors du temps, le mécanisme s'était sans doute
détraqué, un rouage s'était déformé, une soudure avait lâché,
espérons que l'enregistrement ne reviendra pas indéfiniment au
début, il ne nous manquait plus que cela, devenir non seulement
aveugles mais fous aussi. Dans les corridors, dans les dortoirs,
comme un dernier avertissement inutile, la voix autoritaire retentissait, Le gouvernement regrette d'avoir été forcé d'exercer énergiquement ce qu'il estime être son droit et son devoir, qui est de
protéger la population par tous les moyens possibles dans la crise

que nous traversons et qui se manifeste apparemment sous la forme d'une apparition épidémique de cécité, provisoirement désignée sous le terme de mal blanc, et il souhaite pouvoir compter sur le civisme et la collaboration de tous les citoyens pour endiguer la propagation de la contagion, à supposer qu'il s'agisse bien de contagion et que nous ne nous trouvions pas simplement face à une série de coïncidences pour le moment inexplicables. La décision de réunir dans un même lieu les personnes affectées, et dans un lieu proche mais séparé les personnes qui ont eu avec celles-ci un contact quelconque, a été prise après mûre réflexion. Le gouvernement est parfaitement conscient de ses responsabilités et il espère que ceux à qui ce message s'adresse assumeront aussi en citoyens disciplinés les responsabilités qui leur incombent et considéreront que l'isolement où ils se trouvent actuellement représente un acte de solidarité vis-à-vis du reste de la communauté nationale, au-delà de toutes considérations personnelles. Cela dit, nous vous invitons à prêter attention aux instructions suivantes, premièrement, les lumières devront toujours rester allumées, toute tentative de manipulation des interrupteurs sera inutile, ils ne fonctionnent pas, deuxièmement, abandonner l'édifice sans autorisation sera synonyme de mort immédiate, troisièmement, dans chaque dortoir il y a un téléphone qui pourra être utilisé uniquement pour demander à l'extérieur le remplacement des produits d'hygiène et de nettoyage, quatrièmement, les internés laveront leurs effets à la main, cinquièmement, il est recommandé d'élire des responsables de dortoir, ceci est une recommandation, pas un ordre, les internés s'organiseront du mieux qu'ils l'entendront, dès lors qu'ils respecteront les règles ci-dessus énoncées et celles que nous énonçons ci-dessous, sixièmement, des caisses de nourriture seront déposées trois fois par jour à la porte d'entrée, à droite et à gauche, et sont destinées respectivement aux patients et aux suspects de contamination, septièmement, tous les restes devront être incinérés, étant considérés comme restes, outre les reliefs de nourriture, les caisses, les assiettes et les couverts, fabriqués de matériaux combustibles, huitièmement, l'incinération devra s'effectuer dans les cours intérieures de l'édifice ou à proximité de la clôture, neuvièmement, les internés seront tenus pour responsables de toute conséquence négative découlant de ladite incinération, dixièmement, en cas d'incendie, fortuit ou intentionnel, les pompiers n'interviendront pas, onzièmement, les internés ne devront pas compter non plus sur la moindre intervention de l'extérieur au cas où des maladies se déclareraient parmi eux, ainsi que dans l'éventualité de désordre ou d'agression, douzièmement, en cas de mort, quelle qu'en soit la cause, les internés enterreront le cadavre près de la clôture sans formalités, treizièmement, la communication entre l'aile des patients et l'aile des suspects de contamination se fera par le corps central du bâtiment, celui par où ils sont entrés, quatorzièmement, les suspects de contamination qui deviendraient aveugles se transporteront immédiatement dans l'aile de ceux qui sont déjà aveugles, quinzièmement, cette annonce sera répétée tous les jours, à cette même heure, pour mettre au courant les nouveaux venus. Le gouvernement, au même instant les lumières s'éteignirent et le haut-parleur se tut. Indifférent, un aveugle fit un nœud dans la ficelle qu'il tenait à la main, puis essaya de compter les nœuds, les jours, mais il y renonça, il y avait des nœuds qui se chevauchaient, des nœuds pour ainsi dire aveugles. La femme du médecin dit à son mari, Les lumières se sont éteintes, Une ampoule aura grillé, ça n'a rien d'étonnant, après qu'elles sont restées allumées tout ce temps-là, Elles se sont toutes éteintes, le problème vient de l'extérieur, Maintenant toi aussi tu es aveugle, J'attendrai que le soleil se lève. Elle sortit du dortoir, traversa le vestibule, regarda dehors. Cette partie de la ville était plongée dans l'obscurité, le projecteur de l'armée était éteint, il devait être raccordé au réseau central, or maintenant, visiblement, il y avait pénurie d'énergie.

Le lendemain, qui plus tôt, qui plus tard, car le soleil ne se lève pas au même moment pour tous les aveugles, très souvent cela dépend de la finesse de l'ouïe de chacun, des hommes et des femmes provenant des différents dortoirs commencèrent à se réunir sur les marches à l'extérieur du bâtiment, à l'exception, évidemment, du dortoir des scélérats, qui à cette heure prennent sûrement leur petit déjeuner. Ils attendaient le bruit du portail que l'on ouvre, le grincement perçant des gonds non huilés, les sons qui annonçaient l'arrivée de la nourriture, puis les cris du sergent de service, Ne sortez pas, que personne ne s'approche, le traînement des pieds des soldats, le bruit sourd des caisses qu'on laisse tomber par terre, la retraite au pas de course, de nouveau le grincement du portail, et enfin l'autorisation, Ça y est, vous pouvez venir. Ils attendirent que midi succède au matin, et l'après-midi à midi. Personne, pas même la femme du médecin, ne posa de question sur la nourriture. Tant qu'ils ne poseraient pas la question, ils n'entendraient pas le non redouté, et tant que le non ne serait pas prononcé ils continueraient à nourrir l'espoir d'entendre des paroles du genre, Elle arrive, elle arrive, soyez patients, supportez encore un peu la faim. Malgré toute leur bonne volonté, certains n'y tinrent plus, ils s'évanouirent sur place, comme si soudain ils s'étaient endormis, la femme du médecin les secourut, c'est incroyable comme cette femme réussit à remarquer tout ce qui se passe, elle devait être dotée d'un sixième sens, d'une espèce de vue sans yeux, c'est grâce à cela que les pauvres malheureux ne restèrent pas à griller au soleil mais furent transportés aussitôt à l'intérieur, et avec du temps, de l'eau et des petites tapes sur le visage, ils finirent tous par reprendre leurs sens. Mais il ne fallait pas compter sur eux pour la lutte, ils étaient blancs comme linge, avaient les jambes en coton, bref, étaient à ramasser à la petite cuiller. Finalement le vieillard au bandeau noir dit, La nourriture n'est pas venue, la nourriture ne viendra pas, allons donc la chercher cette nourriture. Ils se levèrent tant bien que mal et allèrent se réunir dans le dortoir le plus éloigné de la forteresse des scélérats, l'imprudence de l'autre jour suffisait largement. Ils envoyèrent des espions dans l'autre aile, de façon fort logique des aveugles qui vivaient là-bas car ils connaissaient mieux les lieux, Au premier mouvement suspect, venez nous avertir. La femme du médecin les accompagna et rapporta de là une information guère encourageante, Ils ont barricadé l'entrée avec quatre lits superposés, Comment sais-tu qu'il y en a quatre, demanda quelqu'un, Ce n'est pas sorcier, je les ai palpés, Et ils ne t'ont pas remarquée, Je ne crois pas, Qu'est-ce qu'on fait, Allons là-bas, répéta le vieillard au bandeau noir, faisons ce qui a été décidé, car autrement nous sommes condamnés à une mort lente, Certains mourront plus vite si nous allons là-bas, dit le premier aveugle, Celui qui va mourir est déjà mort mais il ne le sait pas, Nous savons depuis notre naissance que nous sommes condamnés à mourir, Voilà bien pourquoi, d'une certaine manière, c'est comme si nous étions mort-nés, Cessez donc d'ergoter inutilement, dit la jeune fille aux lunettes teintées, je ne peux pas aller là-bas toute seule, mais si nous commençons à revenir sur ce que nous avons dit je me couche dans mon lit et je me laisse mourir, Seule mourra la personne dont les jours sont comptés et personne d'autre, dit le médecin, et élevant la voix il demanda, Que ceux qui sont décidés à aller là-bas lèvent la main, voilà ce qui se passe quand on ne réfléchit pas à deux fois avant d'ouvrir la bouche, à quoi bon leur demander de lever la main puisqu'il n'y a personne pour compter, et pour dire ensuite, Nous sommes treize, auquel cas une nouvelle discussion éclaterait inévitablement pour décider ce qui serait le plus correct à la lumière de la logique, demander à un autre volontaire de se présenter pour neutraliser la guigne grâce à une adjonction, ou l'éviter grâce à une soustraction, en tirant au sort la personne qui devra se retirer. Certains avaient levé la main sans grande conviction, dans un mouvement qui trahissait l'hésitation et le doute, soit qu'ils fussent conscients du danger auquel ils allaient s'exposer, soit parce qu'ils s'étaient aperçus de l'absurdité de l'ordre. Le médecin rit, Quelle sottise de vous demander de lever la main, nous allons procéder différemment, que ceux qui ne peuvent pas ou ne veulent pas aller là-bas se retirent, les autres resteront ici pour mettre au point un plan d'action. Il y eut des remuements, des pas, des murmures, des soupirs, les faibles et les timorés sortirent peu à peu, l'idée du médecin était à la fois excellente et généreuse, il serait moins facile ainsi de savoir qui avait été là et qui n'était plus là. La femme du médecin compta ceux qui restèrent, ils étaient au nombre de dix-sept, y compris elle et son mari. Du premier dortoir côté droit il y avait le vieillard au bandeau noir, l'aide-pharmacien, la jeune fille aux lunettes teintées, et dans les autres dortoirs les volontaires étaient tous des hommes, à l'exception de la femme qui avait dit, Là où tu iras j'irai, elle aussi est ici. Ils se mirent en rang le long de la travée et le médecin les compta, Dix-sept, nous sommes dix-sept,

Nous sommes peu nombreux, dit l'aide-pharmacien, nous n'arriverons à rien, Le front d'attaque, s'il m'est permis d'employer ce langage plutôt militaire, devra être étroit, dit le vieillard au bandeau noir, car c'est la largeur d'une porte qui nous attend, et si nous étions plus nombreux, ça ne ferait que compliquer les choses, Ils tireraient dans le tas, renchérit quelqu'un, et finalement tous parurent contents d'être peu nombreux.

Nous connaissons déjà leurs armes, ce sont des fers arrachés aux lits, qui serviront aussi bien de levier que de lance, selon que se précipiteront au combat des sapeurs ou des troupes d'assaut. Le vieillard au bandeau noir, qui possédait apparemment quelques notions de tactique remontant à sa jeunesse, déclara qu'il serait bon qu'ils restent toujours ensemble et tournés dans la même direction, car c'était la seule façon de ne pas s'attaquer les uns les autres, et qu'ils devaient avancer dans le silence le plus absolu pour que l'attaque ait l'effet de surprise escompté, Déchaussons-nous, dit-il, Après, nous aurons du mal à retrouver chacun nos chaussures, dit quelqu'un, et un autre rétorqua, Les chaussures en trop seront de vraies chaussures de défunt, sauf que cette fois il y aura toujours quelqu'un pour en faire son profit, Qu'est-ce que c'est que cette histoire de chaussures de défunt, C'est un dicton, attendre des chaussures de défunt signifie ne plus rien attendre, Pourquoi, Parce que les chaussures avec lesquelles on enterrait les morts étaient en carton, j'imagine que ça suffisait, car l'âme n'a pas de pieds, que l'on sache, Autre chose encore, interrompit le vieillard au bandeau noir, en arrivant là-bas, six d'entre nous, les six qui se sentiront le plus de courage, pousseront les lits de toutes leurs forces à l'intérieur pour que nous puissions tous entrer, Mais alors nous devrons lâcher nos fers, Ça ne sera pas nécessaire, à mon avis ils nous seront même utiles si nous nous en servons verticalement. Il fit une pause puis reprit, une note sombre dans la voix, Surtout ne nous séparons pas, si nous nous séparons nous sommes des hommes morts, Et des femmes mortes, dit la jeune fille aux lunettes teintées, n'oublie pas les femmes, Tu viens, toi aussi, demanda le vieillard au bandeau noir, je préférerais que tu ne viennes pas, Et pourquoi pas, peut-on le savoir, Tu es bien jeune, Ici, l'âge ne compte pas, ni le sexe, par conséquent n'oublie pas les

191

femmes, Non, je ne les oublie pas, la voix avec laquelle le vieillard au bandeau noir prononça ces paroles semblait appartenir à un autre dialogue, en revanche les mots suivants étaient parfaitement à leur place, Au contraire, je donnerais tout pour que l'une de vous puisse voir ce que nous ne voyons pas, nous conduire sur le bon chemin, guider la pointe de nos fers vers la gorge des scélérats avec autant de sûreté que l'autre femme, Ce serait trop demander, une fois n'est pas coutume, d'ailleurs qui nous dit qu'elle n'a pas perdu la vie là-bas, en tout cas on n'a plus entendu parler d'elle, rappela la femme du médecin, Les femmes ressuscitent les unes dans les autres, les honnêtes ressuscitent dans les putains, les putains dans les honnêtes, dit la jeune fille aux lunettes teintées. Puis un grand silence se fit, pour les femmes tout avait été dit, les hommes devraient chercher leurs mots mais ils savaient d'avance qu'ils ne seraient pas capables de les trouver.

Ils sortirent en file indienne, les six plus forts devant, comme convenu, le médecin et l'aide-pharmacien parmi eux, puis venaient les autres, chacun armé d'un fer de lit, brigade de lanciers sordides et déguenillés, en traversant le vestibule l'un d'eux laissa échapper son fer qui résonna sur le dallage comme une rafale de mitraillette, si les scélérats ont entendu le boucan et s'ils se rendent compte de nos intentions, nous sommes cuits. Sans prévenir quiconque, pas même son mari, la femme du médecin courut devant, regarda le long du corridor, puis tout doucement, rasant le mur, elle s'approcha de l'entrée du dortoir et tendit l'oreille, les voix à l'intérieur ne semblaient pas alarmées. Elle s'empressa de transmettre ce renseignement et l'avance reprit. Malgré la lenteur et le silence avec lesquels l'armée se déplaçait, les occupants des deux dortoirs situés dans le bastion des scélérats et qui étaient au courant de ce qui allait se passer s'approchaient des portes pour mieux entendre le cri de guerre imminent, et certains, plus nerveux, excités par l'odeur de poudre qui n'avait pas encore explosé, décidèrent au dernier moment d'accompagner le groupe, alors que d'autres, peu nombreux, retournèrent s'armer, ils n'étaient plus dix-sept, ils étaient au moins le double, ce renfort n'eût certainement pas été du goût du vieillard au bandeau noir, mais il ne sut jamais qu'il commandait deux régiments au lieu d'un seul. Par les rares fenêtres donnant sur la cour intérieure entrait une dernière clarté, grise, moribonde, qui déclinait rapidement, glissant déjà vers le puits noir et profond que serait cette nuit-là. En dehors de l'irrémédiable tristesse causée par la cécité dont inexplicablement ils continuaient à souffrir, les aveugles, c'était au moins cela de gagné, étaient à l'abri des mélancolies déprimantes produites par ces altérations atmosphériques et d'autres du même genre, responsables de façon avérée d'innombrables actes de désespoir dans les temps lointains où les gens avaient encore des yeux pour voir. Quand ils arrivèrent devant la porte du dortoir maudit, l'obscurité était déjà telle que la femme du médecin ne put voir qu'il n'y avait déjà plus quatre mais bien huit lits qui constituaient la barrière, laquelle avait doublé entre-temps à l'instar des attaquants, mais avec des conséquences immédiates qui seront pires pour eux, comme ils ne tarderont pas à s'en apercevoir. La voix du vieillard au bandeau noir se fit entendre en un cri, Maintenant, fut l'ordre, le classique A l'attaque ne lui vint pas à l'esprit, ou alors il aura trouvé ridicule de traiter avec tant de considération militaire une barrière faite de grabats infects, fourmillants de puces et de punaises, avec des matelas pourris par la sueur et l'urine, des couvertures comme des serpillières, non plus grises, mais de toutes les couleurs dont la répugnance est capable de se vêtir, la femme du médecin savait cela d'avant, car maintenant elle ne pouvait voir, elle ne s'était même pas aperçue du renforcement de la barricade. Les aveugles avancèrent comme des archanges ceints de leur propre splendeur, ils se lancèrent contre l'obstacle en brandissant bien haut leurs fers comme cela leur avait été recommandé, mais les lits ne bougèrent pas, il est vrai que les forces de ces hercules-là ne dépassaient guère celles des faibles qui venaient derrière et ils avaient du mal à tenir leur lance, ressemblant en cela à l'homme qui a porté une croix sur son dos et qui doit maintenant attendre qu'on le hisse sur elle. Le silence était rompu, les gens au-dehors criaient, les gens au-dedans eux aussi s'étaient mis à crier, probablement que personne jusqu'à ce jour n'aura remarqué combien les cris des aveugles sont terribles, on a l'impression qu'ils crient sans savoir pourquoi, on a envie de leur dire de se taire et on finit vite par crier aussi, il ne reste plus qu'à devenir aveugle aussi mais

ce jour viendra. Sur ces entrefaites, les uns criant parce qu'ils attaquaient, les autres parce qu'ils se défendaient, ceux qui étaient
dehors, désespérés de n'avoir pas réussi à écarter les lits, lâchèrent leurs fers par terre n'importe où et tous comme un seul
homme, du moins ceux qui parvinrent à s'introduire dans l'embrasure de la porte, et ceux qui ne le purent pas poussaient vigou-
reusement le dos de ceux qui les précédaient, tous se mirent à
pousser, à pousser, et ils semblaient sur le point de remporter la
victoire, les lits s'étaient même déplacés un tout petit peu, quand
soudain, sans préavis ni menace, on entendit trois coups de feu,
c'était l'aveugle comptable qui tirait très bas. Deux attaquants
s'écroulèrent blessés, les autres reculèrent précipitamment, pêle-
mêle, ils trébuchaient sur les fers et tombaient, comme fous les
murs du corridor répercutaient les cris, on criait aussi dans les
autres dortoirs. L'obscurité était devenue presque totale, impossible de savoir qui avait été atteint par les balles, on aurait pu, évidemment, crier de loin, Qui est blessé, mais cela ne semblait pas
convenable, il faut traiter les blessés avec respect et considération,
s'en approcher avec compassion, leur poser la main sur le front, si
c'est là que par un hasard malheureux la balle est entrée, puis leur
demander tout bas comment ils se sentent, leur dire que ça n'est
rien, que les brancardiers arrivent, et enfin leur donner de l'eau,
mais seulement s'ils ne sont pas blessés au ventre, comme il est
recommandé expressément dans le manuel de secourisme. Qu'est-
ce qu'on fait maintenant, dit la femme du médecin, il y a deux
blessés par terre. Personne ne lui demanda comment elle savait
qu'il y en avait deux, car enfin il y avait eu trois coups de feu, sans
compter les effets des ricochets, si ricochets il y avait eu. Il faut
aller les chercher, dit le médecin, Le risque est grand, fit remarquer
d'un air découragé le vieillard au bandeau noir, qui avait vu sa
technique d'assaut tourner au désastre, s'ils se rendent compte que
nous sommes là, ils recommenceront à tirer, il s'interrompit et
ajouta avec un soupir, Mais nous devons y aller, je suis prêt, Je
suis des vôtres, dit la femme du médecin, le danger sera moins
grand si nous marchons à quatre pattes, il faut vite les trouver,
avant que dedans ils n'aient le temps de réagir, Je viens aussi, dit
la femme qui avait déclaré il y a peu, Là où tu iras, j'irai, aucun des

présents n'eut l'idée de dire qu'il était très facile de vérifier qui étaient les blessés, attention, les blessés ou les morts, car pour l'instant on ne sait pas encore, il suffirait que tous disent, les uns après les autres, J'irai, Je n'irai pas, les personnes qui se seraient tues seraient les personnes en question.

Les quatre volontaires se mirent donc à ramper, les deux femmes au milieu, un homme de chaque côté, cela se fit comme ça, ils ne se placèrent pas ainsi par courtoisie masculine ou par un instinct chevaleresque de protection des dames, à vrai dire tout dépendrait de l'angle de tir, si l'aveugle comptable s'avisait de tirer encore une fois. Enfin, peut-être qu'il ne se passera rien, le vieillard au bandeau noir avait eu une idée avant qu'ils ne se mettent en route, une idée peut-être meilleure que les premières, et c'était que leurs camarades commencent à parler tous très haut, et même à crier, les raisons ne leur manquent pas d'ailleurs, de façon à couvrir le bruit inévitable de leurs manœuvres, et aussi celui de Dieu sait ce qui pourrait se produire en chemin. Les secouristes arrivèrent à destination en quelques minutes, ils surent qu'ils étaient arrivés avant même d'avoir touché les corps, le sang sur lequel ils se traînaient était comme un messager venu leur dire, J'étais la vie, derrière moi il n'y a plus rien, Mon Dieu, pensa la femme du médecin, que de sang, et c'était la vérité, une vraie mare, les mains et les vêtements collaient au sol comme si planches et dalles étaient couvertes de glu. La femme du médecin se souleva sur les coudes et continua à avancer, les autres avaient fait de même. En tendant les bras ils atteignirent enfin les corps. Les camarades derrière eux faisaient toujours tout le vacarme qu'ils pouvaient, ils étaient maintenant comme des pleureuses en transe. Les mains de la femme du médecin et du vieillard au bandeau noir agrippèrent par les chevilles un de ceux qui étaient tombés, à leur tour le médecin et l'autre femme avaient saisi le deuxième par un bras et une jambe, il fallait maintenant les tirer, sortir rapidement de la ligne de tir. Ce n'était pas facile, il leur faudrait se redresser un peu, puis se mettre à quatre pattes, car c'était la seule façon d'utiliser efficacement le peu de forces qui leur restait. Une balle partit, mais cette fois elle n'atteignit personne. La peur fulminante ne les fit pas fuir, au contraire, elle leur donna l'étincelle d'énergie qui leur manquait. Un instant plus tard ils étaient à l'abri, ils s'étaient rapprochés le plus près possible du mur du côté de la porte du dortoir, seul un tir très oblique pourrait les atteindre, mais il était douteux que l'aveugle comptable fût un expert en balistique, même élémentaire. Ils essayèrent de soulever les corps mais y renoncèrent. Ils ne pouvaient que les traîner, et en même temps, déjà à moitié séché, comme raclé par un racloir, le sang versé et l'autre, encore frais, qui continuait à couler des blessures. C'est qui, demandèrent ceux qui attendaient, Comment pourrions-nous le savoir puisque nous ne voyons pas, dit le vieillard au bandeau noir, Ça ne peut pas continuer comme ça, dit quelqu'un, s'ils décident d'effectuer une sortie nous aurons bien plus que deux blessés, Ou deux morts, dit le médecin, car je ne sens pas leur pouls. Ils transportèrent les corps le long du corridor comme une armée en retraite, arrivés dans le vestibule ils firent une halte, on eût dit qu'ils avaient décidé de camper là, mais la vérité des faits est tout autre, en réalité leurs forces étaient complètement épuisées, Je reste ici, je n'en peux plus. Il est temps de reconnaître que le fait que les aveugles scélérats, auparavant si insolents et agressifs, si facilement et si voluptueusement brutaux, se bornent maintenant à se défendre doit paraître surprenant, ils élèvent des barricades et tirent de l'intérieur sans prendre de risques, comme s'ils avaient peur de se battre sur le champ de bataille, face à face, les yeux dans les yeux. Comme tout dans la vie, ceci aussi a son explication, qui est qu'après la mort tragique du premier chef l'esprit de discipline et le sens de l'obéissance s'étaient relâchés dans le dortoir, l'aveugle comptable ayant commis la grande erreur de penser qu'il lui suffirait de s'emparer du pistolet pour avoir automatiquement le pouvoir en poche, or le résultat fut précisément le contraire, chaque fois qu'il fait feu c'est comme s'il tirait par la culasse, en d'autres termes chaque balle tirée est une fraction d'autorité perdue, nous attendons maintenant de voir ce qui se passera quand toutes les munitions seront épuisées. De même que l'habit ne fait pas le moine, de même le sceptre ne fait pas le roi, c'est là une vérité qu'il convient de ne pas oublier. Et s'il est vrai qu'à présent c'est l'aveugle comptable qui brandit le sceptre royal, on est tenté de dire que le roi, bien que mort, bien qu'enterré dans le dortoir, et mal enterré, à peine dans trois empans de sol, continue à être présent, et même très présent, à cause de sa très forte odeur. Entre-temps la lune s'était levée. Une clarté diffuse et grandissante entre par la porte du vestibule qui donne sur la clôture extérieure, les corps par terre, deux d'entre eux morts, les autres encore vivants, acquièrent lentement un volume, un dessin, une forme, des linéaments, des traits, tout le poids d'une horreur sans nom, alors la femme du médecin comprit que ça n'avait aucun sens, pour autant que ça en ait jamais eu un, de continuer à faire semblant d'être aveugle, il est évident qu'il n'y a plus de salut pour personne ici, c'est ça aussi la cécité, vivre dans un monde d'où tout espoir s'est enfui. Elle pouvait donc dire qui étaient les morts, il y avait l'aide-pharmacien et l'homme qui avait dit que les aveugles tireraient dans le tas, d'une certaine façon tous deux avaient eu raison, Et abstenez-vous de me demander comment je sais qui ils sont, la réponse est simple, je vois. Certains des présents le savaient et n'avaient rien dit, d'autres le soupçonnaient depuis un certain temps et voyaient leurs soupçons confirmés, l'indifférence des autres fut inattendue, pourtant, en y réfléchissant bien, elle ne devrait pas nous étonner, à tout autre moment la révélation eût provoqué une effervescence considérable, une commotion effrénée, quelle chance tu as, comment as-tu réussi à échapper au désastre universel, quelles gouttes te mets-tu donc dans les yeux, donne-moi l'adresse de ton médecin, aide-moi à sortir de cette prison, en ce moment précis cela n'avait pas d'importance, dans la mort la cécité est pareille pour tous. Mais ils ne pouvaient plus continuer comme ça, sans aucune défense, même les fers de lits étaient restés là-bas, leurs poings ne leur seraient d'aucun secours. Guidés par la femme du médecin, ils traînèrent les cadavres dehors sur le perron et les laissèrent là sous la lune, sous la blancheur laiteuse de l'astre, blancs extérieurement, enfin noirs en dedans. Retournons dans les dortoirs, dit le vieillard au bandeau noir, nous verrons plus tard comment nous organiser. Folles paroles auxquelles personne ne prêta attention. Ils ne s'étaient pas divisés en groupes selon leurs origines, ils s'étaient rencontrés et reconnus en chemin, les uns en allant vers l'aile gauche, les autres vers l'aile droite, la femme du médecin et celle qui avait dit, Là où tu iras, j'irai étaient venues ensemble jusqu'ici, ce n'était pas cette idée qu'elle avait en tête à l'instant précis, pas du tout, mais elle ne voulut pas en parler, les serments ne sont pas toujours tenus, parfois par faiblesse, d'autres fois à cause d'une force supérieure que l'on n'avait pas prise en considération.

Une heure passa, la lune se leva, la faim et la peur chassent le sommeil, personne ne dort dans les dortoirs. Mais ce ne sont pas les seules raisons. A cause de l'excitation de la bataille récente, désastreusement perdue, ou à cause de quelque chose d'indéfinissable qui agite l'air, les aveugles sont inquiets. Personne ne se hasarde à sortir dans les corridors, mais chaque dortoir est comme une ruche peuplée uniquement de bourdons, insectes bourdonnants comme chacun sait, peu amis de l'ordre et de la méthode, il ne semble pas qu'ils se soient jamais préoccupés le moins du monde de l'avenir, encore qu'il serait injuste de traiter les aveugles, ces pauvres malheureux, de profiteurs et de pique-assiettes, profiteurs de quelles miettes, pique-assiettes de quelles assiettes, il faut se méfier des comparaisons et ne pas en user à la légère. Toutefois, il n'est de règle qui n'ait son exception, et cette maxime fut confirmée ici en la personne d'une femme qui, à peine rentrée dans son dortoir, le deuxième du côté droit, se mit à fourrager parmi ses affaires jusqu'à trouver un petit objet qu'elle serra dans sa paume, comme si elle voulait le dérober à la vue d'autrui, les vieilles habitudes ont la vie dure, même quand on les croyait définitivement abandonnées. Ici où devrait régner la règle du un pour tous et tous pour un, nous avons pu voir comment les forts ont retiré cruellement le pain de la bouche des faibles, et cette femme qui s'est souvenue qu'elle avait un briquet dans son sac de nuit, si elle ne l'a pas perdu au milieu de tout ce remue-ménage, le chercha fébrilement, et la voilà qui le cache jalousement, comme s'il était la condition même de sa survie, elle ne songe pas qu'un de ses compagnons d'infortune a peut-être une dernière cigarette qu'il ne peut pas fumer, faute de l'indispensable petite flamme. D'ailleurs il n'aura pas le temps de lui demander du feu. La femme est sortie sans dire un mot, ni au revoir, ni à bientôt, elle s'engage dans le corridor désert, passe devant la porte du premier dortoir, personne à l'intérieur ne s'est rendu compte de son passage, elle traverse le vestibule, la lune en descendant a dessiné et peint un étang de lait sur les dalles du sol, maintenant la femme est dans l'autre aile, de nouveau un corridor, sa destination est là-bas tout au bout, en ligne droite, rien n'obstrue son chemin. D'ailleurs elle entend des voix qui l'appellent, façon de parler figurée, ce qui parvient à ses oreilles c'est le vacarme des scélérats du dernier dortoir qui fêtent leur victoire militaire par des agapes, pardonnez l'exagération intentionnelle, car n'oublions pas que tout est relatif dans la vie, ils mangent et boivent simplement ce qu'ils ont et vive la franche lippée, les autres aimeraient bien y planter les dents mais c'est impossible, car entre l'assiette et eux il y a une barricade de huit lits et un pistolet chargé. La femme est à genoux à l'entrée du dortoir, tout contre les lits, elle tire lentement les couvertures à l'extérieur, puis elle se met debout, fait de même pour le lit au-dessus, également pour le troisième, son bras n'est pas assez long pour atteindre le quatrième, cela n'a pas d'importance, les traînées de poudre sont préparées, il ne reste plus qu'à y bouter le feu. Elle se souvient encore de la façon dont elle devra régler le briquet pour produire une flamme longue, la voici qui s'élève, petit poignard de lumière, vibrant comme une pointe de ciseaux. Elle commence par le lit du haut, la flamme lèche laborieusement la crasse des étoffes, finit par prendre, puis le lit du milieu, puis celui du bas, la femme a senti l'odeur de ses propres cheveux roussis, il faut qu'elle fasse attention, c'est elle qui met le feu au bûcher, pas elle qui doit mourir, elle entend les cris des scélérats à l'intérieur et pense, Et s'ils ont de l'eau, s'ils réussissent à éteindre, alors, désespérée, elle se glissa sous le premier lit, promena le briquet le long du matelas, ici, là, les flammes soudain se multiplièrent, se transformèrent en un unique rideau ardent, un jet d'eau les traversa, s'en vint tomber sur la femme, mais inutilement, car maintenant c'était son corps qui alimentait le brasier. Comment ça va-t-il là-dedans, personne ne peut se hasarder à entrer, mais l'imagination doit bien nous servir à quelque chose, le feu bondit avec célérité d'un lit à l'autre, il a envie de se coucher dans tous simultanément, et il y parvient, les scélérats ont gaspillé à tort et à travers le peu d'eau qu'ils avaient encore, ils tentent à présent d'atteindre les fenêtres, ils grimpent en équilibre précaire sur les tables de nuit que le feu n'a pas encore léchées, mais soudain le feu est là, ils glissent, tombent, le feu est là, et avec la violence de la chaleur les vitres commencent à éclater, à se briser en mille morceaux, l'air frais entre en sifflant et attise l'incendie, ah oui, n'oublions pas les cris de colère et de peur, les hurlements de douleur et d'agonie, mais précisons, remarquez-le, qu'ils deviendront de plus en plus faibles, la femme au briquet, par exemple, s'est tue depuis longtemps.

A ce stade, les autres aveugles fuient épouvantés dans les corridors envahis par la fumée, Il y a le feu, il y a le feu, crient-ils, et on peut observer sur le vif comme ces rassemblements humains dans des asiles, des hôpitaux et des hospices de fous ont été mal conçus et mal aménagés, observez comme chaque grabat, à lui tout seul, avec son armature de fers pointus, peut se transformer en un piège mortel, voyez les conséquences terribles de la présence d'une seule porte dans des dortoirs prévus pour quarante personnes, sans compter celles qui dorment par terre, si le feu arrive là d'abord et obstrue la sortie, personne ne peut en réchapper. Heureusement, l'histoire humaine l'a montré, il n'est pas rare qu'un malheur engendre un bonheur, on parle moins des malheurs engendrés par des bonheurs, les contradictions de notre monde sont ainsi, certaines méritent plus de considération que d'autres, dans ce cas-ci le bonheur fut précisément que les dortoirs n'aient qu'une seule porte, grâce à quoi le feu qui consuma les scélérats mit beaucoup de temps à se propager, et si la confusion ne s'aggrave pas nous n'aurons peut-être pas à déplorer d'autres pertes de vies humaines. Évidemment, nombreux sont les aveugles à être piétinés, bousculés, bourrés de coups de poing, c'est l'effet de la panique, un effet naturel, pourrait-on dire, la nature animale est ainsi, la nature végétale ne se comporterait pas autrement si elle n'avait pas toutes ces racines pour la retenir au sol, quel beau spectacle ce serait de voir les arbres de la forêt fuir l'incendie. Le refuge constitué par la partie intérieure de la clôture fut utilisé par des aveugles qui eurent l'idée d'ouvrir les fenêtres des corridors qui donnaient sur elle. Ils sautèrent, trébuchèrent, tombèrent, ils pleurent, ils crient mais pour l'instant ils sont sains et saufs, espérons que le feu, lorsqu'il fera s'écrouler le toit et qu'il projettera dans l'air et dans le vent un volcan de flamm-mèches et de tisons ardents, n'aura pas la mauvaise idée de se propager à la ramure des arbres. Dans l'autre aile, la peur se manifeste de façon identique, il suffit qu'un aveugle hume la fumée pour s'imaginer que le feu est à côté de lui, ce qui n'est pas forcément vrai, en peu de temps le corridor fut bondé, si quel-qu'un ne met pas un peu d'ordre dans tout ça, nous allons être en pleine tragédie. Tout à coup, quelqu'un se souvient que la femme du médecin a encore des yeux qui voient, Où est-elle, demande-t-on, qu'elle nous dise donc un peu ce qui se passe, où nous devons aller, où est-elle, Je suis ici, je viens tout juste de réussir à sortir du dortoir, c'est la faute du garçonnet louchon, personne ne savait où il s'était fourré, maintenant il est ici, je le tiens solide-ment par la main, il faudrait m'arracher le bras pour que je le lâche, de l'autre main je tiens celle de mon mari, puis vient la jeune fille aux lunettes teintées, puis le vieillard au bandeau noir, ils ne sont jamais l'un sans l'autre, puis le premier aveugle, puis sa femme, tous ensemble, serrés comme une pomme de pin que pas même cette chaleur n'ouvrira, je l'espère. Pendant ce temps, plusieurs aveugles de cette aile avaient suivi l'exemple de ceux de l'autre aile et avaient sauté dehors, vers la clôture intérieure, ils ne peuvent pas voir que la majeure partie du bâtiment de l'autre côté n'est plus qu'un brasier mais ils sentent sur leur visage et sur leurs mains le souffle ardent qui vient de là-bas, pour l'instant le toit tient encore, les feuilles des arbres lentement se recroquevillent. Alors quelqu'un cria, Qu'est-ce que nous fai-sons ici, pourquoi ne sortons-nous pas, la réponse qui vint du milieu de cette mer de têtes n'eut besoin que de quatre mots, Les soldats sont là-bas, mais le vieillard au bandeau noir dit, Plutôt mourir d'une balle que brûlés vifs, cela semblait la voix de l'ex-périence, peut-être ce ne fut pas lui qui parla mais, par sa bouche, la femme au briquet, qui n'eut pas la chance d'être touchée par la dernière balle tirée par l'aveugle comptable. La femme du méde-cin dit, Laissez-moi passer, je vais aller parler aux soldats, ils ne peuvent pas nous laisser mourir ainsi, les soldats aussi ont des

sentiments. Grâce à l'espoir que les soldats aussi aient des sentiments, un étroit canal put s'ouvrir dans la mêlée où la femme du
médecin avança avec peine, suivie de son groupe. La fumée lui
brouillait la vue, bientôt elle serait aussi aveugle que les autres.
Dans le vestibule on pouvait à peine se frayer un chemin. Les
portes qui donnaient sur la clôture avaient été enfoncées, les
aveugles qui s'étaient réfugiés là se rendirent vite compte que
l'endroit n'était pas sûr, ils voulaient sortir, se poussaient, mais
les gens de l'autre côté résistaient, s'arc-boutaient comme ils pouvaient, pour l'instant la peur de se montrer aux soldats l'emportait
encore en eux, mais quand leurs forces fléchiraient, quand le feu
s'approcherait, le vieillard au bandeau noir avait raison, mieux
vaudrait mourir d'une balle. Il ne fut pas nécessaire d'attendre
aussi longtemps, la femme du médecin avait enfin réussi à sortir
sur le perron, elle était pratiquement à moitié nue, car comme ses
deux mains étaient occupées elle n'avait pas pu se défendre
contre ceux qui cherchaient à se joindre au petit groupe qui avançait et à prendre pour ainsi dire le train en marche, les soldats
seraient bouche bée quand elle se présenterait devant eux le sein à
demi dénudé. Ce n'était plus la lune qui éclairait le vaste espace
vide qui s'étendait jusqu'au portail, mais la lueur violente de
l'incendie. La femme du médecin cria, S'il vous plaît, pour votre
bonheur à tous, laissez-nous sortir, ne tirez pas. Personne ne
répondit. Le projecteur était toujours éteint, aucune silhouette ne
se mouvait. La femme du médecin descendit deux marches, toujours craintivement, Que se passe-t-il, demanda son mari, mais
elle ne répondit pas, elle ne pouvait en croire ses yeux. Elle descendit les dernières marches, se dirigea vers le portail, remor-
quant toujours derrière elle le garçonnet louchon, son mari et le
reste de la compagnie, cela ne faisait plus aucun doute, les soldats étaient partis, ou alors on les avait emmenés, aveugles eux
aussi, tous enfin aveugles.
Alors, pour simplifier, tout arriva en même temps, la femme du
médecin annonça d'une voix forte qu'ils étaient libres, la toiture
de l'aile gauche s'effondra dans un vacarme épouvantable au
milieu d'une pluie de flammes qui se répandaient de toute part,
les aveugles se précipitèrent vers la clôture en hurlant, certains

ne le purent pas et restèrent à l'intérieur, écrasés contre les murs, d'autres furent piétinés et se transformèrent en une masse informe et sanguinolente, le feu qui soudain s'était propagé partout fera de tout cela des cendres. Le portail est grand ouvert, les fous sortent.

L'on dit à un aveugle, Tu es libre, la porte qui le séparait du monde s'ouvre, Va, tu es libre, lui dit-on de nouveau, et il ne bouge pas, il reste immobile au milieu de la rue, lui et tous les autres, ils sont effrayés, ils ne savent pas où aller, et c'est parce qu'il n'y a aucune comparaison entre vivre dans un labyrinthe rationnel comme l'est par définition un hospice de fous et s'aventurer sans la main d'un guide ou sans laisse de chien dans le labyrinthe dément de la ville où la mémoire ne sera d'aucun secours puisqu'elle sera tout juste capable de montrer l'image des lieux et non le chemin pour y parvenir. Plantés devant l'édifice maintenant en flammes d'une extrémité à l'autre, les aveugles sentent sur leur visage les ondes vives de la chaleur de l'incendie, pour eux elles sont une sorte de protection, comme les murs auparavant, à la fois prison et abri. Ils restent ensemble, serrés les uns contre les autres à la façon d'un troupeau, personne ne veut être la brebis égarée, car ils savent par avance qu'aucun berger n'ira les chercher. Le feu diminue peu à peu, de nouveau la lune verse sa lumière, les aveugles commencent à s'agiter, Nous ne pouvons pas rester là éternellement, dit l'un d'eux. Quelqu'un demanda s'il faisait jour ou nuit, la raison de cette curiosité incongrue fut connue aussitôt, On viendra peut-être nous apporter à manger, qui sait s'il n'y a pas eu une erreur ou un retard, c'est déjà arrivé plusieurs fois, Mais les soldats ne sont plus là, Ça ne veut rien dire, ils sont peut-être partis parce qu'ils n'étaient plus nécessaires, Je ne comprends pas, Par exemple, parce qu'il n'y a plus de danger de contagion, Ou parce qu'on a découvert le remède à notre maladie, Ça serait formidable, ça oui, Qu'est-ce qu'on fait, Moi je reste ici jusqu'à ce qu'il fasse jour, Et comment sauras-tu qu'il fait jour, A cause du soleil, de la chaleur du soleil, Si le ciel n'est pas couvert, A force d'attendre il finira bien par faire jour. Épuisés, de nombreux aveugles s'étaient assis par terre, d'autres, encore plus affaiblis, s'étaient tout simplement laissés tomber, quelques-uns s'étaient évanouis, la fraîcheur de la nuit les fera probablement revenir à eux, mais nous pouvons être certains qu'au moment de lever le camp certains de ces malheureux ne se relèveront pas, ils avaient tenu jusqu'ici, comme le coureur de marathon qui s'est effondré trois mètres avant le poteau d'arrivée, en définitive ce qui est clair c'est que toutes les vies s'achèvent prématurément. Les aveugles qui attendent toujours que les soldats, ou d'autres à leur place, la Croix-Rouge, éventuellement, leur apportent des victuailles et les autres réconforts indispensables à la vie s'étaient eux aussi assis ou couchés et pour eux la déception arrivera un peu plus tard, c'est la seule différence. Et si quelqu'un ici croit qu'un remède à notre cécité a été découvert, il n'en paraît pas plus heureux pour autant.

La femme du médecin pensa pour d'autres raisons, et elle le dit à son groupe, qu'il vaudrait mieux attendre la fin de la nuit, Le plus urgent, à présent, c'est de trouver de la nourriture, et dans le noir ça ne sera pas facile, Tu as une idée de l'endroit où nous sommes, demanda son mari, Plus ou moins, Loin de chez nous, Assez loin. Les autres aussi voulurent savoir à quelle distance se trouvait leur maison, ils donnèrent leur adresse et la femme du médecin le leur expliqua grosso modo, le garçonnet louchon ne se souvenait pas de son adresse, ça n'a rien d'étonnant, ça fait un bon bout de temps qu'il a cessé de réclamer sa mère. S'ils allaient de maison en maison, de la plus proche à la plus éloignée, la première serait celle de la jeune fille aux lunettes teintées, la deuxième celle du vieillard au bandeau noir, puis celle de la femme du médecin et enfin celle du premier aveugle. Ils suivront certainement cet itinéraire car la jeune fille aux lunettes teintées a déjà demandé à être conduite chez elle dès que cela sera possible, Je ne sais pas dans quel état je trouverai mes parents, dit-elle, et cette préoccupation sincère montre combien sont dépourvus de fondement les préjugés de ceux qui nient l'existence de sentiments forts, y compris le sentiment filial, dans les cas malheureusement abondants de comportements erratiques, notamment sur le plan de la moralité publique. La nuit devint plus fraîche, l'incendie n'a désormais plus grand-chose à brûler, la chaleur qui se dégage encore du brasier ne suffit pas à réchauffer les aveugles transis qui se trouvent le plus loin de l'entrée, comme c'est le cas de la femme du médecin et de son groupe. Ils sont assis les uns tout contre les autres, les trois femmes et le garçonnet au milieu, les trois hommes autour, celui qui les apercevrait dirait qu'ils sont nés ainsi, car ils semblent vraiment ne former qu'un seul corps, une seule respiration et une seule faim. L'un après l'autre, ils s'endormirent d'un sommeil léger dont ils se réveillèrent sans doute plusieurs fois car des aveugles sortaient de leur torpeur, se levaient et tels des somnambules trébuchaient sur ce monticule humain, l'un d'eux décida même de ne pas bouger, ça lui était égal de dormir là plutôt qu'ailleurs. Quand le jour se leva, seules quelques colonnes de fumée ténue s'élevaient des décombres, mais elles ne durèrent pas longtemps, car il commença vite à pleuvoir, une petite bruine, une simple poussière d'eau, mais persistante cette fois, au début elle ne réussissait même pas à toucher le sol brûlant, elle se transformait aussitôt en vapeur, mais en s'acharnant, on le sait, petite pluie abat grand vent, que quelqu'un d'autre trouve donc la rime. Certains de ces aveugles ne sont pas seulement aveugles des yeux, ils sont aussi aveugles de l'entendement, car comment expliquer autrement le raisonnement tortueux qui les mena à conclure que puisqu'il pleuvait la nourriture tant désirée ne viendrait pas. Il n'y eut pas moyen de les convaincre que la prémisse était erronée et que donc la conclusion devait l'être aussi, il ne servit à rien de leur dire que ce n'était pas encore l'heure du petit déjeuner, désespérés ils se jetèrent par terre en pleurant, Ils ne viendront pas, il pleut, ils ne viendront pas, répétaient-ils, si ces ruines pitoyables avaient été encore le moins du monde habitables, elles seraient redevenues l'asile d'aliénés qu'elles étaient avant.

L'aveugle qui était resté sur place la nuit après avoir trébuché ne put pas se relever. Pelotonné en boule comme s'il voulait préserver la dernière chaleur de son ventre, il ne bougea pas quand la

pluie se mit à tomber plus fort. Il est mort, dit la femme du médecin, et nous, nous ferions mieux de partir d'ici tant que nous en
avons encore la force. Ils se levèrent péniblement, chancelant,
pris de vertiges, se cramponnant les uns aux autres, puis ils se
placèrent à la queue leu leu, d'abord la femme qui a des yeux qui
voient, puis ceux qui ayant des yeux ne voient pas, la jeune fille
aux lunettes teintées, le vieillard au bandeau noir, le garçonnet
louchon, la femme du premier aveugle, son mari, le médecin
ferme la marche. Le chemin qu'ils prirent mène au centre de la
ville, mais telle n'est pas l'intention de la femme du médecin qui
veut trouver rapidement un endroit où laisser à l'abri ceux qui
la suivent pour aller seule en quête de nourriture. Les rues sont
désertes car il est encore tôt, ou à cause de la pluie, qui tombe de
plus en plus fort. Il y a des ordures partout, les portes de certains
magasins sont ouvertes mais la majorité des magasins sont fermés, il n'y a personne dedans, semble-t-il, pas de lumière. La
femme du médecin se dit que ce serait une bonne idée de laisser
ses compagnons dans un de ces magasins, prenant bonne note du
nom de la rue, du numéro de la porte, pour être bien sûre de les
retrouver au retour. Elle s'arrêta et dit à la jeune fille aux lunettes
teintées, Attendez-moi ici, ne bougez pas, elle alla regarder par
la porte vitrée d'une pharmacie, il lui sembla apercevoir des
silhouettes couchées à l'intérieur, elle frappa à la vitre, une
des ombres bougea, elle se remit à frapper, d'autres silhouettes
remuèrent lentement, une personne se leva en tournant la tête
dans la direction d'où venait le bruit, Ils sont tous aveugles, pensa
la femme du médecin, mais elle ne comprit pas pourquoi ils se
trouvaient là, c'était peut-être la famille du pharmacien, mais, s'il
en était ainsi, pourquoi n'étaient-ils pas dans leur propre appartement, plus confortable qu'un sol dur, à moins qu'ils ne gardent
l'établissement, mais contre qui, surtout si l'on pense à la nature
des marchandises, qui peuvent aussi bien sauver que tuer. Elle
s'éloigna de là, un peu plus loin elle scruta l'intérieur d'un autre
magasin, y aperçut d'autres personnes couchées, des femmes, des
hommes, des enfants, certains semblaient sur le point de sortir,
l'un d'eux vint même jusqu'à la porte, tendit le bras dehors et dit,
Il pleut, Fort, demanda-t-on à l'intérieur, Oui, il faudra attendre

de voir si elle se calme, l'homme, car c'était un homme, était à deux pas de la femme du médecin, il n'avait pas senti sa présence et sursauta quand elle dit, Bonjour, l'habitude de dire bonjour s'était perdue, non seulement parce qu'un jour d'aveugle, au sens propre du mot, n'était jamais bon, mais aussi parce que l'on ne pouvait jamais être entièrement sûr que le jour n'était pas le soir ou la nuit, et si maintenant, en contradiction apparente avec ce qui vient d'être dit, ces gens se réveillent plus ou moins en même temps que le matin, c'est parce que certains sont devenus aveugles il y a quelques jours seulement et qu'ils n'ont pas encore entièrement perdu le sens de la succession des jours et des nuits, du sommeil et de la veille. L'homme dit, Il pleut, puis, Qui êtes-vous, Je ne suis pas d'ici, Vous cherchez de la nourriture, Oui, ça fait quatre jours que nous n'avons pas mangé, Et comment savez-vous que ça fait quatre jours, C'est un calcul, Vous êtes seule, Je suis avec mon mari et des camarades, Combien êtes-vous, Sept en tout, Si vous envisagez de vous joindre à nous, ôtez-vous cette idée de la tête, nous sommes déjà très nombreux, Nous sommes juste de passage, D'où venez-vous, Nous avons été internés depuis que la cécité a commencé, Ah oui, la quarantaine, elle n'a servi à rien, Pourquoi dites-vous ça, On vous a laissés sortir, Il y a eu un incendie et nous nous sommes aperçus que les soldats qui nous surveillaient avaient disparu, Et vous êtes sortis, Oui, Vos soldats doivent avoir été parmi les derniers à être devenus aveugles, tout le monde est aveugle, Tout le monde, toute la ville, tout le pays, Si quelqu'un voit encore, il ne le dit pas, il se tait, Pourquoi n'habitez-vous pas chez vous, Parce que je ne sais pas où c'est chez moi, Vous ne le savez pas, Et vous, vous savez où se trouve votre maison, Moi, la femme du médecin allait répondre qu'elle allait là précisément avec son mari et ses camarades, juste le temps de manger un peu pour retrouver des forces, mais au même instant la situation lui apparut dans toute sa clarté, aujourd'hui un aveugle qui sortirait de chez lui ne réussirait à retrouver sa maison que par un miracle, ce n'était pas comme avant, quand les aveugles pouvaient toujours compter sur l'aide d'un passant pour traverser la rue ou pour retrouver leur chemin lorsqu'ils s'étaient écartés par inadvertance de leur itinéraire habituel, Je sais seulement que c'est loin d'ici, dit-elle, Mais vous n'êtes pas capable d'arriver là-bas, Non, Eh bien voyez-vous, c'est exactement ce qui m'arrive, c'est ce qui arrive à tout le monde, vous autres qui avez été en quarantaine vous avez beaucoup à apprendre, vous ne savez pas combien il est facile d'être sans un toit, Je ne comprends pas, Ceux qui sont en groupe, comme nous, comme presque tout le monde, quand ils doivent aller chercher de la nourriture, doivent le faire tous ensemble, c'est la seule façon de ne pas se perdre, et comme nous partons tous ensemble et que personne ne reste pour garder la maison, le plus probable, à supposer que nous la retrouvions, c'est qu'elle sera déjà occupée par un autre groupe qui lui non plus n'aura pas retrouvé sa maison, nous sommes comme une espèce de noria qui tourne sans arrêt, au début il y a eu des rixes, mais nous nous sommes vite aperçus que nous autres aveugles n'avions pour ainsi dire rien qui nous appartienne en propre, en dehors des hardes qui couvrent notre corps, La solution serait de vivre dans un magasin de produits alimentaires, au moins tant qu'ils dureraient on n'aurait pas besoin de sortir, Celui qui ferait ça n'aurait plus une minute de paix, pour ne pas envisager pire, si je dis ça c'est parce qu'on m'a parlé du cas de personnes qui ont essayé de le faire, qui se sont enfermées, qui ont verrouillé les portes mais qui n'ont pas pu faire disparaître l'odeur de nourriture, des gens qui voulaient manger se sont rassemblés dehors, et comme les gens qui étaient à l'intérieur n'ont pas ouvert ils ont mis le feu à la boutique, remède radical, je n'ai pas vu ça mais on me l'a raconté, en tout cas ça a été un remède radical, à ma connaissance plus personne n'a osé faire ça, Et personne n'habite dans les appartements aux étages, Si, mais c'est la même chose, des masses de gens ont dû défiler dans mon appartement, je ne sais si je réussirai à le retrouver un jour, et d'ailleurs, vu la situation, il est beaucoup plus commode de dormir dans un magasin au rez-de-chaussée ou dans un entrepôt, on n'a pas besoin de monter et de descendre d'escalier, Il ne pleut plus, dit la femme du médecin, Il ne pleut plus, répéta l'homme en s'adressant à ceux qui étaient à l'intérieur du magasin. En entendant ces mots, les personnes couchées se levèrent et ramassèrent leurs affaires, sacs à dos, petites valises, sacs en étoffe ou en plastique, comme si elles partaient pour une expédition, et c'était la vérité, elles allaient à la chasse aux produits alimentaires, elles sortirent une à une du magasin, la femme du médecin remarqua qu'elles étaient bien couvertes, même si les couleurs de leurs vêtements juraient entre elles et que leurs pantalons étaient si courts qu'on voyait leurs tibias ou si longs qu'il fallait les rouler en bas, mais le froid ne devait pas pénétrer, certains hommes portaient une gabardine ou un manteau, deux femmes étaient vêtues de longs manteaux de fourrure, mais on ne voyait pas de parapluie, sans doute parce qu'ils étaient malcommodes avec leurs baleines qui vous menaçaient les yeux. Le groupe, une quinzaine de personnes, s'éloigna. D'autres groupes apparurent dans la rue, et aussi des personnes seules, le long des murs des hommes soulageaient l'urgence matinale de leur vessie, les femmes préféraient l'abri des automobiles abandonnées. Amollis par la pluie, des excréments jonchaient la chaussée ici et là.

La femme du médecin revint auprès de son groupe, qui s'était réfugié instinctivement sous l'auvent d'une pâtisserie d'où s'exhalaient des relents de crème surie et d'autres pourritures. Mettons-nous en route, dit-elle, j'ai trouvé un abri, et elle les conduisit dans le magasin d'où les autres étaient sortis. L'aménagement de l'établissement était intact, les marchandises ne se mangeaient pas et ne servaient pas à se vêtir, elles étaient constituées de réfrigérateurs, de lave-linge et de lave-vaisselle, de fourneaux ordinaires et de fours à micro-ondes, de mixeurs, de centrifugeuses, d'aspirateurs, de baguettes magiques, de ces mille et une inventions de l'électroménager destinées à faciliter la vie. L'atmosphère était chargée d'effluves désagréables, la blancheur immaculée des objets en devenait absurde. Reposez-vous ici, dit la femme du médecin, je vais aller chercher de la nourriture, je ne sais pas où, je ne sais pas si j'en trouverai près ou loin, attendez patiemment, des groupes rôdent dehors, si quelqu'un veut entrer, dites que c'est occupé, ça suffira pour qu'ils s'en aillent, c'est la coutume, Je t'accompagne, dit son mari, Non, il vaut mieux que j'y aille seule, nous devons découvrir comment les gens vivent maintenant, d'après ce que j'ai entendu dire tout le monde est devenu aveugle, Alors, dit le vieillard au bandeau noir, c'est comme si nous étions toujours dans l'asile d'aliénés, C'est sans comparaison, nous pouvons nous déplacer à notre guise, et nous finirons bien par trouver à manger, nous ne mourrons pas de faim, il faut aussi que je déniche des vêtements, nous sommes en guenilles, elle-même avait le plus besoin de vêtements, elle avait le haut du corps pratiquement nu. Elle embrassa son mari et au même instant elle sentit son cœur comme transpercé de douleur, Je vous en supplie, quoi qu'il arrive, même si quelqu'un veut entrer, ne quittez pas cet endroit, et si on vous jette dehors, ce qui n'arrivera pas, je pense, mais c'est juste pour prévoir toutes les éventualités, restez près de la porte, ensemble, jusqu'à ce que je revienne. Elle les regarda avec des yeux pleins de larmes, ils dépendaient d'elle comme les petits enfants dépendent de leur mère, Si je disparais, pensa-t-elle, elle ne songea pas que tous dehors étaient aveugles et que pourtant ils vivaient, il faudrait qu'elle devienne aveugle elle-même pour comprendre qu'un être humain s'habitue à tout, surtout s'il a cessé d'être humain, et même s'il n'est pas arrivé à cet extrême, il suffit de voir le garçonnet louchon, par exemple, il ne réclame même plus sa mère. Elle sortit dans la rue, imprima dans sa mémoire le numéro de la porte, le nom du magasin, maintenant elle devait regarder comment s'appelait la rue, là-bas au coin, elle ne savait pas jusqu'où l'amènerait sa quête de nourriture, et quelle nourriture, la trouverait-elle trois portes plus loin ou trois cents portes plus loin, surtout il ne fallait pas qu'elle se perde, il n'y aurait personne à qui demander son chemin, ceux qui voyaient il y a peu étaient devenus aveugles, et elle, qui voyait, ne saurait pas où elle était. Le soleil avait fait irruption, il brillait dans les flaques d'eau entre les détritus, l'on voyait mieux l'herbe qui poussait entre les pavés de la chaussée. Il y avait davantage de monde dehors. Comment font-ils pour s'orienter, se demanda la femme du médecin. Ils ne s'orientaient pas, ils marchaient le long des immeubles en tendant les bras devant eux, ils se cognaient continuellement les uns contre les autres comme les fourmis qui suivent leur route, mais quand ils se heurtaient on n'entendait pas de protestations, personne n'avait besoin de parler, une des familles se décollait du

mur, avançait le long de celle qui venait en sens contraire et pour-
suivait son chemin jusqu'à la prochaine rencontre. De temps en
temps les gens s'arrêtaient à l'entrée d'un magasin et humaient
l'air pour sentir s'il en venait une quelconque odeur de nourriture,
puis ils poursuivaient leur chemin, tournaient au coin d'une rue,
disparaissaient de la vue, peu après un autre groupe surgissait,
il ne semblait pas avoir trouvé ce qu'il cherchait. La femme du
médecin pouvait se déplacer plus rapidement, elle ne perdait pas
de temps à entrer dans des magasins pour savoir s'ils contenaient
des denrées alimentaires, mais elle se rendit compte très vite qu'il
ne serait pas facile de se ravitailler en quantité, les quelques épiceries sur lesquelles elle tomba semblaient avoir été dévorées de
l'intérieur et n'étaient plus que des coquilles vides.

Elle s'était déjà beaucoup éloignée de là où elle avait laissé son
mari et ses compagnons, à force de traverser et de retraverser des
rues, des avenues, des places, quand elle se trouva devant un
supermarché. A l'intérieur, le spectacle n'était guère différent,
étagères vides, vitrines démolies, les aveugles erraient au milieu,
la plupart à quatre pattes, balayant le sol immonde de la main
dans l'espoir d'y trouver encore quelque chose d'utilisable, une
boîte de conserve qui aurait résisté aux coups avec lesquels on
avait tenté de l'ouvrir, un paquet quelconque, peu importe de
quoi, une pomme de terre, même écrasée, un quignon de pain,
même dur comme de la pierre. La femme du médecin pensa, Je
dénicherai bien quelque chose tout de même, l'endroit est
énorme. Un aveugle se releva en gémissant, un tesson de bouteille s'était planté dans son genou, du sang coulait le long de sa
jambe. Les aveugles de son groupe l'entourèrent, Qu'est-ce que
tu as, qu'est-ce que tu as, et il dit, Un bout de verre, dans mon
genou, Lequel, Le gauche. Une femme s'accroupit, Faites attention, il y a peut-être d'autres éclats de verre par terre, elle tâta,
palpa, pour distinguer une jambe de l'autre, Le voilà, dit-elle, il
est tout raide. Un aveugle rit, S'il est tout raide, profites-en, et les
autres aussi se mirent à rire, les femmes comme les hommes, sans
différence. En formant une pince avec le pouce et l'index, geste
naturel qui ne nécessite pas d'apprentissage, la femme extirpa
l'éclat de verre, puis elle banda le genou avec un morceau de

chiffon qu'elle sortit du sac qu'elle portait à l'épaule, et contribua enfin à la bonne humeur générale avec sa propre plaisanterie, Rien à faire, la raideur n'a pas duré, tous rirent et le blessé rétorqua, Quand ça te démangera, on verra qui de nous sera le plus raide, dans ce groupe il n'y a sûrement pas de gens mariés car personne ne se montra scandalisé, ils doivent tous être des gens affranchis ou qui vivent en union libre, à moins que ces deux-là ne soient mariés, justement, ce qui expliquerait leur langage désinvolte, mais vraiment ils n'ont pas l'air d'être mariés, ils ne s'exprimeraient pas comme ça en public. La femme du médecin regarda autour d'elle, ce qu'il y avait encore de mangeable était disputé avec des coups qui se perdaient presque invariablement dans l'air et des bourrades qui ne choisissaient pas entre amis et adversaires, ce qui faisait que parfois l'objet de la querelle leur échappait des mains et gisait par terre, en attendant que quelqu'un trébuche dessus, Ici je ne dégotterai rien, pensa-t-elle, utilisant un mot qui ne faisait pas partie de son vocabulaire habituel, ce qui montre une fois de plus que la force et la nature des circonstances influent beaucoup sur le lexique, il suffit de songer à ce militaire qui répondit merde quand on lui intima de se rendre, absolvant ainsi du délit de mauvaise éducation d'ultérieures exclamations dans des situations moins périlleuses. Ici je ne dégotterai rien, pensa-t-elle une nouvelle fois, et elle s'apprêtait à sortir quand une autre pensée lui traversa providentiellement l'esprit, Dans un établissement comme celui-ci, il doit y avoir un entrepôt, je ne dis pas un grand entrepôt, qui lui doit se trouver dans un autre local, probablement loin d'ici, mais une réserve pour certains produits de consommation plus courante. Excitée par cette idée, elle se mit à la recherche d'une porte fermée, susceptible de la mener à la caverne des trésors, mais toutes étaient ouvertes et à l'intérieur c'était la même dévastation, les mêmes aveugles fourrageant dans les mêmes détritus. Finalement, dans un corridor sombre où la lumière du jour avait du mal à pénétrer, elle aperçut ce qui lui sembla être un monte-charge. Les portes métalliques étaient fermées et à côté il y avait une autre porte, toute plane, une de ces portes qui glissent sur des rails, La cave, pensa-t-elle, les aveugles qui sont arrivés jusqu'ici ont trouvé la voie bouchée, ils se seront sans doute rendu compte qu'il s'agissait d'un ascenseur, mais personne n'avait pensé que d'habitude il y avait aussi un escalier, en cas de panne d'électricité, par exemple, comme en ce moment. Elle poussa la porte coulissante et reçut presque simultanément deux impressions très fortes, la première, causée par l'obscurité profonde dans laquelle elle devrait descendre pour parvenir au sous-sol, puis l'odeur très particulière des comestibles, même quand ils sont enfermés dans des récipients dits hermétiques, et c'est parce que la faim a toujours eu un odorat très subtil, un flair qui traverse toutes les barrières, comme les chiens. Elle retourna vite sur ses pas pour ramasser parmi les ordures les sacs en plastique dont elle aurait besoin pour transporter la nourriture et elle se demandait, Sans lumière, comment saurai-je ce que je dois emporter, elle haussa les épaules, cette préoccupation était stupide, étant donné son état de faiblesse elle ferait mieux de se demander si elle aurait assez de force pour transporter les sacs pleins et refaire tout le chemin par lequel elle était venue, au même instant elle fut prise d'une peur horrible, celle de ne pas pouvoir revenir à l'endroit où son mari l'attendait, elle connaissait le nom de la rue, elle ne l'avait pas oublié, mais elle avait fait tant de tours et de détours, le désespoir la paralysa, puis, lentement, comme si son cerveau immobile s'était enfin mis en route, elle se vit penchée sur un plan de la ville, cherchant du bout du doigt l'itinéraire le plus court, comme si ses yeux s'étaient multipliés par deux, des yeux qui la regardaient en train de scruter le plan et des yeux qui voyaient le plan et le chemin. Le corridor était toujours désert, c'était une chance, car à cause de l'agitation dont elle avait été la proie après sa découverte elle avait oublié de fermer la porte. Elle la ferma maintenant soigneusement derrière elle et se trouva plongée dans une obscurité totale, elle était aussi aveugle que les aveugles dehors, la seule différence était une différence de couleur, pour autant que le noir et le blanc soient vraiment des couleurs. Frôlant le mur, elle commença à descendre l'escalier, si ce lieu n'était pas le secret qu'il est et si quelqu'un montait d'en bas, il leur faudrait procéder comme elle avait vu faire dans la rue, les uns devraient se décoller de la sécurité du mur, avancer en frôlant la substance imprécise de l'autre, craindre peut-être absurdement l'espace d'un instant que le mur s'interrompe ensuite, Je suis en train de perdre la raison, pensa-t-elle, et elle avait toutes les raisons de la perdre, descendant comme elle le faisait dans ce trou ténébreux, sans lumière ni espoir de lumière, Dieu sait jusqu'où, en général ces entrepôts souterrains ne sont pas très profonds, première volée d'escalier, Maintenant je sais ce que c'est qu'être aveugle, deuxième volée d'escalier, Je vais me mettre à crier, à crier, troisième volée d'escalier, les ténèbres sont comme une pâte épaisse qui colle à son visage, ses yeux sont devenus des boules de goudron, Qu'est-ce qui m'attend, puis une autre pensée lui vint, encore plus effrayante, Comment retrouverai-je ensuite l'escalier, un vertige subit l'obligea à se baisser pour ne pas tomber, presque évanouie elle balbutia, Il est propre, elle parlait du sol, un sol propre lui semblait quelque chose d'admirable. Peu à peu elle revint à elle, elle sentait une douleur sourde dans son estomac, ce n'était pas quelque chose de nouveau mais en ce moment c'était comme si son corps ne contenait aucun autre organe vivant, les organes devaient être présents mais ils ne donnaient aucun signe de vie, le cœur, si, le cœur résonnait comme un immense tambour, lui travaillait toujours à l'aveuglette dans le noir, depuis les premières ténèbres de toutes, le ventre où il fut formé, jusqu'aux dernières ténèbres, celles où il s'arrêtera. Elle avait encore les sacs en plastique à la main, elle ne les avait pas lâchés, maintenant elle n'aura plus qu'à les remplir tranquillement, un entrepôt n'est pas un endroit pour les fantômes et les dragons, ici il n'y a que l'obscurité et l'obscurité ne mord ni n'offense, quant à l'escalier, je le retrouverai bien, même si je dois faire le tour complet de ce trou. Décidée, elle allait se lever mais elle se souvint qu'elle était aussi aveugle que les aveugles, elle ferait mieux de faire comme eux, avancer à quatre pattes jusqu'à trouver quelque chose devant elle, des étagères croulantes de nourriture, peu importe laquelle, à condition qu'elle puisse être consommée telle quelle, sans avoir besoin d'être cuite et préparée, le temps n'est plus à la fantaisie.

La peur revint subrepticement à peine eut-elle avancé de quelques mètres, elle se trompait peut-être, peut-être que devant elle, invisible, un dragon l'attendait la gueule ouverte. Ou un fantôme tendait la main pour l'emmener dans le monde terrible des morts qui n'en finissent jamais de mourir parce qu'il y a toujours quelqu'un pour venir les ressusciter. Puis, prosaïquement, avec une tristesse infinie et résignée, elle pensa que l'endroit où elle se trouvait n'était pas un entrepôt de denrées alimentaires mais un garage, il lui sembla même renifler une odeur d'essence, tant l'esprit peut s'abuser lorsqu'il capitule devant les monstres qu'il a créés lui-même. Sa main toucha alors quelque chose, pas les doigts visqueux du fantôme, pas la langue ardente ni la gueule du dragon, ses doigts sentirent le contact froid du métal, d'une surface verticale lisse, et elle devina qu'il s'agissait du montant d'une armature d'étagères sans savoir qu'il s'appelait ainsi. Elle imagina qu'il devait y avoir d'autres armatures pareilles à celles-ci, parallèles, comme c'était le cas généralement, il s'agissait maintenant de savoir où étaient les denrées alimentaires, pas ici, cette odeur ne trompe pas, c'est une odeur de détergents. Sans plus penser à la difficulté qu'elle aurait à retrouver l'escalier, elle commença à parcourir les étagères, palpant, reniflant, agitant. Il y avait des emballages de carton, des bouteilles de verre et de plastique, des flacons petits, moyens et grands, des boîtes qui devaient être des conserves, des récipients divers, des tubes, des sachets. Elle remplit un des sacs au hasard, Tout ça est-il à manger, se demanda-t-elle avec inquiétude. Elle passa à d'autres étagères, et sur la deuxième le miracle se produisit, incapable de voir où elle se dirigeait la main aveugle toucha et fit tomber plusieurs petites boîtes. Au bruit qu'elles firent en heurtant le sol, le cœur de la femme du médecin s'arrêta presque, Ce sont des allumettes, pensa-t-elle. Tremblante d'excitation, elle se baissa, ratissa le sol avec ses mains, trouva, c'est une odeur qu'on ne peut confondre avec aucune autre odeur, et le bruit des bâtonnets de bois quand on agite la boîte, le glissement du couvercle, les aspérités du papier de verre à l'extérieur, là où se trouve le phosphore, le frottement de la tête du bâtonnet et enfin la déflagration de la petite flamme, l'espace tout autour, la sphère lumineuse diffuse comme un astre à travers le brouillard, Mon Dieu, la lumière existe et j'ai des yeux pour la voir, louée soit la lumière. Désormais la récolte serait facile. La femme du médecin commença par les boîtes d'allumettes dont elle remplit presque un sac, Pas besoin de toutes les emporter, lui disait la voix du bon sens, mais elle ne prêta pas l'oreille à la voix du bon sens, puis les flammes tremblantes des allumettes lui montrèrent les étagères, ici, là, très vite les sacs furent pleins, le premier dut être vidé car il ne contenait rien d'utile, les autres contenaient suffisamment de richesses pour acheter toute la ville, il ne faut pas s'étonner de la différence des valeurs, il nous suffira de nous souvenir qu'un jour un roi voulut troquer son royaume contre un cheval, que ne donnerait-il pas si mourant de faim on lui montrait un de ces sacs en plastique. L'escalier est là, le chemin est à droite. Avant, toutefois, la femme du médecin s'assoit par terre, sort un saucisson de son emballage, ouvre un paquet de tranches de pain noir et une bouteille d'eau, et mange sans remords. Si elle ne mangeait pas elle n'aurait pas la force de transporter le chargement là où il fait défaut, elle est la pourvoyeuse. Quand elle eut fini, elle glissa les sacs autour de ses bras, trois de chaque côté, et, mains levées devant elle, elle alluma des allumettes jusqu'au pied de l'escalier, puis elle le gravit péniblement, la nourriture n'avait pas encore passé le cap de l'estomac, elle a besoin de temps pour parvenir aux muscles et aux nerfs, ce qui a le mieux résisté cette fois c'est encore la tête. La porte coulissante glissa sans bruit, Que fais-je s'il y a quelqu'un dans le couloir, pensa la femme du médecin. Il n'y avait personne mais elle se demanda de nouveau, Que fais-je. En arrivant à la sortie, elle pourrait se retourner et crier, Il y a de la nourriture au fond du couloir et un escalier qui mène à l'entrepôt au sous-sol, profitez-en, j'ai laissé la porte ouverte. Elle aurait pu le faire mais elle ne le fit pas. Elle ferma la porte en s'aidant de l'épaule et se dit que le mieux était de se taire, imaginez un peu ce qui se passerait, les aveugles se précipiteraient comme des fous, ce serait comme à l'asile d'aliénés quand l'incendie avait éclaté, ils dégringoleraient dans l'escalier, seraient piétinés et écrasés par ceux qui viendraient derrière, lesquels tomberaient aussi, car ce n'est pas la même chose de mettre le pied sur une marche ferme ou sur un corps glissant. Et quand la nourriture sera finie, je pourrai revenir en chercher encore, pensa-t-elle. Elle prit les sacs dans ses mains, respira profondément et avança dans le couloir. Personne ne la verrait, mais l'odeur de ce qu'elle avait mangé, Le saucisson, quelle idiote je suis, serait comme un sillage vivant. Elle serra les dents, empoigna fermement les poignées des sacs, Il faut que je coure, dit-elle. Elle se souvint de l'aveugle blessé au genou par un éclat de verre, S'il m'arrive la même chose, si je mets le pied sur un bout de verre par inadvertance, peut-être avons-nous oublié que cette femme ne porte pas de souliers, elle n'a pas encore eu le temps d'aller dans un magasin de chaussures comme les autres aveugles de la ville, lesquels, bien qu'ils soient des malheureux non-voyants, peuvent choisir des souliers au toucher. Il fallait qu'elle coure et elle courut. Au début, elle avait essayé de se faufiler entre les groupes d'aveugles, s'efforçant de ne pas les toucher, mais cela la forçait à avancer lentement et à s'arrêter parfois pour choisir son chemin assez longtemps pour que s'exhale d'elle une aura d'odeurs, car il n'y a pas que les auras parfumées et éthérées qui soient des auras, et tout à coup un aveugle cria, Qui est-ce qui mange du saucisson ici, après quoi la femme du médecin renonça à toute prudence et se lança dans une course effrénée, bousculant, poussant, renversant, dans un sauve-qui-peut tout à fait critiquable, car on ne traite pas ainsi des personnes aveugles, déjà bien assez malheureuses comme ça.

Il pleuvait à torrents quand elle atteignit la rue, Ça vaut mieux comme ça, pensa-t-elle, hors d'haleine, les jambes flageolantes, l'odeur sera moins perceptible. Quelqu'un avait arraché le dernier haillon qui lui couvrait à peine le buste, elle avait maintenant la poitrine à l'air et l'eau du ciel y coulait lustralement, mot précieux, ce n'était pas la liberté guidant le peuple, car les sacs, heureusement pleins, pèsent trop lourd pour être brandis comme des drapeaux. Ce qui n'est pas sans inconvénient, car les arômes excitants voyagent à la hauteur du nez des chiens, désormais sans maître pour les soigner et les nourrir, il y en a beaucoup et ils forment presque une meute qui suit la femme du médecin, espérons qu'une de ces bêtes n'aura pas l'idée de planter ses crocs dans les sacs pour éprouver la résistance du plastique. Avec une pluie pareille, quasiment un déluge, l'on aurait pu s'attendre à ce que les gens se mettent à l'abri, en attendant qu'il cesse de pleuvoir.

Mais il n'en est rien, partout il y a des aveugles qui ouvrent la bouche vers le ciel, qui se désaltèrent et emmagasinent de l'eau dans tous les recoins de leur corps, et d'autres, plus prévoyants et surtout plus raisonnables, tiennent des seaux, des bassines et des casseroles qu'ils tendent vers le ciel généreux, tant il est vrai que Dieu donne les nuages en fonction de la soif. La femme du médecin n'avait pas pensé que probablement pas une goutte du précieux liquide ne sortirait des robinets dans les maisons, voilà bien le défaut de la civilisation, on s'habitue à la commodité de l'eau courante à domicile et on oublie que pour cela il faut que des gens ouvrent et ferment des valves de distribution, il faut des stations d'élévation qui nécessitent de l'énergie électrique, des ordinateurs qui règlent le débit et gèrent les réserves, or pour tout ça il faut avoir des yeux. Il faut aussi des yeux pour voir ce tableau, une femme chargée de sacs en plastique qui marche dans une rue inondée au milieu de détritus pourris et d'excréments humains et animaux, d'automobiles et de camions abandonnés au hasard et obstruant la voie publique, certains avec de l'herbe qui pousse déjà autour des roues, et les aveugles, les aveugles, ouvrant la bouche et aussi les yeux vers le ciel blanc, on a du mal à croire qu'il puisse pleuvoir d'un ciel pareil. La femme du médecin lit les noms des rues, elle se souvient de certaines, d'autres pas, et arrive un moment où elle se rend compte qu'elle s'est trompée de route et qu'elle est perdue. Cela ne fait aucun doute, elle est perdue. A force de tourner et de tourner encore, elle ne reconnaissait plus les rues ni leur nom, alors, désespérée, elle se laissa choir sur le sol immonde, imprégné de boue noire, et vidée de ses forces, de toutes ses forces, elle fondit en larmes. Les chiens l'ont entourée, ils flairent les sacs mais sans conviction, comme si leur heure de repas était déjà passée, l'un d'eux lui lèche le visage, peut-être a-t-il pris l'habitude depuis sa plus tendre enfance d'essuyer les pleurs. La femme lui touche la tête, passe la main sur son échine trempée et pleure le reste de ses larmes en le tenant étroitement embrassé. Quand elle leva enfin les yeux, mille fois loué soit le dieu des carrefours, elle aperçut devant elle un grand plan, un de ces plans que les départements municipaux du tourisme éparpillent au centre des villes, destinés principalement à l'usage et à

219

la tranquillité des visiteurs, qui veulent pouvoir dire où ils sont allés et savoir où ils se trouvent. Maintenant que tout le monde est aveugle, il est facile d'estimer que l'argent ainsi dépensé a été bien mal employé, finalement il faut avoir de la patience, donner du temps au temps, nous aurions dû avoir appris une bonne fois pour toutes que le destin doit faire beaucoup de détours pour arriver au but, lui seul sait ce qu'il lui en aura coûté d'avoir fait surgir ce plan ici pour pouvoir indiquer à cette femme où elle se trouve. Elle n'était pas aussi loin qu'elle le croyait, simplement elle avait dérivé dans une autre direction, tu devras prendre cette rue jusqu'à la place, arrivée là, tu compteras deux rues sur ta gauche, puis tu tourneras dans la première à droite et ce sera celle que tu cherches, le numéro tu ne l'as pas oublié. Les chiens étaient restés derrière, quelque chose les aura distraits en chemin, ou alors ils sont tellement habitués au quartier qu'ils ne veulent plus le quitter, seul le chien qui avait bu les larmes accompagna la femme qui les avait pleurées, probablement que cette rencontre, si bien agencée par le destin, entre la femme et le plan incluait aussi un chien. Ce qu'il y a de certain c'est qu'ils entrèrent ensemble dans le magasin, le chien des larmes ne s'étonna pas de voir des personnes couchées par terre, si immobiles qu'elles en paraissaient mortes, il en avait l'habitude, parfois les gens le laissaient dormir parmi eux et quand c'était l'heure de se lever ils étaient presque toujours vivants. Réveillez-vous si vous dormez, j'apporte à manger, dit la femme du médecin, mais elle avait d'abord fermé la porte pour que personne ne l'entende dans la rue. Le garçonnet louchon fut le premier à lever la tête, c'est tout ce qu'il put faire, il était trop faible, les autres mirent un peu plus de temps, ils rêvaient qu'ils étaient des pierres et personne n'ignore combien le sommeil des pierres est profond, une simple promenade dans les champs le confirme, elles y dorment à moitié enterrées, attendant de se réveiller d'on ne sait quoi. Mais le mot manger a des pouvoirs magiques, surtout quand l'appétit est vif, même le chien des larmes, qui ne connaît pas les langues, se mit à frétiller de la queue, et ce mouvement instinctif lui rappela qu'il n'avait pas encore fait ce que les chiens mouillés sont dans l'obligation de faire, se secouer violemment en aspergeant tout ce qui est autour d'eux, chez eux c'est facile, leur peau est comme un manteau. Eau bénite des plus efficaces, descendue directement du ciel, les éclaboussures aidèrent les pierres à se transformer en êtres humains, pendant que la femme contribuait à l'opération de métamorphose en ouvrant l'un après l'autre les sacs en plastique. Leur contenu ne s'annonçait pas toujours par une odeur, mais le parfum d'un croûton de pain rassis serait déjà l'essence même de la vie, pour employer un langage noble. Tous sont enfin réveillés, tous ont les mains tremblantes, le visage anxieux, alors le médecin se souvient de ce qu'il est, comme l'avait fait précédemment le chien des larmes, Attention, il ne faut pas trop manger, cela pourrait nous faire du mal, C'est la faim qui nous fait du mal, dit le premier aveugle, Écoute donc ce que dit le docteur, le rabroua sa femme, et le mari se tut, pensant avec une ombre de rancœur, Il ne s'y connaît même pas en yeux, à plus forte raison, paroles injustes si l'on songe que le médecin n'est pas moins aveugle que les autres, la preuve c'est qu'il n'a même pas remarqué que sa femme avait les seins à l'air, elle dut lui demander son veston pour se couvrir, les autres aveugles regardèrent dans sa direction, mais c'était trop tard, ils auraient dû regarder plus tôt.

Pendant qu'ils mangeaient, la femme raconta ses aventures, de tout ce qui lui était arrivé et qu'elle avait accompli elle tut seulement le fait qu'elle avait fermé la porte de l'entrepôt, elle n'était pas tout à fait sûre des raisons humanitaires qu'elle s'était données à elle-même, en revanche elle relata l'épisode de l'aveugle qui s'était planté un éclat de verre dans le genou, tous rirent de bon cœur, non, pas tous, le vieillard au bandeau noir eut juste un sourire las et le garçonnet louchon n'avait d'ouïe que pour le bruit de ses propres mandibules. Le chien des larmes reçut sa part qu'il paya en aboyant furieusement quand quelqu'un au-dehors vint secouer la porte avec violence. L'intrus n'insista pas, le bruit courait qu'il y avait des chiens enragés dans le coin, en fait de rage celle de ne pas voir où je mets les pieds me suffit largement. Le calme revint, et quand la première faim fut apaisée chez tous la femme du médecin rapporta la conversation qu'elle avait eue avec l'homme qui était sorti de ce même magasin pour voir s'il pleuvait. Puis elle conclut, Si ce qu'il m'a dit est vrai, nous ne pouvons pas être certains de retrouver nos maisons dans l'état où nous les avons laissées, nous ne savons même pas si nous réussirons à y entrer, je pense à ceux qui ont oublié de prendre leurs clés en partant, ou qui les ont perdues, nous, par exemple, nous ne les avons plus, elles se sont perdues dans l'incendie, maintenant il serait impossible de les retrouver au milieu des décombres, en prononçant ces mots ce fut comme si elle voyait les flammes envelopper les ciseaux, brûlant tout d'abord les restes de sang séché, puis mordant le tranchant, les pointes aiguës, les émoussant, les courbant peu à peu, les amollissant, les rendant informes, on a du mal à croire qu'elles aient pu transpercer la gorge de quiconque, quand le feu aura achevé son œuvre il sera impossible de distinguer dans la masse unique de métal fondu où sont les ciseaux et où sont les clés, Les clés, dit le médecin, c'est moi qui les ai, et introduisant laborieusement trois doigts dans une petite poche de son pantalon en guenilles, près de la ceinture, il en a extrait un petit anneau avec trois clés, Comment se fait-il que tu les aies puisque je les avais mises dans mon sac de voyage qui est resté là-bas, Je les en ai sorties, j'avais peur qu'elles ne se perdent, j'ai pensé qu'elles étaient plus en sécurité si je les gardais toujours sur moi, et c'était aussi une façon de croire qu'un jour nous rentrerions chez nous, C'est bien d'avoir les clés, mais il se peut que nous trouvions la porte enfoncée, On n'aura peut-être même pas essayé de l'enfoncer. Pendant quelques instants ils avaient oublié les autres, mais maintenant il fallait savoir ce que chacun avait fait de ses clés, la jeune fille aux lunettes teintées fut la première à parler, Mes parents sont restés chez eux quand l'ambulance est venue me chercher, je ne sais pas ce qu'ils sont devenus par la suite, puis ce fut le tour du vieillard au bandeau noir, J'étais chez moi lorsque je suis devenu aveugle, on a frappé à la porte, la propriétaire de l'appartement est venue me dire que des infirmiers me cherchaient, ce n'était pas le moment de penser à mes clés, il ne restait plus que la femme du premier aveugle mais celle-ci dit, Je ne sais pas, je ne me souviens pas, elle savait, elle se souvenait, mais elle ne voulait pas avouer que lorsqu'elle s'était vue soudain aveugle, expression absurde mais solidement enracinée, et que nous n'avons pas réussi à éviter, elle était sortie de chez elle en poussant des cris, appelant ses voisines, les femmes dans l'immeuble se gardèrent bien de venir la secourir, et elle qui s'était montrée si ferme et si capable quand le malheur s'était abattu sur son mari se comportait maintenant de façon insensée, abandonnant son appartement en laissant la porte grande ouverte, elle n'eut même pas l'idée de demander qu'on la laisse retourner chez elle, juste une minute, le temps de fermer la porte et je reviens. Personne ne demanda au garçonnet louchon où était sa clé à lui, le pauvre enfant ne se souvient même pas de l'endroit où il habite. Alors la femme du médecin effleura la main de la jeune fille aux lunettes teintées, Nous commencerons par chez toi, c'est le plus près, mais nous devons d'abord trouver des vête-ments et des chaussures, nous ne pouvons pas nous promener comme ça, sales et dépenaillés. Elle allait se lever quand elle remarqua que le garçonnet louchon, réconforté, repu, s'était ren-dormi. Reposons-nous, dit-elle, dormons un peu, nous verrons plus tard ce qui nous attend. Elle enleva sa jupe mouillée, puis, pour se réchauffer, elle se rapprocha de son mari, le premier aveugle et sa femme firent de même, C'est toi, lui avait-il de-mandé, elle se souvenait de sa maison et souffrait, elle ne dit pas, Console-moi, mais ce fut comme si elle l'avait pensé, on ne sait pas en revanche quel sentiment aura poussé la jeune fille aux lunettes teintées à passer un bras autour des épaules du vieillard au bandeau noir, ce qu'il y a de certain c'est qu'elle le fit et ils restèrent ainsi, elle endormie, lui éveillé. Le chien alla se coucher à la porte en travers de l'entrée, c'est un animal rude et intraitable quand il n'a pas de larmes à essuyer.

Ils se sont vêtus et chaussés, ce qu'ils n'ont pas encore trouvé c'est comment se laver, mais ils se démarquent déjà nettement des autres aveugles, malgré la relative pauvreté de l'offre les couleurs de leurs vêtements sont bien assorties les unes aux autres car les frusques ont été, comme on a coutume de dire, passées au peigne fin, c'est l'avantage qu'il y a à avoir avec soi une personne qui vous conseille, Mets plutôt ça, ça va mieux avec ce pantalon, les rayures jurent avec les pois, des détails de ce genre, pour un homme ce serait probablement bonnet blanc et blanc bonnet, mais la femme du premier aveugle aussi bien que la jeune fille aux lunettes teintées insistèrent pour savoir quelles étaient les couleurs et la façon de leurs vêtements, ainsi, avec l'aide de l'imagination, elles pourront se voir elles-mêmes. Quant aux chaussures, tous convinrent que la commodité devait l'emporter sur la beauté, pas de brides ni de talons hauts, pas de box-calf ni de verni, vu l'état des rues ce serait de la folie, l'idéal serait des bottes en caoutchouc, totalement imperméables, montant jusqu'à mi-jambe, facile à enfiler et à ôter, il n'y a rien de mieux pour patauger dans les bourbiers. Malheureusement, ils ne trouvèrent pas de bottes de ce modèle pour tous, au garçonnet louchon, par exemple, aucune taille ne convenait, ses pieds nageaient là-dedans, il dut donc se contenter de chaussures de sport sans finalité bien définie, Quelle coïncidence, eût dit sa mère, où qu'elle se trouvât, à la personne qui lui eût raconté ce détail, c'est exactement ce que mon fils aurait choisi s'il avait pu voir. Le vieillard au bandeau noir, qui avait les pieds plutôt grands, résolut le problème en choisissant des chaussures de basket, taille spéciale, pour des joueurs de deux mètres de haut avec des extrémités en proportion. Il est un peu ridicule à présent, c'est vrai, on dirait qu'il est chaussé de pantoufles blanches, mais ce genre de ridicule ne dure pas longtemps, en moins de dix minutes les chaussures seront crottées, c'est comme tout dans la vie, donnez du temps au temps et il se charge de résoudre les problèmes.

Il avait cessé de pleuvoir, il n'y a plus d'aveugles avec la bouche ouverte. Ils déambulent sans savoir quoi faire, ils errent dans les rues, mais jamais pendant très longtemps, pour eux marcher ou être immobile revient au même, ils n'ont pas d'autre objectif que la quête de nourriture, il n'y a plus de musique, il n'y a jamais eu un tel silence dans le monde, les cinémas et les théâtres ne servent qu'aux sans-logis et à ceux qui ont cessé d'en chercher un, certaines salles de spectacle, les plus grandes, avaient fait office de lieux de quarantaine quand le gouvernement, ou ce qui en subsistait progressivement, croyait encore que le mal blanc pouvait être endigué par des instruments et des trucs qui s'étaient révélés d'une si mince utilité par le passé contre la fièvre jaune et autres contagions pestifères, mais tout cela c'est fini et ici un incendie n'a même pas été nécessaire. Quant aux musées, c'est un vrai crève-cœur, c'est à vous fendre l'âme, tous ces gens, j'ai bien dit gens, toutes ces peintures, toutes ces sculptures, qui n'ont plus personne à regarder. Qu'attendent donc les aveugles de la ville, nul ne le sait, ils attendraient la guérison s'ils y croyaient encore, mais ils perdirent cet espoir quand il devint de notoriété publique que la cécité n'avait épargné personne, qu'il n'était resté aucun œil sain pour regarder par la lentille d'un microscope, que les laboratoires avaient été abandonnés et que les bactéries n'avaient plus qu'à s'entre-dévorer si elles voulaient survivre. Au début, de nombreux aveugles, accompagnés de parents qui conservaient la vue et l'esprit de famille, étaient accourus dans les hôpitaux où ils ne trouvèrent que des médecins aveugles prenant le pouls de malades qu'ils ne voyaient pas, les auscultant par-derrière et par-devant, car c'était tout ce qu'ils pouvaient faire, ayant encore pour ça des oreilles. Ensuite, poussés par la faim, les malades, ceux qui pouvaient encore marcher, commencèrent à s'enfuir des hôpitaux pour venir mourir dans les rues, abandonnés de tous, Dieu sait où était passée leur famille, s'ils en avaient encore une, et après, pour être enterrés, il ne suffisait pas que quelqu'un trébuchât sur eux par hasard, il fallait encore qu'ils commencent à puer et surtout qu'ils soient morts dans un endroit passant. Il n'est pas étonnant que les chiens soient si nombreux, certains ressemblent déjà à des hyènes, les nœuds dans leur pelage sont comme pourris, ils courent ici et là, l'arrière-train recroquevillé, comme s'ils avaient peur que les morts et les dévorés ne ressuscitent pour leur faire expier la honte d'avoir mordu qui ne pouvait se défendre. Comment est le monde, avait demandé le vieillard au bandeau noir, et la femme du médecin répondit, Il n'y a pas de différence entre le dehors et le dedans, entre l'ici et le là-bas, entre le peu et le beaucoup, entre ce que nous vivons et ce que nous devrons vivre, Et comment vont les gens, demanda la jeune fille aux lunettes teintées, Ils vont comme des fantômes, être un fantôme ça doit être ça, avoir la certitude que la vie existe, car vos quatre sens vous le disent, et ne pas pouvoir la voir, Y a-t-il beaucoup de voitures dans les rues, demanda le premier aveugle, qui ne pouvait oublier qu'on lui avait volé la sienne, C'est un cimetière. Ni le médecin ni la femme du premier aveugle ne posèrent de question, à quoi bon, puisque les réponses seraient du même ordre que les précédentes. Le garçonnet louchon se contente d'avoir la satisfaction de porter les chaussures dont il a toujours rêvé, le fait de ne pouvoir les voir ne parvient même pas à l'attrister. Voilà probablement pourquoi il n'a pas l'allure d'un fantôme. Et le chien des larmes qui suit la femme du médecin ne mérite pas qu'on l'appelle hyène, il ne poursuit pas l'odeur de la chair morte, il accompagne des yeux qu'il sait fort bien être vivants.

L'appartement de la jeune fille aux lunettes teintées n'est pas loin, mais les forces commencent tout juste à revenir à ces affamés d'une semaine, voilà pourquoi ils avancent si lentement, quand ils veulent se reposer il leur faut s'asseoir par terre, à quoi bon avoir choisi avec tant de soin les couleurs et les formes puisque leurs vêtements sont devenus immondes en si peu de temps. La rue où habite la jeune fille aux lunettes teintées est à la fois courte et étroite, ce qui explique qu'on n'y trouve pas d'automobiles, elles pouvaient y passer dans un seul sens mais il n'y avait pas de place pour s'y garer, c'était interdit. Le fait qu'il n'y eût pas non plus de passants n'avait rien d'étonnant, les moments de la journée où l'on ne voit âme qui vive ne sont pas rares dans ce genre de rue, C'est quoi le numéro de ton immeuble, demanda la femme du médecin, Le sept, j'habite au deuxième gauche. Une des fenêtres était ouverte, en un autre temps c'eût été le signe presque infaillible qu'il y avait quelqu'un dans l'appartement, maintenant le doute était de rigueur. La femme du médecin dit, Nous n'allons pas tous monter, nous monterons toutes les deux seulement, vous attendrez en bas. On voyait que la porte d'entrée avait été forcée, que la gâche de la serrure était nettement tordue, un long éclat de bois était presque entièrement arraché au battant. La femme du médecin n'en dit mot. Elle laissa la jeune fille la précéder, celle-ci connaissait le chemin, elle n'était pas incommodée par la pénombre dans laquelle l'escalier était plongé. Dans sa hâte, la jeune fille trébucha deux fois mais elle trouva qu'il valait mieux en rire, Tu imagines, un escalier qu'avant j'étais capable de monter et de descendre les yeux fermés, les phrases toutes faites sont ainsi, elles ne sont pas sensibles aux mille subtilités du sens, celle-ci, par exemple, fait fi de la différence entre fermer les yeux et être aveugle. Sur le palier du deuxième étage, la porte cherchée était fermée. La jeune fille aux lunettes teintées fit glisser sa main le long du chambranle jusqu'à trouver le bouton de la sonnette, Il n'y a pas d'électricité, lui rappela la femme du médecin, et ces cinq mots, qui ne faisaient que répéter ce que tout le monde savait, retentirent aux oreilles de la jeune fille comme l'annonce d'une mauvaise nouvelle. Elle frappa à la porte, une fois, deux fois, trois fois, la troisième avec violence, à coups de poing, elle appelait, Maman, ma petite maman, mon petit papa, mais personne ne venait ouvrir, les diminutifs affectueux n'entamaient pas la réalité, personne ne vint lui dire, Ma fille chérie, tu es enfin revenue, nous pensions déjà que nous ne te reverrions plus, entre, entre, et cette dame est ton amie, qu'elle entre, qu'elle entre aussi, l'appartement est un peu en désordre, ne faites pas attention, la porte continuait à être fermée, Il n'y a personne, dit la jeune fille aux lunettes teintées, et elle se mit à pleurer en s'appuyant contre la porte, la tête sur ses avant-bras croisés, comme si elle implorait avec tout son corps une pitié désespérée. Si nous ne savions pas combien l'esprit humain est compliqué, nous nous étonnerions de ce grand amour pour ses parents, de ces démonstrations de douleur chez une jeune fille aux mœurs si libres, encore que ne soit pas loin celui qui affirma qu'il n'y a pas et n'y a jamais eu de contradiction entre une chose et l'autre. La femme du médecin voulut la consoler mais elle n'avait pas grand-chose à dire, l'on sait qu'il était devenu pratiquement impossible de rester chez soi très longtemps, Nous pouvons demander aux voisins, suggéra-t-elle, s'il en reste, Oui, demandons-leur, dit la jeune fille aux lunettes teintées, mais il n'y avait aucun espoir dans sa voix. Elles commencèrent par frapper à la porte de l'appartement de l'autre côté du palier, où personne non plus ne répondit. A l'étage au-dessus, les deux portes étaient ouvertes. Les appartements avaient été mis à sac, les penderies étaient vides, dans les garde-manger pas la moindre trace de nourriture. L'on voyait que des gens étaient passés là tout récemment, sûrement un groupe errant, comme tous l'étaient plus ou moins à présent, allant de maison en maison, d'absence en absence.

Elles descendirent au premier étage, la femme du médecin frappa à la porte la plus proche, il y eut un silence plein d'expectative, puis une voix rauque demanda avec méfiance, Qui est là, la jeune fille aux lunettes teintées s'avança, C'est moi, la voisine du deuxième, je cherche mes parents, savez-vous où ils sont, ce qu'ils sont devenus, demanda-t-elle. L'on entendit des pas traînants, la porte s'ouvrit et une vieille femme décharnée apparut, elle n'avait plus que la peau et les os et était d'une saleté repoussante avec ses immenses cheveux blancs en broussaille. Un mélange nauséabond de moisi et d'une odeur de pourriture indéfinissable fit reculer les deux femmes. La vieille écarquillait des yeux presque blancs, Je ne sais rien de tes parents, on est venu les chercher le lendemain de ton départ, à ce moment-là je voyais encore, Y a-t-il quelqu'un d'autre dans l'immeuble, De temps en temps j'entends monter et descendre dans l'escalier, mais ce sont des gens de l'extérieur, qui ne font que dormir ici, Et mes parents,

Je t'ai déjà dit que je ne sais rien d'eux, Et votre mari, votre fils, votre bru, Eux aussi on les a emmenés, Et pas vous, pourquoi, Parce que moi je m'étais cachée, Où ça, Tu n'imagineras jamais, chez toi, Comment avez-vous réussi à entrer, Par l'arrière, par l'escalier de secours, j'ai cassé une vitre et j'ai ouvert la porte de l'intérieur, la clé était dans la serrure, Et comment avez-vous fait pour vivre toute seule chez vous depuis, demanda la femme du médecin, Qui est cette autre femme, sursauta la vieille en tournant la tête, Une amie à moi, elle fait partie de mon groupe, dit la jeune fille aux lunettes teintées, Et il n'y a pas seulement le fait d'être seule, il y a le problème de la nourriture, comment avez-vous fait pour réussir à vous nourrir pendant tout ce temps-là, insista la femme du médecin, Je ne suis pas sotte, je me débrouille, Si vous ne voulez pas nous le dire, ne le faites pas, j'étais simplement curieuse, Je vais vous le dire, je vais vous le dire, la première chose que j'ai faite ça a été d'aller dans tous les appartements de l'immeuble pour prendre tout ce qu'il y avait à manger, ce qui pouvait se gâter je l'ai mangé en premier, le reste je l'ai gardé, Il vous reste encore de la nourriture, demanda la jeune fille aux lunettes teintées, Non, j'ai tout fini, répondit la vieille avec une expression subite de méfiance dans ses yeux aveugles, tournure de phrase que l'on emploie invariablement dans ce genre de situation mais qui n'a rien de rigoureux en réalité, car les yeux, les yeux proprement dits, n'ont aucune expression, les yeux sont deux billes inertes même quand ils sont arrachés, ce sont les paupières, les cils et aussi les sourcils qui ont la charge des diverses éloquences et rhétoriques visuelles, pourtant ce sont les yeux qui récoltent la renommée, Alors de quoi vivez-vous maintenant, demanda la femme du médecin, La mort rôde dans les rues, mais dans les potagers la vie n'est pas finie, répondit mystérieusement la vieille, Que voulez-vous dire, Dans les potagers il y a des choux, il y a des lapins, il y a des poules, il y a aussi des fleurs mais celles-là ne sont pas comestibles, Et comment faites-vous, Ça dépend, parfois je ramasse des choux, d'autres fois je tue un lapin ou une poule, Vous les mangez crus, Au début j'allumais un feu, après je me suis habituée à la viande crue et les tiges des choux sont sucrées, ne vous faites pas de mauvais sang, la fille de ma mère ne mourra pas de faim. Elle recula de deux pas, disparut presque entièrement dans l'obscurité de l'appartement, seuls ses yeux blancs brillaient, et elle dit, Si tu veux aller chez toi, entre, je te ferai passer. La jeune fille aux lunettes teintées allait dire non, merci beaucoup, ça n'en vaut pas la peine, à quoi bon puisque mes parents n'y sont pas, quand soudain elle éprouva le désir de voir sa chambre, Voir ma chambre, mais quelle bêtise puisque je suis aveugle, tout au moins passer les mains sur les murs, sur la courtepointe de mon lit, sur l'oreiller où je reposais ma tête folle, sur les meubles, peut-être que le pot de fleurs est encore sur la commode, si la vieille ne l'a pas jeté par terre dans sa colère de ne pouvoir les manger. Elle dit, Alors, si vous le permettez, j'accepte votre offre, c'est très aimable de votre part, Entre, entre, mais tu sais déjà que tu ne trouveras pas de nourriture là-bas, et celle que j'ai, eh bien, c'est déjà trop peu pour moi, sans compter qu'elle n'a aucune utilité pour toi, tu n'aimes sûrement pas la viande crue, Ne vous faites pas de souci, nous avons de la nourriture, Ah, vous avez de la nourriture, dans ce cas, pour me dédommager du service que je vous rends, vous m'en donnerez bien un peu, Nous vous en donnerons, ne vous en faites pas, dit la femme du médecin. Elles avaient franchi le couloir, la puanteur était devenue insupportable. Dans la cuisine, à peine éclairée par la faible lumière venue de l'extérieur, il y avait des peaux de lapin par terre, des plumes de poule, des os, et sur la table, dans un plat taché de sang séché, des bouts de viande méconnaissables, comme s'ils avaient été mastiqués d'innombrables fois. Et les lapins, et les poules, qu'est-ce qu'ils mangent, demanda la femme du médecin, Des choux, de l'herbe, des restes, dit la vieille, Des restes de quoi, De tout, même de viande, Vous n'allez pas nous dire que les poules et les lapins mangent de la viande, Les lapins pas encore mais les poules raffolent de la viande, les bêtes sont comme les gens, elles finissent par s'habituer à tout. La vieille se déplaçait avec assurance, sans trébucher, elle écarta une chaise du chemin comme si elle la voyait, puis elle indiqua la porte qui donnait sur l'escalier de secours, Par là, faites attention, ne glissez pas, la rampe n'est pas très solide, Et la porte, demanda la jeune fille aux lunettes teintées, Vous n'aurez qu'à la pousser, c'est moi qui ai la clé, elle est par là, C'est ma clé, allait dire la jeune fille mais au même instant elle pensa que cette clé ne lui servirait à rien si ses parents, ou quelqu'un d'autre, avaient emporté les autres clés, celles de devant, elle ne pouvait pas demander à cette vieille femme de la laisser passer chaque fois qu'elle voudrait entrer et sortir. Elle ressentit un léger serrement de cœur, dû peut-être au fait qu'elle allait pénétrer chez elle, ou parce qu'elle savait que ses parents n'y seraient pas, ou pour Dieu sait quelle autre raison.

La cuisine était propre et bien rangée, la poussière sur les meubles n'était pas excessive, un autre avantage du temps pluvieux, outre celui d'avoir fait pousser les choux et l'herbe, en fait, vus d'en haut, les potagers avaient paru à la femme du médecin des forêts en miniature, Les lapins s'y promènent-ils en liberté, se demanda-t-elle, sûrement pas, ils sont certainement toujours dans les clapiers, attendant la main aveugle qui leur apportera des feuilles de chou et les attrapera ensuite par les oreilles pour les sortir de là tout gigotants, pendant que l'autre main prépare le coup aveugle qui leur disloquera les vertèbres près du crâne. La mémoire de la jeune fille aux lunettes teintées l'avait orientée à l'intérieur de l'appartement, comme la vieille de l'étage du dessous elle non plus ne trébucha ni n'hésita, le lit de ses parents était défait, sans doute était-on venu les chercher de bon matin, elle s'assit là pour pleurer, la femme du médecin vint s'asseoir à côté d'elle et lui dit, Ne pleure pas, que peut-on bien dire d'autre, quel sens ont donc des larmes quand le monde a perdu tout son sens. Dans la chambre de la jeune fille, sur la commode, il y avait un vase en verre avec des fleurs qui avaient séché, l'eau s'était évaporée, les mains aveugles se dirigèrent là, les doigts effleurèrent les pétales morts, comme la vie est fragile quand on l'abandonne. La femme du médecin ouvrit la fenêtre, regarda dans la rue, tous étaient là, assis par terre, attendant patiemment, le chien des larmes fut le seul à lever la tête, son ouïe subtile l'avait averti. Le ciel, de nouveau couvert, commençait à s'assombrir, la nuit tombait. Elle pensa qu'aujourd'hui ils n'auraient pas besoin de se mettre en quête d'un abri pour dormir, ils dormiraient ici, Ça ne va pas plaire à la vieille que nous passions tous par chez elle, murmura-t-elle. Au même instant la jeune fille aux lunettes teintées lui toucha l'épaule en disant, Les clés sont dans la serrure, personne ne les a prises. La difficulté, si difficulté il y avait, était donc résolue, ils n'auraient pas à supporter la mauvaise humeur de la vieille du premier étage. Je vais descendre les chercher, la nuit n'est plus très loin, quelle joie de pouvoir au moins aujourd'hui dormir dans une maison, sous le toit d'une maison, dit la femme du médecin, Vous prendrez le lit de mes parents, Nous verrons ça plus tard, Ici c'est moi qui commande, je suis chez moi, Tu as raison, il en sera comme tu voudras, la femme du médecin embrassa la jeune fille, puis descendit chercher le groupe. Montant l'escalier et parlant avec animation, trébuchant de temps en temps sur les marches bien que leur guide eût dit, Il y a dix marches par volée d'escalier, on eût cru qu'ils venaient en visite. Le chien des larmes les suivait tranquillement, comme s'il n'avait rien fait d'autre de toute sa vie. La jeune fille aux lunettes teintées les regardait du palier, c'est l'habitude quand quelqu'un monte, soit pour savoir qui monte s'il s'agit d'un inconnu, soit pour le fêter avec des paroles de bienvenue s'il s'agit d'un ami, en l'occurrence il n'était même pas nécessaire d'avoir des yeux pour savoir qui étaient les arrivants, Entrez, entrez, mettez-vous à l'aise. La vieille femme du premier étage avait épié par la porte, pensant que le bruit de pieds était celui d'une de ces bandes qui viennent pour dormir, ce en quoi elle ne se trompait pas, elle demanda, Qui va là, et la jeune fille aux lunettes teintées répondit d'en haut, C'est mon groupe, la vieille fut décontenancée, comment avait-elle pu sortir sur le palier, elle comprit aussitôt et se reprocha amèrement de ne pas avoir pensé à chercher et à prendre les clés de la porte de devant, c'était comme si elle perdait ses droits de propriété sur un immeuble dont elle était la seule habitante depuis plusieurs mois. Elle ne trouva pas de meilleure manière de compenser sa frustration subite que de dire en ouvrant la porte, Surtout, n'oubliez pas de me donner de la nourriture, vous me la devez. Et comme ni la femme du médecin ni la jeune fille aux lunettes teintées ne lui avaient répondu, l'une occupée à guider ceux qui arrivaient, l'autre à les recevoir, elle cria d'une voix discordante, Vous m'avez entendue, ce en quoi elle eut grand tort car le chien des larmes, qui passait juste à cet instant devant elle, se mit à aboyer furieusement, tout l'escalier retentissait de ce vacarme, ce fut un remède radical, la vieille poussa un cri de frayeur et rentra précipitamment chez elle en claquant la porte, Qui est cette sorcière, demanda le vieillard au bandeau noir, ce sont là des choses qu'on dit quand on est incapable de se regarder soi-même, s'il avait vécu comme elle a vécu nous aimerions bien voir pendant combien de temps il conserverait ses façons civilisées.

Ils n'avaient pas d'autre nourriture que celle qu'ils transportaient dans les sacs, ils devaient ménager l'eau jusqu'à la dernière goutte, quant à l'éclairage ils eurent la grande chance de découvrir deux bougies dans l'armoire de la cuisine, rangées là pour suppléer à d'occasionnelles défaillances énergétiques et que la femme du médecin alluma pour son seul profit, les autres n'en avaient pas besoin, ils avaient dans la tête une lumière si vive qu'elle les avait aveuglés. La petite bande ne disposait que de ce peu de richesses et pourtant ce fut une fête de famille, une de ces rares familles où ce qui est à chacun est à tous. Avant de s'asseoir à table, la jeune fille aux lunettes teintées et la femme du médecin descendirent à l'étage du dessous pour remplir leur promesse, ou plus exactement satisfaire l'exigence d'un paiement en nourriture pour le passage par cette douane-là. La vieille les reçut avec des jérémiades et des marmonnements, ce maudit chien qui par miracle ne l'avait pas dévorée, Vous devez avoir beaucoup de nourriture pour pouvoir sustenter un fauve pareil, déclara-t-elle, comme si par cette insinuation récriminatrice elle espérait susciter chez les deux émissaires ce que l'on appelle des remords de conscience, Vraiment, se diraient-elles l'une à l'autre, il ne serait pas humain de laisser une pauvre vieille mourir de faim pendant qu'une bête brute se goberge. Les deux femmes ne remontèrent pas chercher davantage de nourriture, celle qu'elles avaient apportée constituait déjà une portion généreuse, vu les conditions difficiles de la vie actuelle, et c'est ce que comprit de façon inattendue la vieille de l'étage du bas, en définitive moins méchante qu'elle ne le semblait et qui rentra leur chercher la clé de l'arrière de la maison, disant ensuite à la jeune fille aux lunettes teintées,

Prends, c'est ta clé, et comme si c'était encore trop peu elle murmura en fermant la porte, Merci beaucoup. Émerveillées, les deux femmes remontèrent, finalement la sorcière avait des sentiments, Elle n'était pas méchante avant, c'est la solitude qui lui aura brouillé le jugement, dit la jeune fille aux lunettes teintées, sans réfléchir apparemment à ce qu'elle disait. La femme du médecin ne répondit pas, elle décida de revenir à ce sujet plus tard, et quand tous les autres furent couchés et, pour certains, se furent endormis, quand elles furent assises toutes les deux dans la cuisine comme une mère et une fille reprenant des forces avant de poursuivre leurs tâches ménagères, la femme du médecin demanda, Que feras-tu à présent, Rien, je vais rester ici et attendre que mes parents reviennent, Seule et aveugle, Je me suis habituée à la cécité, Et à la solitude, Il faudra bien que je m'y habitue, la voisine d'en bas aussi vit seule, Tu as envie de devenir comme elle, de te nourrir de choux et de viande crue tant qu'il y en aura, plus personne ne semble vivre dans ces immeubles ici, vous vous haïrez toutes les deux par peur que la nourriture ne s'achève, chaque tige que vous cueillerez vous la volerez à la bouche de l'autre, tu n'as pas vu cette pauvre femme, tu n'as senti que l'odeur de son appartement, je peux te dire que là où nous avons vécu ce n'était pas aussi répugnant, Tôt ou tard nous deviendrons tous comme elle, puis ce sera la fin, il n'y aura plus de vie, Pour l'instant nous sommes encore en vie, Écoute, tu en sais beaucoup plus que moi, je ne suis qu'une ignorante à côté de toi, mais je pense que nous sommes déjà morts, nous sommes aveugles parce que nous sommes morts, ou alors, si tu préfères que je dise ça différemment, nous sommes morts parce que nous sommes aveugles, ça revient au même, Je continue à voir, Heureusement pour toi, heureusement pour ton mari, pour moi, pour les autres, mais tu ne sais pas si tu continueras à voir, si tu perds la vue tu deviendras comme nous, nous finirons tous comme la voisine d'en bas, Aujourd'hui c'est aujourd'hui, demain c'est demain, c'est aujourd'hui que j'ai la responsabilité, pas demain, si je deviens aveugle, La responsabilité de quoi, La responsabilité d'avoir des yeux quand tous les autres les ont perdus, Tu ne peux pas guider ni nourrir tous les aveugles du monde, Je le devrais, Mais tu ne le peux pas, J'aiderai dans toute la mesure de mes moyens, Je sais bien que tu le feras, sans toi je ne serais peut-être plus en vie, Et maintenant je ne veux pas que tu meures, Je dois rester, c'est mon devoir, c'est ma maison, je veux que mes parents me trouvent ici s'ils reviennent, S'ils reviennent, tu l'as dit toi-même, et reste à savoir alors s'ils seront toujours tes parents, Je ne comprends pas, Tu as dit que la voisine du bas était jadis une brave femme, La pauvre, Pauvres parents, pauvre toi, quand vous vous retrouverez, aveugles des yeux et aveugles du cœur, car les sentiments avec lesquels nous avons vécu et qui nous ont fait vivre tels que nous étions, c'est à nos yeux que nous les devons, sans yeux les sentiments deviendront différents, nous ne savons pas comment, nous ne savons pas ce qu'ils seront, tu dis que nous sommes morts parce que nous sommes aveugles, c'est tout à fait ça, Aimes-tu ton mari, Oui, comme moi-même, mais si je deviens aveugle, si après être devenue aveugle je cesse d'être ce que j'ai été, qui serai-je alors pour pouvoir continuer à l'aimer, et avec quel amour, Avant, quand nous voyions, il y avait aussi des aveugles, Il y en avait peu en comparaison, les sentiments qui avaient cours étaient ceux des personnes qui voyaient, par conséquent les aveugles sentaient avec les sentiments d'autrui, pas en tant qu'aveugles, maintenant en revanche ce sont d'authentiques sentiments d'aveugles qui sont en train de naître, nous en sommes encore au début, pour l'instant nous vivons encore du souvenir de ce que nous ressentions, tu n'as pas besoin d'avoir des yeux pour savoir comment est la vie aujourd'hui, si on m'avait dit que je tuerais un jour, j'aurais pris ça pour une offense, et pourtant j'ai tué, Que veux-tu donc que je fasse, Viens avec moi, viens chez nous, Et eux, Ce qui vaut pour toi vaut pour eux, mais c'est surtout toi que j'aime, Pourquoi, Je me le demande moi-même, peut-être parce que tu es devenue comme ma sœur, peut-être parce que mon mari a couché avec toi, Pardonne-moi, Ce n'est pas un crime pour exiger un pardon, Nous te sucerons le sang, nous serons comme des parasites, Les parasites ne manquaient pas quand nous voyions, et, quant au sang, il faut bien qu'il serve à quelque chose, pas seulement à sustenter le corps qui le transporte, et maintenant allons dormir, demain sera une autre vie.

Une autre vie, ou la même. Quand il se réveilla, le garçonnet louchon voulut aller aux cabinets, il avait la diarrhée, faible comme il était quelque chose lui avait mal réussi, mais on constata bientôt qu'il n'était pas possible d'entrer aux cabinets, la vieille de l'étage du dessous s'était visiblement servie de tous les cabinets de l'immeuble jusqu'au moment où ça n'avait plus été possible et ce fut un hasard extraordinaire qu'aucun des sept hier n'eût eu besoin de satisfaire aux urgences de son bas-ventre avant d'aller se coucher, autrement ils seraient déjà au courant. Maintenant tous ressentaient ces urgences et surtout le pauvre garçon qui ne pouvait plus se retenir, en fait, et quoiqu'il nous en coûte de le reconnaître, ces réalités peu ragoûtantes de la vie doivent aussi être prises en considération dans n'importe quel récit, avec la tripe au repos tout le monde a des idées et peut discuter, par exemple, de l'existence d'une relation directe entre yeux et sentiments, ou se demander si le sens de la responsabilité est la conséquence naturelle d'une bonne vue, mais quand les besoins naturels pressent cruellement, quand le corps ne peut plus se retenir tant la douleur et l'angoisse sont grandes, alors l'animal que nous sommes se manifeste dans toute sa présence. Le jardin, s'exclama la femme du médecin, et elle avait raison, s'il n'était pas si tôt nous y rencontrerions la voisine de l'étage du dessous, il est temps de cesser de la traiter de vieille, comme nous l'avons fait péjorativement, elle serait déjà là, disions-nous, accroupie, entourée de poules, pourquoi, celui qui a posé la question ne sait sûrement pas comment sont les poules. Tenant son ventre à deux mains, soutenu par la femme du médecin, le garçonnet louchon descendit l'escalier dans les affres, il avait réussi à se retenir jusqu'ici, le pauvre, ne lui en demandons pas plus, sur les dernières marches son sphincter avait renoncé à résister à la pression interne, vous pouvez imaginer avec quelles conséquences. Pendant ce temps, les cinq autres descendaient comme ils pouvaient l'escalier de secours, mot particulièrement approprié, et s'il leur restait encore quelque pudeur datant du temps où ils avaient vécu en quarantaine le moment était venu de la perdre. Éparpillés dans le potager, gémissant sous l'effort, souffrant d'un reste de vergogne inutile, ils firent ce qu'ils avaient à faire, de même que la femme du médecin, mais celle-ci pleurait en les regardant, elle pleurait pour eux tous qui ne peuvent même plus le faire, semble-t-il, son propre mari, le premier aveugle et sa femme, la jeune fille aux lunettes teintées, le vieillard au bandeau noir, ce garçonnet, elle les voyait accroupis dans l'herbe entre les tiges noueuses des choux avec les poules aux aguets, le chien des larmes était lui aussi descendu, cela en faisait encore un. Ils se torchèrent tant bien que mal, plutôt mal que bien, avec une poignée d'herbe, des fragments de brique, avec ce que le bras réussissait à attraper, le remède fut parfois pire que le mal. Ils remontèrent en silence l'escalier de secours, la voisine du premier ne sortit pas demander qui ils étaient, d'où ils venaient, où ils allaient, sans doute dormait-elle encore après la bonne digestion de son souper, et quand ils rentrèrent dans l'appartement ils ne surent pas de quoi parler tout d'abord, puis la jeune fille aux lunettes teintées dit qu'ils ne pouvaient pas rester dans cet état, il est vrai qu'il n'y avait pas d'eau pour se laver, dommage qu'il ne pleuve pas à torrents comme la veille, ils seraient de nouveau sortis dans le jardin, mais nus et sans honte, ils recevraient sur la tête et les épaules l'eau généreuse du ciel, ils la sentiraient couler sur leur dos et sur leur poitrine, le long de leurs jambes, ils pourraient la recueillir dans leurs mains enfin propres et dans cette tasse-là l'offrir à un assoiffé, peu importait qui, peut-être leurs lèvres effleureraient-elles la peau avant de découvrir l'eau, et leur soif étant grande elles iraient cueillir la dernière goutte au creux des paumes, réveillant peut-être ainsi une autre sécheresse. La jeune fille aux lunettes teintées, comme on a déjà pu l'observer, est la victime de son imagination, elle a de drôles d'idées tout de même dans une situation comme celle-ci, tragique, grotesque, désespérée. Malgré tout, elle ne manque pas d'un certain esprit pratique, la preuve c'est qu'elle alla ouvrir l'armoire dans sa chambre, puis celle dans la chambre de ses parents, elle en sortit des draps et des serviettes de toilette, Nettoyons-nous avec ça, dit-elle, c'est mieux que rien, et ce fut indéniablement une bonne idée, quand ils s'assirent pour manger ils se sentaient différents.

La femme du médecin attendit d'être à table pour exposer sa pensée, Le moment est venu de décider ce que nous ferons, je suis convaincue que tous sont devenus aveugles, en tout cas les personnes que j'ai vues jusqu'à présent se comportaient comme des aveugles, il n'y a pas d'eau, pas d'électricité, il n'y a aucune forme de ravitaillement, nous sommes dans le chaos, le vrai chaos c'est sûrement ça, Il doit bien y avoir un gouvernement, dit le premier aveugle, Je ne le crois pas, mais, au cas où il y en aurait un, ce sera un gouvernement d'aveugles qui veut gouverner des aveugles, c'est-à-dire un néant qui a la prétention d'organiser un néant, Alors il n'y a pas de futur, dit le vieillard au bandeau noir, Je ne sais pas s'il y a un futur, mais maintenant il faut essayer de savoir comment nous allons pouvoir vivre dans ce présent-ci, Sans futur, le présent ne sert à rien, c'est comme s'il n'existait pas, Il se peut qu'un jour l'humanité réussisse à vivre sans yeux, mais elle cessera alors d'être l'humanité, le résultat on le connaît, qui parmi nous se considère encore aussi humain qu'il croyait l'être avant, moi, par exemple, j'ai tué un homme, Tu as tué un homme, s'exclama le premier aveugle avec stupéfaction, Oui, l'homme qui commandait dans l'autre aile, je lui ai planté une paire de ciseaux dans la gorge, Tu as tué pour nous venger, pour venger les femmes il fallait que ce soit une femme, dit la jeune fille aux lunettes teintées, et la vengeance, quand elle est juste, est chose humaine, si la victime n'a pas un droit sur son bourreau, alors il n'y a pas de justice, Ni d'humanité, ajouta la femme du médecin, si nous restons tous ensemble nous réussirons peut-être à survivre, mais si nous nous séparons nous serons engloutis par la masse et anéantis, Tu as dit qu'il y a des groupes d'aveugles organisés, fit observer le médecin, cela signifie qu'on invente de nouvelles façons de vivre, nous ne serons pas forcément anéantis comme tu le prévois, Je ne sais pas à quel point ils sont vraiment organisés, je les vois juste errer à la recherche de nourriture et d'un endroit où dormir, rien de plus, Nous sommes retournés à la horde primitive, dit le vieillard au bandeau noir, avec la différence que nous ne sommes pas quelques milliers d'hommes et de femmes dans une nature immense et vierge, mais des milliers de millions dans un monde rétréci et épuisé, Et aveugle, ajouta la femme du médecin, quand il deviendra difficile de trouver de l'eau et de la nourriture ces groupes se désagrégeront certainement, chacun pensera que seul il survivra plus facilement car il n'aura pas à partager avec les autres, ce qu'il réussira à glaner lui appartiendra à lui et à personne d'autre, Les groupes qui existent ont sans doute des chefs, quelqu'un qui commande et organise, rappela le premier aveugle, Peut-être, mais en l'occurrence ceux qui commandent sont aussi aveugles que les commandés, Toi, tu n'es pas aveugle, dit la jeune fille aux lunettes teintées, c'est pour ça que tu commandes et organises, Je ne commande pas, j'organise ce que je peux, je suis simplement les yeux que vous n'avez plus, Une sorte de chef naturel, un roi avec des yeux sur une terre d'aveugles, dit le vieillard au bandeau noir, S'il en est ainsi, laissez-vous guider par mes yeux aussi longtemps qu'ils dureront, voilà pourquoi je propose qu'au lieu de nous disperser, elle ici dans sa maison, vous dans la vôtre, toi dans la tienne, nous continuions à vivre ensemble, Nous pouvons rester ici, dit la jeune fille aux lunettes teintées, Notre appartement est plus grand, A supposer qu'il ne soit pas occupé, rappela la femme du premier aveugle, Nous le saurons quand nous arriverons là-bas, et si c'est le cas nous reviendrons ici, ou nous irons voir votre appartement, ou le tien, dit-elle en s'adressant au vieillard au bandeau noir qui répondit, Je n'ai pas d'appartement, je vivais seul dans une chambre, Tu n'as pas de famille, demanda la jeune fille aux lunettes teintées, Non, aucune, Ni femme, ni enfants, ni frères et sœurs, Personne, Si mes parents ne reviennent pas, je serai aussi seule que toi, Je resterai avec toi, dit le garçonnet louchon, mais il n'ajouta pas, Si ma mère ne revient pas, il ne mit pas cette condition, comportement étrange, ou pas si étrange que ça, les jeunes se résignent facilement, ils ont toute la vie devant eux. Que décidez-vous, demanda la femme du médecin, Je reste avec vous, dit la jeune fille aux lunettes teintées, je te demanderai seulement de venir ici avec moi au moins une fois par semaine, au cas où mes parents seraient revenus, Tu laisseras les clés à la voisine d'en bas, C'est la seule solution, elle ne peut pas emporter plus qu'elle ne l'a déjà fait, Elle détruira, Après mon passage ici peut-être pas, Nous aussi nous restons avec vous, dit le premier aveugle, nous aimerions juste passer chez nous le plus tôt possible pour savoir ce qui est arrivé, Nous y passerons, bien entendu, Chez moi, ça ne vaut pas la peine, je vous ai dit ce qu'il en était, Mais tu viendras avec nous, Oui, à une condition, à première vue il peut sembler scandaleux de poser des conditions à une faveur qu'on veut vous faire, mais certains vieillards sont comme ça, ils compensent le temps qui leur est compté par un excès d'orgueil, Quelle est cette condition, demanda le médecin, Quand je deviendrai un fardeau insupportable, je vous demande de me le dire, et si vous décidez de vous taire par amitié ou par compassion j'espère avoir encore suffisamment de jugeote pour faire ce que je devrai faire, Et ça sera quoi, peut-on le savoir, demanda la jeune fille aux lunettes teintées, Me retirer, m'éloigner, disparaître, comme faisaient les éléphants avant, j'ai entendu dire que ces derniers temps ce n'était plus le cas car aucun ne parvenait jusqu'à un âge avancé, Tu n'es pas exactement un éléphant, Je ne suis pas non plus exactement un homme, Surtout si tu te mets à répondre comme un enfant, rétorqua la jeune fille aux lunettes teintées, et cette conversation n'alla pas plus loin.

Les sacs en plastique sont beaucoup plus légers qu'à leur arrivée, ça n'a rien d'étonnant, la voisine du premier étage en a eu aussi sa part, à deux reprises, d'abord hier soir et aujourd'hui elle reçut quelques denrées supplémentaires quand on lui confia les clés en lui demandant de les garder jusqu'à ce que ses propriétaires légitimes apparaissent, histoire de lui dorer la pilule, car on connaît son caractère, et cela sans parler du chien des larmes, car lui aussi a mangé, il faudrait avoir un cœur de pierre pour feindre l'indifférence devant ces yeux suppliants, et à propos, où s'est-il fourré, ce chien, il n'est pas dans l'appartement, il n'est pas sorti par la porte, il ne peut se trouver que dans le potager, la femme du médecin alla s'en assurer et en effet il était là, en train de dévorer une poule après une attaque si rapide que le volatile n'eut même pas le temps de donner l'alarme, mais si la vieille du premier étage avait eu des yeux ou avait compté ses poules, nul ne sait ce qu'elle aurait pu faire des clés dans sa rage. Entre la conscience d'avoir commis un délit et la perception que la créature humaine qu'il protégeait s'en allait, le chien des larmes ne douta qu'un seul instant, il se mit à fouir incontinent le sol meuble et avant que la vieille du premier étage ne sorte sur la plate-forme de l'escalier de secours pour flairer la source des bruits qui arrivaient jusqu'à elle la carcasse de la poule avait été enterrée, le crime maquillé, le remords renvoyé à plus tard. Le chien des larmes gravit l'escalier comme une flèche, frôla comme un souffle les jupes de la vieille qui ne s'aperçut même pas du danger qui venait de passer près d'elle, et il alla se placer à côté de la femme du médecin où il clama sa prouesse à la cantonade. En entendant de si féroces aboiements, la vieille du premier étage prit peur pour la sécurité de son garde-manger mais un peu tard, nous le savons, et elle cria en étirant le cou vers l'étage supérieur, Il faut absolument attacher ce chien, je n'ai pas envie qu'il me tue une poule, Soyez tranquille, répondit la femme du médecin, le chien n'a pas faim, il a déjà mangé, et puis nous partons à l'instant même, A l'instant même, répéta la vieille, et sa voix se brisa comme de regret, ou comme si elle voulait être comprise différemment, par exemple, Vous allez me laisser ici toute seule, pourtant elle ne prononça pas un mot de plus, seulement ce A l'instant même, qui ne demandait pas de réponse, les cœurs durs ont eux aussi leurs chagrins, celui de cette femme fut tel qu'après elle ne voulut pas ouvrir sa porte pour dire adieu aux ingrats à qui elle avait permis de passer librement chez elle. Elle les entendit descendre l'escalier, ils parlaient, se disaient, Attention, ne trébuche pas, Mets la main sur mon épaule, Cramponne-toi bien à la main courante, ce sont des mots de toujours mais maintenant ils sont plus courants dans ce monde d'aveugles, mais elle s'étonna d'entendre une femme dire, Il fait si noir ici que je ne vois rien, le fait que la cécité de cette femme ne fût pas blanche était déjà surprenant en soi, mais qu'elle ne pût pas voir parce qu'il faisait noir, qu'est-ce que tout ça pouvait bien signifier. Elle s'efforça de réfléchir, mais sa tête vide ne l'aida pas, et bientôt elle se dit, J'ai dû mal entendre, voilà tout. Dans la rue, la femme du médecin se souvint de ses propres paroles, elle devait faire plus attention à ce qu'elle disait, elle pouvait se mouvoir comme une personne qui a des yeux, Mais mon langage doit être celui d'un aveugle, pensa-t-elle.

Sur le trottoir, elle disposa ses compagnons sur deux rangs de trois, elle plaça son mari et la jeune fille aux lunettes teintées dans le premier rang avec le garçonnet louchon au milieu, dans le deuxième le vieillard au bandeau noir et le premier aveugle de part et d'autre de l'autre femme. Elle voulait les avoir tous près d'elle, pas dans l'habituelle et fragile file indienne, laquelle peut se rompre à tout moment, il suffirait de croiser en chemin un groupe plus nombreux ou plus brutal, et ce serait comme un paquebot en mer coupant en deux une felouque qui se serait mise devant lui, on connaît les conséquences de ce genre d'accident, naufrage, épave, noyés, appels au secours inutiles sur l'immensité de la mer, le paquebot poursuit sa route, il ne s'est même pas aperçu de l'abordage, c'est ce qui arriverait ici, un aveugle ici, un autre là, perdus dans les courants désordonnés des autres aveugles, comme les vagues de la mer qui ne s'arrêtent pas et ne savent pas où elles vont, et la femme du médecin ne saurait pas non plus qui elle devra secourir en premier, tendant la main à son mari, peut-être au garçonnet louchon, mais perdant la jeune fille aux lunettes teintées, les deux autres et le vieillard au bandeau noir, très loin, en route pour le cimetière des éléphants. Elle passe maintenant autour de chacun et aussi autour d'elle-même une corde faite de bandes d'étoffes tressées, confectionnée pendant que les autres dormaient, Ne vous accrochez pas à elle, dit-elle, tenez-la plutôt de toutes vos forces, ne la lâchez en aucun cas, quoi qu'il arrive. Ils ne devaient pas marcher trop près les uns des autres pour ne pas se cogner mutuellement, mais il fallait qu'ils sentent la proximité de leurs voisins, leur contact si possible, un seul parmi eux n'avait pas besoin de se soucier de ces nouvelles questions de tactique de progression sur le terrain et c'était le garçonnet louchon qui marchait au milieu, car il était protégé de toute part. Aucun de nos aveugles n'eut l'idée de demander comment les autres groupes se débrouillaient pour naviguer, s'ils marchaient attachés de cette même façon ou d'une autre, mais la réponse serait aisée, car d'après ce que l'on a pu observer, en général, sauf dans le cas de ceux où la cohésion est plus grande pour des raisons qui leur sont propres et que nous ignorons, les groupes perdent et acquièrent des adhérents tout au long de la journée, il y a toujours un aveugle pour se perdre et s'égarer, un autre pour être entraîné par la force de la gravité et traîner der-

rière, il sera peut-être accepté, peut-être repoussé, cela dépend de
ce qu'il apporte avec lui. La vieille du premier étage ouvrit doucement la fenêtre, elle ne veut pas qu'on sache qu'elle a cette faiblesse sentimentale, mais aucun bruit ne monte de la rue, ils sont
déjà partis, ils ont abandonné ce lieu où presque personne ne
passe, la vieille devrait être contente, ainsi elle n'aura pas à partager avec autrui ses poules et ses lapins, elle devrait être contente
mais elle ne l'est pas, deux larmes sourdent de ses yeux aveugles
et pour la première fois elle se demanda si elle avait une raison
quelconque de continuer à vivre. Elle ne trouva pas de réponse,
les réponses ne viennent pas toujours quand elles le devraient, et
il arrive même souvent que la seule réponse possible soit de rester
simplement à les attendre.

Étant donné le chemin qu'ils ont pris, ils devraient passer à
deux pâtés de maisons de l'immeuble où le vieillard au bandeau
noir avait sa chambre d'homme seul, mais ils avaient décidé de
poursuivre leur route, il n'y a pas de nourriture là-bas, le vieillard
n'a pas besoin de vêtements, les livres il ne peut pas les lire. Les
rues sont pleines d'aveugles en quête de nourriture. Ils entrent et
sortent des magasins, ils entrent les mains vides et ressortent
presque toujours les mains vides, puis ils discutent entre eux de la
nécessité ou de l'avantage qu'il y aurait à abandonner ce quartier
pour aller glaner dans d'autres endroits de la ville, mais le grand
problème, les choses étant ce qu'elles sont, sans eau courante,
sans énergie électrique, les bonbonnes de gaz étant vides et grand
le danger à faire du feu dans les maisons, le gros problème c'est
qu'il est impossible de faire la cuisine, cela à supposer qu'on
sache où trouver du sel, de l'huile, des condiments au cas où on
voudrait préparer des plats avec un vestige de saveur à l'ancienne. S'il y avait des légumes on se contenterait de les faire
bouillir, de même pour la viande, en dehors des poules et des
lapins habituels on utiliserait bien les chiens et les chats qui se
laisseraient attraper, mais comme l'expérience est vraiment la
maîtresse de la vie, même ces animaux, naguère domestiques, ont
appris à se méfier des caresses, ils chassent maintenant en groupe
et c'est en groupe qu'ils se défendent contre les chasseurs, et
comme grâce à Dieu ils continuent à avoir des yeux, ils savent

mieux comment fuir et comment attaquer en cas de besoin. Toutes ces circonstances et ces raisons ont poussé les gens à conclure que les meilleurs aliments pour les humains sont les conserves, non seulement parce que la plupart du temps elles sont déjà cuisinées, prêtes à être consommées, mais aussi à cause de la facilité de leur transport et de la commodité de leur utilisation. Il est vrai que sur toutes les boîtes de conserve, bouteilles et divers types d'emballage on mentionne la date à partir de laquelle leur consommation est déconseillée, et même dans certains cas dangereuse, mais la sagesse populaire n'a pas tardé à forger un dicton imparable, symétrique d'un autre dicton qui a cessé d'être employé, loin des yeux, loin du cœur, on disait à présent, loin des yeux, près de l'estomac, ce qui expliquait qu'on mangeât tant de cochonneries. A la tête de son groupe, la femme du médecin fait mentalement le calcul de ce qui leur reste à manger, ça suffira tout juste, et encore, pour un repas, sans compter le chien, mais il n'aura qu'à se débrouiller par ses propres moyens, ces mêmes moyens qui lui ont si bien servi à saisir la poule par le cou pour lui couper et la voix et la vie. Elle a chez elle, si elle a bonne mémoire et si personne n'est entré là, une quantité raisonnable de conserves, ce qu'il faut à un couple, mais il y a maintenant sept bouches à nourrir, les réserves dureront peu, même si on leur applique un régime de rationnement sévère. Demain ou un de ces jours prochains elle devra retourner à l'entrepôt souterrain du supermarché, elle devra décider si elle ira seule ou si elle demandera à son mari de l'accompagner, ou au premier aveugle, qui est plus jeune et plus leste, le choix est entre la collecte d'une plus grande quantité de nourriture et la rapidité de l'action, sans oublier les conditions de la retraite. Les détritus dans les rues, qui semblent avoir doublé depuis hier, les excréments humains, ceux d'avant à moitié liquéfiés par la pluie violente, pâteux ou diarrhéiques, ceux qui sont éliminés en ce moment même par des hommes et des femmes pendant que nous passons, saturent l'atmosphère de puanteur, comme un épais brouillard à travers lequel il est difficile d'avancer. Sur une place entourée d'arbres avec une statue au centre, une meute de chiens dévore un homme. Il avait dû mourir tout récemment, ses membres ne sont pas rigides, ça se remarque quand les chiens les secouent pour arracher aux os la chair qu'ils tiennent entre leurs crocs. Un corbeau sautille à la recherche d'une brèche par où s'approcher lui aussi de la provende. La femme du médecin détourna les yeux, mais trop tard, un vomissement monta irrésistiblement de ses entrailles, deux fois, trois fois, comme si son corps encore vivant était secoué par d'autres chiens, la meute du désespoir absolu, Je suis arrivée ici, ici je veux mourir. Son mari demanda, Qu'as-tu, unis par la corde les autres se rapprochèrent davantage, soudain effrayés, Que se passe-t-il, Tu as des ennuis de digestion, Quelque chose n'était pas frais, Moi je n'ai rien, Moi non plus. Tant mieux pour eux, ils entendaient seulement le remue-ménage des bêtes, un croassement soudain et insolite de corbeau, dans la mêlée un chien lui avait mordu une aile au passage, sans animosité, la femme du médecin dit, Je n'ai pas pu m'en empêcher, excusez-moi, il y a ici des chiens qui dévorent un autre chien, Ils dévorent notre chien, demanda le garçonnet louchon, Non, notre chien, comme tu dis, est vivant, il leur tourne autour mais il ne s'approche pas, Après la poule qu'il a mangée, il ne doit pas avoir très faim, dit le premier aveugle, Ça va mieux maintenant, demanda le médecin, Oui, poursuivons notre chemin, Et notre chien, demanda de nouveau le garçonnet louchon, Ce n'est pas notre chien, il nous a simplement accompagnés et il va sans doute rester avec ces chiens qu'il aura fréquentés avant, il a retrouvé des copains, J'ai envie de faire caca, Ici, Oui, ça presse, j'ai mal au ventre, geignit le gamin. Il se soulagea ici même, du mieux qu'il put, la femme du médecin vomit encore une fois mais pour des raisons différentes. Ils traversèrent ensuite une grande place et quand ils furent à l'ombre des arbres la femme du médecin regarda derrière elle. D'autres chiens étaient apparus et se disputaient les restes du corps. Le chien des larmes arrivait, truffe au ras du sol comme s'il suivait une piste, c'est une question d'habitude car cette fois un simple coup d'œil lui aurait suffi pour trouver celle qu'il cherche.

Ils se remirent en marche, ils ont laissé derrière eux la maison du vieillard au bandeau noir, ils avancent maintenant sur une large avenue bordée de hauts et luxueux édifices. Ici les automobiles sont chères, spacieuses et confortables, voilà pourquoi on voit à l'intérieur tant d'aveugles endormis, et apparemment une immense limousine a même été transformée en résidence permanente, probablement parce qu'il est plus facile de retrouver une voiture qu'un appartement, les occupants de celle-ci doivent faire comme on faisait pendant la quarantaine pour trouver son lit, palper et compter les autos à partir du coin de la rue, vingt-sept, côté droit, ça y est, je suis chez moi. L'édifice à la porte duquel la limousine est garée est une banque. La voiture avait amené le président du conseil d'administration à la réunion plénière hebdomadaire, la première depuis qu'avait éclaté l'épidémie de mal blanc, et on n'avait pas eu le temps de la conduire dans le garage souterrain où elle attendrait la fin des débats. Le chauffeur était devenu aveugle au moment où le président allait pénétrer dans le bâtiment par la porte principale comme il aimait à le faire, il eut encore le temps de pousser un cri, nous voulons parler du chauffeur, mais lui, nous voulons parler du président, ne l'entendit pas. D'ailleurs la réunion ne serait pas aussi plénière que son nom l'impliquait, plusieurs membres du conseil étaient devenus aveugles dernièrement. Le président ne put pas ouvrir la séance dont l'ordre du jour prévoyait précisément la discussion des mesures à prendre au cas où tous les membres titulaires et suppléants du conseil d'administration deviendraient aveugles, et il ne put même pas pénétrer dans la salle de réunion, car pendant que l'ascenseur le menait au quinzième étage le courant électrique s'interrompit à tout jamais, exactement entre le neuvième et le dixième étage. Et comme un malheur ne vient jamais seul, au même instant les électriciens qui s'occupaient de l'entretien du réseau intérieur d'énergie et par conséquent aussi du générateur, d'un modèle ancien, pas automatique, qui aurait dû être remplacé depuis longtemps, devinrent aveugles et le résultat fut, ainsi qu'il fut dit précédemment, que l'ascenseur resta coincé entre le neuvième et le dixième étage. Le président vit le garçon d'ascenseur qui l'accompagnait devenir aveugle, lui-même perdit la vue une heure plus tard, et comme l'électricité ne revint pas et que les cas de cécité dans la banque se multiplièrent ce jour-là, il est à peu près sûr et certain que tous deux sont encore là-dedans, morts, inutile de le préciser, enfermés dans un tombeau d'acier, et donc heureusement à l'abri des chiens dévorateurs.

Comme il n'y avait pas de témoins, et s'il y en eut rien ne porte à croire qu'ils eussent été appelés dans le cadre de ce procès-verbal à nous relater les événements, il est tout à fait compréhensible que quelqu'un demande comment il est possible de savoir que les événements se sont déroulés ainsi et pas autrement, et la réponse à donner est que tous les récits sont comme ceux de la création de l'univers, personne n'était là, personne n'y a assisté, mais tout le monde sait ce qui s'est passé. La femme du médecin avait demandé, Que sont devenues les banques, non que cela lui importât beaucoup, encore qu'elle eût confié toutes ses économies à l'une d'elles, elle posa la question par simple curiosité, simplement parce qu'elle lui avait traversé l'esprit, c'est tout, elle ne s'attendait pas à ce qu'on lui répondît, par exemple, Au début, Dieu créa le ciel et la terre, la terre était informe et vide, les ténèbres couvraient l'abîme, et l'Esprit de Dieu se mouvait au-dessus de la surface des eaux, au lieu de cela le vieillard au bandeau noir dit pendant qu'ils descendaient l'avenue, D'après ce que j'ai pu savoir quand j'avais encore un œil pour voir, au début ça a été diabolique, les gens qui avaient peur de devenir aveugles et démunis se sont précipités dans les banques pour retirer leur argent, pensant qu'ils devaient prendre leurs précautions en vue de l'avenir, et il faut les comprendre, si quelqu'un sait qu'il ne pourra plus travailler, la seule solution, tant qu'elles dureront, c'est de recourir aux économies faites au temps de la prospérité et des prévisions à long terme, à supposer que les gens aient eu la prudence d'engranger leur épargne grain à grain, le résultat de cette course foudroyante fut que certaines des principales banques firent faillite en vingt-quatre heures, le gouvernement intervint pour demander aux esprits de se calmer et en appeler à la conscience civique des citoyens, terminant sa proclamation en déclarant solennellement qu'il assumerait toutes les responsabilités et tous les devoirs découlant de la situation de catastrophe publique que traversait le pays, mais la compresse n'apporta aucun soulagement, non seulement parce que les gens continuaient à devenir aveugles, mais aussi parce que ceux qui y voyaient encore ne pensaient qu'à sauver leur précieux argent, et à la fin, c'était inévitable, les banques, qu'elles eussent ou non fait faillite, durent fermer leurs portes et demander protection à la police, ce qui ne servit à rien, car parmi la multitude qui se rassemblait en poussant des cris devant les banques il y avait aussi des policiers en civil qui réclamaient les quelques sous qu'ils avaient eu tant de mal à gagner, certains, pour pouvoir agir plus à leur aise, avaient averti leurs chefs qu'ils étaient devenus aveugles et s'étaient fait porter pâles, et les autres, les encore en uniforme et les actifs, leur arme braquée sur les masses en colère, cessaient soudain de voir leur cible, et ceux-là, s'ils avaient de l'argent à la banque, perdaient tout espoir et s'entendaient par-dessus le marché reprocher d'avoir pactisé avec le pouvoir en place, mais le pire vint plus tard, quand les banques furent assaillies par des hordes furieuses d'aveugles et de non-aveugles, mais tous au désespoir, et désormais il ne s'agissait plus de présenter pacifiquement au guichet un chèque pour retirer son argent en disant à l'employé, je veux retirer le solde, mais de faire main basse sur tout ce qu'on trouvait, l'argent du jour, l'argent laissé dans un tiroir, dans un coffre resté ouvert par inadvertance, dans un petit sac de pièces de monnaie à l'ancienne, comme ceux qu'utilisaient les grands-parents de la génération la plus âgée, tout cela est difficile à imaginer, les vastes et somptueuses entrées des sièges de banque et les petites filiales de banlieue assistèrent à des scènes véritablement terrifiantes, et il ne faut pas oublier les caisses automatiques, fracturées et pillées jusqu'au dernier billet, sur l'écran desquelles apparut mystérieusement un message de remerciement pour avoir choisi cette banque, les machines sont vraiment stupides, mais peut-être serait-il plus exact de dire que celles-là avaient trahi leurs maîtres, bref, tout le mystère bancaire s'effondra d'un seul coup, comme un château de cartes, et pas parce que la possession de l'argent n'était plus appréciée, la preuve étant que celui qui a de l'argent ne veut pas le céder, alléguant qu'on ne sait pas de quoi demain sera fait, idée sûrement partagée par les aveugles qui ont pris leurs quartiers dans les souterrains des banques où sont installés les coffres-forts, en attendant le miracle qui leur ouvrira toutes grandes les lourdes portes en acier nickelé qui les séparent de la richesse, ils ne sortent de là que pour aller chercher de la nourriture et de l'eau ou pour satisfaire aux autres besoins du corps, et ils reviennent aussitôt à leur poste, ils ont des mots de passe et des signaux avec les doigts pour qu'aucune personne étrangère au réduit ne puisse s'y introduire, ils vivent, bien entendu, dans l'obscurité la plus absolue, mais qu'importe, pour cette cécité-là tout est blanc. Le vieillard au bandeau noir relata ces épouvantables événements touchant la banque et la finance pendant qu'ils traversaient la ville sans se presser, faisant des haltes pour que le garçonnet louchon pût apaiser les tumultes intolérables de son intestin, et en dépit du ton de véracité qu'il sut imprimer à sa description passionnante il est permis de penser qu'il y eut quelques exagérations dans son récit, l'histoire des aveugles qui vivent dans les souterrains, par exemple, comment eût-il été au courant sans connaître le mot de passe ni le petit mouvement avec le pouce, mais en tout cas ça nous aura donné une idée de la situation.

Le jour déclinait quand ils arrivèrent enfin dans la rue où habitent le médecin et sa femme. Elle ne se distingue pas des autres, il y a des immondices partout, des bandes d'aveugles qui errent à la dérive et, pour la première fois, mais ce fut un simple hasard si nous ne les avons pas rencontrés plus tôt, d'énormes rats, deux rats, que les chats qui rôdent dans le coin n'osent pas attaquer car ils ont presque la même taille qu'eux et ils sont sûrement bien plus féroces. Le chien aux larmes regarda les uns et les autres avec l'indifférence de celui qui vit dans un autre univers d'émotions, car c'est ainsi qu'on s'exprimerait s'il n'était pas le chien qu'il continue à être, mais un animal qui fréquente les humains. A la vue de ces lieux connus, la femme du médecin ne se fit pas l'habituelle réflexion mélancolique qui consiste à se dire, Comme le temps passe, il n'y a pas si longtemps nous fûmes heureux ici, ce qui la choqua fut sa déception, inconsciemment elle avait cru que parce que c'était la sienne elle trouverait la rue propre, balayée, nettoyée, et que ses voisins seraient aveugles des yeux, mais pas de l'entendement. Que je suis bête, dit-elle tout haut, Pourquoi, que se passe-t-il, demanda son mari, Rien, des fantaisies, Comme le temps passe, je me demande comment sera l'appartement, Nous le saurons bientôt. Leurs forces étant très amoindries, ils gravirent l'escalier très lentement, s'arrêtant à chaque palier, C'est au cinquième, avait dit la femme du médecin. Ils grimpaient tant bien que mal, chacun à son rythme, le chien des larmes tantôt devant, tantôt derrière, comme s'il était né pour être chien de troupeau, avec l'ordre de ne perdre aucune brebis. Il y avait des portes ouvertes, des voix à l'intérieur, l'inévitable odeur nauséabonde qui sortait en bouffées, à deux reprises des aveugles parurent sur le seuil en regardant avec des yeux vagues, Qui va là, demandèrent-ils, la femme du médecin reconnut l'un d'eux, l'autre n'était pas de l'immeuble, Nous habitions ici, se borna-t-elle à répondre. L'aveugle eut lui aussi l'air de la reconnaître mais il ne demanda pas, Vous êtes l'épouse du docteur, peut-être dira-t-il en rentrant chez lui, Les voisins du cinquième sont revenus. Quand ils eurent gravi la dernière partie de l'escalier, avant même de poser le pied sur le palier, la femme du médecin annonça, Elle est fermée. Il y avait des indices de tentatives d'effraction, mais la porte avait résisté. Le médecin mit la main dans la poche intérieure de son veston neuf et en sortit les clés. Il les tint en l'air, attendant, mais sa femme guida doucement sa main vers le trou de la serrure.

A l'exclusion de la poussière domestique qui profite des absences des familles pour ternir doucement la surface des meubles, et il faut bien dire que c'est la seule occasion qu'elle a de se reposer, sans agitations de plumeau ou d'aspirateur, sans courses d'enfants qui déclenchent des tourbillons atmosphériques au passage, l'appartement était propre et le seul désordre était celui auquel il faut s'attendre quand on doit partir précipitamment. Malgré tout, ce jour-là, pendant qu'ils attendaient les appels téléphoniques du ministère et de l'hôpital, et avec un esprit de prévoyance semblable à celui qui pousse les personnes sensées à mettre leurs affaires en ordre de leur vivant afin qu'il ne soit pas nécessaire après leur mort de recourir odieusement à des nettoyages brutaux, la femme du médecin lava la vaisselle, fit le lit, rangea la salle de bains, ce ne fut pas comme on dit, d'une propreté nickel, mais il eût été vraiment cruel d'exiger d'elle davantage, avec ses mains tremblantes et ses yeux noyés de larmes. Ce fut donc dans une espèce de paradis qu'arrivèrent les sept pèlerins, et cette impression fut si forte que nous pourrions l'appeler transcendantale, sans trop pécher contre la rigueur du vocabulaire, elle fut si forte qu'ils s'arrêtèrent à l'entrée, comme paralysés par l'odeur inattendue de l'appartement, qui était simplement celle d'une maison fermée, en d'autres temps nous nous serions précipités pour ouvrir toutes les fenêtres, Pour aérer, aurions-nous dit, or aujourd'hui on voudrait pouvoir les calfeutrer pour empêcher la pourriture du dehors d'entrer. La femme du premier aveugle dit, Nous allons tout te salir, et elle avait raison, s'ils entraient avec leurs souliers couverts de boue et de merde, en un instant le paradis deviendrait enfer, deuxième endroit où, au dire des spécialistes, le plus difficile à supporter pour les âmes condamnées c'est l'odeur putride, fétide, nauséabonde, pestilentielle, et non les tenailles chauffées à blanc, les chaudrons de poix bouillante et autres ustensiles de forge et de cuisine. Depuis des temps immémoriaux, les maîtresses de maison avaient l'habitude de dire, Entrez, entrez, voyons, cela n'a pas d'importance, ce qui se salit se nettoie, mais cette maîtresse de maison-ci, de même que ses invités, sait d'où ils viennent tous, elle sait que dans le monde où ils vivent ce qui est sale se salira encore plus, raison pour laquelle elle les remercie et leur demande de se déchausser sur le palier, à vrai dire les pieds eux non plus ne sont pas très propres mais c'est sans comparaison, les serviettes et les draps de la jeune fille aux lunettes teintées ont eu leur utilité, ils ont nettoyé le plus gros. Ils entrèrent donc déchaussés, la femme du médecin chercha et trouva un grand sac en plastique où elle fourra toutes les chaussures en vue d'un lavage, elle ne savait ni quand ni comment, puis elle le porta sur le balcon, l'air du dehors n'en deviendra pas plus empesté pour autant. Le ciel commençait à s'assombrir, il y avait des nuages noirs, Si seulement il pouvait pleuvoir, pensat-elle. Elle revint vers ses compagnons avec une idée claire de ce qu'elle devait faire. Ils étaient dans le salon, immobiles, debout, bien qu'horriblement fatigués ils n'avaient pas osé chercher un siège, seul le médecin parcourait vaguement les meubles avec ses mains, laissant des traces à la surface, le premier nettoyage commençait, une partie de la poussière s'accrochait au bout de ses doigts. La femme du médecin dit, Déshabillez-vous tous, nous ne pouvons pas rester comme nous sommes, nos habits sont presque aussi sales que nos souliers, Nous déshabiller ici, demanda le premier aveugle, les uns devant les autres, je ne trouve pas ça convenable, Si vous voulez, je peux vous mettre chacun dans un coin de l'appartement, répondit ironiquement la femme du médecin, comme ça la pudeur sera sauve, Moi je me déshabille ici même, dit la femme du premier aveugle, toi seule peux me voir et, même si ce n'était pas le cas, je n'oublie pas que tu m'as vue pire que nue, mon mari a vraiment la mémoire qui flanche, Je ne sais pas quel intérêt il y a à rappeler des sujets désagréables qui sont déjà choses du passé, grommela le premier aveugle, Si tu étais une femme et que tu étais passé par ce par quoi nous sommes passées, tu penserais autrement, dit la jeune fille aux lunettes teintées en commençant à dévêtir le garçonnet louchon. Le médecin et le vieillard au bandeau noir avaient déjà le torse nu, ils dégrafaient à présent leur pantalon, le vieillard au bandeau noir dit au médecin qui était à côté de lui, Laisse-moi m'appuyer sur toi pour désenfiler les jambes. Ils étaient si ridicules avec leurs sautillements, les pauvres, que ça donnait presque envie de pleurer. Le médecin perdit l'équilibre et entraîna dans sa chute le vieillard au bandeau noir, tous deux heureusement rirent de l'incident et ils étaient attendrissants avec leur corps souillé de toutes les saletés du monde, leur sexe comme empâté, leurs poils blancs, leurs poils noirs, c'était vraiment la fin de la respectabilité du grand âge et d'une digne profession. La femme du médecin les aida à se relever, bientôt il fera complètement sombre, personne n'aura plus de raison de se sentir gêné. Y a-t-il des bougies quelque part, se demanda-t-elle et elle se souvint, ce fut la réponse à sa question, qu'elle avait deux reliques de l'éclairage dans l'appartement, une ancienne lampe à huile avec trois becs et une vieille lampe à pétrole avec un manchon en verre, Pour le moment la lampe à huile fera l'affaire, j'ai de l'huile, on improvisera une mèche, demain je me mettrai en quête de pétrole dans une de ces drogueries, ça sera beaucoup plus facile à trouver qu'une boîte de conserve, Surtout si tu ne la cherches pas dans une droguerie, pensa-t-elle, toute surprise d'être encore capable de plaisanter dans cette situation. La jeune fille aux lunettes teintées se dévêtait lentement, si bien qu'on avait l'impression qu'elle aurait beau se dépouiller il lui resterait toujours un dernier vêtement pour se couvrir, on a du mal à comprendre la raison de tant de modestie, pourtant si la femme du médecin s'approchait elle verrait le visage de la jeune fille s'empourprer sous la crasse, comprenne les femmes qui pourra, l'une d'elles tout à coup est prise de pudeur après avoir couché à droite et à gauche avec des hommes qu'elle connaissait à peine, et nous savons de l'autre qu'elle serait tout à fait capable de lui dire à l'oreille le plus tranquillement du monde, N'aie pas honte, il ne peut pas te voir, elle se référerait évidemment à son propre mari car nous n'avons pas oublié comment l'effrontée était allée le tenter dans son propre lit, en définitive, femme couchée et bois debout, on n'en voit jamais le bout. Cela dit, la raison est peut-être différente, il y a ici encore deux hommes nus, dont l'un l'a reçue dans son lit.

La femme du médecin ramassa les vêtements abandonnés par terre, pantalons, chemises, un veston, des chandails, des blousons, du linge de corps poisseux d'immondices, à ce dernier pas même une lessive d'un mois ne restituerait sa propreté, elle fit une brassée de tout ça, Restez ici, dit-elle, je reviens. Elle porta les vêtements sur le balcon, comme elle avait fait pour les souliers, là elle se déshabilla à son tour en regardant la ville noire sous le ciel lourd. Pas une lumière pâle aux fenêtres, pas un reflet exsangue sur les façades, ce n'était pas une ville qui s'étendait là, c'était une immense masse de goudron qui en refroidissant s'était moulée elle-même sous la forme d'immeubles, de toits, de cheminées, tout était mort, tout était éteint. Le chien des larmes apparut sur le balcon, inquiet, mais maintenant il n'y avait pas de pleurs à essuyer, le désespoir était entièrement à l'intérieur, les yeux étaient secs. La femme du médecin eut froid, elle se souvint des autres, nus au milieu du salon, attendant ils ne savaient quoi. Elle rentra. Ils s'étaient transformés en simples contours asexués, en taches floues, en ombres qui se perdaient dans l'ombre, Mais pas pour eux, pensa-t-elle, eux se diluent dans la lumière qui les environne, eux c'est la lumière qui les empêche de voir. Je vais allumer une lampe, dit-elle, en ce moment je suis presque aussi aveugle que vous, L'électricité est revenue, demanda le garçonnet louchon, Non, je vais allumer une lampe à huile, Qu'est-ce que c'est, demanda de nouveau le gamin, Je te montrerai plus tard. Elle chercha une boîte d'allumettes dans un des sacs, alla à la cuisine, elle savait où était rangée l'huile, elle n'avait pas besoin de beaucoup d'huile, elle arracha une bande de tissu à un torchon à vaisselle pour en faire une mèche, puis elle retourna au salon où se trouvait la lampe, pour la première fois depuis sa fabrication elle allait être utile, au début ce ne semblait pas devoir être sa destination, mais aucun de nous, lampes, chiens ou humains, ne sait au début pourquoi il est venu au monde. L'une après l'autre, trois petites amandes lumineuses et tremblantes s'allumèrent dans les becs de la lampe, de temps en temps elles s'étiraient et l'on eût dit que le haut des flammes allait se perdre dans l'air, puis elles se tassaient sur elles-mêmes, denses, solides, petits cailloux de lumière. La femme du médecin dit, Maintenant que j'y vois, je vais aller vous chercher du linge propre, Mais nous sommes sales, lui rappela la jeune fille aux lunettes teintées. La femme du premier aveugle et elle se couvraient la poitrine et le pubis de leurs mains, Ce n'est pas à cause de moi, pensa la femme du médecin, c'est parce que la lumière de la lampe les regarde. Puis elle dit, Mieux vaut avoir des vêtements propres sur un corps sale que des vêtements sales sur un corps propre. Elle prit la lampe et s'en fut fourrager dans les tiroirs des commodes, dans les penderies, au bout de quelques minutes elle revint avec des pyjamas, des robes de chambre, des jupes, des blouses, des robes, des chaussures, des pull-overs, tout ce qu'il fallait pour couvrir sept personnes avec décence, il est vrai que les femmes n'avaient pas toutes la même taille, mais leur maigreur faisait d'elles des jumelles. La femme du médecin les aida à s'habiller, le garçonnet louchon reçut en partage une paire de shorts du médecin, de ceux qu'on porte à la plage ou à la campagne et qui transforment les hommes en enfants. Maintenant nous pouvons nous asseoir, soupira la femme du premier aveugle, guide-nous, s'il te plaît, nous ne savons pas où nous mettre.

Le salon ressemble à tous les salons, il y a une table basse au milieu, entourée de canapés en nombre suffisant pour tous, le médecin et sa femme s'assoient sur celui-ci, avec le vieillard au bandeau noir, sur celui-là la jeune fille aux lunettes teintées et le garçonnet louchon, sur cet autre-là la femme du premier aveugle et le premier aveugle. Ils sont épuisés. Le garçonnet s'endormit immédiatement, la tête sur les genoux de la jeune fille aux lunettes teintées, il avait complètement oublié la lampe à huile. Une heure se passa ainsi, une heure de bonheur, sous la lumière très douce les visages sales étaient comme lavés, les yeux de ceux qui ne dormaient pas brillaient, le premier aveugle chercha la main de sa femme et la serra, montrant par ce geste combien le repos du corps contribue à l'harmonie des esprits. La femme du médecin dit alors,

255

D'ici peu nous mangerons quelque chose, mais auparavant il serait bon que nous nous mettions d'accord sur la façon dont nous allons vivre ici, rassurez-vous, je ne répéterai pas le discours du haut-parleur, il y a suffisamment de place pour dormir, les deux chambres à coucher seront pour les couples, les autres peuvent dormir ici au salon, chacun sur un canapé, demain j'irai chercher de la nourriture, celle que nous avons est sur le point de s'achever, il serait utile que l'un de vous vienne avec moi pour m'aider à porter les sacs et aussi pour que vous commenciez à apprendre les chemins qui mènent ici et à reconnaître les coins de rue, un jour ou l'autre je peux tomber malade, ou devenir aveugle, je m'attends sans cesse à ce que ça m'arrive, dans ce cas je devrai apprendre de vous tous, encore une question, sur le balcon il y a un seau pour y faire ses besoins, je sais que ce n'est pas agréable de sortir, avec la pluie qui est tombée et le froid qu'il fait, mais c'est quand même mieux que d'avoir un appartement qui pue, n'oublions pas ce qu'a été notre vie pendant notre internement, nous avons descendu tous les degrés de l'indignité, tous autant que nous sommes, jusqu'à atteindre l'abjection, cela pourrait nous arriver ici aussi, bien que de manière différente, là-bas nous avions l'excuse de l'abjection des gens à l'extérieur, maintenant nous n'avons plus d'excuse, nous sommes tous égaux devant le mal et le bien, je vous en supplie, ne me demandez pas ce qu'est le bien et ce qu'est le mal, nous le savions chaque fois que nous avons dû agir quand la cécité était une exception, les notions de juste et d'erroné sont simplement une façon différente de comprendre notre relation à l'autre, pas celle que nous entretenons avec nous-mêmes et à laquelle nous ne pouvons nous fier, excusez cette harangue moralisatrice, mais vous ne savez pas, vous ne pouvez pas savoir ce que c'est que d'avoir des yeux dans un monde d'aveugles, je ne suis pas une reine, non, je suis simplement une femme née pour voir l'horreur, vous, vous sentez l'horreur, moi je la sens et je la vois, et maintenant assez disserté, allons manger. Personne ne posa de questions, le médecin se borna à dire, Si un jour j'ai de nouveau mes yeux, je regarderai vraiment les yeux des autres, comme si je voyais leur âme, L'âme, demanda le vieillard au bandeau noir, Ou l'esprit, peu importe le terme, alors, de façon inattendue si on considère qu'elle n'a pas fait de longues études, la jeune fille aux lunettes teintées dit, Il y a en chacun de nous une chose qui n'a pas de nom, et cette chose est ce que nous sommes.

La femme du médecin avait posé sur la table une partie de la maigre nourriture qui restait, puis elle les aida à s'asseoir et dit, Mastiquez lentement, ça aide à tromper l'estomac. Le chien des larmes ne vint pas demander sa part, il était habitué à jeûner, d'ailleurs il avait sans doute pensé qu'après le festin du matin il n'avait pas le droit de retirer la moindre parcelle de nourriture de la bouche de la femme qui avait pleuré, les autres ne semblent pas avoir beaucoup d'importance pour lui. Au milieu de la table, la lampe à trois becs attendait que la femme du médecin donnât l'explication promise, qui vint quand ils eurent fini de manger, Donne-moi tes mains, dit-elle au garçonnet louchon, puis elle les guida lentement tout en disant, Ça c'est la base, elle est ronde, comme tu vois, et ça c'est la colonne qui soutient la partie supérieure, le réservoir d'huile, ici, fais attention à ne pas te brûler, il y a les becs, un, deux, trois becs, c'est de là que sortent les mèches, des petites bandes de tissu qui sucent l'huile à l'intérieur, on en approche une allumette et elles continuent à brûler jusqu'à ce qu'il n'y ait plus d'huile, elles donnent une lumière faible mais ça suffit pour y voir, Je ne vois pas, Un jour tu verras, ce jour-là je te ferai cadeau de la lampe à huile, De quelle couleur est-elle, Tu n'as jamais vu d'objet en laiton, Je ne sais pas, je ne me souviens pas, c'est quoi le laiton, Le laiton est jaune, Ah. Le garçonnet louchon réfléchit un instant, Maintenant il va réclamer sa mère, pensa la femme du médecin, mais elle se trompait, le gamin dit simplement qu'il voulait de l'eau, il avait très soif, Tu devras attendre jusqu'à demain, nous n'avons pas d'eau dans l'appartement, au même instant elle se souvint qu'il y avait encore de l'eau, cinq litres ou plus d'eau précieuse, le contenu intact du réservoir de la chasse d'eau, cette eau ne pouvait être pire que celle qu'ils avaient bue pendant la quarantaine. Aveugle dans l'obscurité, elle alla dans la salle de bains, souleva à tâtons le couvercle du réservoir, elle ne pouvait voir s'il y avait vraiment de l'eau, mais ses doigts lui disaient que oui, elle chercha un verre, le plongea, le remplit soigneusement, la civilisation était retournée aux fontaines primitives dans lesquelles pour les remplir il faut plonger les récipients. Quand elle rentra dans le salon, ils étaient tous assis à leur place. La lampe éclairait les visages tournés vers elle, c'était comme si elle leur disait, Je suis ici, regardez-moi, profitez-en, dites-vous bien que cette lumière ne durera pas toujours. La femme du médecin approcha le verre des lèvres du garçonnet louchon en disant, Voilà de l'eau, bois lentement, religieusement, savoure-la, un verre d'eau est une merveille, elle ne parlait pas au garçon, elle ne parlait à personne, elle disait simplement à l'univers la merveille qu'est un verre d'eau. Où l'as-tu trouvée, c'est de l'eau de pluie, demanda son mari, Non, elle vient de la chasse d'eau, N'avions-nous pas ici une bonbonne d'eau quand nous sommes partis, demanda-t-il de nouveau, et la femme s'exclama, Mais si, comment n'y ai-je pas pensé, une bonbonne à moitié vide et une autre encore intacte, oh, quelle joie, ne bois pas, ne bois plus, disait-elle au gamin, nous allons tous boire de l'eau pure, je mettrai nos plus beaux verres sur la table et nous boirons de l'eau pure. Cette fois, elle prit la lampe et alla dans la cuisine, d'où elle revint avec la bonbonne, la lumière traversait le verre et faisait étinceler le joyau qu'il contenait. Elle la plaça sur la table, alla chercher les verres, les plus beaux qu'elle avait, de cristal très fin, puis lentement, telle l'officiante d'un rite, elle les remplit. Puis elle dit, Buvons. Les mains aveugles cherchèrent et trouvèrent les verres, les soulevèrent en tremblant. Buvons, répéta la femme du médecin. Au centre de la table, la lampe était comme un soleil entouré d'astres brillants. Quand les verres furent posés, la jeune fille aux lunettes teintées et le vieillard au bandeau noir pleuraient.

Ce fut une nuit inquiète. Vagues au début, imprécis, les rêves erraient de dormeur en dormeur, cueillant ici, cueillant là, ils charriaient de nouveaux souvenirs, de nouveaux secrets, de nouveaux désirs, et les dormeurs soupiraient et murmuraient, Ce rêve n'est pas à moi, disaient-ils, mais le rêve répondait, Tu ne connais pas encore tes rêves, la jeune fille aux lunettes teintées apprit ainsi qui était le vieillard au bandeau noir qui dormait à deux pas d'elle, lui-même crut savoir qui elle était, il le crut simplement, car pour que les rêves soient identiques ils ne leur suffit pas d'être réciproques. Quand l'aube parut il se mit à pleuvoir. Le vent lança contre les fenêtres une ondée qui résonna comme le claquement de mille fouets. La femme du médecin s'éveilla, ouvrit les yeux et murmura, Comme il pleut, puis elle les referma, la chambre était toujours plongée dans une nuit noire, elle pouvait dormir. Elle ne s'était pas rendormie depuis plus d'une minute quand elle se réveilla brusquement avec l'idée qu'il lui fallait faire quelque chose, mais sans comprendre encore de quoi il s'agissait, la pluie lui disait, Lève-toi, que voulait donc la pluie. Doucement, pour ne pas réveiller son mari, elle sortit de la chambre, traversa le salon, s'arrêta un instant pour regarder ceux qui dormaient sur les canapés, puis elle longea le couloir jusqu'à la cuisine, la pluie poussée par le vent tombait avec plus de violence sur cette partie de l'immeuble. Elle nettoya la vitre embuée avec la manche de sa robe de chambre et regarda dehors. Le ciel n'était plus qu'un immense nuage, la pluie tombait à verse. Sur le balcon, entassés, il y avait les vêtements sales dont ils s'étaient dépouillés, il y avait le sac en plastique avec les chaussures qu'il fallait laver. Laver. L'ultime voile du sommeil se déchira soudain, voilà ce qu'elle devait faire. Elle ouvrit la porte, fit un pas, la pluie l'inonda aussitôt de la tête aux pieds, comme si elle était sous une cascade. Il faut que je profite de cette eau, pensa-t-elle. Elle rentra dans la cuisine et, évitant le plus possible de faire du bruit, elle commença à rassembler des cuvettes, des marmites, des casseroles, tout ce qui pouvait recueillir un peu de cette pluie qui descendait du ciel en cordes, en rideaux que le vent agitait, qu'il poussait au-dessus des toits de la ville comme un immense balai bruyant. Elle les porta dehors, les disposa le long du balcon, près de la balustrade, maintenant elle aurait de l'eau pour laver les vêtements immondes, les chaussures dégoûtantes. Qu'elle ne s'arrête pas, que cette pluie ne s'arrête pas surtout, murmurait-elle en allant chercher dans la cuisine les savons, les détergents, les éponges, tout ce qui pouvait servir à nettoyer un peu, ne fût-ce qu'un peu, cette insupportable saleté de l'âme. Du corps, dit-elle, comme pour corriger sa pensée métaphysique, puis elle ajouta, Ça revient au même. Alors, comme si ce devait être la conclusion inéluctable, la conciliation harmonieuse entre ce qu'elle avait dit et ce qu'elle avait pensé, elle se défit soudain de sa robe de chambre mouillée, et nue, recevant sur son corps tantôt la caresse, tantôt le coup de verges de la pluie, elle entreprit de laver les vêtements en même temps qu'elle se lavait elle-même. Les clapotements d'eau qui l'entouraient l'empêchèrent de s'apercevoir qu'elle n'était plus seule. La jeune fille aux lunettes teintées et la femme du premier aveugle étaient apparues à la porte du balcon, quels pressentiments, quelles intuitions, quelles voix intérieures les avaient réveillées, nul ne le sait, tout comme nul ne sait comment elles avaient réussi à trouver le chemin du balcon, inutile de chercher des explications, libre à chacun de se perdre en conjectures. Aidez-moi, dit la femme du médecin quand elle les aperçut, Comment, puisque nous ne voyons pas, demanda la femme du premier aveugle, Ôtez les vêtements que vous avez sur le corps, moins nous en aurons à sécher après, mieux cela vaudra, Mais nous ne voyons pas, répéta la femme du premier aveugle, Peu importe, dit la jeune fille aux lunettes teintées, nous ferons ce que nous pourrons, Et je fignolerai après, dit la femme du médecin, je nettoierai ce qui sera encore sale, et maintenant au travail, allez, nous sommes la seule femme au monde avec deux yeux et six mains. Peut-être que dans l'immeuble en face, derrière ces fenêtres fermées, des aveugles, des hommes, des femmes réveillés par la violence des rafales de pluie opiniâtres, le front appuyé contre les vitres froides, recouvrant la buée de la nuit de leur haleine, se souviennent du temps où, tels qu'ils sont en ce moment, ils regardaient de la même façon la pluie tomber du ciel. Ils ne peuvent imaginer qu'il y a plus loin trois femmes nues, aussi nues que lorsqu'elles sont venues au monde, on dirait des folles, elles doivent être folles, des personnes dotées de tout leur bon sens ne se mettent pas à faire la lessive sur un balcon exposées aux réflexions des voisins, et surtout pas dans ce simple appareil, peu importe que nous soyons tous aveugles, ce sont là des choses qui ne se font pas, mon Dieu comme la pluie coule sur elles, comme elle descend entre leurs seins, comme elle s'attarde et se perd dans l'obscurité du pubis, comme elle inonde enfin et entoure les cuisses, peut-être nos pensées à l'égard de ces femmes ont-elles été injustes, peut-être est-ce nous qui sommes incapables de voir ce qu'il est arrivé de plus beau et de plus glorieux dans l'histoire de la ville, une nappe d'écume mousseuse tombe du balcon, comme j'aimerais pouvoir tomber avec elle, interminablement, propre, purifié, nu. Seul Dieu nous voit, dit la femme du premier aveugle qui, malgré les déceptions et les contrariétés, continue à croire fermement que Dieu n'est pas aveugle, ce à quoi la femme du médecin répondit, Pas même lui ne nous voit, le ciel est couvert, je suis la seule à pouvoir vous voir, Est-ce que je suis laide, demanda la jeune fille aux lunettes teintées, Tu es maigre et sale mais tu ne seras jamais laide, Et moi, demanda la femme du premier aveugle, Sale et maigre comme elle, pas aussi belle, mais plus jolie que moi, Tu es belle, dit la jeune fille aux lunettes teintées, Comment peux-tu le savoir, tu ne m'as jamais vue, J'ai rêvé de toi deux fois, Quand, La deuxième fois c'est la nuit dernière, Tu as rêvé de la maison parce que tu te sentais en sécurité et tranquille, c'est naturel après tout ce par quoi nous sommes passés, dans ton rêve j'étais la maison et, comme pour me voir tu avais besoin de me donner un visage, tu l'as inventé, Moi aussi je te vois belle et je n'ai jamais rêvé de toi, dit la femme du premier aveugle, Ce qui prouve simplement que la cécité est la providence des laids, Tu n'es pas laide, Non, en effet je ne le suis pas, mais l'âge, Quel âge as-tu, demanda la jeune fille aux lunettes teintées, J'approche de la cinquantaine, Comme ma mère, Et elle, Elle quoi, Elle est toujours belle, Moins qu'avant, C'est ce qui nous arrive à tous, nous sommes tous moins qu'avant, Toi tu n'as jamais été autant, dit la femme du premier aveugle. Les mots sont ainsi, ils déguisent beaucoup, ils s'additionnent les uns aux autres, on dirait qu'ils ne savent pas où ils vont, et soudain à cause de deux ou trois, ou quatre qui brusquement jaillissent, simples en soi, un pronom personnel, un adverbe, un verbe, un adjectif, l'émotion monte irrésistiblement à la surface de la peau et des yeux, faisant craquer la digue des sentiments, parfois ce sont les nerfs qui n'en peuvent plus, ils ont trop supporté, tout supporté, c'était comme s'ils portaient une armure, on dit, La femme du médecin a des nerfs d'acier, et finalement voilà la femme du médecin en larmes à cause d'un pronom personnel, d'un adverbe, d'un verbe, d'un adjectif, simples catégories grammaticales, simples désignatifs, comme sont également en larmes les deux autres femmes, les autres, pronoms indéfinis, eux aussi en pleurs, qui étreignent la femme de la proposition complète, trois grâces nues sous la pluie qui tombe. Ce sont des moments qui ne peuvent durer éternellement, ces femmes sont ici depuis plus d'une heure, il est temps qu'elles aient froid, J'ai froid, dit la jeune fille aux lunettes teintées. Il est impossible de faire davantage pour les vêtements, les chaussures ont été nettoyées du plus gros de la saleté, le moment est venu pour ces femmes de se laver elles-mêmes, elles se savonnent mutuellement les cheveux et le dos et elles rient comme seules riaient les fillettes qui jouaient à colin-maillard dans le jardin, au temps où elles n'étaient pas encore aveugles. Le jour s'est complètement levé, le premier soleil a déjà jeté un petit coup d'œil par-dessus l'épaule du monde avant de se recacher derrière les nuages. Il continue à pleuvoir, mais moins fort. Les lavandières sont entrées dans la cuisine, elles se sont séchées et frottées avec les serviettes de bain que la femme du médecin est allée chercher dans l'armoire de la salle de bains, leur peau pue le détergent mais c'est la vie, faute de grives on se contente de merles, la savonnette a fondu en un clin d'œil, pourtant dans cette maison il semble y avoir de tout, ou bien c'est parce qu'on sait utiliser à bon escient ce qu'il y a, elles se couvrirent enfin, le paradis était dehors, sur le balcon, la robe de chambre de la femme du médecin est trempée comme une soupe mais elle enfile une robe à ramages et à fleurs, abandonnée depuis des années, qui fait d'elle la plus belle des trois.

Quand elles entrèrent dans la salle de séjour, la femme du médecin vit que le vieillard au bandeau noir était assis sur le canapé où il avait dormi. Il avait la tête entre les mains, les doigts plongés dans la broussaille de cheveux blancs qui peuplaient encore ses tempes et sa nuque, et il était immobile, tendu, comme s'il voulait retenir ses pensées ou, au contraire, les empêcher de prendre racine. Il les entendit entrer, il savait d'où elles venaient, ce qu'elles avaient fait, il savait qu'elles avaient été nues, et s'il en savait tant ce n'était pas parce qu'il avait soudain recouvré la vue et qu'il était allé à pas de loup, comme les autres vieillards, épier non pas une Suzanne au bain, mais trois, aveugle il avait été, aveugle il était toujours, il était simplement allé à la porte de la cuisine et de là il avait entendu ce qu'elles se disaient sur le balcon, les rires, le bruit de la pluie et des gifles d'eau, il avait respiré l'odeur du savon puis était retourné sur son canapé, se disant qu'il y avait encore de la vie dans le monde et se demandant s'il y en aurait une petite part pour lui. La femme du médecin dit, Les femmes sont lavées, maintenant c'est le tour des hommes, et le vieillard au bandeau noir demanda, Il pleut toujours, Oui, il pleut, et il y a de l'eau dans les bassines qui sont sur le balcon, Alors je préfère me laver dans la salle de bains, dans le tub, il prononçait ce mot comme s'il présentait son certificat de naissance, comme s'il expliquait, Je date du temps où on ne disait pas baignoire mais tub, et il ajouta, Si ça ne t'ennuie pas, bien entendu, je ne veux pas salir ton appartement, je te promets de ne pas verser d'eau par terre, enfin, je ferai de mon mieux, Dans ce cas, je vais t'apporter les bassines dans la salle de bains, Je vais t'aider, Je peux les porter seule, Il faut bien que je serve à quelque chose, je ne suis pas un invalide, Alors, viens. Du balcon la femme du médecin poussa vers l'intérieur une bassine presque pleine, Prends par là, dit-elle au vieillard au bandeau noir en lui guidant les mains, On y va, ils soulevèrent la bassine, Heureusement que tu es venu m'aider, finalement je n'aurais pas pu le faire seule, Tu connais le dicton, Quel dicton, Travail de vieux est peu, mais qui le méprise est fou, Ce dicton n'est pas comme ça, Je le sais, là où j'ai dit vieux il faut dire enfant, là où j'ai dit méprise c'est dédaigne, mais il faut adapter les dictons au temps si on veut qu'ils continuent à dire la même chose, Tu es un philosophe, Quelle idée, je ne suis qu'un vieillard. Ils vidèrent la bassine dans la baignoire, puis la femme du médecin ouvrit un tiroir, elle venait de se souvenir qu'elle avait encore une savonnette. Elle la plaça dans la main du vieillard au bandeau noir, Tu sentiras bon, plus que nous, savonne-toi à volonté, ne te fais pas de soucis, la nourriture manquera peut-être, mais des savonnettes, il doit y en avoir à foison dans les supermarchés, Merci, Fais bien attention, ne glisse pas, si tu veux j'appelle mon mari pour qu'il vienne t'aider, Non, je préfère me laver seul, Comme tu voudras, et tu as ici, regarde, donne-moi la main, un rasoir et un blaireau, si tu as envie

263

de te raser, Merci. La femme du médecin sortit. Le vieillard au bandeau noir ôta le pyjama qui lui était échu en partage lors de la distribution des vêtements, puis, avec beaucoup de prudence, il entra dans la baignoire. L'eau était froide et peu profonde, une vingtaine de centimètres, et quelle différence entre la recevoir à grands jets du ciel en riant comme les trois femmes et ce pataugement triste. Il s'agenouilla au fond, inspira profondément et, joignant les mains, il jeta sur sa poitrine la première louchée d'eau qui lui coupa presque le souffle. Il se mouilla vite tout entier pour ne pas avoir le temps d'avoir la chair de poule, puis il commença à se savonner avec ordre et méthode, à se frotter énergiquement en partant des épaules, les bras, la poitrine et l'abdomen, le pubis, le sexe, l'entrecuisse, Je suis pire qu'un animal, pensa-t-il, puis les cuisses maigres, jusqu'à la croûte de saleté qui lui chaussait les pieds. Il laissa la mousse agir pour renforcer l'opération de nettoyage et dit, Il faut que je me lave la tête, et porta les mains derrière sa nuque pour en détacher le bandeau, Toi aussi, tu as besoin d'un bain, et il le laissa tomber dans l'eau, maintenant son corps était réchauffé, il se mouilla et se savonna les cheveux, il était un homme de mousse, tout blanc au milieu d'une immense cécité blanche où personne ne pourrait le découvrir, s'il pensa cela il se trompa car au même moment il sentit des mains toucher son dos, cueillir la mousse de ses bras et de sa poitrine pour l'étendre ensuite sur son dos, lentement, comme si, ne pouvant voir ce qu'elles faisaient, elles devaient être plus attentives à leur travail. Il eut envie de demander, Qui es-tu, mais sa langue se figea, il ne le put pas, maintenant son corps frissonnait, mais pas de froid, les mains continuaient à le laver doucement, la femme ne dit pas, Je suis la femme du médecin, je suis la femme du premier aveugle, je suis la jeune fille aux lunettes teintées, les mains achevèrent leur œuvre, se retirèrent, on entendit dans le silence la porte de la salle de bains se refermer doucement, le vieillard au bandeau noir resta seul, à genoux dans la baignoire comme s'il implorait miséricorde, tremblant, tremblant, Qui cela peut-il bien être, se demandait-il, la raison lui disait que ce ne pouvait être que la femme du médecin, c'est elle qui voit, c'est elle qui nous a protégés, soignés et nourris, il n'y aurait rien d'étonnant à ce qu'elle ait eu aussi cette discrète attention, c'était ce que la raison lui disait, mais il ne croyait pas à la raison. Il continuait à trembler, sans savoir si c'était d'émotion ou de froid. Il chercha le bandeau au fond de la baignoire, il le frotta avec vigueur, le tordit, se le remit autour de la tête, ainsi il se sentait moins nu. Quand il entra au salon, séché, sentant bon, la femme du médecin dit, Voici un homme propre et rasé, puis comme si elle découvrait que quelque chose aurait dû être fait et ne l'avait pas été, Ton dos n'a pas été lavé, quel dommage. Le vieillard au bandeau noir ne répondit pas, se disant qu'il avait eu raison de ne pas croire à la raison.

Le peu qu'il y avait à manger fut donné au garçonnet louchon, les autres devraient attendre un réapprovisionnement. Il y avait dans la dépense des compotes, des fruits secs, du sucre, un reste de biscuits, quelques biscottes rassies, mais ils ne puiseraient dans ces réserves, et dans d'autres qui leur seraient éventuellement adjointes, qu'en cas de nécessité absolue, car la nourriture de chaque jour devrait être gagnée chaque jour, et si par mésaventure l'expédition revenait bredouille, alors oui, chacun recevrait deux biscuits et une cuillerée de compote, Il y a de la compote de fraise et de pêche, que préférez-vous, trois moitiés de noix, un verre d'eau, le luxe, tant que cela durera. La femme du premier aveugle dit qu'elle aimerait les accompagner dans leur recherche de nourriture, trois personnes ne seraient pas de trop, même si deux d'entre elles étaient aveugles elles pourraient toujours porter des fardeaux, et de plus, si c'était possible, comme ils n'en étaient pas très loin, elle aimerait bien aller voir dans quel état se trouvait son appartement, s'il était occupé, si c'était par des gens de sa connaissance, par exemple, des voisins dont la famille se serait accrue du fait de l'arrivée de parents de province fuyant l'épidémie de cécité qui avait attaqué leur village, l'on sait qu'en ville il y a toujours davantage de ressources. Ils partirent donc tous les trois, empaquetés dans ce qui restait encore comme vêtements à la maison, car les autres, ceux qui ont été lavés, devront attendre le beau temps. Le ciel était toujours couvert, mais il ne pleuvait plus. Emportées par l'eau, surtout dans les rues en pente, les ordures s'étaient amoncelées en petits monti-

cules, laissant propres d'amples sections de la chaussée. Pourvu
que la pluie continue, dans notre situation le soleil serait le pire
qui puisse nous arriver, dit la femme du médecin, il y a déjà assez
de pourriture et de puanteur comme ça, Nous sentons plus ces
odeurs parce que nous sommes propres, dit la femme du premier
aveugle, et son mari fut d'accord, bien qu'il eût l'impression
d'avoir attrapé un refroidissement à cause du bain d'eau froide. Il
y avait des masses d'aveugles dans les rues qui profitaient de
l'éclaircie pour chercher de la nourriture et satisfaire dehors les
besoins excrétoires auxquels le peu d'aliments et de boissons
obligeait encore. Les chiens flairaient partout, fouillaient les
ordures, certains tenaient dans la gueule un rat noyé, cas extrêmement rare, explicable seulement par l'abondance inusitée des
dernières pluies, le rat avait dû être surpris par l'inondation dans
un endroit difficile, être bon nageur ne lui avait servi à rien. Le
chien des larmes ne se mêla pas à ses anciens compagnons de
meute et de chasse, il a fait son choix, mais il n'est pas animal à
attendre qu'on le nourrisse, le voici déjà en train de mastiquer on
ne sait quoi, ces montagnes d'ordures renferment des trésors
inimaginables, il faut simplement chercher, fourrager et trouver.
Le premier aveugle et sa femme devront aussi, le moment venu,
chercher et fourrager dans leur mémoire, maintenant qu'ils
connaissent les quatre coins non pas de la maison où ils vivent et
qui en a beaucoup plus, mais de la rue où ils habitent, les quatre
coins qui leur serviront de points cardinaux, les aveugles n'ont
pas envie de savoir où est l'orient ou l'occident, le nord ou le sud,
ce qu'ils veulent c'est que leurs mains tâtonnantes leur disent s'ils
sont sur le bon chemin, jadis, quand ils étaient encore peu nombreux, ils se servaient de cannes blanches, le son des coups conti-
nus sur le sol et sur les murs était comme une espèce de chiffre
qui identifiait et reconnaissait la route, mais aujourd'hui où tout
le monde est aveugle, une canne de ce genre serait à peu près
inutile au milieu du vacarme général, sans compter qu'immergé
dans sa propre blancheur l'aveugle pourrait douter d'avoir quoi
que ce soit dans la main. Outre ce que nous appelons instinct, les
chiens ont, comme on le sait, d'autres moyens de s'orienter,
encore qu'étant myopes ils se fient assez peu à leur vue, mais

comme ils ont le nez bien en avant des yeux, ils arrivent toujours là où ils veulent, dans ce cas-ci, et à toutes fins utiles, le chien des larmes leva la patte dans les quatre vents principaux, si un jour il se perd, la brise se chargera de le guider jusqu'à la maison. Pendant qu'ils marchaient, la femme du médecin regardait les rues d'un côté et de l'autre, à la recherche de magasins de denrées alimentaires où réapprovisionner leur dépense bien diminuée. La razzia n'était pas totale car dans les anciennes épiceries on pouvait encore trouver quelques haricots ou quelques pois chiches au fond des barils, ce sont des légumineuses qui mettent beaucoup de temps à cuire, il faut de l'eau, il faut du combustible, et actuellement elles ne jouissent pas d'un très grand crédit. La femme du médecin n'était pas particulièrement férue de proverbes, pourtant un peu de ces sciences anciennes avait dû lui rester en mémoire car elle emplit deux des sacs qu'ils avaient emportés de haricots et de pois chiches, Il faut toujours garder une poire pour la soif, lui avait dit sa grand-mère, en fin de compte l'eau où tu les mettras à tremper servira aussi à les cuire, et ce qui restera de l'eau de cuisson ne sera plus de l'eau mais du bouillon. Ce n'est pas seulement dans la nature que parfois rien ne se perd et tout est mis à profit.

Pourquoi charriaient-ils les sacs de haricots et de pois chiches, plus tout ce qu'ils glanaient en chemin, alors qu'ils avaient encore tant de chemin à faire avant d'arriver à la rue où habitaient le premier aveugle et sa femme, voilà bien une question qui ne pourrait sortir que de la bouche d'une personne qui n'a jamais connu ni pénurie ni disette de sa vie. Il ne faut pas mettre tous ses œufs dans le même panier, avait dit cette même grand-mère de la femme du médecin, qui ne pensa pas à ajouter, Quand bien même pour cela il faudrait faire le tour du monde, car c'est la prouesse qu'ils accomplissent présentement, ils vont à cette maison par le chemin le plus long. Où sommes-nous, demanda le premier aveugle, la femme du médecin le lui dit, c'est à ça que lui servaient ses yeux, et lui, C'est ici que je suis devenu aveugle, au carrefour où il y a le feu rouge, C'est justement à ce carrefour que nous nous sommes rencontrés, Ici, Ici même, Je ne veux pas me souvenir de ce moment affreux quand j'étais enfermé dans la voiture sans rien voir, les gens braillaient au-dehors et moi j'étais désespéré, je criais que j'étais aveugle, jusqu'au moment où est arrivé cet homme qui m'a raccompagné chez moi, Pauvre homme, dit la femme du premier aveugle, il ne volera plus jamais de voitures, L'idée que nous devons mourir nous est si pénible, dit la femme du médecin, que nous cherchons toujours des excuses à ceux qui sont morts, c'est comme si nous leur demandions par avance de nous pardonner quand viendra notre tour, Tout ça continue à me sembler un rêve, dit la femme du premier aveugle, c'est comme si je rêvais que je suis aveugle, Quand j'étais à la maison, en train de t'attendre, j'ai pensé la même chose, dit son mari. Ils avaient quitté la place où l'incident s'était produit, ils gravissaient maintenant des ruelles étroites et labyrinthiques, la femme du médecin connaît mal ce quartier, mais le premier aveugle n'est pas perdu, lui, il les guide, elle annonce le nom des rues et il dit, Tournons à gauche, tournons à droite, finalement il dit, C'est notre rue, l'immeuble est sur la gauche, plus ou moins au milieu, Quel est le numéro, demanda la femme du médecin, il ne s'en souvenait plus, Ça alors, voilà que je ne m'en souviens pas, il m'est complètement sorti de la tête, dit-il, c'était de très mauvais augure, si maintenant nous ne savons même plus où nous habitons, le rêve qui remplace la mémoire, à ce train-là où irons-nous. Il se trouve que cette fois ce n'est pas trop grave, heureusement que la femme du premier aveugle a insisté pour participer à l'excursion, la voici qui donne le numéro de l'immeuble, ç'aura évité de devoir recourir à ce dont le premier aveugle se vantait, reconnaître la porte grâce à la magie du toucher, comme s'il avait la baguette magique de la fameuse canne blanche, un coup, du métal, un autre coup, du bois, trois ou quatre coups encore et il parviendra au dessin complet, c'est celle-ci, plus de doute. Ils entrèrent, la femme du médecin en tête, Quel étage, demanda-t-elle, Le troisième, répondit le premier aveugle, il n'avait pas la mémoire aussi étiolée qu'on eût pu le croire, il y a certaines choses qu'on oublie, c'est la vie, d'autres dont on se souvient, par exemple le fait que lorsqu'il avait franchi cette porte, déjà aveugle, l'homme qui ne lui avait pas encore volé l'automobile lui avait demandé, A quel étage habitez-vous, Au troisième, avait-il répondu, la différence c'est que maintenant ils ne montent pas par l'ascenseur, ils gravissent les marches invisibles d'un escalier qui est à la fois sombre et lumineux, pour qui n'est pas aveugle l'électricité manque cruellement, ou la lumière du soleil, ou un bout de chandelle, maintenant les yeux de la femme du médecin ont eu le temps de s'habituer à la pénombre, les personnes qui montent se heurtèrent à mi-chemin à deux femmes qui descendaient, des aveugles des étages supérieurs, peut-être du troisième, personne ne posa de questions, il est un fait que les voisins ne sont plus ce qu'ils étaient jadis.

La porte était fermée. Qu'allons-nous faire, demanda la femme du médecin, Je parlerai, dit le premier aveugle. Ils frappèrent une fois, deux fois, trois fois, Il n'y a personne, dit l'un d'eux au moment même où la porte s'ouvrait, cette lenteur n'était pas étonnante, un aveugle au fond d'un appartement ne peut pas courir pour ouvrir à la personne qui a sonné, Qui est-ce, que désirez-vous, demanda l'homme qui leur ouvrit, il avait un air sérieux, ce devait être une personne éduquée et d'un abord affable. Le premier aveugle dit, J'habitais dans cet appartement, Ah, répondit l'autre, qui demanda ensuite, Il y a d'autres personnes avec vous, Ma femme, et aussi une amie à nous, Comment puis-je savoir que c'était votre appartement, C'est facile, dit la femme du premier aveugle, je vais vous décrire ce qu'il y a dedans. L'homme garda le silence quelques instants puis dit, Entrez. La femme du médecin fut la dernière à entrer, ici personne n'avait besoin d'un guide. L'aveugle dit, Je suis seul, les miens sont allés chercher de la nourriture, je devrais probablement dire les miennes, mais je ne pense pas que ce soit approprié, il s'interrompit et ajouta, Encore que je devrais le savoir, Que voulez-vous dire, demanda la femme du médecin, Ces miennes dont je parlais sont ma femme et mes deux filles, Et pourquoi devriez-vous savoir s'il est approprié ou non de mettre le possessif au féminin, Parce que je suis écrivain, et un écrivain doit savoir ces choses-là, du moins peut-on le supposer. Le premier aveugle se sentit flatté, vous imaginez, un écrivain installé chez moi, puis un doute lui vint, serait-ce manquer de savoir-vivre que de demander à l'homme comment il s'appelait, il le connaissait peut-être de nom, peut-être même l'avait-il lu, il hésitait encore entre la curiosité et la discrétion quand sa femme lui posa la question tout de go, Quel est votre nom, Les aveugles n'ont pas besoin de nom, je suis cette voix qui m'a été donnée en partage, le reste n'est pas important, Mais vous avez écrit des livres et ces livres portent votre nom, dit la femme du médecin, Maintenant que personne ne peut les lire, c'est comme s'ils n'existaient pas. Le premier aveugle estima que la conversation s'éloignait par trop de la question qui l'intéressait au premier chef, Et comment se fait-il que vous ayez abouti chez moi, demanda-t-il, Comme beaucoup d'autres personnes qui n'habitent plus là où elles habitaient, j'ai trouvé mon appartement occupé par des gens qui n'ont pas voulu entendre raison, on pourrait dire qu'ils nous ont flanqués à la porte, Votre appartement est loin d'ici, Non, Avez-vous fait d'autres tentatives pour le récupérer, demanda la femme du médecin, les gens changent fréquemment d'appartement, J'ai essayé encore deux fois, Et ces gens occupent toujours votre appartement à l'heure actuelle, Oui, Et que pensez-vous faire maintenant que vous savez que c'est notre appartement, s'enquit le premier aveugle, allez-vous nous expulser comme les autres vous ont expulsés, Je n'en ai ni l'âge ni la force, et, même si je l'avais, je ne me crois pas capable de recourir à des procédés aussi cavaliers, un écrivain finit par avoir dans la vie la patience dont il a besoin pour écrire, Vous allez donc nous laisser l'appartement, Oui, si nous ne trouvons pas d'autre solution, Je vois mal quelle autre solution pourrait être trouvée. La femme du médecin avait déjà deviné la réponse de l'écrivain, Votre femme et vous, et aussi l'amie qui vous accompagne, vous vivez dans un appartement, je suppose, Oui, dans l'appartement de notre amie, C'est loin, On ne peut pas dire que ce soit loin, Alors, si vous le permettez, je vais vous faire une proposition, Dites, Continuons comme nous sommes, en ce moment nous avons tous les deux un appartement où nous pouvons vivre, je continuerai à être attentif à ce qui arrivera au mien, si un jour je le trouve libre je déménagerai immédiatement, vous ferez de même, vous viendrez régulièrement ici, et quand vous trouverez l'appartement vide vous y emménagerez, Je ne suis pas certain que cette idée me plaise, Je ne m'attendais pas à ce qu'elle vous plaise,

mais je doute que la seule solution possible vous plaise davantage, Laquelle, Vous récupérez l'appartement qui est le vôtre à
l'instant même, Mais alors, Exactement, alors nous irons vivre
Dieu sait où, Absolument pas, il n'en est pas question, intervint la
femme du premier aveugle, laissons les choses telles quelles, on
verra le moment venu, Je me rends compte qu'il y a encore une
autre solution, dit l'écrivain, Et qui serait, demanda le premier
aveugle, De vivre ici en tant que vos pensionnaires, l'appartement
est assez grand pour tous, Non, dit la femme du premier aveugle,
nous continuerons à habiter comme jusqu'à présent chez notre
amie, je n'ai pas besoin de te demander si tu es d'accord, ajouta-
t-elle à l'adresse de la femme du médecin, Ni moi de te répondre,
Je vous remercie tous, dit l'écrivain, à vrai dire je m'attendais à
tout moment à ce qu'on vienne nous réclamer l'appartement, Se
contenter de ce qu'on a est la chose la plus naturelle quand on est
aveugle, dit la femme du médecin, Comment avez-vous vécu
depuis le début de l'épidémie, Nous sommes sortis de notre internement il y a trois jours, Ah, vous faites partie de ceux qui ont été
mis en quarantaine, Oui, ça a été dur, C'est peu dire, Ça a été horrible, Vous êtes écrivain, vous avez l'obligation, comme vous
l'avez dit vous-même il y a peu, de connaître les mots, par conséquent vous`savez que les adjectifs ne servent à rien, si une per-
sonne tue une autre personne, par exemple, il vaut mieux le dire
simplement et tabler sur le fait que l'horreur de l'acte, à elle toute
seule, sera si choquante qu'elle nous dispensera de dire que ce fut
horrible, Vous voulez dire que nous disposons de trop de mots, Je
veux dire que nous ne disposons pas d'assez de sentiments, Ou
alors nous disposons d'eux, mais nous avons cessé d'utiliser les
mots qui les expriment, Et par conséquent nous les perdons, J'aimerais que vous me parliez de votre vie en quarantaine, Pourquoi, Je suis écrivain, Il faudrait avoir été en quarantaine, Un
écrivain est comme n'importe qui, il ne peut pas tout savoir ni
avoir tout vécu, il doit questionner et imaginer, Un jour, peut-être,
je vous raconterai ce que ça a été, après vous pourrez écrire un
livre, Je suis en train de l'écrire ce livre, Comment faites-vous
puisque vous êtes aveugle, Les aveugles aussi peuvent écrire,
Voulez-vous dire que vous avez eu le temps d'apprendre l'alpha-

bet braille, Je ne connais pas l'alphabet braille, Alors, comment
faites-vous pour écrire, demanda le premier aveugle, Je vais vous
montrer. Il se leva de sa chaise, sortit, revint au bout d'une minute
avec une feuille de papier et un stylo-bille, C'est la dernière page
complète que j'ai écrite, Nous ne pouvons pas la voir, dit la
femme du premier aveugle, Moi non plus, dit l'écrivain, Alors,
comment pouvez-vous écrire, demanda la femme du médecin
en regardant la feuille de papier où on distinguait dans la semi-
obscurité qui régnait dans la pièce des lignes très serrées qui se
chevauchaient parfois, Au toucher, répondit l'écrivain en souriant, ce n'est pas difficile, on place la feuille de papier sur une
surface un peu molle, comme, par exemple, d'autres feuilles de
papier, après il n'y a plus qu'à écrire, Mais puisque vous ne voyez
pas, dit le premier aveugle, Le stylo-bille est un bon instrument
de travail pour les écrivains aveugles, il ne sert pas à lire ce qu'il
a écrit mais à savoir où il a écrit, il suffit de suivre avec le doigt la
dépression de la dernière ligne écrite et de continuer comme ça
jusqu'à l'arête de la feuille, de calculer la distance pour la nouvelle ligne et de continuer, c'est très facile, Je remarque que parfois les lignes se chevauchent, dit la femme du médecin en lui
prenant délicatement la feuille de papier des mains, Comment le
savez-vous, Je vois, Vous voyez, vous avez recouvré la vue, comment, quand, demanda l'écrivain avec nervosité, Je suppose que
je suis la seule personne à ne l'avoir jamais perdue, Et pourquoi,
comment expliquez-vous ça, Je n'ai aucune explication, probablement n'y en a-t-il pas, Cela signifie que vous avez vu tout ce
qui s'est passé, J'ai vu ce que j'ai vu, je n'avais pas le choix,
Combien de personnes ont-elles été placées en quarantaine, Près
de trois cents, Depuis quand, Depuis le début, nous en sommes
sortis il y a seulement trois jours, comme je vous l'ai dit, Je crois
avoir été le premier à devenir aveugle, dit le premier aveugle, Ça
a dû être horrible, De nouveau ce mot, dit la femme du médecin,
Excusez-moi, soudain tout ce que j'ai écrit depuis que nous
sommes devenus aveugles, ma famille et moi, me semble ridicule, Sur quoi avez-vous écrit, Sur nos souffrances, sur notre vie,
Chacun doit parler de ce qu'il sait, et ce qu'il ne sait pas il le
demande, Je vous le demanderai, Et je vous répondrai, je ne

sais pas quand, un jour. La femme du médecin toucha la main de l'écrivain avec la feuille de papier, Cela vous ennuierait-il de me montrer où vous travaillez, ce que vous écrivez, Pas du tout, venez avec moi, Pouvons-nous venir, nous aussi, C'est votre maison, dit l'écrivain, je ne suis que de passage ici. Dans la chambre à coucher il y avait une petite table avec une lampe éteinte. La lumière blafarde qui entrait par la fenêtre permettait de voir des feuilles blanches à gauche, d'autres à droite, écrites, et au milieu une feuille à moitié remplie. Il y avait deux stylos-billes neufs à côté de la lampe. Voilà, dit l'écrivain. La femme du médecin demanda, Je peux, et sans attendre la réponse elle prit les feuilles écrites, une vingtaine, regarda la calligraphie minuscule, les lignes qui montaient et descendaient, les mots inscrits sur la blancheur du papier, gravés dans la cécité, Je suis de passage, avait dit l'écrivain, et voilà les signes qu'il laissait de son passage. La femme du médecin lui mit la main sur l'épaule et il la prit dans ses deux mains et la porta lentement à ses lèvres, Ne vous perdez pas, surtout ne vous perdez pas, dit-il, et ces paroles étaient inattendues, énigmatiques, elles ne semblaient pas très à propos.

Quand ils rentrèrent chez eux avec assez de victuailles pour trois jours, la femme du médecin, interrompue et assistée par les voix excitées du premier aveugle et de sa femme, raconta ce qui s'était passé. Et le soir, comme il se devait, elle lut à tous quelques pages d'un livre qu'elle était allée chercher dans la bibliothèque. Le sujet n'intéressa pas le garçonnet louchon qui s'endormit bientôt, la tête sur les genoux de la jeune fille aux lunettes teintées et les pieds sur les jambes du vieillard au bandeau noir.

Deux jours plus tard, le médecin dit, J'aimerais savoir ce qu'est devenu mon cabinet de consultation, pour l'instant ni lui ni moi ne servons à rien, mais peut-être qu'un jour les gens retrouveront l'usage de leurs yeux, les appareils doivent encore être là, à attendre, Nous irons quand tu voudras, dit sa femme, à l'instant même, Et nous pourrions profiter de la balade pour passer chez moi, si ça ne vous ennuie pas, dit la jeune fille aux lunettes teintées, non pas que je pense que mes parents soient revenus, mais par acquit de conscience, Nous irons aussi chez toi, dit la femme du médecin. Personne d'autre ne désira se joindre à l'expédition de reconnaissance des domiciles, le premier aveugle et sa femme parce qu'ils savaient déjà à quoi s'en tenir, le vieillard au bandeau noir itou, encore que pas pour les mêmes raisons, et le garçonnet louchon parce qu'il ne se souvenait toujours pas du nom de la rue où il avait habité. Le temps était clair, les pluies semblaient être finies, et le soleil, bien que pâle, commençait à se sentir sur la peau, Je ne sais pas comment nous ferons si la canicule arrive, dit le médecin, avec toutes ces ordures qui pourrissent partout, ces animaux morts, peut-être même des humains, il doit y avoir des morts dans les maisons, tout le mal vient de ce que nous ne sommes pas organisés, il faudrait une organisation dans chaque immeuble, dans chaque rue, dans chaque quartier, Un gouvernement, dit la femme, Une organisation, le corps aussi est un système organisé, il est en vie aussi longtemps qu'il reste organisé, et la mort n'est rien d'autre que l'effet d'une désorganisation, Comment une société d'aveugles pourra-t-elle s'organiser de façon à rester en vie, En s'organisant, s'organiser c'est déjà d'une

certaine façon commencer à avoir des yeux, Tu as sans doute raison, mais l'expérience de cette cécité-ci ne nous a apporté que
mort et misère, mes yeux, tout comme ton cabinet de consultation, n'ont servi à rien, C'est grâce à tes yeux que nous sommes
vivants, dit la jeune fille aux lunettes teintées, Nous le serions
aussi si j'étais aveugle, le monde est plein d'aveugles vivants, Je
pense que nous allons tous mourir, c'est une question de temps,
Mourir a toujours été une question de temps, dit le médecin, Mais
mourir simplement parce qu'on est aveugle est la pire façon de
mourir, Nous mourons de maladies, d'accidents, par hasard,
Et maintenant nous mourrons aussi parce que nous sommes
aveugles, je veux dire que nous mourrons de cécité et de cancer,
de cécité et de tuberculose, de cécité et du sida, de cécité et d'infarctus, les maladies peuvent varier d'une personne à l'autre,
mais à présent ce qui nous tue véritablement c'est la cécité, Nous
ne sommes pas immortels, nous ne pouvons pas échapper à la
mort, mais nous devrions au moins ne pas être aveugles, dit la
femme du médecin, Mais comment, puisque cette cécité est
concrète et réelle, dit le médecin, Je n'en suis pas si sûre, dit sa
femme, Moi non plus, dit la jeune fille aux lunettes teintées.

Ils n'eurent pas besoin de forcer la porte, ils l'ouvrirent normalement, la clé était dans le trousseau de clés personnelles du médecin qui était resté à la maison quand ils furent emmenés en
quarantaine. Voilà la salle d'attente, dit la femme du médecin, La
salle où j'ai attendu, dit la jeune fille aux lunettes teintées, le rêve
continue, mais je ne sais pas de quel rêve il s'agit, si c'est le rêve
où j'ai rêvé ce jour-là que je rêvais que je suis aveugle ici, ou le
rêve où j'ai toujours été aveugle et où je venais en rêvant dans le
cabinet de consultation pour me guérir d'une inflammation des
yeux qui ne présentait aucun risque de cécité, La quarantaine ne fut
pas un rêve, dit la femme du médecin, Non, elle ne le fut pas, pas
plus qu'être violées ne fut un rêve, Ni avoir poignardé un homme,
Conduis-moi à mon cabinet, je peux y arriver seul, mais conduis-
moi, dit le médecin. La porte était ouverte. La femme du médecin
dit, Tout est sens dessus dessous, il y a des papiers par terre, les
tiroirs des casiers où tu rangeais tes fiches ont été emportés, C'est
sans doute les gens du ministère, pour ne pas perdre de temps à

chercher, Probablement, Et les appareils, A première vue, ils semblent en bon état, C'est au moins ça de gagné, dit le médecin. Il avança seul, les bras tendus, il toucha la boîte qui contenait les lentilles, l'ophtalmoscope, il toucha le bureau, puis il dit en s'adressant à la jeune fille aux lunettes teintées, Je comprends ce que tu veux dire quand tu dis que tu vis un rêve. Il s'assit à son bureau, posa les mains sur le plateau de verre couvert de poussière, puis dit avec un sourire triste et ironique, comme s'il s'adressait à une personne devant lui, Eh bien, docteur, je regrette beaucoup, mais votre cas est sans remède, si vous voulez que je vous donne un dernier conseil, remettez-vous-en au vieux dicton qui dit qu'il faut prendre son mal en patience, Ne nous fais pas souffrir, dit sa femme, Excuse-moi, et toi aussi excuse-moi, nous sommes dans le lieu où jadis on faisait des miracles, maintenant je n'ai même plus les preuves de mes pouvoirs magiques, on les a toutes emportées, Le seul miracle à notre portée consistera à continuer à vivre, dit la femme, à protéger la fragilité de la vie jour après jour, comme si c'était elle l'aveugle, elle qui ne sait pas où aller, et c'est peut-être le cas, peut-être qu'elle ne le sait vraiment pas, elle s'est confiée à nos mains après nous avoir rendus intelligents et voilà ce que nous en avons fait, Tu parles comme si toi aussi tu étais aveugle, dit la jeune fille aux lunettes teintées, D'une certaine façon c'est vrai, je suis aveugle de votre cécité, peut-être que je commencerais à mieux voir si ceux qui voient étaient plus nombreux, Je crains que tu ne sois comme le témoin qui cherche le tribunal où il a été convoqué par il ne sait qui et où il devra déclarer il ne sait quoi, dit le médecin, Le temps s'achève, la pourriture s'étend, les maladies trouvent les portes ouvertes, l'eau s'épuise, la nourriture est devenue du poison, voilà quelle serait ma première déclaration, dit la femme du médecin, Et la deuxième, demanda la jeune fille aux lunettes teintées, Ouvrons les yeux, Nous ne le pouvons pas, nous sommes aveugles, dit le médecin, C'est une bien grande vérité que de dire qu'il n'y a pire aveugle que celui qui ne veut pas voir, Mais moi je veux voir, dit la jeune fille aux lunettes teintées, Ce n'est pas pour cela que tu verras, la seule différence pour toi serait de cesser d'être la pire aveugle, et maintenant allons-nous-en, il n'y a plus rien à voir ici, dit le médecin.

Pour aller chez la jeune fille aux lunettes teintées, ils traversèrent une grande place où des groupes d'aveugles écoutaient dis-
courir d'autres aveugles, à première vue ni les uns ni les autres ne
semblaient aveugles, ceux qui parlaient tournaient la tête avec
véhémence vers ceux qui écoutaient, ceux qui écoutaient tournaient la tête avec attention vers ceux qui parlaient. Là on proclamait la fin du monde, le salut par la pénitence, la vision du
septième jour, l'avènement de l'ange, la collision cosmique, l'ex-
tinction du soleil, l'esprit de la tribu, la sève de la mandragore, le
baume du tigre, la vertu du signe, la discipline du vent, le parfum
de la lune, la revendication des ténèbres, le pouvoir des exor-
cismes, la marque du talon, la crucifixion de la rose, la pureté de
la lymphe, le sang du chat noir, l'engourdissement de l'ombre, la
révolte des marées, la logique de l'anthropophagie, la castration
sans douleur, le tatouage divin, la cécité volontaire, la pensée
convexe, concave, plane, verticale, inclinée, concentrée, dispersée, sauvage, l'ablation des cordes vocales, la mort de la parole,
Ici personne ne parle d'organisation, dit la femme du médecin à
son mari, Peut-être qu'on en parle sur une autre place, répondit-il.
Ils continuèrent leur chemin. Un peu plus loin, la femme du
médecin dit, Il y a plus de morts dans les rues que d'habitude,
Notre résistance est à bout, le temps s'achève, l'eau s'épuise, les
maladies se multiplient, la nourriture devient du poison, tu l'as
dit toi-même tout à l'heure, rappela le médecin, Peut-être que mes
parents sont parmi ces morts, dit la jeune fille aux lunettes teintées, et je passe à côté d'eux sans les voir, C'est une vieille habitude de l'humanité que de passer à côté des morts sans les voir,
dit la femme du médecin.

La rue où la jeune fille aux lunettes teintées avait habité avait
l'air encore plus abandonnée. Le corps d'une femme se trouvait à
la porte de l'immeuble. Morte, à demi dévorée par les animaux
vagabonds, heureusement que le chien des larmes n'a pas voulu
venir, il aurait fallu le dissuader de planter ses crocs dans cette carcasse. C'est la voisine du premier étage, dit la femme du médecin, Qui, où, demanda son mari, Ici même, la voisine du premier,
l'odeur se sent, Pauvre créature, dit la jeune fille aux lunettes teintées, pourquoi est-elle allée dans la rue, elle qui ne sortait jamais,

Elle se sera peut-être rendu compte que la mort venait, elle n'aura peut-être pas supporté l'idée de rester seule chez elle, à pourrir, dit le médecin, Et maintenant nous ne pourrons pas entrer, je n'ai pas les clés, Peut-être que tes parents sont revenus, qu'ils t'attendent à la maison, dit le médecin, Je ne le crois pas, Tu as raison de ne pas le croire, dit la femme du médecin, les clés sont ici. Au creux de la main morte, à demi ouverte, reposant sur le sol, des clés brillantes et lumineuses apparaissaient, Ce sont peut-être les siennes, dit la jeune fille aux lunettes teintées, Je ne crois pas, elle n'avait aucune raison d'apporter ses propres clés là où elle pensait qu'elle allait mourir, Mais je n'aurais pas pu les voir puisque je suis aveugle, si son idée était de me les rendre pour que je puisse entrer chez moi, Nous ne savons pas quelles furent ses pensées quand elle décida de prendre les clés avec elle, elle aura peut-être imaginé qu'un jour tu recouvrerais la vue, elle aura peut-être soupçonné qu'il y avait quelque chose de trop peu naturel, de trop aisé, dans la façon dont nous nous mouvions quand nous étions ici, elle m'aura peut-être entendue dire que l'escalier était sombre, qu'on y voyait à peine, que j'y voyais à peine, ou alors il n'y a rien eu de tout cela, mais du délire, de la démence, comme si, ayant perdu la raison, elle avait eu l'idée fixe de te donner les clés, tout ce que nous savons c'est que sa vie s'est achevée quand elle a mis le pied hors de l'immeuble. La femme du médecin prit les clés, les remit à la jeune fille aux lunettes teintées et demanda, Et maintenant, que faisons-nous, nous la laissons ici, Nous ne pouvons pas l'enterrer dans la rue, nous n'avons rien pour soulever les pavés, dit le médecin, Il y a le potager, Il faudra la monter jusqu'au deuxième étage et la redescendre ensuite par l'escalier de secours, C'est la seule façon, Aurons-nous assez de force pour ça, demanda la jeune fille aux lunettes teintées, La question n'est pas de savoir si nous aurons assez de force ou non, mais de savoir si nous allons accepter de laisser cette femme ici, Non, dit le médecin, Alors la force on la trouvera. Et, effectivement, ils trouvèrent la force, mais ils eurent un mal fou à transporter le cadavre dans l'escalier, non à cause de son poids, minime de naissance, et encore moindre maintenant, après avoir été mis à profit par les chiens et par les chats, mais parce que le corps était complètement raide, il était difficile de lui

faire prendre les tournants dans l'escalier étroit, et bien que l'ascension fût courte ils durent reprendre haleine à quatre reprises. Ni
le bruit, ni les voix, ni l'odeur de décomposition ne firent sortir sur
les paliers les autres habitants de l'immeuble, C'est bien ce que je
pensais, mes parents ne sont pas ici, dit la jeune fille aux lunettes
teintées. Quand ils atteignirent enfin la porte, ils étaient épuisés, et
ils devaient encore traverser l'appartement pour arriver à l'arrière
et descendre l'escalier de secours, mais là, grâce à l'aide des saints,
car quand il s'agit de descendre tous viennent prêter main forte, le
fardeau fut plus facile à transporter, les tournants plus aisés à
prendre puisque l'escalier était à ciel ouvert, il fallut juste faire
attention à ne pas laisser tomber le corps de la pauvre créature, la
dégringolade lui aurait disloqué tous les os, sans parler des douleurs, qui sont bien plus mauvaises après la mort.

Le potager était comme une forêt inexplorée, les dernières
pluies avaient fait abondamment pousser l'herbe et les plantes
sauvages semées par le vent, les lapins qui bondissaient dans le
jardin ne manqueraient pas de fourrage frais, les poules, elles, se
débrouillent même en régime sec. Ils étaient assis par terre, haletants, fourbus par l'effort, à côté le cadavre se reposait comme
eux, protégé par la femme du médecin qui chassait les poules et
les lapins, ces derniers simplement curieux, le nez tout frémis-
sant, les premières, bec en baïonnette, prêtes à tout. La femme du
médecin dit, Avant de sortir dans la rue, elle a pensé à ouvrir la
porte des clapiers, elle ne voulait pas que les lapins meurent de
faim, Ce qui est difficile, ce n'est pas de vivre avec les gens, dit le
médecin, c'est de les comprendre. La jeune fille aux lunettes teintées se nettoyait les mains avec une poignée d'herbe, c'était sa
faute, elle avait attrapé le cadavre par où elle n'aurait pas dû,
voilà ce que c'est que de ne pas avoir d'yeux. Le médecin dit, Il
nous faudrait une pioche, ou une bêche, on peut observer ici que
le seul authentique éternel retour est celui des mots, ces mêmes
mots reviennent, prononcés pour les mêmes raisons, d'abord pour
l'homme qui vola l'automobile, maintenant pour la vieille qui
rendit les clés, une fois tous deux enterrés on ne remarquera pas
la différence, sauf si une mémoire en a gardé la trace. La femme
du médecin était montée dans l'appartement de la jeune fille aux

lunettes teintées pour y chercher un drap propre, elle dut choisir entre les moins sales, quand elle redescendit c'était la fête des poules, les lapins, eux, se contentaient de ruminer l'herbe fraîche. Une fois le cadavre couvert et enveloppé, la femme se mit en quête d'une bêche ou d'une pioche. Elle trouva les deux dans une cabane où il y avait d'autres outils. Je vais m'occuper de ça, dit-elle, la terre est humide, facile à creuser, reposez-vous donc. Elle choisit un endroit où il n'y avait pas de racines, de ces racines qu'il faut couper à coups de pioche successifs, et n'allez pas croire qu'il s'agit là d'une tâche facile, les racines sont rusées, elles profitent habilement de la mollesse de la terre pour esquiver les coups et amortir l'effet mortifère de la guillotine. Ni la femme du médecin, ni son mari, ni la jeune fille aux lunettes teintées, elle parce qu'elle était absorbée par son travail, eux parce que leurs yeux ne leur servaient à rien, ne se rendirent compte que des aveugles étaient apparus sur les balcons avoisinants, pas très nombreux, pas sur tous, attirés sans doute par le bruit de la pioche, même quand la terre est molle c'est inévitable, sans compter qu'il y a toujours une petite pierre cachée qui réagit bruyamment au coup. C'étaient des hommes et des femmes qui avaient une fluidité de spectres, on eût dit des fantômes assistant à un enterrement par curiosité, juste pour se remémorer ce que ç'avait été dans leur cas. La femme du médecin les aperçut enfin quand, la fosse creusée, elle redressa ses reins endoloris et porta son avant-bras à son front pour en essuyer la sueur. Alors, mue par une impulsion irrésistible, sans réfléchir, elle cria à ces aveugles et à tous les aveugles du monde, Elle resurgira, remarquez bien qu'elle ne dit pas, Elle ressuscitera, le jeu n'en valait pas la chandelle, même si le dictionnaire affirme, promet ou insinue qu'il s'agit là de synonymes exacts et parfaits. Les aveugles prirent peur et rentrèrent dans les appartements, ils ne comprenaient pas pourquoi ce mot avait été prononcé, sans compter qu'ils ne devaient pas être prêts pour une pareille révélation, on voyait bien qu'ils ne fréquentaient pas la place des proclamations magiques à la liste desquelles, pour qu'elle fût complète, il fallait juste ajouter la tête de la mante religieuse et le suicide du scorpion. Le médecin demanda, Pourquoi as-tu dit, elle resurgira, à

280

qui parlais-tu, A des aveugles sortis sur les balcons, ils m'ont fait
peur et je leur ai sûrement fait peur, Mais pourquoi ce mot, Je ne
sais pas, il m'est venu à l'esprit et je l'ai dit, Il ne te reste plus
qu'à aller prêcher sur la place où nous sommes passés, Oui, un
sermon sur la dent du lapin et le bec de la poule, venez m'aider
maintenant, par ici, c'est ça, prends-la par les pieds, je vais la
soulever de ce côté, attention, ne glisse pas dans la fosse, c'est ça,
comme ça, descends-la tout doucement, encore plus, encore plus,
j'ai creusé une fosse profonde à cause des poules, quand elles se
mettent à gratter on ne sait jamais jusqu'où elles vont arriver, ça y
est, c'est bon. Elle se servit de la bêche pour remplir la fosse, elle
tassa bien la terre, elle arrangea le monticule qui subsiste toujours
quand la terre est retournée à la terre, comme si elle n'avait fait
que ça toute sa vie. Enfin, elle arracha une branche au rosier qui
poussait dans un coin du potager et elle la planta dans le rectangle
de terre tassée, du côté de la tête. Elle resurgira, dit la jeune fille
aux lunettes teintées d'un ton interrogateur, Pas elle, répondit la
femme du médecin, c'est plutôt les vivants qui devraient resurgir
d'eux-mêmes mais ils ne le font pas, Nous sommes déjà à demi
morts, dit le médecin, Nous sommes encore à demi vivants,
répondit sa femme. Elle alla ranger la bêche et la pioche dans la
cabane, jeta un coup d'œil sur le jardin pour s'assurer que tout
était en ordre, Quel ordre, se demanda-t-elle à elle-même, et elle
se donna la réponse à elle-même, L'ordre qui veut que les morts
soient à leur place de morts et les vivants à leur place de vivants,
pendant que les poules et les lapins nourrissent les uns et se nourrissent des autres, J'aimerais laisser un signe à mes parents, dit la
jeune fille aux lunettes teintées, juste pour qu'ils sachent que je
suis en vie, Je ne veux pas t'enlever tes illusions, dit le médecin,
mais il faudrait d'abord qu'ils retrouvent la maison et c'est peu
probable, dis-toi bien que nous n'aurions jamais réussi à venir ici
si nous n'avions pas eu quelqu'un pour nous guider, Vous avez
raison, et je ne sais même pas s'ils sont encore vivants, mais si je
ne leur laisse pas un signe, n'importe lequel, j'aurai l'impression
de les avoir abandonnés, Que sera ce signe, demanda la femme
du médecin, Quelque chose qu'ils puissent reconnaître au toucher, dit la jeune fille aux lunettes teintées, l'ennui c'est que je ne

porte plus rien sur moi qui appartienne au temps passé. La femme du médecin la regardait, elle était assise sur la première marche de l'escalier de secours, les mains abandonnées sur les genoux, une expression d'angoisse sur le visage, les cheveux épars sur les épaules, Je sais, moi, quel signe tu vas leur laisser, dit-elle. Elle monta rapidement l'escalier, pénétra de nouveau dans l'appartement et revint avec des ciseaux et un bout de ficelle, Quelle est ton idée, demanda avec inquiétude la jeune fille aux lunettes teintées en entendant le crissement des ciseaux qui coupaient ses cheveux, Si tes parents reviennent, ils trouveront une mèche de cheveux suspendue au bouton de la porte, de qui pourrait-elle être sinon de leur fille, demanda la femme du médecin, Tu me donnes envie de pleurer, dit la jeune fille aux lunettes teintées, et sitôt dit sitôt fait, la tête posée sur ses bras croisés sur ses genoux elle donna libre cours à son chagrin, à ses regrets, à l'émotion née du geste de la femme du médecin, puis sans savoir quels chemins l'avaient menée là elle comprit qu'elle pleurait aussi à cause de la vieille du premier étage, la mangeuse de viande crue, la sorcière horrible qui lui avait restitué de sa main morte les clés de son appartement. Alors la femme du médecin dit, Quelle époque, l'ordre des choses est inversé, un symbole qui presque toujours fut symbole de mort devient symbole de vie, Il y a des mains qui sont capables de ces prodiges et d'autres plus grands encore, dit le médecin, Nécessité fait loi, mon cher, dit sa femme, et maintenant assez philosophé et fini les thaumaturgies, donnons-nous la main et allons vers la vie. La jeune fille aux lunettes teintées suspendit elle-même la mèche de cheveux au bouton de la porte, Tu crois que mes parents la trouveront, demanda-t-elle, Le bouton de la porte est la main tendue d'une demeure, répondit la femme du médecin, et sur cette phrase à effet, comme on dirait, ils tinrent la visite pour terminée.

Cette nuit-là il y eut de nouveau lecture et audition, c'était leur seule distraction, dommage que le médecin ne fût pas, par exemple, un violoniste amateur, quelles douces sérénades on eût pu alors entendre à ce cinquième étage, les voisins envieux eussent dit, Ces gens-là, ou bien mènent une vie de pacha, ou bien sont des inconscients qui croient fuir leur malheur en se moquant du malheur d'autrui. Maintenant il n'y a d'autre musique que celle des mots, et ceux-ci, surtout ceux qui figurent dans les livres, sont discrets, même si la curiosité poussait une personne de l'immeuble à écouter aux portes elle n'entendrait qu'un murmure solitaire, un long filet sonore qui pourrait se prolonger indéfiniment, car les livres du monde, si on les réunit tous, sont infinis, comme est infini, dit-on, l'univers. Quand la lecture prit fin, tard dans la nuit, le vieillard au bandeau noir dit, Voilà à quoi nous sommes réduits, à écouter lire, Je ne me plains pas, je pourrais rester comme ça éternellement, dit la jeune fille aux lunettes teintées, Moi non plus je ne me plains pas, je dis simplement que nous ne servons plus qu'à ça, à écouter l'histoire d'une humanité qui a existé avant nous, nous profitons du hasard qui fait qu'il y a encore ici des yeux lucides, les derniers qui restent, s'ils s'éteignent un jour, je ne veux même pas y penser, alors le fil qui nous relie à cette humanité-là se brisera, ce sera comme si nous nous éloignions les uns des autres dans l'espace, pour toujours, et ils deviendront aussi aveugles que nous, Tant que je le pourrai, dit la jeune fille aux lunettes teintées, je garderai l'espoir, l'espoir de retrouver mes parents, l'espoir que la mère de ce garçon revienne, Tu as oublié de parler de notre espoir à tous, Lequel, Celui de recouvrer la vue, Il y a des espoirs qui sont une folie, Eh bien moi je te dis que, sans ces espoirs-là, j'aurais déjà renoncé à la vie, Donne-moi un exemple, Recommencer à voir, Celui-là, nous le connaissons déjà, donne-m'en un autre, Je ne le donnerai pas, Pourquoi, Il ne t'intéresse pas, Et comment sais-tu qu'il ne m'intéresse pas, que crois-tu savoir de moi pour décider toi-même de ce qui m'intéresse et de ce qui ne m'intéresse pas, Ne te fâche pas, je n'ai pas voulu te blesser, Les hommes sont tous pareils, ils pensent qu'il leur suffit d'être nés d'un ventre de femme pour tout savoir des femmes, Je sais très peu de choses des femmes et de toi je ne sais rien, et quant à être un homme, du train où vont les choses, je suis maintenant un vieillard, un vieillard borgne, en plus d'être un vieillard aveugle, Tu n'as plus rien à dire contre toi, J'aurais bien plus à dire, tu n'imagines pas comme la liste des autorécriminations s'allonge au fur et à mesure que les années passent, Je suis jeune, pourtant je n'ai pas à me plaindre sur ce chapitre, Tu n'as encore rien fait qui soit vraiment répréhensible, Comment peux-tu le savoir, tu n'as jamais vécu avec moi, Oui, je n'ai jamais vécu avec toi, Pourquoi répètes-tu mes paroles sur ce ton, Quel ton, Le ton que tu as pris, J'ai seulement dit que je n'avais jamais vécu avec toi, Le ton, le ton, ne fais pas celui qui ne comprend pas, N'insiste pas, je t'en prie, Si, j'insiste, j'ai besoin de savoir, Revenons aux espoirs, Bon, revenons-y, L'autre exemple d'espoir que j'ai refusé de dire c'est ça, Ça quoi, La dernière autorécrimination de ma liste, Sois plus clair, s'il te plaît, je ne comprends rien aux charades, Le désir monstrueux que nous ne recouvrions pas la vue, Pourquoi, Pour continuer à vivre comme ça, Tu veux dire tous ensemble, ou bien toi avec moi, Ne m'oblige pas à répondre, Si tu étais juste un homme tu pourrais éluder la réponse, comme font tous les hommes, mais tu as dit toi-même que tu étais un vieillard, et un vieillard, si avoir vécu aussi longtemps a un sens, ne devrait pas tourner le dos à la réalité, réponds, Moi avec toi, Et pourquoi veux-tu vivre avec moi, Tu veux que je le dise devant tout le monde, Nous avons fait les uns devant les autres les choses les plus sales, les plus laides, les plus répugnantes, ce que tu as à me dire n'est sûrement pas pire, Eh bien si tu le veux, soit, parce que l'homme que je suis encore aime la femme que tu es, Ça t'a donc tant coûté de faire une déclaration d'amour, A mon âge, le ridicule fait peur, Tu n'as pas été ridicule, Oublions ça, je t'en supplie, Je n'ai pas l'intention d'oublier ni de te laisser oublier, C'est absurde, tu m'as obligé à parler, et maintenant, Et maintenant c'est mon tour, Ne dis rien que tu puisses regretter, rappelle-toi la liste noire, Si je suis sincère aujourd'hui, qu'importe que je doive le regretter demain, Tais-toi, Tu veux vivre avec moi et je veux vivre avec toi, Tu es folle, Nous vivrons désormais ensemble ici comme un couple et nous continuerons à vivre ensemble si nous devons nous séparer de nos amis, deux aveugles doivent pouvoir voir plus qu'un aveugle, C'est de la folie, tu n'es pas amoureuse de moi, Qu'est-ce que c'est que cette histoire d'être amoureuse, je n'ai jamais été amoureuse de personne, j'ai juste couché avec des hommes, Tu me donnes raison, Ce n'est pas vrai, Tu as parlé de sincérité, dis-moi donc s'il est vraiment vrai que tu m'aimes, Je t'aime assez pour vouloir être avec toi, et c'est la première fois que je dis ça à quelqu'un, Tu ne me dirais pas ça si tu m'avais rencontré avant, un homme âgé, à moitié chauve, avec des cheveux blancs, un bandeau sur un œil et une cataracte dans l'autre, La femme que j'étais avant ne l'aurait pas dit, je le reconnais, c'est la femme d'aujourd'hui qui l'a dit, Nous verrons alors ce que dira la femme que tu seras demain, Mets-moi à l'épreuve, Quelle idée, qui suis-je pour te mettre à l'épreuve, c'est la vie qui décide ces choses-là, Elle en a déjà décidé une.

Ils eurent cette conversation l'un devant l'autre, les yeux aveugles de l'un dans les yeux aveugles de l'autre, leurs visages enflammés et véhéments, et quand, parce que l'un d'eux avait énoncé ce que tous deux souhaitaient, ils acceptèrent l'idée que la vie avait décidé qu'ils vivraient désormais ensemble, la jeune fille aux lunettes teintées tendit les mains, non pas pour savoir où elle allait mais simplement pour les donner, elle rencontra les mains du vieillard au bandeau noir qui l'attira doucement à lui et ils restèrent assis ainsi ensemble, ce n'était pas la première fois, évidemment, mais maintenant les paroles d'acceptation avaient été prononcées. Aucun des autres ne fit de commentaires, aucun ne proféra de félicitations, aucun n'exprima de vœux de bonheur éternel, il est vrai que les temps ne sont pas aux festivités et aux illusions, et quand les décisions sont aussi graves que celle-ci semble l'être, il ne serait pas surprenant que quelqu'un eût même pensé qu'il faut être aveugle pour se comporter ainsi, et le silence est encore le meilleur applaudissement. La femme du médecin étendit dans le corridor des coussins ramassés sur les canapés en nombre suffisant pour improviser un lit confortable, puis elle y conduisit le garçon louchon en disant, A partir d'aujourd'hui tu dormiras ici. Quant à ce qui se passa au salon, tout semble indiquer que fut enfin éclaircie en cette première nuit l'histoire de la main mystérieuse qui lava le dos du vieillard au bandeau noir en ce matin où tant d'eaux coulèrent, toutes lustrales.

Le lendemain, alors qu'ils étaient encore couchés, la femme du médecin dit à son mari, Il reste très peu de nourriture à la maison, il faudra aller faire un tour, aujourd'hui j'ai envie de retourner dans l'entrepôt souterrain du supermarché où je suis allée le premier jour, si personne ne l'a découvert jusqu'à présent nous pourrons nous y ravitailler pour une semaine ou deux, J'irai avec toi, et nous demanderons à un ou deux des autres de nous accompagner, Je préférerais que nous y allions seuls, ça sera plus facile et nous ne courrons pas le risque de nous perdre, Jusqu'à quand réussiras-tu à supporter la charge de six personnes handicapées, Je la supporterai aussi longtemps que je pourrai, mais il est vrai que les forces commencent à me manquer, je me surprends parfois à désirer être aveugle pour être égale aux autres, pour ne pas avoir plus d'obligations qu'eux, Nous avons pris l'habitude de dépendre de toi, si tu ne pouvais plus nous secourir ce serait comme être atteints d'une deuxième cécité, grâce à tes yeux nous avons pu être un peu moins aveugles, Je continuerai aussi longtemps que je le pourrai, je ne peux pas promettre plus, Un jour, quand nous nous rendrons compte que nous ne pouvons plus rien faire de bon et d'utile dans le monde, nous devrions avoir le courage de quitter la vie, simplement, comme il a dit, Qui, il, L'heureux homme d'hier, Je suis sûre qu'aujourd'hui il ne le dirait plus, rien de tel qu'un solide espoir pour vous faire changer d'avis, Cet espoir il l'a, fasse le ciel qu'il dure, Il y a dans ta voix comme une nuance de contrariété, De contrariété, pourquoi, Comme s'ils avaient pris quelque chose qui t'appartenait, Tu veux parler de ce qui s'est passé avec la jeune fille quand nous étions dans cet endroit horrible, Oui, Rappelle-toi que c'est elle qui est venue vers moi, Ta mémoire t'abuse, c'est toi qui es allé vers elle, Tu en es sûre, Je n'étais pas aveugle, Eh bien je serais prêt à jurer que, Tu jurerais faussement, C'est drôle comme la mémoire peut induire en erreur, En l'occurrence c'est facile à comprendre, ce qui est venu s'offrir nous appartient davantage que ce qu'il nous a fallu conquérir, Elle n'est plus revenue vers moi après, et moi je ne suis plus allé vers elle, Si vous le voulez, vous vous retrouverez dans le souvenir, c'est à ça que sert la mémoire, Tu es jalouse, Non, je ne suis pas jalouse, je n'ai même pas été jalouse ce jour-là, j'ai éprouvé un sentiment de pitié pour elle et pour toi, et pour moi aussi parce que je ne pouvais vous être d'aucun secours, Et de l'eau, nous en avons, Peu. Après le repas plus que frugal du matin, adouci néanmoins par quelques allusions discrètes et souriantes aux événements de la nuit passée, leurs paroles dûment censurées à cause de la présence d'un mineur, souci vain si on songe aux scènes scandaleuses dont celui-ci fut le témoin oculaire pendant la quarantaine, la femme du médecin et son mari partirent travailler, accompagnés cette fois par le chien des larmes, qui ne voulut pas rester à la maison.

L'aspect des rues empirait d'heure en heure. Les ordures semblaient se multiplier pendant la nuit. C'était comme si de l'extérieur, d'un pays inconnu où il y aurait encore eu une vie normale, les gens venaient déverser ici leurs poubelles en cachette, et si nous n'étions pas sur une terre d'aveugles nous verrions avancer au milieu de cette blanche obscurité des charrettes et des camions fantômes chargés de détritus, de déchets, de gravats, de dépôts chimiques, de cendres, d'huiles brûlées, d'os, de bouteilles, de viscères, de piles usées, de plastiques, de montagnes de papier, la seule chose qu'ils ne nous apportent pas ce sont des reliefs de nourriture, pas même des écorces de fruit avec quoi tromper la faim, en attendant ces jours meilleurs qui sont toujours sur le point de venir. Le matin est encore à son début mais déjà la chaleur se fait sentir. Une puanteur s'exhale de cette immense décharge comme un nuage de gaz toxique. Des épidémies ne tarderont pas à éclater, dit de nouveau le médecin, personne n'en réchappera, nous sommes absolument sans défense, Quand il ne pleut pas, il fait du vent, dit sa femme, Même pas, la pluie nous désaltérerait et le vent nous balaierait une partie de cette puanteur. Le chien des larmes flaire, inquiet, il s'est attardé à ausculter un monticule d'ordures où était probablement caché un mets exquis qu'il n'arrive pas à dégager, s'il était seul il ne s'éloignerait pas de là, mais la femme qui a pleuré poursuit son chemin, son devoir est de la suivre, il ne sait pas s'il ne devra pas sécher d'autres larmes. Il est difficile d'avancer. Dans certaines rues, surtout les plus en pente, les torrents d'eau de pluie avaient précipité les automobiles les unes contre les autres ou contre les immeubles, enfonçant les portes, défonçant les vitrines, le sol est couvert de gros éclats de verre. Coincé entre deux voitures, le corps d'un homme pourrit. La femme du médecin détourne les yeux. Le chien des larmes s'approche, mais la mort l'intimide, il fait encore deux pas, soudain son poil se hérisse, un hurlement déchirant sort de sa gorge, l'ennui avec ce chien c'est qu'il est tellement proche des humains qu'il finira par souffrir comme eux. Ils traversèrent une place où des groupes d'aveugles s'amusaient à écouter les discours d'autres aveugles, à première vue aucun ne semblait aveugle, ceux qui parlaient tournaient la tête avec véhémence vers ceux qui écoutaient, ceux qui écoutaient tournaient la tête avec attention vers ceux qui parlaient. L'on proclamait les principes fondamentaux des grands systèmes organisés, la propriété privée, le libre-échange, le marché, la Bourse, la taxation fiscale, les intérêts, l'appropriation, la désappropriation, la production, la distribution, la consommation, l'approvisionnement et le désapprovisionnement, la richesse et la pauvreté, la communication, la répression et la délinquance, les loteries, les édifices carcéraux, le code pénal, le code civil, le code de la route, le dictionnaire, l'annuaire téléphonique, les réseaux de prostitution, les usines de matériel de guerre, les forces armées, les cimetières, la police, la contrebande, les drogues, les trafics illicites autorisés, la recherche pharmaceutique, le jeu, le prix des cures et des enterrements, la justice, l'emprunt, les partis politiques, les élections, les parlements, les gouvernements, la pensée convexe, la pensée concave, plane, verticale, inclinée, concentrée, dispersée, fuyante, l'ablation des cordes vocales, la mort de la parole. Ici on parle d'organisation, dit la femme du médecin à son mari, J'ai remarqué, répondit-il, et il se tut. Ils continuèrent à marcher, la femme du médecin consulta un plan de la ville à un coin de rue, telle une ancienne croix indiquant les chemins. Ils étaient tout près du supermarché, elle s'était laissée tomber en pleurant dans certains de ces endroits le jour où elle s'était cru perdue, grotesquement accouplée à de lourds sacs en plastique, par bonheur pleins, un chien l'avait consolée de son égarement et de son angoisse, ce même chien qui gronde quand des meutes s'approchent de trop près, comme pour les avertir, Vous ne me trompez pas, moi, éloignez-vous d'ici. Une rue à gauche, une autre à droite, et voici la porte du supermarché. Seulement la porte, il y a la porte, il y a le bâtiment, mais on ne voit personne y entrer ou en sortir, la fourmilière de gens qu'on rencontre à toute heure dans ce genre d'établissements qui vivent de l'affluence de grandes multitudes. La femme du médecin craignit le pire et dit à son mari, Nous arrivons trop tard, il n'y aura même plus là-dedans un quart de biscuit, Pourquoi dis-tu cela, Je ne vois personne entrer ou sortir, Ils n'ont peut-être pas encore découvert la cave, C'est ce que j'espère. Ils s'étaient arrêtés sur le trottoir en face du supermarché pendant qu'ils échangeaient ces phrases. Trois aveugles se tenaient à côté d'eux, comme s'ils attendaient que le feu vert s'allume. La femme du médecin ne remarqua pas leur expression de surprise inquiète, de crainte confuse, elle ne vit pas la bouche de l'un d'eux s'ouvrir comme pour parler et se refermer aussitôt, elle ne remarqua pas le rapide haussement d'épaules, Tu l'apprendras par toi-même, avait sans doute pensé ledit aveugle. La femme du médecin et son mari traversaient la rue et ne purent entendre la réflexion du deuxième aveugle, Pourquoi a-t-elle dit qu'elle ne voyait entrer et sortir personne, ni la réponse du troisième aveugle, Ce sont des façons de parler, toi-même tout à l'heure quand j'ai trébuché tu m'as demandé si je ne voyais pas où je mettais les pieds, c'est la même chose, nous ne nous sommes pas encore déshabitués de voir, Mon Dieu, que de fois n'aura-t-on pas dit ça, s'exclama le premier aveugle.

La lumière du jour éclairait le vaste espace du supermarché jusqu'au fond. Presque tous les présentoirs étaient démantibulés, il n'y avait plus que des ordures, du verre cassé, des emballages vides, C'est drôle, dit la femme du médecin, même si on ne trouve plus la moindre bribe de nourriture, je ne comprends pas pourquoi personne n'habite ici. Le médecin dit, Effectivement, ça ne semble pas normal. Le chien des larmes jappa tout bas. Son poil était de nouveau hérissé. La femme du médecin dit, Il y a ici une odeur, Ça sent toujours mauvais, dit le mari, Ce n'est pas ça, c'est une odeur différente, de putréfaction, Il y a sans doute un cadavre par là, Je n'en vois pas, Alors c'est une impression que tu as. Le chien recommença à gémir. Qu'est-ce qu'il a ce chien, demanda le médecin, Il est nerveux, Qu'est-ce qu'on fait, On va voir, s'il y a un cadavre on s'en écartera, au point où nous en sommes les morts ne nous font plus peur, Pour moi c'est plus facile, je ne les vois pas. Ils traversèrent le supermarché jusqu'à la porte donnant accès au corridor qui menait à l'entrepôt souterrain. Le chien des larmes les suivit, mais il s'arrêtait de temps en temps, jappait pour les appeler, puis le devoir l'obligeait à continuer. Quand la femme du médecin ouvrit la porte, l'odeur s'intensifia, Ça sent vraiment mauvais, dit le mari, Reste ici, je reviens immédiatement. Elle s'avança dans le corridor de plus en plus sombre, le chien des larmes la suivit comme si on le traînait. Saturé par le relent de putréfaction, l'air semblait pâteux. A mi-chemin, la femme du médecin vomit, Qu'est-ce qui a bien pu se passer ici, se demandait-elle entre deux accès de nausée, elle murmura plusieurs fois ces mots en approchant de la porte métallique qui menait à la cave. Désorientée par la nausée, elle n'avait pas remarqué avant une clarté diffuse au fond, très légère. Elle savait maintenant de quoi il retournait. Des petites flammes palpitaient dans les interstices entre les deux portes, celle de l'escalier et celle du monte-charge. Un nouveau vomissement lui tordit l'estomac si violemment qu'il la précipita par terre. Le chien des larmes hurla longuement, lançant un cri qui semblait ne jamais devoir finir, une lamentation qui retentit dans le corridor comme si elle était la dernière voix des morts dans la cave. Le médecin entendit les vomissements, les hoquets, la toux, il courut tant bien que mal, trébucha et tomba, se releva et retomba et serra enfin sa femme sur son cœur, Que se passe-t-il, demanda-t-il, tout trem-

blant. Elle disait, Emmène-moi d'ici, emmène-moi d'ici, s'il te
plaît, pour la première fois depuis qu'il était aveugle c'était lui
qui guidait sa femme, il la guidait il ne savait où, quelque part
loin de ces portes, loin des flammes qu'il ne pouvait pas voir.
Quand ils sortirent du corridor, les nerfs de la femme du médecin
lâchèrent brusquement, ses pleurs se firent convulsifs, il est
impossible de sécher des larmes comme celles-ci, seuls le temps
et la fatigue pourront les atténuer, le chien ne s'approcha donc
pas, il cherchait juste une main à lécher. Que s'est-il passé,
demanda de nouveau le médecin, qu'as-tu vu, Ils sont morts, par-
vint-elle à dire au milieu de ses sanglots, Qui est mort, Eux, et
elle ne put continuer, Calme-toi, tu parleras quand tu le pourras.
Au bout de quelques minutes elle dit, Ils sont morts, Tu as ouvert
la porte, tu as vu quelque chose, demanda le mari, Non, j'ai juste
vu des feux follets accrochés aux fentes, ils étaient accrochés et
ils dansaient, ils ne lâchaient pas prise, De l'hydrogène phosphoré
qui résulte de la décomposition, J'imagine que oui, Que sera-t-il
arrivé, Ils ont sans doute trouvé la cave, ils se sont précipités dans
l'escalier à la recherche de nourriture, je me souviens comme il
était facile de glisser sur ces marches et de tomber, et si l'un est
tombé, tous sont tombés, ils n'ont probablement même pas réussi
à arriver là où ils voulaient, et, s'ils ont réussi, ils n'ont pas pu
retourner en arrière à cause de l'encombrement de l'escalier,
Mais tu as dit que la porte était fermée, Elle a dû être fermée par
d'autres aveugles, qui ont transformé la cave en un énorme
sépulcre, et c'est de ma faute, car quand je suis sortie d'ici en
courant avec les sacs ils ont dû soupçonner que c'était de la nourriture et ils sont allés vérifier, D'une certaine manière, tout ce que
nous mangeons est volé à autrui, et si nous volons autrui excessi-
vement nous finissons par causer sa mort, au fond nous sommes
tous plus ou moins des assassins, Maigre consolation, Je ne veux
pas que tu commences à te charger de fautes imaginaires alors
que tu as déjà assez de mal comme ça à assumer la responsabilité
de nourrir six bouches concrètes et inutiles, Comment vivrais-je
sans ta bouche inutile, Tu continuerais à vivre pour nourrir les
cinq autres bouches, Pendant combien de temps encore, voilà
toute la question, Ça ne sera plus très long, quand toute la nourri-

ture sera finie nous devrons aller en chercher dans les champs, nous arracherons tous les fruits des arbres, nous tuerons tous les animaux sur lesquels nous pourrons mettre la main, si entre-temps les chats et les chiens ne commencent pas à nous dévorer ici. Le chien des larmes ne se manifesta pas, l'affaire ne le concernait pas, ça lui servait à quelque chose de s'être transformé dernièrement en chien des larmes.

La femme du médecin pouvait à peine traîner les pieds. Le choc l'avait laissée sans forces. Quand ils sortirent du supermarché, elle défaillant, lui aveugle, personne n'eût pu dire qui des deux soutenait l'autre. Elle éprouva un vertige, peut-être à cause de l'intensité de la lumière, elle crut qu'elle allait perdre la vue mais elle ne s'effraya pas, c'était seulement un évanouissement. Elle ne tomba pas, elle ne perdit pas complètement connaissance. Elle avait besoin de se coucher, de fermer les yeux, de respirer lentement, si elle pouvait se reposer tranquillement quelques minutes ses forces reviendraient sûrement, et il fallait qu'elles reviennent, car les sacs en plastique étaient toujours vides. Elle ne voulait pas s'étendre sur le trottoir immonde et surtout elle ne voulait pas retourner dans le supermarché. Elle regarda autour d'elle. De l'autre côté de la rue, un peu plus loin, se dressait une église. Il y avait sûrement des gens à l'intérieur, comme partout, mais ce devait être un bon endroit pour se reposer, jadis c'était le cas. Elle dit à son mari, Il faut que je retrouve mes forces, conduis-moi là-bas, Où ça, Excuse-moi, soutiens-moi, je te dirai où aller, C'est quoi, Une église, si je pouvais m'étendre un instant, après je me sentirais plus gaillarde, Allons là-bas, Six marches menaient au temple, six marches, notons-le bien, que la femme du médecin eut beaucoup de mal à gravir, d'autant plus qu'elle devait guider son mari. Les portes étaient grandes ouvertes, circonstance qui les sauva, car même un simple paravent aurait été en cette occasion un obstacle difficile à franchir. Le chien des larmes s'arrêta sur le seuil, indécis. Et c'est parce que, en dépit de la liberté de mouvement dont les chiens ont joui ces derniers mois, l'interdiction d'entrer dans les églises infligée à l'espèce dans des temps lointains restait génétiquement gravée dans le cerveau de chaque chien, la faute en revient probablement à cet autre code génétique qui leur ordonne de marquer leur territoire où qu'ils aillent. Les bons et loyaux services prêtés par les ancêtres de ce chien des larmes n'ont servi à rien, au temps où ceux-ci léchaient de répugnantes plaies de saints avant que ces derniers n'eussent été approuvés et déclarés tels, miséricorde par conséquent tout à fait désintéressée car nous savons très bien que ce n'est pas n'importe quel mendiant qui réussit à se hausser à l'état de sainteté, pour innombrables que soient les plaies de son corps, et aussi de son âme, où nulle langue de chien ne parvient. Ce chien-ci se hasarda maintenant à pénétrer dans l'enceinte sacrée, la porte était ouverte, il n'y avait pas de portier et, raison par-dessus toutes prépondérante, la femme des larmes était déjà entrée, je ne sais pas comment elle réussit à se traîner, elle murmure à son mari un seul mot, Soutiens-moi, l'église est bondée, il n'y a quasiment pas un empan de sol qui soit libre, en vérité on pourrait dire qu'ici il n'y a pas une seule pierre où reposer sa tête, mais une fois de plus le chien des larmes se montra d'un grand secours, avec deux grognements et deux bourrades, le tout sans méchanceté, il ouvrit un espace où la femme du médecin se laissa tomber, son corps s'abandonna à l'évanouissement, ses yeux étaient enfin complètement clos. Son mari lui prit le pouls, il est ferme et régulier, juste un peu lointain, puis il s'efforça de la soulever, cette position n'est pas bonne, il faut que le sang retourne rapidement au cerveau, il fallait augmenter l'irrigation cérébrale, le mieux serait encore de l'asseoir, de lui mettre la tête entre les genoux et de faire confiance à la nature et à la force de la gravité. Enfin, après plusieurs tentatives manquées, il réussit à la soulever. Au bout de quelques minutes, la femme du médecin poussa un profond soupir et remua presque imperceptiblement, elle commençait à reprendre ses sens. Ne te lève pas encore, lui dit son mari, garde encore un peu la tête baissée, mais elle se sentait bien, il n'y avait plus trace de vertige, ses yeux entrevoyaient les dalles du sol que le chien des larmes avait nettoyées raisonnablement en trois coups de langue énergiques avec l'intention de s'y coucher lui-même. Elle leva la tête vers les colonnes sveltes et les voûtes hautes pour vérifier la sécurité et la stabilité de sa circulation sanguine, puis elle dit, Je me sens bien maintenant, mais au même instant elle crut être devenue folle ou que, les vertiges ayant disparu, elle souffrait à présent d'hallucinations, ce que ses yeux lui montraient ne pouvait être vrai, cet homme cloué sur la croix avec un bandeau blanc qui lui cachait les yeux, et, à côté, une femme au cœur transpercé par sept épées avait aussi les yeux cachés par un bandeau blanc, et il n'y avait pas que cet homme et cette femme, toutes les images de l'église avaient aussi les yeux bandés, les sculptures avec un linge blanc attaché autour de la tête, les tableaux avec un trait épais de peinture blanche, il y avait là-bas une femme qui apprenait à lire à sa fille et toutes deux avaient les yeux bandés, et un homme avec un livre ouvert sur lequel un petit garçon était assis, et tous deux avaient les yeux bandés, et un vieillard avec une longue barbe et trois clés à la main, et il avait les yeux bandés, et un autre homme au corps transpercé de flèches, et il avait les yeux bandés, et une femme avec une lanterne allumée, et elle avait les yeux bandés, et un homme avec des blessures aux mains et aux pieds et à la poitrine, et il avait les yeux bandés, et un autre homme avec un lion, et tous deux avaient les yeux bandés, et un autre homme avec un agneau, et tous deux avaient les yeux bandés, et un autre homme avec un aigle, et tous deux avaient les yeux bandés, et un autre homme avec une lance au-dessus d'un homme tombé à terre avec des cornes et des pieds de bouc, et tous deux avaient les yeux bandés, et un autre homme avec une balance, et il avait les yeux bandés, et un vieillard chauve qui tenait un lys blanc, et il avait les yeux bandés, et un autre vieillard appuyé à une épée dégainée, et il avait les yeux bandés, et une femme avec une colombe, et toutes deux avaient les yeux bandés, et un homme avec deux corbeaux, et tous trois avaient les yeux bandés, une seule femme n'avait pas les yeux bandés parce qu'elle les portait sur un plateau d'argent, arrachés. La femme du médecin dit à son mari, Tu ne me croiras pas si je te dis ce que j'ai sous les yeux, toutes les images de l'église ont les yeux bandés, Comme c'est étrange, pour quelle raison, Comment puis-je le savoir, c'est peut-être l'œuvre d'un désespéré de la foi quand il a compris qu'il deviendrait aveugle comme les autres, c'est peut-être le curé lui-même qui aura pensé à juste titre que, puisque les aveugles ne pouvaient plus voir les images, les images aussi devaient cesser de voir les aveugles, Les images ne voient pas, Tu te trompes, les images voient avec les yeux de ceux qui les voient, c'est seulement maintenant que la cécité est devenue l'apanage de tous, Tu continues à voir, Chaque jour je verrai moins, même si je ne perds pas la vue je deviendrai plus aveugle chaque jour parce qu'il n'y a plus personne pour me voir, Si c'est le prêtre qui a bandé les yeux des images, C'est juste une idée que j'ai eue, C'est la seule hypothèse qui ait un sens véritable, la seule qui puisse donner quelque grandeur à notre misère, j'imagine cet homme entrant ici, venu du monde des aveugles où il devra ensuite retourner pour devenir aveugle lui-même, j'imagine les portes fermées, l'église déserte, le silence, j'imagine les statues, les peintures, je le vois aller de l'une à l'autre, grimper sur les autels et attacher les linges avec deux nœuds pour qu'ils ne se défassent pas et ne tombent pas, appliquer deux couches de peinture sur les tableaux pour rendre plus épaisse la nuit blanche où ils sont entrés, ce prêtre doit être le plus grand sacrilège de tous les temps et de toutes les religions, le plus juste, le plus fondamentalement humain, qui vint déclarer ici qu'en définitive Dieu ne mérite pas de voir. La femme du médecin n'eut pas le temps de répondre, quelqu'un à côté d'eux parla avant elle, Quelles sont ces affirmations, qui êtes-vous, Des aveugles comme toi, dit-elle, Mais je t'ai entendu dire que tu voyais, Ce sont des façons de parler dont il est difficile de se défaire, combien de fois faudra-t-il le répéter, Et qu'est-ce que c'est que cette histoire d'images avec les yeux bandés, C'est la vérité, Et comment le sais-tu puisque tu es aveugle, Toi aussi tu le sauras si tu fais comme moi, si tu les touches avec tes mains, les mains sont les yeux des aveugles, Et pour quelle raison as-tu fais ça, J'ai pensé que pour que nous en arrivions là où nous en sommes il fallait que quelqu'un d'autre soit aveugle, Et cette histoire selon laquelle ce serait le curé de cette église qui aurait bandé les yeux des images, je l'ai très bien connu ce curé, il serait incapable de faire une chose pareille, On ne peut jamais savoir d'avance de quoi les gens sont capables, il faut attendre, donner du temps au temps, c'est le temps qui commande, le temps est le partenaire de l'autre côté de la table de jeu et il a en main toutes les cartes, il nous appartient d'inventer les levées avec la vie, notre vie, Parler de jeu dans une église est un péché, Lève-toi, sers-toi de tes mains, si tu doutes de ce que je dis, Tu me jures que c'est la vérité, que les images ont bien les yeux bandés, Quel serment sera suffisant pour toi, Jure-le sur tes yeux, Je le jure deux fois sur les yeux, sur les miens et sur les tiens, C'est la vérité, C'est la vérité. La conversation était entendue par les aveugles qui se trouvaient le plus près, et inutile de dire qu'il ne fut pas nécessaire d'attendre la confirmation du serment pour que la nouvelle commence à circuler, à passer de bouche en bouche, en un murmure qui peu à peu changea de ton, d'abord incrédule, puis inquiet, puis de nouveau incrédule, l'ennui était que dans le rassemblement il y avait plusieurs personnes superstitieuses et imaginatives, et l'idée que les images sacrées étaient aveugles, que leur regard miséricordieux ou résigné ne contemplait que leur propre cécité, devint soudain intolérable, c'était comme si on était venu leur dire qu'ils étaient entourés de morts vivants, il leur suffit d'entendre un cri, puis un autre et un autre encore et la peur mit tout le monde debout, la panique les précipita vers la porte, ce qu'on connaît déjà se répéta, la panique est beaucoup plus rapide que les jambes qui la portent, les pieds du fuyard finissent par s'emmêler pendant la course, surtout si on est aveugle, et voilà le fuyard soudain par terre, la panique lui dit, Lève-toi, cours, on va te tuer, il voudrait bien courir, le pauvre, mais déjà d'autres courent et tombent eux aussi, il faut avoir vraiment beaucoup de cœur pour ne pas éclater de rire devant ce grotesque méli-mélo de corps à la recherche de mains pour se libérer et de pieds pour s'échapper. Ces six marches dehors seront comme un précipice mais finalement la chute ne sera pas trop grave, l'habitude de tomber endurcit le corps, toucher le sol est déjà un soulagement en soi, Je ne sortirai pas d'ici, telle est la première pensée et parfois la dernière, dans les cas fatals. Ce qui ne change pas non plus c'est que le malheur des uns fait le bonheur des autres, comme le savent fort bien depuis le commencement du monde les héritiers et les héritiers des héritiers. Dans leur fuite désespérée, ces gens abandonnent leurs biens derrière eux, et quand le besoin aura vaincu la peur et qu'ils reviendront chercher ces biens, outre l'épineux problème d'un tri satisfaisant entre ce qui était à moi et ce qui était à toi, nous constaterons qu'une partie de la maigre nourriture que nous avions a disparu, peut-être que tout ça fut un subterfuge cynique de la femme qui a dit que les images avaient les yeux bandés, la méchanceté de certaines personnes n'a pas de limites, inventer des blagues pareilles simplement pour pouvoir voler à de pauvres gens quelques restes de nourriture indéchiffrables. Mais la faute en incombe au chien des larmes qui voyant la place libre s'en alla flairer par là, se dédommagea de sa peine, comme il était juste et naturel, mais il montra pour ainsi dire l'entrée de la mine, d'où il résulta que la femme du médecin et son mari sortirent de l'église sans remords d'avoir volé et avec des sacs à moitié pleins. S'ils arrivent à tirer profit de la moitié de ce qu'ils ont ramassé ils pourront se tenir pour satisfaits, et devant l'autre moitié ils diront, Je ne sais pas comment il y a des gens qui peuvent manger ça, même quand le malheur frappe tout le monde, il y a toujours des gens qui vivent plus mal que les autres.

Le récit de ces événements, chacun dans son genre, consterna et stupéfia leurs compagnons, mais il faut tout de même faire remarquer que la femme du médecin, peut-être parce que les mots lui manquaient, ne parvint pas à leur transmettre le sentiment d'horreur absolue qu'elle avait ressenti devant la porte du souterrain, ce rectangle de flammes pâles et vacillantes qui menait à l'escalier par où l'on arriverait dans l'autre monde. Les images aux yeux bandés ont impressionné fortement, bien que de façon différente, l'imagination de tous, et chez le premier aveugle et sa femme, par exemple, l'on observa un certain malaise, pour eux il s'agissait surtout d'un manque de respect impardonnable. Que tous les êtres humains fussent aveugles était une fatalité à laquelle ils ne pouvaient rien, personne n'est à l'abri de tels malheurs, mais bander les yeux des images saintes rien que pour cette raison leur semblait un outrage sans pardon possible, et pire encore s'il fut commis par le curé de l'église. Le commentaire du vieillard au bandeau noir fut assez différent, Je comprends le choc que ça t'aura causé, je songe à une galerie de musée où toutes les sculptures auraient les yeux bandés, non pas parce que le sculpteur n'a pas voulu dégrossir la pierre jusqu'à arriver à l'emplacement des yeux, mais bandés comme tu le dis, avec des linges noués, comme si une seule cécité ne suffisait pas, il est curieux qu'un bandeau comme le mien ne cause pas la même impression, parfois il donne même un air romantique à la personne, et il rit de ce qu'il avait dit et de lui-même. Quant à la jeune fille aux lunettes teintées, elle se contenta de déclarer qu'elle espérait ne pas devoir voir en rêve cette maudite galerie, car des cauchemars elle en avait déjà suffisamment comme ça. Ils mangèrent la mauvaise pitance qu'ils avaient rapportée, c'était la meilleure dont ils disposaient, la femme du médecin dit qu'il devenait de plus en plus difficile de trouver de la nourriture, qu'ils devraient peut-être quitter la ville et aller vivre à la campagne, là-bas au moins les aliments qu'ils trouveraient seraient plus sains, et il doit y avoir des chèvres et des vaches en liberté, nous pourrons les traire, nous aurons du lait, et il y a de l'eau dans les puits, nous pourrons cuire ce que nous voudrons, le tout est de trouver un bon endroit, chacun donna ensuite son opinion, les unes plus enthousiastes que d'autres, mais pour tous il était clair que nécessité avait force de loi, le garçonnet louchon, lui, exprima un contentement sans réticences, peut-être parce qu'il avait de bons souvenirs de vacances. Ils se couchèrent après avoir mangé, comme ils le faisaient depuis le temps de la quarantaine, l'expérience leur ayant enseigné qu'un corps couché supporte bien mieux la faim. Le soir ils ne mangèrent pas, sauf le garçonnet louchon qui reçut de quoi amuser ses mandibules et tromper son appétit, les autres s'assirent pour écouter lire le livre, l'esprit au moins ne pourra protester contre le manque de nourriture, l'ennui c'est que la faiblesse du corps distrayait parfois l'attention de l'esprit, et ce n'était pas faute d'intérêt intellectuel, pas du tout, mais parce que le cerveau glissait dans un demi-assoupissement, comme un animal qui s'apprête à hiberner, adieu monde, et donc il n'était pas rare que ces auditeurs-ci fermassent doucement les paupières, se mettant à suivre avec les yeux de l'âme les péripéties de l'intrigue, jusqu'au moment où une aventure plus énergique les tirait de leur torpeur, quand ce n'était pas tout bonnement le bruit du livre relié qui se fermait avec un claquement, la femme du médecin avait ce genre de délicatesse, pour ne pas donner à entendre qu'elle savait le rêveur endormi.

Le premier aveugle semblait être entré dans ce doux berce-
ment, pourtant il n'en était rien. Il est vrai qu'il avait les yeux fermés et qu'il portait à la lecture une attention plus que vague, mais
l'idée d'aller tous vivre à la campagne l'empêchait de s'endormir,
cela lui semblait une erreur grave de tant s'éloigner de chez lui
car pour sympathique que fût l'écrivain il convenait de le garder à
l'œil et de se montrer de temps en temps. Le premier aveugle
était donc tout à fait éveillé et, s'il en fallait une autre preuve, il y
avait la blancheur offusquante de ses yeux que probablement seul
le sommeil obscurcissait, mais on ne pouvait même pas être sûr
de cela, dès lors que personne ne peut être à la fois endormi et
éveillé. Le premier aveugle crut avoir enfin dissipé ce doute
quand l'intérieur de ses paupières s'assombrit soudain, Je me suis
endormi, pensa-t-il, mais non, il ne s'était pas endormi, il continuait à entendre la voix de la femme du médecin, le garçonnet
louchon toussa, alors une grande peur s'empara de son âme, il
crut être passé d'une cécité à une autre, et qu'après avoir vécu
dans la cécité de la lumière il vivrait désormais dans la cécité des
ténèbres, et il gémit d'effroi, Qu'as-tu, lui demanda sa femme, et
il répondit stupidement sans ouvrir les yeux, Je suis aveugle,
comme si c'était la nouvelle la plus nouvelle du monde, elle
l'étreignit tendrement, Laisse, nous sommes tous aveugles, qu'y
pouvons-nous, J'ai vu tout sombre, j'ai cru que je m'étais
endormi, mais non, je suis éveillé, Tu devrais dormir, justement,
ne plus penser à ça. Le conseil l'irrita, un homme était angoissé
au plus haut point et tout ce que sa femme trouvait à lui dire
c'était de dormir. Agacé, une répartie aigre au bord des lèvres, il
ouvrit les yeux et vit. Il vit et cria, Je vois. Le premier cri fut un
cri d'incrédulité, mais avec le deuxième, et le troisième, et tous
les autres, l'évidence se confirma, Je vois, je vois, il étreignit sa
femme comme un fou, puis il courut vers la femme du médecin et
la serra aussi dans ses bras, c'était la première fois qu'il la voyait
mais il savait que c'était elle, et le médecin, et la jeune fille aux
lunettes teintées, et le vieillard au bandeau noir, avec lui pas de
confusion possible, et le garçonnet louchon, sa femme le suivait
pas à pas, refusant de le lâcher, et il interrompait ses embrasse-
ments pour l'embrasser elle aussi, maintenant il était revenu vers

le médecin, Je vois, je vois, docteur, il ne le tutoya pas comme c'était devenu presque la règle dans cette communauté, explique qui pourra la raison de ce changement subit, et le médecin demandait, Vous voyez vraiment bien, aussi bien qu'avant, il n'y a pas de trace de blanc, Pas la moindre, j'ai même l'impression de voir mieux que je ne voyais, et c'est peu dire car je n'ai jamais porté de lunettes. Alors le médecin dit ce que tous pensaient, mais qu'ils n'osaient dire à haute voix, Il est possible que cette cécité soit arrivée à sa fin, il est possible que nous commencions tous à recouvrer la vue, à ces paroles la femme du médecin se mit à pleurer, elle devrait être contente et elle pleurait, les gens ont vraiment des réactions singulières, bien sûr qu'elle était contente, mon Dieu, c'est si facile à comprendre pourtant, elle pleurait parce que sa résistance mentale s'était brusquement épuisée, elle était comme un petit enfant qui vient de naître, c'était comme si ces pleurs étaient son premier vagissement encore inconscient. Le chien des larmes s'approcha d'elle, il sait toujours quand on a besoin de lui, la femme du médecin se cramponna à lui, non pas qu'elle ne continuât pas à aimer son mari, non pas qu'elle n'aimât pas beaucoup tous ceux qui étaient là, mais son impression de solitude fut si forte en cet instant, si intolérable, qu'il lui sembla qu'elle ne pourrait être adoucie que par l'étrange soif avec laquelle le chien buvait ses larmes.

La joie générale fut remplacée par la nervosité, Et maintenant qu'allons-nous faire, avait demandé la jeune fille aux lunettes teintées, après ce qui est arrivé je ne réussirai pas à dormir, Personne n'y réussira, je pense que nous devrions rester ici, dit le vieillard au bandeau noir, il s'interrompit comme pris de doute, puis déclara, A attendre. Ils attendirent. Les trois flammes de la lampe à huile éclairaient le cercle des visages. Au début ils avaient parlé avec animation, voulant savoir comment les choses s'étaient passées exactement, si le changement avait eu lieu seulement dans les yeux ou s'il avait senti aussi quelque chose dans le cerveau, puis, peu à peu, les paroles moururent, à un certain moment le premier aveugle dit à sa femme que le lendemain ils iraient chez eux, Mais je suis encore aveugle, répondit-elle, Ça ne fait rien, je te guiderai, seules les personnes qui se trouvaient là et

RÉALISATION : PAO ÉDITIONS DU SEUIL
REPRODUIT ET ACHEVÉ D'IMPRIMER SUR ROTO-PAGE
PAR L'IMPRIMERIE FLOCH À MAYENNE (11-98)
DÉPÔT LÉGAL : FÉVRIER 1997. No 28952-3 (44968).

Et eux, et le médecin dit, Ce garçon-ci, probablement, sera guéri quand il se réveillera, pour les autres ce ne sera pas différent, sans doute sont-ils en train de recouvrer la vue en ce moment même, celui qui va être pris de panique ce sera notre ami au bandeau noir, Pourquoi, A cause de sa cataracte, depuis le temps où je l'ai examinée elle doit être comme un nuage opaque, Il deviendra aveugle, Non, car dès que la vie aura repris son cours normal, dès que tout recommencera à fonctionner, je l'opérerai, c'est une question de semaines, Pourquoi sommes-nous devenus aveugles, Je ne sais pas, on découvrira peut-être un jour la raison, Veux-tu que je te dise ce que je pense, Dis, Je pense que nous ne sommes pas devenus aveugles, je pense que nous étions aveugles, Des aveugles qui voient, Des aveugles qui, voyant, ne voient pas.

La femme du médecin se leva et alla à la fenêtre. Elle regarda en contrebas la rue jonchée d'ordures, les gens qui criaient et chantaient. Puis elle leva la tête vers le ciel et le vit entièrement blanc, Mon tour est arrivé, pensa-t-elle. La peur soudaine lui fit baisser les yeux. La ville était encore là.

pour que les autres la recouvrent. Après les effusions naturelles et prévisibles, dont il a été suffisamment fait mention précédemment, inutile de les répéter ici, même si elles concernent les personnages principaux de ce récit véridique, le médecin posa la question qu'on attendait depuis longtemps, Que se passe-t-il là-dehors, la réponse vint de l'immeuble même où ils se trouvaient, à l'étage du bas quelqu'un sortit sur le palier en criant, Je vois, je vois, à ce train-là le soleil se lèvera sur une ville en fête.

De fête fut le banquet du matin. Les aliments sur la table, outre qu'ils étaient fort maigres, auraient répugné à n'importe quel appétit normal, comme toujours dans les moments d'exaltation la force des sentiments avait pris la place de la faim, mais la joie leur servait de mets, personne ne se plaignit, même ceux qui étaient encore aveugles riaient comme si les yeux qui voyaient déjà étaient les leurs. Quand ils eurent fini, la jeune fille aux lunettes teintées eut une idée, Et si j'allais mettre sur la porte de mon appartement un papier pour dire que je suis ici, si mes parents reviennent ils pourront venir me chercher, Emmène-moi avec toi, j'ai envie de savoir ce qui se passe au-dehors, dit le vieillard au bandeau noir, Et sortons nous aussi, dit à sa femme celui qui avait été le premier aveugle, il se peut que l'écrivain voie et qu'il envisage de retourner chez lui, j'essaierai de trouver quelque chose de mangeable en chemin, Je ferai de même, dit la jeune fille aux lunettes teintées. Quelques minutes plus tard, le médecin alla s'asseoir à côté de sa femme, le garçonnet louchon somnolait sur un coin du canapé, le chien des larmes, couché, le museau sur les pattes de devant, ouvrait et fermait les yeux de temps à autre pour montrer que sa vigilance n'avait pas faibli, par la fenêtre ouverte, malgré la hauteur de l'étage, entrait une rumeur de voix changées, les rues devaient être noires de monde, la multitude criait deux mots, Je vois, prononcés par ceux qui avaient recouvré la vue, prononcés par ceux qui soudain la recouvraient, Je vois, je vois, en vérité l'histoire dans laquelle on disait, Je suis aveugle, semble appartenir à un autre monde. Le garçonnet louchon murmurait sans doute du fond d'un rêve, Tu me vois, tu me vois maintenant, peut-être adressait-il cette question à sa mère, peut-être la voyait-il. La femme du médecin demanda, qui par conséquent l'auront entendu de leurs propres oreilles purent sentir combien des paroles aussi simples renfermaient des sentiments aussi différents que la protection, l'orgueil et l'autorité. La deuxième personne à recouvrer la vue, la nuit était déjà bien avancée, les flammes de la lampe presque vide d'huile vacillaient, fut la jeune fille aux lunettes teintées. Elle avait gardé constamment les yeux ouverts, comme si la vue devait entrer par eux et non pas renaître de l'intérieur, et soudain elle dit, J'ai l'impression que je vois, mieux valait être prudent, tous les cas ne se ressemblent pas, on a même coutume de dire qu'il n'y a pas des cécités mais des aveugles, alors que l'expérience de ces derniers temps n'a fait que nous dire qu'il n'y a pas d'aveugles mais des cécités. Il y a déjà ici trois personnes qui voient, une de plus et ça sera la majorité, mais même si le bonheur de voir ne visitait pas les autres, la vie deviendrait pour eux beaucoup plus facile et ne serait plus l'agonie qu'elle a été jusqu'à aujourd'hui, il suffit de voir l'état dans lequel cette femme se trouve, elle est comme une corde qui s'est brisée, comme un ressort qui ne supporte plus l'effort auquel il a été continuellement soumis. Ce fut peut-être pour cette raison que la jeune fille aux lunettes teintées l'embrassa d'abord, alors le chien des larmes ne sut plus laquelle des deux secourir, car l'une pleurait autant que l'autre. La deuxième étreinte fut pour le vieillard au bandeau noir, nous connaîtrons maintenant la vraie valeur des mots, l'autre jour nous fûmes très émus par le dialogue dont sortit le bel engagement de ces deux êtres de vivre ensemble mais la situation a changé, la jeune fille aux lunettes teintées a devant elle un vieil homme que maintenant elle peut voir, fini les idéalisations nées de l'émotion, les fausses harmonies sur l'île déserte, les rides sont les rides, la calvitie est la calvitie, il n'y a pas de différence entre un bandeau noir et un œil aveugle, et c'est ce qu'il lui dit avec d'autres mots, Regarde-moi bien, je suis celui avec qui tu as dit vouloir vivre, et elle répondit, Je te connais, tu es celui avec qui je vis, finalement il est des mots qui valent plus qu'ils ne paraissent, et cette étreinte vaut autant que ces paroles. Le troisième à recouvrer la vue quand l'aube commençait à poindre fut le médecin, maintenant plus aucun doute n'était possible, c'était juste une question de temps